Dezember 2001. Argentinien kurz vor dem Staatsbankrott. Tausende haben über Nacht ihr ganzes Geld verloren, sie ziehen vor die Banken, protestieren lautstark mit Töpfen und Kochlöffeln gegen die Regierung, es kommt zu Plünderungen und Razzien in den Slums.

In der Nacht zum 14. Dezember wird Pablo Martelli durch einen Anruf mitten ins Epizentrum dieser Staatskrise geworfen. Edmundo Cárcano, Geschäftsführer beim Ölkonzern CPF, fleht ihn an, sofort zu ihm zu kommen. Als der ehemalige Polizist und jetzige Vertreter für Sanitärartikel in dem Küstenort eintrifft, ist sein alter Freund jedoch tot. Zwei Nächte später liegt Edmundos junge Geliebte ermordet in Martellis Bett – und Edmundos Tochter ist entführt worden. Martellis detektivischer Spürsinn ist geweckt. Noch ahnt er nicht, dass das ihn plötzlich umgebende Chaos mit seiner aktiven Zeit bei der Policía Federal und der Frau zusammenhängt, die seit einem Tangoabend sein Herz okkupiert ...

Guillermo Orsi, 1946 in Buenos Aires geboren, ist Journalist und Autor und lebt heute in Villa del Dique in der argentinischen Provinz Córdoba. Von der Kritik wird er einhellig als der Meister des neuen lateinamerikanischen Kriminalromans gefeiert. Für sein Werk bekam er bereits zahlreiche Preise. ›Im Morgengrauen‹ wurde mit dem Premio Internacional de Novela Negra Ciudad de Carmona 2007 ausgezeichnet und auch ins Englische und Französische übersetzt.

Guillermo Orsi

Im Morgengrauen

Kriminalroman

Aus dem argentinischen Spanisch von
Matthias Strobel

Deutscher Taschenbuch Verlag

**Ausführliche Informationen über
unsere Autoren und Bücher
finden Sie auf unsererWebsite
www.dtv.de**

Deutsche Erstausgabe 2010
Deutscher Taschenbuch Verlag GmbH & Co. KG,
München
© 2007 Guillermo Orsi
Titel der spanischen Originalausgabe:
›Nadie ama a un policía‹
(Editorial Almuzara S. L., Córdoba 2007)
Vermittelt durch UnderCover Literary Agents
© 2010 der deutschsprachigen Ausgabe:
Deutscher Taschenbuch Verlag GmbH & Co. KG,
München
Umschlagkonzept: Balk & Brumshagen
Umschlaggestaltung: Lisa Helm unter
Verwendung eines Fotos von plainpicture/Arcangel
Satz: Greiner & Reichel, Köln
Gesetzt aus der Scala 10/12,5˙
Druck und Bindung: Druckerei C. H. Beck, Nördlingen
Gedruckt auf säurefreiem, chlorfrei gebleichtem Papier
Printed in Germany · ISBN 978-3-423-21223-6

So will ich dich für immer ...
In mich gestoßen
wie ein Dolch im Fleisch
voll Glut und voller Leidenschaft,
will sehnsüchtig zitternd
sterben in deinen Armen.

›Pasional‹,
Tango von Jorge Caldara und Mario Soto

Die Umstände

Am Abend des 21. Dezember 2001 verfasste Fernando de la Rúa in der Einsamkeit seines Büros und nach vergeblichen Gesuchen um politische Unterstützung seinen Rücktritt vom Amt des argentinischen Staatspräsidenten. Kurz darauf verließ er im Hubschrauber den Regierungspalast.

An die Macht gekommen war er knapp zwei Jahre zuvor, gewählt von einer stattlichen Mehrheit des Volkes, das, wie es hieß, mit der neuen Regierung die Hoffnung verknüpft hatte, dass nun endlich Schluss sein würde mit der gewaltigen Korruption unter seinem Vorgänger Carlos Menem.

Fernando De la Rúas Rücktritt waren spontane Demonstrationen gegen seine Politik und die von den internationalen Kreditgebern auferlegten Konditionen vorausgegangen. Vorher und nachher kam es unter dem Schutzmantel dieser Demonstrationen zu Plünderungen von Supermärkten, Boutiquen, ja sogar Elektrogeschäften, die von verschwörerischen Kreisen, darunter auch Befürwortern der letzten Militärdiktatur, seit Monaten geplant gewesen waren.

Die von den Führern der Opposition, ja selbst von der Regierungspartei gestützten Aktivitäten dieser Kreise gingen jedoch fast unter in den Demonstrationen, die dem Volkszorn entsprangen und von der Politik einer nahezu machtlos gewordenen Regierung genährt wurden, die die elementaren Ausgaben für Gesundheit, Bildung, ja selbst Gehälter und

7

Renten gekürzt hatte, um eine Währung zu stützen, deren Aderlass Monate zuvor begonnen hatte. In die Wege geleitet worden war er von den großen Geldgebern, die wussten, dass der Zusammenbruch nur eine Frage der Zeit war.

Über dreißig Tote und Hunderte von Verletzten war die Bilanz dieses von bürgerlichen Kreisen initiierten Staatsstreichs. Bundesrichter Noberto Oyarbide hat sich der Untersuchung der Vorgänge angenommen, die im Sturz der Regierung mündeten, herbeigeführt nicht etwa durch einen Militärputsch, sondern durch eine Verschwörung, deren Mitglieder in den höchsten Kreisen von Politik, Wirtschaft und Gewerkschaften zu suchen sind.

Neun Jahre sind seither vergangen. Der Fall ist immer noch ungelöst, Zeugenaussagen haben anscheinend keine wesentlichen Erkenntnisse gebracht, und inzwischen ist das betreffende Dossier wahrscheinlich unter den Aktenbergen der Gerichte begraben, während in Argentinien die politische Opposition erneut Stimmung gegen die Regierung macht, angeheizt von den wichtigsten Medien. Die wirtschaftlichen Bedingungen haben sich verbessert, weshalb eine Wiederholung der Ereignisse von 2001 unwahrscheinlich ist, doch das alte Laster der Unduldsamkeit zeichnet sich bereits wieder ab.

Córdoba/Argentinien, 2010

Zutaten für einen Thriller

Notiz veröffentlicht in der Zeitschrift ›La Fogata‹
Von Miguel Bonasso, Schriftsteller und Journalist

Ein Sicherheitsdienst, der die Supermärkte bewacht, aber die Plünderung kleiner Geschäfte begünstigt; ehemalige Schergen der Militärdiktatur, die mit den Spitzen der Peronistischen Partei gemeinsame Sache machen; ein Auto, das auf mysteriöse Weise genau an dem Tag vor dem Regierungspalast wieder auftaucht, an dem Staatspräsident Adolfo Rodríguez Saá sein einwöchiges Amt antritt: Dies sind nur einige der Zutaten für einen fesselnden Buenos-Aires-Thriller, der zwar nicht die Aufmerksamkeit des Justiz- und Sicherheitsministers Juan José Álvarez auf sich ziehen, aber vielleicht die Neugier von Bundesrichter Noberto Oyarbide wecken wird, der den mutmaßlichen Komplott zum Sturz von Fernando de la Rúa untersucht.

Tödliche Schüsse aus dem Inneren einer Bank

Am 20. Dezember 2001 wurde eine aufgebrachte Menschenmenge Opfer eines Kugelhagels aus dem Dunkel der HSBC-Bank. Das Kommando über deren Sicherheitsdienst führte Oberst a. D. Varando. »Seid keine Hosenscheißer und schießt!«, schrie er seine Untergebenen und die Polizisten an.

Varando war Absolvent der US-Militärschule »School of the Americas«, ehemaliges Mitglied der Spezialeinheit 103 des Geheimdienstes und von der Inter-Amerikanischen Kommission für Menschenrechte angeklagt wegen des Verschwindens zweier Personen nach der Besetzung der Kaserne in La Tablada. Die Richter Enrique Petracchi, Carlos Fayt und Raúl Zaffaroni hatten gegen seine Freilassung aus der Untersuchungshaft gestimmt.

Gustavo Ariel Benedetto starb auf der Avenida de Mayo 600 vor laufenden Kameras. Seine Mutter und seine Schwester sahen es im Fernsehen und hörten jemanden rufen: »Sie schießen von drinnen!«

Am 1. Januar 2010 wäre Gustavo Ariel Benedetto 30 Jahre alt geworden.

I

Eine kleine Gabe

Eins Seit ich den letzten Menschen verloren habe, der mir etwas bedeutet hat, gehe ich nach Mitternacht nicht mehr ans Telefon.

Fünf Jahre war es nun schon her, dass ich diesen Entschluss gefasst hatte. Offen gestanden wurde er auch nicht sehr häufig ins Wanken gebracht. In meinem Alter schlagen sich die Freunde nicht mehr oft die Nächte um die Ohren. Und die Frauen, allesamt Gelegenheitsbekanntschaften, liegen zu dieser Uhrzeit, warm zugedeckt und eingecremt, in ihren Witwen- oder Geschiedenenbetten, zehren von den Erinnerungen an bessere Zeiten und Liebhaber – falls sie Vergleichsmöglichkeiten haben –, und wenn sie jemanden anrufen, dann höchstens eine Freundin, um darüber zu jammern, wie schrecklich einsam sie sich fühlen, oder gleich die Telefonseelsorge für Selbstmordgefährdete.

Am Abend dieses 14. Dezember 2001 war ich ungewöhnlich früh schlafen gegangen. Nein, nicht weil ich müde war. Ich wollte nur einem besonders eintönigen Tag schnellstens ein Ende setzen. Er hatte mir keinerlei Ablenkung geboten, wie sie einem das Leben in Buenos Aires sonst mit übellauniger Großzügigkeit beschert: einen bewaffneten Banküberfall zum Beispiel, während ich mir gerade meine chronisch magere Provision auszahlen lasse oder die Miete für mein Apartment überweise, das ich seit einem Jahr bewohne; ein Schreiben des Finanzamts, das die überfällige vierte Rate der Umsatzsteuer anmahnt; oder das Geständnis eines Freundes, der mit über fünfzig sein Coming-out hat und einen möglichst jungen und gut aussehenden Psychoanalytiker sucht. Rein gar nichts hatte für Abwechslung vom täglichen Einerlei gesorgt, nicht einmal eine Meldung in der Glotze, die die üblichen Skandalgeschichten im Showbiz, die Rücktritte im Kabinett oder die Wirtschaftspläne noch toppte, die im Sturmwind der Finanzmärkte immer wieder umgestoßen wurden, was bei den Banken dann eine noch größere Hektik auslöste.

Kurzum, es war einer dieser Tage, an denen einen um Mitternacht der Verdacht beschlich, dass hinter dem Horizont wirklich nur noch Wasser war und der Untergang von Dauer sein würde.

»Ich muss dich dringend sehen, Gotán.«

»Edmundo, ich liege längst in der Falle. Und ich habe mir die Bettdecke bis über den Kopf gezogen. Bei der bloßen Vorstellung, mich jetzt in meine Hosen zu zwängen, das Auto aus der Garage holen und die halbe Stunde zu dir fahren zu müssen, dreht sich mir der Magen um.«

»Nicht 'ne halbe Stunde, Alter, sondern mindestens sechs. Ich bin in meinem Bungalow am Meer. Mach dich gleich auf die Socken, damit du noch vorm Morgengrauen hier bist.«

Ich brauchte eine Viertelstunde, um mich anzuziehen, Klamotten für zwei Tage in eine Tasche zu stopfen und eine Nachricht an die Tür zu kleben, damit Zulema, die montags meine Wohnung sauber machte, Félix Jesús das Wasser wechselte und seinen Fressnapf füllte. Mein Kater war in dieser Nacht aushäusig, würde aber sicher sein vitamin- und mineralstoffreiches Futter einfordern, bevor ich zurück war.

Schnell wie ein Streifenwagen, der mit einer großen Pizza Mozzarella zum Revier unterwegs ist, raste ich danach zur Autobahn, die mich zur Küste im äußersten Südosten der Provinz Buenos Aires bringen sollte, genauer gesagt, zu einer kleinen Feriensiedlung, die gerade mal aus einem Dutzend Häuser bestand.

Hübsch aufgereiht lagen sie an einem windigen Strand ohne jedes Grün, nur Dünen und Meer. *Mediomundo* hieß der Ort, »die halbe Welt«. Cárcano zufolge hätte *Culodelmundo*, »Arsch der Welt«, allerdings viel besser gepasst: *Den Namen hat sich der Immobilienheini ausgedacht,* hatte er mir nach dem Kauf seines Bungalows erklärt. *Der Kerl ist ansonsten Fischer. Von seinem Fang kocht er Eintöpfe, mit denen er die paar Touristen anzulocken versucht, die sich hierher verirren.*

Der Immobilienheini hieß Perdía, wie der Führer der Montoneros, Argentiniens linker Guerilla, und hatte eine Strandbar, über der ein Schild mit der Aufschrift »*Pesca variada*«, »Fischallerlei«, hing. Und dieser Perdía war es auch, der mir an jenem windigkalten Vormittag erklärte, dass er es nicht glauben könne.

»Erst gestern war er noch hier und hat zu seiner Brasse einen Tempranillo getrunken, und jetzt soll er tot sein? Armer Edmundo!«, sagte er über Cárcano, meinen Freund, der aus einem Meter Entfernung erschossen worden war, was die Hypothese eines Selbstmords eindeutig widerlegte, auf die sich der Inspektor der Bonaerense versteifte, der gegen Mittag aus Bahía Blanca kam.

In dem schlichten, aber schönen Häuschen, das sich Cárcano von seinen Ersparnissen gebaut hatte – die ziemlich beträchtlich waren, da er beim Ölkonzern ein dickes

Gehalt bezog –, fehlte indes jede Spur von der hübschen jungen Blondine, in die Cárcano schwer verliebt war und mit der er dieses Liebesnest bewohnte. Kein Lippenstift, kein Tampon, kein Erfrischungstuch und schon gar keine Unterwäsche oder etwa eine Zahnbürste: Fast hätte man meinen können, dass niemand Cárcano an seinem Zufluchtsort am Meer besucht, geschweige denn mit ihm dort gewohnt hatte, wie dies der Kommissar konstatierte, der sich zu seinem Leidwesen mit dem »bedauerlichen Vorfall« befassen musste.

»Er war wahrscheinlich deprimiert, als er Sie um Mitternacht angerufen hat. Zu vorgerückter Stunde leiden ältere Menschen oft unter depressiven Schüben«, faselte der Kerl daher, der schon jetzt, mit Anfang dreißig, einen gestörten Spürsinn hatte, weil die Schmiergelder aus Glücksspiel und Prostitution wohl allzu süß waren.

Ich fragte ihn, ob er nicht wenigstens die Fingerabdrücke sichern wolle, aber er erklärte, das sei Sache des Erkennungsdienstes. Der würde jedoch frühestens am nächsten, wenn nicht gar erst am übernächsten Tag eintreffen.

»Wir sind total überlastet«, brüstete er sich erhobenen Hauptes, und da wurde mir bewusst, dass Edmundo Cárcano keine Gerechtigkeit zu erwarten hatte von diesem Bürohengst, den mein Anruf aus seinem gemütlichen Amtszimmer gerissen hatte. Eines Freundes, der nach sechs endlosen Stunden Fahrt bitter bereute, nicht die erlaubte Höchstgeschwindigkeit überschritten und statt dessen Radio gehört und im Chor mit Lucila Davidson gesungen zu haben, der sich sogar den Luxus erlaubt hatte, für ein kurzes Stück die Augen zu schließen – wobei das Auto dem Randstreifen mehrmals gefährlich nahe gekommen war – und sich vorzustellen, wie er neben ihr auf der Bühne vor ihren Fans stand, glücklich und mit geschlossenen Augen, so wie er auf der Autobahn, ohne sich zu erinnern, warum er allein und mitten in der Nacht unterwegs war in ein elendes Kaff im äußersten Südosten der Provinz Buenos Aires.

Dass ich zu spät gekommen war, war mir schlagartig klar geworden, als ich die Tür des hübschen Bungalows geöffnet hatte und meinen Freund in einer Blutlache liegen sah. Es war erst eine halbe Stunde vorher hell geworden, aber ich wusste, auch ohne ihn anzufassen, dass Cárcanos weit aufgerissene Augen nicht einmal mehr einen Schimmer des jungen Tages hatten erhaschen können.

Das Haus war aufgeräumt und sauber wie immer; mein Freund besaß einen für meinen Geschmack übertriebenen Ordnungssinn. Keine Schranktür stand offen, nichts lag auf dem Boden herum – nur seine Leiche. Der Mörder schien das Haus bloß betreten zu haben, um seinen Job zu erledigen. Tür oder Fenster waren nicht aufgebrochen, offenbar hatte Cárcano ihn gekannt und ihm genügend vertraut, um ihn hereinzulassen. Vielleicht hatte der Kerl ihm aber auch schon die Knarre an den Kopf gehalten, als er mit mir in der Nacht telefonierte.

Cárcanos Tochter, die ich am späten Nachmittag anrief, um ihr die schlechte Nachricht zu übermitteln, war so alt wie seine spurlos verschwundene Geliebte. Weinend gestand sie mir, dass sie ein solch schreckliches Ende befürchtet hatte.

»Seit er Mama wegen dieses Flittchens sitzenließ, hat er sich auf merkwürdige Sachen eingelassen«, schluchzte Isabel voller Empörung über den Fehltritt ihres alten Herrn, dessen alterslüsterne Eskapade wie eine Bombe in die Idylle ihres Home Sweet Home eingeschlagen war.

»Sogar seinen Job hat er vernachlässigt. Und das nach dreißig Jahren in der Firma! Nächstes Jahr wollte er in den Ruhestand gehen, er wäre mit einer goldenen Verdienstmedaille geehrt worden, und man hatte ihm versprochen, seine mickrige Rente aufzustocken, die er für seine lebenslange Plackerei bekommen hätte. Mama und Papa planten sogar, nach Italien zu reisen, zum Geburtshaus meiner Großeltern in Bologna.«

Isabel heulte drei Pesos zweiundvierzig Centavos lang. Unterdessen ließ ich in der öffentlichen Telefonzelle den Blick über den menschenleeren Strand schweifen und beobachtete den Sonnenuntergang, wobei ich dachte, dass ich gern so eine Hütte gehabt hätte wie mein Freund.

»In was für ›merkwürdige Sachen‹ war dein Vater verwickelt?«, fragte ich, als das Weinen schließlich abebbte.

Isabel zögerte am anderen Ende der Leitung in Buenos Aires und zog dann den Rotz hoch.

»Wir sollten uns treffen«, sagte sie mit einem erstickten Schluchzen. »Ich traue dem Telefon nicht in diesem Land von Denunzianten, in dem die eine Hälfte der Bevölkerung die andere ausspioniert.«

»Okay. Aber sag bitte auch deiner Mutter Bescheid. Man wird Edmundo in Bahía Blanca beisetzen.«

Die Stimme versagte mir, als ich von Edmundos Beerdigung sprach, Edmundo, meinem Freund ohne Fehl und Tadel, ermordet in einem Ferienort am Arsch der Welt.

Wir hatten uns beim Militär kennengelernt, als es noch die Wehrpflicht gab und man mit zwanzig einberufen wurde: Ein Jahr lang dienten wir dem Vaterland, indem wir unseren Vorgesetzten Matetee kochten, die Toiletten im Offizierskasino putzten und in den Nächten ausrückten und Zivilisten erschreckten. Als ein besoffener General den Befehl gab, die Falklandinseln zu besetzen, waren Edmundo und ich schon sechsunddreißig und viel zu alt für den Krieg, und nun, noch einmal zwanzig Jahre später, hatte mein Freund seine Frau Mónica wegen einer zwanzigjährigen Blondine sitzenlassen, die gerade geboren worden war, als ein anderer General in Port Stanley die Waffen streckte, um Tausende von Soldaten und nebenbei sich selbst vor dem Tod zu bewahren.

Die Zeit nahm ungeheuerliche Dimensionen an, wurde zu einem Schattenriss vor der im Meer versinkenden Abendsonne. Auch wenn zwanzig Jahre nichts sind, wie es in dem Tango hieß, waren es doch zu viele für zwei Menschen wie Edmundo und seine blutjunge, spurlos verschwundene Geliebte. Die Vergangenheit, die ganzen Erinnerungen, die man mit sich herumschleppt wie ein Kamel seine Höcker, existierte nun mal nicht für jemanden, dessen einzig bedeutende, ja erdrückende Last die Zukunft war. Wie sollte man so einen gemeinsamen Weg beschreiten? Und wohin sollte er führen? Egal, welche Richtung sie eingeschlagen hätten, es wäre im Desaster geendet.

Nachdem die Sonne endgültig untergegangen war, beschloss ich, die Nacht im Haus des Toten zu verbringen, statt die fünfzig Kilometer nach Bahía Blanca zu fahren.

Manche Entscheidungen trifft man in Sekundenschnelle, und hinterher reicht ein ganzes Leben nicht aus, um sie zu bereuen.

Zwei Der Bungalow war zum Leben besser geeignet als zum Sterben. Der Kühlschrank war prall gefüllt, am Ende des Gartens lagerte in einem kleinen Schuppen jede Menge Brennholz, es gab Whiskey und Cognac, Decken, um sich warm einzupacken, zwei Fernseher mit Satellitenanschluss, eine mit Bestsellern bestückte Bücherwand, die genug Lektüre bot, um jemanden bei Laune zu halten, der nicht unbedingt in die geheimen Schätze der Weltliteratur eingeweiht werden wollte, eine Stereoanlage mit CDs von den Rolling Stones, Mozart, Charly García, Spinetta, Lito Vitale, Tita Merello, von Julio Sosa und dem Tangoorchester Leopoldo Federico und von Eduardo Falú, der Coverversionen von Castilla und Leguizamón sang: In dem kleinen gemütlichen Wohnzimmer hätte man es jedenfalls getrost bis zur nächsten Sintflut aushalten können.

Seebeben klopfen indessen nicht vorher an. Auch kommen schöne Frauen selten mitten in der Nacht vorbei, um einem einfach nur Hallo zu sagen. Deshalb dachte ich, als es an der Tür klopfte, dass es sich nur um ein Versehen handeln konnte, dass jemand Eduardo suchte und ich gleich in ein enttäuschtes Gesicht blicken würde.

»Schrecklich, was passiert ist!«, sagte die Blondine, als würde sie mich kennen, und trat entschlossen ein. Ich brauchte meinen Grips nicht sonderlich anzustrengen, um darauf zu kommen, dass es sich um das junge Ding handeln musste, das meinen Freund in seinen besten Jahren gehörig auf Trab gebracht hatte.

»Pablo Martelli«, stellte ich mich vor und streckte ihr die Hand entgegen, aber sie klammerte sich gleich an mich wie an eine Holzplanke auf hoher See.

Ihr Haar war feucht und duftete berauschend nach Walderdbeeren, soweit ich das mit geschlossenen Augen und in meiner unfreiwilligen Funktion als Rettungsring nach einem Schiffbruch beurteilen konnte.

»Ich bin Lorena«, sagte sie, ohne ihren Kopf zu heben, das Gesicht in meinem sauberen Hemd vergraben. »Es war Mord! Sie haben ihn abgestochen wie ein Schwein. Er hatte keine Chance, ihnen zu erklären, dass er das Geld überhaupt nicht behalten wollte. Armes Bärchen! Dass er so sterben musste, wo wir doch alles hatten, um ein neues Leben zu beginnen und glücklich zu sein ...«

Sie hatte allen Grund, frustriert zu sein. Einen attraktiven, intelligenten und wohlhabenden Mann zu verlieren, der gerade mal Ende Fünfzig war, war für so eine junge Frau bestimmt nicht leicht zu verdauen in diesen Zeiten hoher Arbeits- und Orientierungslosigkeit. Soviel ich wusste, pilgerte Lorena nach irgendeinem Studium an einer Privatuni gerade durch die Arbeitsämter und multinationalen Unternehmen, als sie, bingo!, Edmundo kennenlernte.

»Erzähl mir, was passiert ist«, sagte ich. »Ich wusste nicht, dass Edmundo Feinde hatte.«

Ich hatte keine Eile, die Umarmung zu lösen, doch sie ließ ihre Rettungsplanke einfach los und stöckelte schnurstracks zur Bar, um sich einen Whiskey einzuschenken. Erst als sie einen Schluck genommen hatte, geruhte sie, mich wieder zur Kenntnis zu nehmen.

»Du hättest nicht hierbleiben dürfen«, sagte sie. »Das ist gefährlich.«

»Du hast recht. Außerdem ist das dein Haus, schließlich hast du mit Edmundo zusammengelebt. Ich habe mich einfach hier eingenistet. Aber die Alternative wäre gewesen, mir in Bahía Blanca ein Hotel zu suchen, und morgen kommt doch Isabel.«

Die Nachricht schien sie zu beunruhigen. Sie fragte nicht, wieso Edmundos Tochter kommen wollte, die Antwort lag auf der Hand, doch ging sie zum Fenster und starrte hinaus, als könnte sie in der dunklen Neumondnacht das Meer sehen.

»Bärchen wollte Abstand zu seiner Familie«, sagte sie.

»Isabel war seine einzige und folglich liebste Tochter.«

Da drehte sich die Blondine zu mir um und sah mich ausdruckslos an.

»Wir müssen schleunigst von hier weg.«

Während sie wieder auf mich zukam, fragte ich mich, wie lange sie gebraucht hatte, um Bärchen zu verführen. Zwei Monate? Zwei Wochen? Zwei Tage? Zwei Stunden? Oder nur zwei Minuten? Bei mir würde sie sicher ihren eigenen Rekord brechen, sähe ich nicht noch deutlich Edmundos Leiche in der Blutlache und seine weit aufgerissenen Augen vor mir.

Eine halbe Stunde später fuhren wir auf der Nationalstraße 3 in Richtung Nirgendwo. Lorena bat mich, das Handy ausgeschaltet zu lassen.

»Sie orten die Anrufe«, behauptete sie im Brustton der Überzeugung, »und wären uns auf den Fersen, noch bevor du aufgelegt hättest.«

»Wenn Isabel mich morgen nicht antrifft, wird es ihr noch schlechter gehen, als es ihr sowieso schon geht.«

Sofort bereute ich den Unsinn, den ich soeben von mir gegeben hatte. Der Blick der Blondine sprach Bände: Es würde Isabel gewiss nicht trösten, meine Leiche an der gleichen Stelle wie die von Bärchen vorzufinden. Nicht viel besser erging es mir, als ich sie fragte, wer denn die Anrufe orte.

»Wenn ich das wüsste, hätten sie uns sicher nicht in diesem gottverlassenen Kaff am Ende der Welt aufgespürt, wo wir so glücklich waren«, erwiderte Lorena kurz angebunden, zündete sich eine Zigarette an und zog daran, als wäre es ihre letzte. Dann reichte sie sie mir, den Filter mit duftendem Karmesinrot verschmiert.

»Glücklich zu sterben ist gar nicht so schlecht.«

»Bärchen hatte nur wenige Freunde«, sagte Lorena, völlig verblüfft über meinen laut ausgesprochenen Gedanken. »Menschen, denen er wirklich vertrauen konnte, meine ich.«

»Wer war gestern Abend bei ihm, als ich angerufen habe? Und von wem war das Geld, das er nicht behalten wollte?«

Blondes Schweigen, Rauch, der zwischen der Windschutzscheibe und mir waberte, vor mir eine Gerade, die die Leitlinie eines unergründlichen Dreiecks zu sein schien, von dessen Spitze aus wir mit hundertvierzig Sachen unterwegs waren. Sie wusste nicht, wer bei ihm gewesen war, sie war allein nach Bahía Blanca gefahren.

»Eine Cousine von mir liegt dort in der Klinik. Sie hatte einen schweren Verkehrsunfall. Seither ist die eine Seite gelähmt und die andere gefühllos.«

Mich schauderte. Die Blondine sah einfach umwerfend aus, aber vielleicht war sie ja eine verfluchte Parze, die wohlhabenden alten Lustmolchen den Garaus machte. Bei mir beging sie allerdings einen Fehler, ich war arm wie eine Kirchenmaus. Ich glaubte ihr jedenfalls kein Wort.

»Nach Bahía sind es nur noch fünf Kilometer«, schlug ich vor.

Da griff mir eine zarte, weiße Hand ins Lenkrad, sodass ich es mit aller Gewalt festhalten und ein gefährliches Manöver ausführen musste, um einem Lastwagen auszuweichen, der uns donnernd entgegenkam.

»Wohin fahren wir?«, fragte ich, als wir an der Ausfahrt vorbeirasten. »Warum zum Teufel fahren wir nicht nach Bahía?«

Sie hüllte sich in Schweigen. Ich nahm es hin, und das war schon der zweite Fehler, den ich in dieser Nacht beging.

Drei Stunden später ließen wir Viedma hinter uns, das zu dieser nächtlichen Stunde wie eine Geisterstadt wirkte. Tagsüber war es die Hauptstadt der Provinz Río Negro, die ein größenwahnsinniger Präsident einmal zu Argentiniens Hauptstadt hatte machen wollen. In den Höhen der Macht gab es offenbar nur sehr wenig Sauerstoff, weshalb die Hirnzellen wohl nicht mehr richtig funktionieren und Ideen hervorbringen, die selbst einem im All verlorenen Astronauten wie Wahnvorstellungen vorgekommen wären – oder wie eine Folgeerscheinung der Weltraumnahrung.

Ich fragte noch einmal, von wem das Geld war und wohin wir fuhren, aber die Blondine war eingeschlafen. Wach war sie schon kaum die Zwanzigjährige, die sie zu sein behauptete, aber schlafend wirkte sie wie Nabokovs an den Beginn dieses neuen Jahrtausends versetzte Lolita.

An einer Tankstelle hielt ich an, um zu tanken. Der Tankwart schien einem Grab entstiegen. Abgezehrt und hohlwangig wie ein Toter knurrte er den Preis für die Füllung gepanschtes Benzin und gab mir den Hundertpesoschein zurück, mit dem ich bezahlen wollte.

»Wenn Sie's nicht kleiner haben, bleiben Sie so lange hier, bis jemand auftaucht, der wechseln kann«, sagte er mit der Autorität eines Gefängniswärters, während er die Hände an einem schmutzigen Lappen abwischte und auf den Boden rotzte. »Kommen Sie rein, ich lad Sie auf einen Matetee ein.«

Vermutlich hatte er in seinem Kabuff neben der Thermoskanne mit Wasser, dem Mate und den fettigen Keksen auch ein Gewehr mit abgesägtem Lauf, dessen Patronen nur darauf warteten, den Erstbesten zu durchlöchern, der auf die Idee kommen sollte, ohne zu zahlen weiterzufahren. Ich fügte mich in mein Schicksal, zumal die Blondine wie im Drogenrausch schlief und ich eh nicht darauf brannte, diese Reise ins Nirgendwo fortzusetzen.

»Ich muss mal verschwinden«, sagte ich. »Meinen Mate ohne Zucker.«

Kurz darauf sah mich in dem gesprungenen Spiegel des Toilettenraums ein Kerl an, der mir immer weniger ähnelte. Ich dachte an meinen Kater Félix Jesús und die Enttäuschung, die sich auf seinem Gesicht abzeichnen würde, wenn er mich bei seiner Rückkehr in die Wohnung nicht vorfand. Und das, da er sowieso schon genervt war von dem ausgewogenen, immer gleichen Futter, das in einer Fabrik zusammengemischt wurde, deren Geschäftsführer bestimmt Hunde oder Mäuse waren. Obendrein hatte es der Arme auch bei den Miezen immer schwerer, jetzt, da er immer öfter mit jüngeren, sich anmutiger bewegenden Katern konkurrieren musste, die die besten Gesimse besetzten und in den begehrtesten Gassen kopulierten. Uns ab und zu zu sehen war unser einziger Trost; wenn wir uns dann aneinanderschmiegten, war es, als riebe jeder an Aladins Lampe, um die Geister der Morgenstunde zu beschwören und zu spüren, dass er nicht allein war, auch wenn er nur zu gut wusste, dass er es im Grunde genommen doch war.

Als ich aus der Toilette trat, waren mein Auto und die Blondine weg.

»Zwei Kerle in einem Ford Fiesta«, brummte der Tankwart, »einer ist in Ihren Wagen gestiegen und samt der schlafenden Tussi davongefahren. Gehörte etwas davon Ihnen?«

»Das Auto ja, die Kleine einem Freund.«

»Aha«, sagte der Tankwart und drückte mir einen schaumigen, bitteren Matetee und einen Keks in die Hand.

Drei Alles hat auch seine guten Seiten. Pessimisten sind der Überzeugung, dass die Welt morgen oder übermorgen untergeht. Optimisten, dass sie mit jedem Morgen, den man erlebt, neu entsteht. Der Welt selbst geht das vollkommen am Arsch vorbei.

Die gute Seite an der Entführung meines Autos samt Blondine war, dass ich zwei Stunden später in einem Viehtransporter saß, der eine Ladung Schafe von Patagonien nach Bahía Blanca brachte und mich um neun Uhr morgens am Stadtrand absetzte, sodass ich pünktlich zur Beerdigung meines Freundes kam.

Weder Mónica, seiner gekränkten Witwe, noch seiner Tochter Isabel erzählte ich etwas von meinem nächtlichen Abenteuer mit Lorena, denn es hätte nur ihren Hass genährt, der, wie jeder weiß, kein Seelentröster war und somit unvereinbar mit der Grabesruhe. Das Thema kam natürlich trotzdem auf, denn Mónica konnte nicht vergessen, dass sie, wäre dieses Flittchen nicht aufgetaucht, mit Edmundo wahrscheinlich gerade die Europareise vorbereiten würde, die er ihr für nach seiner Pensionierung versprochen hatte.

»Ich verstehe es einfach nicht. Er war nie ein Schürzenjäger«, schluchzte sie, »nicht ein einziges Mal ist er mir untreu gewesen. Und ich habe nie ein Haar auf seiner

Kleidung entdeckt, das nicht von ihm gewesen wäre, und auch keinen Lippenstiftfleck oder den Duft eines fremden Frauenparfüms.«

Während ich sie in den Arm nahm, damit sie sich an meiner Schulter ausweinen konnte, beneidete ich Edmundo um das schlechte Gedächtnis seiner Witwe und dachte an all die Nächte, an denen mein alter Kumpel nur mit dem, was er anhatte, bei mir hereingeschneit war, wenn ihn Mónica mal wieder unter Geschrei aus der Wohnung geworfen hatte. Vorangegangen war stets der Fund eines leidenschaftlichen Briefes oder einer auf eine Papierserviette gekritzelten Telefonnummer, hinter der sich verschlafene und sinnliche Frauenstimmen verbargen.

»Er war ein alter Lustmolch«, sagte Isabel, als wir allein waren. »Er hat Mama das Leben zur Hölle gemacht. Er hatte allerdings auch die Gabe, die Gefühlswogen immer wieder zu glätten, sodass wir ihn einfach lieben mussten, trotz all seiner Schwächen. Ich dachte eigentlich, er hätte sich gebessert, seit er Probleme mit der Prostata hat, und er würde sein Versprechen wahr machen, Mama einen schönen Lebensabend zu bescheren und ihr ein bisschen was von der weiten Welt zu zeigen, die er selbst längst satthatte. Aber es kam ja nun anders ...«

»Vermutlich wollte er seinen letzten Trumpf ausspielen, war aber längst schon auf der Verliererstraße. Warum, glaubst du, hat man ihn ermordet?«

Wir hatten uns zur Mittagszeit in einem Restaurant im Zentrum von Bahía Blanca getroffen. Mónica war, erschöpft von der Reise und der schmerzlichen Beerdigung, im Hotel geblieben. Vielleicht war es die einzige Gelegenheit für Isabel, mir von ihren Vermutungen zu berichten.

»Weil er sich diesmal in die Falsche verliebt hat«, sagte sie.

»Man verliebt sich immer in die Falsche, sonst wäre es nicht Liebe, sondern pure Vernunft.«

Isabel öffnete ihre Handtasche und legte einen großen braunen Umschlag auf den Tisch.

»Diese Papiere habe ich in seinem Schreibtisch gefunden.«

Mit einem mulmigen Gefühl machte ich den Umschlag auf. Nach den Erlebnissen der vergangenen Nacht wollte ich von den Umtrieben meines Freundes im Grunde nichts wissen. Tausendmal lieber hätte ich gleich nach dem Mittagessen einen Bus nach Buenos Aires genommen – hätte ich es bloß getan! –, um zu Hause mit Félix Jesús eine lange Siesta zu halten.

»Das sind Berichte über die Forschungen von Papa und einigen seiner Mitarbeiter«, erklärte Isabel, als sie merkte, dass dieser Wust aus Zahlen und Gleichungen, gespickt mit Edmundos unleserlichen Bemerkungen, für mich vollkommen unverständlich war.

»Ich weiß bloß, dass dein Vater daran gearbeitet hat, Sonnenblumen in Benzin umzuwandeln«, sagte ich hilflos.

»Mais«, verbesserte mich Isabel lächelnd. »Aber daran arbeiten viele Leute, und manchenorts funktioniert es sogar schon. Man nennt es Biosprit. Es ist ein interessantes Verfahren, für die Geschäfte der Araber stellt es aber keine Gefahr dar. Zumindest noch nicht.«

Nachdem ausgeschlossen war, dass al-Qaida die Finger im Spiel hatte und Edmundos Forschungen nicht den Interessen der OPEC zuwiderliefen, betrat die blonde Lorena die von Isabel errichtete Bühne.

»Sie hat ihn ständig angerufen, manchmal sogar mitten

in der Nacht. Ich glaube nicht, dass Papa ernsthaft daran gedacht hat, Mama zu verlassen, aber irgendwann war der Punkt erreicht, an dem es für meine Mutter nicht mehr länger zu ertragen war. Papa telefonierte im Bett und bat dieses Flittchen, endlich aufzulegen, und Mama lag heulend daneben und begriff nicht, warum in einem Alter, in dem man eigentlich nur noch seine Enkel hütete, Papas amouröse Abenteuer sie zu etwas trieben, was sie eigentlich um nichts in der Welt wollte: ihn auf die Straße zu setzen.«

Es kam zum Rauswurf, »endgültig«, so wie die anderen Male auch, nur dass er diesmal tatsächlich endgültig war, denn durch den Schuss aus nächster Nähe war Edmundo jedwede Rückkehr verwehrt.

»Zwischen seinem Auszug und dem Mord liegen drei Monate«, sagte Isabel. »Hättest du deine Brille auf, würdest du sehen, dass zwischen all den Formeln und Gleichungen eine Telefonnummer steht.«

Meine Prothese gegen die Alterssichtigkeit lag jedoch im Handschuhfach meines Autos, weshalb ich Isabel nun doch erzählen musste, dass es mir in der vergangenen Nacht gestohlen worden war, allerdings ohne ins Detail zu gehen, um sie nicht völlig zu verstören. Ich hatte schon genug damit zu tun, meiner eigenen Verstörung Herr zu werden, zumal ich den Verdacht hatte, dass wir uns auf ein gefährliches Terrain begaben, wenn wir die Nase da hineinsteckten.

»Ich habe die Nummer angerufen«, sagte Isabel. »Papa kam nicht zurück, und Mama fürchtete um sein Leben. Weißt du, wenn man so viele Jahre mit jemandem zusammenlebt, verfliegt der Groll schnell, und zurück bleiben die gemeinsamen Erinnerungen, das Bedürfnis, den anderen bei sich zu haben, und sei es, um ihn zu schikanieren. Jedenfalls ging dieses Flittchen dran. Ich habe ihre Stimme erkannt, diesen unverschämten Ton, sie hatte ja oft genug zu allen möglichen Uhrzeiten angerufen. ›Lass ihn in Ruhe‹, sagte sie, ›dein Vater hat ein Recht darauf, glücklich zu sein.‹ Kapierst du, Gotán?«

Edmundos Familie kannte mich nur unter meinem Spitznamen. Er war mir vor vierzig Jahren in der Schule verpasst worden, als ich gerade meine Rockphase hatte. Ich spielte E-Gitarre und sang wie Tanguito, weil meine selbstgeschriebenen Texte aber purer Ganovenslang waren, wurde ich Gotán getauft.

»Gotán kapiert jetzt einiges«, sagte ich von mir selbst in dritter Person, so wie ein Fußballspieler. »Wir alle haben ein Anrecht darauf, glücklich zu sein, da hat das Flittchen durchaus recht. Vielleicht hatte sich der arme Edmundo ja tatsächlich in sie verliebt.«

Isabel lehnte sich zurück und bat mich, ihr noch einmal Wein nachzuschenken. Dann hob sie ihr Glas zu einem stillen Trinkspruch, vielleicht auf sein verlorenes Glück, und räumte danach ein, dass ihr Vater dieses letzte Mal wirklich zu der Überzeugung gelangt sein könnte, endlich das gefunden zu haben, wonach er immer gesucht hatte.

»Aber das ist nicht der springende Punkt. Kurz nach meinem Anruf, vielleicht eine halbe Stunde später, klingelte das Telefon, und eine Männerstimme verkündete, dass Papa sterben würde.«

Der Schauder war unvermeidlich. Auch wenn das Todesurteil schon vollzogen war, stand mir wieder klar vor Augen, wie Edmundo in seinem eigenen Blut vor mir lag.

»Und was hat das Flittchen mit den Mördern zu tun?«

»Mein Telefon hat eine Ruferkennung«, erwiderte Isabel. »Die Nummer, von der aus der Kerl angerufen hat, ist mit der Nummer dieses Flittchens identisch.«

Ich schaute an Isabel vorbei.

»Da wir schon beim Thema Zufall oder Schicksal sind: Halt dich fest, jetzt kommt das Beste.«

Die Frau, die in der Tür des vollbesetzten Restaurants stand, gehörte zu der Sorte Mensch, die beim Betreten eines Raums die gleiche Wirkung erzielt wie ein Araber, der mit einem Aktenkoffer das Pentagon betritt. Obwohl Isabel sie noch nie gesehen hatte, erkannte sie die Frau, die sich in meinen vor Überraschung weit aufgerissenen Augen spiegelte.

Vier Lorena hatte nicht damit gerechnet, mich hier zu treffen, das war offensichtlich. Wie sollte sie auch, da sie mich doch Stunden zuvor an einer Tankstelle mitten in der Pampa und gut dreihundert Kilometer von Bahía Blanca entfernt hatte sitzen lassen? Und so brauchte sie einige Sekunden, um zu kapieren, dass der alte Knacker, der mit einer jungen Frau in ihrem Alter an einem der Tische saß, Cárcanos alter Kumpel war. Unterdessen ließ der Kerl, der sie begleitete, auf der Suche nach einem freien Tisch den Blick durch den Raum schweifen, und als die Blondine ihn am Arm packte und ihm etwas ins Ohr flüsterte, sah er mich kurz durchdringend an und trat dann mit ihr den Rückzug an.

»Ist sie das?«

Isabels Frage war überflüssig, denn ich hatte mich bereits mit dem für mich typischen Röcheln erhoben, einem Laut, den sonst nur Leute mit chronischer Nebenhöhlenentzündung oder Kokainsüchtige von sich gaben. Leider kam mir ein Kellner in die Quere, sodass ich draußen nur noch sah, wie der Wagen mit offiziellem Nummernschild und getönten Scheiben verkehrt in eine Einbahnstraße einbog. Nach Atem ringend blieb ich stehen und wartete auf einen Zusammenstoß, aber nichts dergleichen geschah. Alles blieb ruhig in den baumgesäumten Straßen.

Auf einmal spürte ich Isabels Hand auf meinem Arm. Sie fragte mich noch einmal, ob das das Flittchen gewesen sei. Warum habe sie die Flucht ergriffen, da sie uns doch gar nicht kannte? Und so musste ich ihr erzählen, was ich ihr zuvor über die letzte Nacht verschwiegen hatte.

»Dann war der Kerl an ihrer Seite der Typ, der mir am Telefon Papas Tod angekündigt hat«, folgerte sie, als wir wieder an unserem Tisch saßen, und gab mir mit einem Wink zu verstehen, dass ich ihr das Salz reichen sollte. »Stell den Streuer aber bitte auf den Tisch. Wenn du ihn mir in die Hand drückst, bringt das Unglück.«

Man weiß nie im Voraus, wann der Alltag zu bröckeln beginnt. Es gibt Vorzeichen, ja, aber wie soll man die erkennen? Ein Anruf um Mitternacht, eine überraschende Reise und ein unerklärlicher Todesfall sollten eigentlich genügen, um auch die größte Schlafmütze in Alarmbereitschaft zu versetzen. Aber manchmal weigert man sich einfach, gewisse Ereignisse in Zusammenhang zu bringen, weil man sehr wohl weiß, dass man die Bruchstücke der uns wertvollen Dinge dann auch unter allen Umständen wieder zusammensetzen muss.

Meine Freundschaft mit Edmundo Cárcano war kein zwingender Grund, mein Leben für ihn aufs Spiel zu setzen oder bei seiner Leiche zu schwören, nicht eher zu ruhen, bis er gerächt war. Edmundo war nicht in seinem Haus in Villa Crespo getötet worden, als er mit seiner ihm in dreißig kleinbürgerlichen Ehejahren verbundenen Frau Mate trank, sondern in seinem abgelegenen Liebesnest am Strand, während er vielleicht gerade mit einer Zwanzigjährigen vögelte, deren Maße alles Mögliche garantierten, nur keinen beschaulichen Lebensabend.

»Ich weiß, ich sollte eigentlich kein Mitleid mit ihm

haben«, sagte Mónica an diesem Nachmittag in der Hotellobby, »aber niemand verdient eine Kugel dafür, dass er der Versuchung erlegen ist.«

Die frischgebackene Witwe, die inzwischen etwas gefasster wirkte und sich langsam in das Unabänderliche zu fügen schien, wich meinem Blick aus und wies mir so die Rolle eines Beichtvaters zu statt eines Freundes, der sich mit dem Gedanken tröstete, dass sein Kumpel immerhin mitten in Aktion gestorben war und nicht an irgendeiner typischen Altherrenkrankheit.

»Es wird keine Ermittlungen geben.«

»Das ist mir egal«, entgegnete sie mit gleichgültiger Stimme.

»Seine Leiche sollte in der Gerichtsmedizin liegen, Mónica, nicht unter der Erde. Schließlich handelt es sich bei dem Toten nicht um einen Wal, der am Strand verendet ist, sondern um deinen Mann, mit dem du schon ein ganzes Leben lang verheiratet bist!«

»Er hat mich betrogen. Und wer gegen die göttlichen Gebote verstößt, muss büßen.«

Ich wusste, dass sie nicht dachte und fühlte, was sie da sagte, dass sie sich mit dem Gefasel nur gegen meine Versuche wehrte, ihren Schutzwall zu durchbrechen, während ich ihr eigentlich ein paar dieser formelhaften Trostworte sagen sollte.

Von Isabel erfuhr ich später, dass ihre Mutter seit Jahren einer evangelikalen Sekte angehörte, einer dieser Freikirchen, in denen sich Gott persönlich um die Menschen kümmerte und pünktlich den Zehnten einzog.

»Papas sexuelle Eskapaden wurden wilder, als Mama in die Wechseljahre kam«, erzählte Isabel. »Vom Sesselfurzer, der sich im Büro in die Kolleginnen vom Schreibtisch gegenüber verguckte, wurde er zum notorischen

Schürzenjäger, der spät nach Hause kam und allerlei unglaubwürdige Geschichten auftischte, statt mutig zu erklären: Ich gehe heute mit der und der aus, ihr braucht mit dem Essen nicht auf mich zu warten. Und weil der Katholizismus nur Buße predigt, aber dem Glück keine Chance bietet, hat sich Mama auf der Suche nach Antworten eben in die Arme dieser Seelenräuber gestürzt.«

»Ich hatte immer ein ganz anderes Bild von Edmundo, mir gegenüber hat er nie mit seinen Eroberungen geprahlt. Für mich war er eher ein zurückhaltender, schwermütiger Mensch. Und diese Lorena hat das Wunder vollbracht, ihn aus den Fängen seines eigenen Charakters zu befreien.«

»Kann sein. Selbst für Massenmörder findet sich manchmal noch eine geschichtliche Rechtfertigung. John F. Kennedy wäre nie zum Mythos für die amerikanischen Demokraten geworden, hätte man ihn nicht in Dallas ermordet. Er wäre bis zu den Ohren im Schlamm des vietnamesischen Dschungels versunken und hätte selbst den Rückzugsbefehl für das Imperium geben müssen.«

»Also Ruhmesfanfaren für Lee Harvey Oswald.«

»Und für seine Arbeitgeber beim CIA.«

Ich wusste nicht, ob Kennedys Ermordung die Welt verändert hatte, aber eines stand fest: Lorenas Auftauchen hatte Edmundo verändert. Als ich ihn zum letzten Mal sah, hatte er fröhlich gewirkt und ausgesehen wie ein übernächtigter Sieger, wie ein alter Boxer, der müde und schwabbelig, aber mit ungebrochenem Kampfgeist in den Ring zurückgekehrt war und von den Rängen Ovationen erhielt, obwohl er sicher schon in der ersten Runde wie ein Sandsack zu Boden gehen würde.

Die Liebe und der Tod – und das ist alles andere als neu – sind das einzige krisenfeste Pärchen, das ich kenne.

Fünf Ich beschloss, in Bahía Blanca zu übernachten, in demselben Hotel, in dem auch die Mutter und Tochter meines ermordeten Freundes untergebracht waren. Nachdem wir gemeinsam zu Abend gegessen hatten, verabschiedeten wir uns bis zum nächsten Tag, an dem ich mit ihnen in Isabels Auto nach Buenos Aires zurückfahren wollte.

Ich war deprimiert. Mir war mein Wagen geklaut worden, weil ich unbedingt pinkeln gehen musste. Und statt einfach meine Anzeige wegen Autodiebstahls aufzunehmen, war ich mir auf dem Revier vorgekommen, als unterzögen mich die Bullen einem Kreuzverhör, als wäre ich irgendeines Verbrechens verdächtig. Obendrein hatten sie dann nur gebrummt, dass der Diebstahl im Gerichtsbezirk von Carmen de Patagones passiert sei, weshalb sie nicht mehr tun könnten, als mir das schmierige Formular auszuhändigen, das ein spindeldürrer Bulle auf einer verrosteten Remington mindestens eine halbe Stunde lang tippte, immer wieder unterbrochen vom Schlürfen an seinem Matetee und Anrufen, die mit seinem Polizeijob wenig zu tun hatten: Der Kerl nutzte seine Schicht auf dem Revier, um seine Berufung zum Lottobetreiber auszuleben; er war sogar so dreist, in meiner Anwesenheit unverhohlen Einsätze entgegenzunehmen und mit seinen

Kunden über die Bedeutung von so häufigen Zahlen wie 22 oder 48 zu diskutieren.

Danach hatte ich bei der Versicherung angerufen, wo man mir erklärte, dass das polizeiliche Protokoll zwar genüge, um die Bearbeitung des Falls in die Wege zu leiten, dass ich aber irgendwann noch einmal nach Patagonien fahren müsse, damit mir »die zuständige Behörde eine offizielle Bescheinigung über den Diebstahl ausstellt«.

Ich hatte also allen Grund, tausendmal dieses System zu verfluchen, in dem alle sich die Hände in Unschuld wuschen, wenn etwas verschwand, seien es nun Autos oder alte Freunde, auch wenn dies nicht weiter verwunderlich war in einem Land, das ganze Flotten mit Lebensmitteln im Ausland verschwinden ließ und für mehr als die Hälfte seiner Einwohner nur Almosen und Abfälle übrig hatte. Und dazu erklang die alte Leier, dass Argentinien nicht verdiente, was es gerade durchmachen musste und unaufhaltsam seiner höheren Bestimmung entgegenschritt.

In der Hoffnung, irgendwo mein Auto zu finden, stromerte ich an diesem Abend schlecht gelaunt durch die Straßen von Bahía Blanca. Bald wurde mir jedoch kalt, und so war ich froh, als ich die wohlbekannte Neonreklame mit den roten Buchstaben und dem erhobenen Sektglas entdeckte. »Pro Nobis« hieß der Schuppen, und wenn man die Geduld eines Kunstliebhabers aufbrachte, der im Prado einen Goya betrachtet, sah man, dass abwechselnd die Flöte und ein paar nicht weniger klassisch gespreizte Frauenbeine aufleuchteten.

Auf der Suche nach ein bisschen Wärme und einem Schluck Alkohol in Gesellschaft einer Frau, die mich nicht mit Forderungen und Geständnissen verwirrte, trat ich ein. Als junger Mann hatte ich diese Art von Kaschemmen gemieden, diese Zufluchtsorte von Verzweifelten, Seeleuten auf Landgang, auf dem Festland Gestrandeten. In diesen dunklen Stollen schürften sie nach dem schmutzigen Gold ihrer Erinnerungen, gab es im Leben eines jeden einsamen Wolfs doch eine Frau, die ihn betrogen hatte, eine Frau mit langer Mähne und perfektem Körper, deren Verlust er sein Leben lang beklagte, obwohl er wusste, dass er von den gleichen Irrtümern und Widersprüchen heimgesucht und sie trotz ihrer Verachtung wieder bedingungslos lieben würde, sollte er ihr noch einmal begegnen.

»Spendier mir einen Whisky«, begrüßte mich die Rothaarige und setzte sich zu mir an den Tresen. Die zuckenden Stroboskoplichter des Bordells, rot wie ihr Haar, machten sie fast zu einem ätherischen Wesen, das zwischen den Rauchschwaden zu schweben schien.

Der Barkeeper war ein blonder Bär, der einem Film von Ingmar Bergmann entsprungen schien, nachts aber heimlich Pornos drehte, um vor der Kamera Sex zu haben, ohne zwischen Koitus und Koitus lange Monologe über die menschliche Natur halten zu müssen. Als ich ihn bat, der Rothaarigen echten Whiskey einzuschenken, sah er mich an, wie ich ihn ansehen würde, wenn er Schwedisch mit mir spräche.

»Wenn die Rothaarige Durst hat, soll sie Wasser trinken«, erklärte ich ihm, »das macht mir nichts aus. Aber ich gebe kein Geld für fades, eingefärbtes Zeug aus, dafür will ich diesen heutigen Tag viel zu schnell vergessen.«

»Vergessen kannst du hier garantiert«, erwiderte die Rothaarige an seiner Stelle. »Und wenn du nach dem dritten Drink Rotz und Wasser heulst, geht der vierte aufs Haus.«

»Whow! Und ich dachte, in Sachen Marketing gäb's schon längst nichts Neues mehr.«

»Mach erst mal deinen Hosenstall zu. Nicht, dass es hinterher heißt, ich wär's gewesen. Wir halten uns hier an unsere Direktiven.«

Sprachlos starrte ich sie an. Statt einer Schönen der Nacht, mit der ich für ein paar Stunden zusammen sein konnte, ohne sie danach je wiedersehen zu müssen, wirkte sie auf einmal wie ein Kindermädchen auf mich.

»O Gott, du bist ja rot geworden. Bei der Beleuchtung sieht man's zwar kaum, aber du bist tatsächlich rot geworden!«, rief sie nun und zwinkerte dem Schweden demonstrativ zu. Die beide sahen sich in die Augen und lachten, wahrscheinlich waren sie ein Liebespaar und bekämpften mit diesen Spielchen das nächtliche Einerlei.

Ihre Hand spielte nun mit dem Reißverschluss an meinem Schritt und streichelte meinen kleinen Freund, doch der zeigte nicht die geringste Erregung, ja, er schien nicht einmal zu bemerken, dass die warmen Finger, die ihn rieben, zu einem Wesen des anderen Geschlechts gehörten. Instinktiv blickte ich mich um. Der Technosound war betäubend, und die Lightshow blendete mich tierisch – aber ich war der einzige Kunde in der womöglich einzigen Bar, die in diesem Provinznest um zwei Uhr nachts noch aufhatte.

Derweil nahm die Rothaarige erleichtert zur Kenntnis, dass ich wirklich nicht auf Sex aus war, sondern nur eine moralische Stütze suchte, ein bisschen Small Talk oder wohltuendes Schweigen.

Umrahmt von einem Anker und einer Rettungsweste, erinnerte an der Wand ein Foto des von den Briten auf offener See versenkten Kreuzers »General Belgrano« an das Massaker des Falklandkriegs, und die Rothaarige begann, mir von ihrem Bruder zu erzählen, der sein feuchtes Grab auf dem Grund des Atlantiks gefunden hatte. Er war damals noch keine zwanzig gewesen, als das U-Boot »Conqueror« sein Schiff torpedierte, auf Anweisung der eisernen Lady, die mit ihrer Politik der verbrannten Erde in Argentinien den restaurativen Peronismus der Neunzigerjahre inspirierte.

»Er könnte jetzt hier am Tresen sitzen und aufpassen, dass seine kleine Schwester nicht an alte Lustmolche gerät«, erklärte die Rothaarige und schwieg einen Augenblick. »Manchmal sehe ich ihn durch die Tür dort kommen«, gestand sie mir dann, und ich sah in die Richtung, in die ihr Zeigefinger deutete, zum mit einem roten Vorhang verdeckten Hintereingang. »Er setzt sich auf den Platz, auf dem du jetzt sitzt, und bittet mich um eine Zigarette; er hat sich nie welche gekauft, immer nur geschnorrt, hellen, dunklen Tabak, Marihuana, Gras, ganz egal. Such dir einen anderen Job, sagt er immer, meine Schwester soll keine Hure sein.«

Ich zweifelte nicht daran, dass die Geschichte für die Rothaarige wahr war, dass der Kerl tatsächlich vorbeikam, ihr Ratschläge gab und dann noch eine Weile still dasaß und rauchte, und seine Schwester darauf wartete, dass er wieder ging, weil sie ihm ersparen wollte, mit ansehen zu müssen, wie sie für ein paar Pesos ihren Körper verkaufte, dieses von zahnlosen nächtlichen Haifischen angeknabberte Fleisch, das nur im Halbdunkel noch knackig erschien. Schweigend hörte ich ihr zu, wie es auch ihr Bruder getan hätte, und brach erst auf, als der Schwede bemerkte, es gebe keine Drinks mehr, für heute sei Feierabend.

Als ich auf die Straße trat, war es kurz vor drei. Über mir erlosch die Neonreklame, die Frauenbeine hielten mitten in der Bewegung inne. Ich hätte das Hotel nicht mehr verlassen sollen, sagte ich mir, und sah mich bestätigt, als aus dem wenige Meter entfernt geparkten Auto zwei im Fitnessstudio gestählte Männer stiegen und mich mit zwei gezielten Fausthieben niederstreckten.

Sechs Keine Ahnung, wie lange ich bewusstlos war. Wahrscheinlich nur kurz, denn der Tag war noch nicht angebrochen, als ich benommen und mit tierischen Bauchschmerzen aufwachte, für die endlich einmal nicht mein chronisches Magengeschwür verantwortlich war. Ich hörte Stimmen um mich herum. Da ich jedoch nicht noch einmal verprügelt werden wollte, kniff ich die Augen zu und betete wie ein Idiot zu Gott, dass alles nur ein böser Traum war, verwarf diese Hypothese aber, als ich vor Kälte zu zittern begann.

»Hier, decken Sie sich damit zu«, sagte eine raue Stimme, und eine Lederjacke landete auf meinem Kopf. »Keine Angst, Sie sind bei Freunden. Die Diebe haben Ihre Jacke mitgenommen und Ihnen ordentlich die Eier poliert. Den Rest sollte wohl die Kälte erledigen.«

»Mir macht keiner weis, dass das nur ein paar Langfinger waren«, flötete eine zweite Stimme aus dem Hintergrund.

Neugier ist stärker als Vorsicht. Stöhnend zog ich die Jacke vom Gesicht und öffnete die Augen. Als Erstes sah ich die rote Glutspitze einer Zigarette, die im rechten Mundwinkel von dem mit der rauen Stimme hing.

Ich lag auf einer Pritsche, deren elastische Latten nur mit einer Decke gepolstert waren. Der mit der piepsigen

43

Stimme musste auf dem Gang stehen, jenseits der Gitterstäbe, wie ein Besucher. Ich hustete vorsichtig und versuchte mich aufzurichten, was der stechende Schmerz in der Magengegend aber zu verhindern wusste. Der mit der rauen Stimme half mir, mich mit der Jacke zuzudecken.

»Bleiben Sie ruhig liegen«, sagte er und begann vor mir auf und ab zu gehen. »Der Doktor kommt gleich. Wir mussten ihn aus dem Tiefschlaf reißen. Diese Stadt ist ein Dorf, hier gibt es nicht viele Notfälle«, fügte er hinzu, wie um den Arzt in Schutz zu nehmen, »richtig brutale Kerle findet man nur in Buenos Aires.«

Aha, dachte ich, dann bin ich also quasi mit Samthandschuhen zusammengeschlagen worden. Gut zu wissen, dass das nur eine kleine Demonstration eines hinterwäldlerischen Knockouts gewesen war.

Die Zelle – denn eine Krankenstation war es sicher nicht – wurde nur spärlich von dem Licht auf dem Gang beleuchtet. Die Silhouette des Kerls mit der rauen Stimme, die sich davor abzeichnete, war riesig. Es war nicht auszuschließen, dass es sich um die gleichen Typen handelte, die mich verdroschen hatten. Unlogisch war allerdings, dass sie mich erst bewusstlos schlugen und dann aufs Polizeirevier schleiften. Sie hätten mich auch höflicher festnehmen können, denn für gewöhnlich widersetzte ich mich korrekt formulierten Haftbefehlen nicht.

»Ich frage mich, was einen braven Bürger aus Buenos Aires dazu treibt, mitten in der Nacht sein gemütliches Hotelbett zu verlassen, um eine Spelunke wie das ›Pro Nobis‹ aufzusuchen. Was hatten Sie dort verloren?«, fragte der mit der rauen Stimme geradeheraus.

»Wer sind Sie?«, fragte ich zurück, als hätte der Typ tatsächlich etwas anderes sein können als ein Bulle.

»Polizeihauptwachtmeister Ayala«, stellte er sich mit

einer Förmlichkeit vor, die mich überraschte. »Und der dort ist Wachtmeister Rodríguez«, fügte er mit einem Nicken Richtung Gang hinzu.

Ich holte so tief Luft, dass der stechende Schmerz in der Magengrube mich erneut aufstöhnen ließ.

»Ruhig Blut, der Doc ist sicher schon unterwegs.«

»Wahrscheinlich putzt er sich gerade noch die Zähne«, meinte der auf dem Gang. »Das ist bei dem eine regelrechte Manie, erst putzt er sich hingebungsvoll Beißer für Beißer, dann reinigt er mit einem Stück Zahnseide jeden einzelnen Zwischenraum, und zum Schluss gurgelt er noch mit Mundwasser. Eine halbe Stunde Mundpflege ist bei dem gar nichts.«

»Wenn ich eine Tussi wäre, würde ich mir die Muschi von ihm lecken lassen«, erwiderte der Bulle, der neben mir saß, und beide wieherten vor Lachen wie ein betrunkenes Gesangsduo.

»Mein Geld habe ich alles im ›Pro Nobis‹ gelassen«, sagte ich, während ich vorsichtig meine leeren Taschen abklopfte. »Warum wurde ich dann überfallen?«

Die beiden brachen mitten im Lachen ab, als hätte jemand den Stecker gezogen.

»Das werden Sie selbst wohl am besten wissen«, sagte Ayala mit ausdrucksloser Miene.

»Mich hat jedenfalls noch nie jemand nur zum Spaß verdroschen«, fügte Wachtmeister Rodríguez hinzu.

Spätestens jetzt war mir klar, dass ich nicht in dieser Zelle lag, weil es auf der Polizeiwache keinen gemütlicheren Raum gab.

»Soweit ich weiß, habe ich nichts Schlimmes verbrochen. Ich bin alleinerziehender Vater einer erwachsenen Tochter, die inzwischen in Australien lebt. Ihre Mutter hat mir das Sorgerecht übertragen, als sie mich vor Jahren verlassen hat. Ich muss also niemandem Unterhalt zahlen.«

»Wieso sind Sie nach Bahía Blanca gekommen?«

Ayala hatte die Frage gestellt. In diesem Moment winkte Rodríguez ihn zu sich und bot ihm eine Zigarette an. Doch sein Boss schnauzte ihn an, dass er zwei Monate zuvor mit dem Rauchen aufgehört habe und er ganz genau wisse, wie er sich zusammenreißen müsse, um nicht rückfällig zu werden, er solle sich gefälligst allein vergiften! Rodríguez zuckte darauf nur mit den Schultern und steckte sich eine an, während er mich aus den Augenwinkeln beobachtete. Suchte er mein Einverständnis oder wollte er sehen, wie es um mein Kurzzeitgedächtnis bestellt war?

Doch das war zum Glück noch intakt: Der Polizeihauptwachtmeister hatte vorhin, als ich aufwachte, geraucht, wie mir nun wieder einfiel. Ayala hatte sich inzwischen wieder zu mir umgedreht und harrte noch immer einer Antwort. Ich reagierte wieder mit einer Gegenfrage.

»Stehe ich unter Anklage?«

Diesmal blieb er mir die Antwort schuldig. Fast sah es so aus, als wollte er gehen. Er trat ans Gitter und fragte Rodríguez, ob der himmelblaue VW des Doktors schon vorgefahren sei. Als der Wachtmeister nach einem kurzen Blick nach draußen den Kopf schüttelte, machte Ayala auf dem Absatz kehrt, trat an meine Pritsche, sah mir in die Augen – und gab mir mit der rechten Hand eins vor die Fresse.

»Zu Bauchschmerzen kann immer ganz schnell ein Ausschlag hinzukommen«, sagte er nur, bevor er mir mit der linken noch eine runterhaute, sodass mir Hören und Sehen verging. »Wenn man Pech hat, beidseitig.«

Ich habe nur noch wenige Zähne, und die sind allesamt kaputt, aber zum Glück bin ich noch nicht der Versuchung erlegen, mir ein künstliches Gebiss zuzulegen, denn spätestens bei der zweiten Ohrfeige wäre es in hohem Bogen rausgeflogen. Ich fluchte unflätig, während sich mein Mund mit Blut füllte.

»Himmelblauer VW beim Einparkmanöver, Hauptwachtmeister«, verkündete Rodríguez in diesem Augenblick.

»Wenn der Doktor dich fragt, sagst du, dass du gestürzt bist«, instruierte mich Ayala. »Jemand hat dich auf der Straße zusammengeschlagen, und als du dich aufrappeln wolltest, bist du ausgerutscht und lagst, bums, mit dem Gesicht auf dem Bürgersteig.«

»Arschloch! Verdammter Hurensohn!«, brüllte ich.

»Na, na, na! Wenn ich solche unschönen Worte noch mal von dir höre, mache ich Hackfleisch aus dir. Und du solltest eins wissen: Der Doc ist beim Ausstellen von Totenscheinen nicht sehr gewissenhaft. Wenn ihm die Lebenden wichtiger wären als die Toten, wäre er nicht Gerichtsmediziner geworden.«

Ich glaubte ihm und verfluchte insgeheim meine Bockigkeit bei Polizeiverhören. Ich war nicht mit bösen Absichten an den Arsch der Welt gefahren, aber schließlich hatte ich auch nicht damit gerechnet, plötzlich einen ermordeten Freund zu haben und mich mit einer Blondine auseinandersetzen zu müssen, die in mein Auto gestiegen und danach damit verschwunden war.

Grußlos und mit gesenktem Blick kam der Gerichtsarzt herein. Der kleine, untersetzte Mann mit Glatze war Mitte fünfzig und schwitzte, trotz der Grabeskälte in der Zelle. Nachdem er mich mit seinem Atem eines fleischfressenden Gauls betäubt hatte, horchte er mit seinem Stethoskop meinen Ranzen ab, wobei er allerdings so fest draufklopfte, dass die lokale Anästhesie nachließ und ich laut aufheulte. Dann reichte er mir ein Stück Gaze aus seinem Köfferchen, mit dem ich das Blut um meinen Mund abwischen konnte, und fragte besorgt, ob mir ein Zahn abgebrochen sei. Ich schüttelte den Kopf.

»Nein, die gesunden Zähne macht mir schon mein Zahnarzt kaputt.«

»Und die Gesichter Ihrer Angreifer haben Sie nicht gesehen?«, forschte er nach. Ein klarer Fall von Kompetenzüberschreitung.

»Ich kam nicht dazu, die Augen zu öffnen«, redete ich mich heraus.

»Bahía ist eine ruhige Stadt. Wenn es hier zu Gewalt kommt, ist der Täter immer von außerhalb«, stellte er klar, während er mir ein paar Tabletten in die Hand drückte. »Nehmen Sie das gegen die Schmerzen. Und ruhen Sie sich aus. Es könnte sein, dass Sie innere Verletzungen haben.« Er kritzelte noch etwas auf seinen Rezeptblock.

»Warum sind Sie nach Bahía Blanca gekommen?«, fragte er dann, als hätte er Anweisungen von Polizeihauptwachtmeister Ayala erhalten.

»Nichts Besonderes. Nur ein toter Kumpel.«

Ayala, der sich knapp einen Meter hinter dem Arzt postiert hatte, nickte zufrieden.

»Todesursache?«, fuhr der Gerichtsmediziner das Verhör fort, sodass ich mich fragte, ob Ayala nicht Bauchredner und der pummelige Doktor seine Puppe war.

»Das Übliche. Ein Schuss aus nächster Nähe.«

Der Gerichtsmediziner schaute Ayala fragend an, worauf der endlich auch seinen Beitrag leistete.

»Cárcano hieß er. Direktorenposten beim Ölkonzern CPF. Fünftausend Dollar netto plus Provision.«

Ich konnte einen bewundernden Pfiff nicht unterdrücken.

»Seine Witwe hatte also recht: Mein alter Kumpel hat sein fettes Gehalt mit außerehelichen Blondinen auf den Kopf gehauen.«

»Fünftausend Mäuse ... So viel verdient ja nicht mal der König von Frankreich!«, bemerkte Rodríguez blass vor Neid und steckte sich auf dem Gang eine neue Zigarette an. »Ich bekomme achthundert dafür, dass ich Kopf und Kragen riskiere und den Dreck von der Straße räume, und wenn ich pensioniert werde, bleibt mir gerade mal die Hälfte. Scheiße!«

»Scheiße hoch zwei. Wegen deines mickrigen Gehalts. Und weil Frankreich keinen König mehr hat«, belehrte ihn der Gerichtsmediziner spöttisch und wandte sich dann wieder an mich. »Und Sie gehen jetzt am besten in Ihr Hotel und legen sich zwei Tage ins Bett.«

Ayala nickte. Mir glühte zwar noch immer das Gesicht von seiner Handschrift, aber er war mir trotzdem nicht gänzlich unsympathisch.

»Ich glaube, dass zwölf Stunden Bettruhe reichen«, korrigierte der Polizeihauptwachtmeister die ärztlichen Anweisungen. »Heute Abend kann er zurück nach Buenos Aires fahren. Hier in Bahía Blanca wird er jedenfalls nicht mehr gebraucht.«

»Eigentlich wollte ich schon in zwei Stunden los, zusammen mit Cárcanos Witwe und ihrer Tochter.«

Der Arzt legte den Rezeptblock und das Stethoskop zurück in seinen Koffer.

»Wie Sie meinen. Ich übernehme allerdings keine Verantwortung, wenn Sie unterwegs krepieren«, schnaubte er verärgert. »Ich dachte eigentlich, es wäre was Ernstes, als man mich aus dem Bett geholt hat.«

Gemeinsam verließen der pummelige Arzt und ich das Polizeirevier. Keine Erklärung für die Abreibung auf der

Straße, keine Entschuldigung für den Nachschlag in der Zelle.

Der Doc war so anständig, mich ins Hotel zu fahren. Allein hätte ich es niemals wiedergefunden, selbst wenn es nur sechs Häuserblocks entfernt gewesen wäre, ich kannte die Stadt nicht und erinnerte mich auch nicht an den Namen. Bevor ich ausstieg, riet mir der Arzt noch, ich bräuchte zwar tatsächlich Bettruhe, er an meiner Stelle würde Ayalas Aufforderung aber trotzdem Folge leisten. Ich dankte ihm und verstand: Es war bestimmt kein Vergnügen, die Leiche eines Kerls zu sezieren, mit dem man eben noch geplaudert hatte.

»Zimmer 347«, rief mir der Portier ins Gedächtnis, denn auch das hatte ich vergessen.

Es dämmerte schon, und ich hatte mich um acht mit Mónica und Isabel zum Frühstück verabredet. Ohne Licht zu machen, legte ich mich völlig erschöpft und mit schmerzenden Knochen ins Bett. Und dann drehte ich mich auf die linke Seite, denn wenn ich auf dem Rücken einschlief, weckte mich mein eigenes Schnarchen.

Im Bett auf eine blendend aussehende und zudem nackte Blondine zu stoßen, ist sicher der Traum eines jeden Teenagers. Was dann passiert, hängt von der Kondition und den Umständen ab. Meine körperliche Leistungsfähigkeit an diesem Morgen war zwar alles andere als gut, ein bisschen Energie brachte ein Mann jedoch immer auf, wenn die Reize nur stark genug waren. Die Umstände hingegen hätten schlimmer nicht sein können.

Die Blondine war Lorena. Und sie war tot.

Sieben Eines war sofort klar: Aus dem gemeinsamen Frühstück mit Edmundos Witwe und seiner Tochter würde nichts werden. Klar war auch, dass ich schnurstracks zurück in die Zelle wandern und mit nicht gerade zimperlichen Methoden verhört werden würde, wenn ich jetzt aus dem Zimmer stürmte und damit herausplatzte, dass in meinem Bett eine Leiche lag. Diesmal würden sich die beiden Provinzpolizisten nicht die Mühe machen, den pummeligen Doc aus den Federn zu holen.

Es tut mir immer in der Seele weh, wenn junge Menschen sterben müssen. Ich frage mich dann, was ich mit meinen fast sechzig Jahren noch auf dieser Welt zu suchen habe, zumal ich körperlich und geistig immer mehr abbaue und auch niemandem mehr Hoffnung einflöße.

Der Blondine war nicht einmal die Zeit vergönnt gewesen, um von den Männern enttäuscht zu werden oder gar ihre Sünden zu bereuen. Man hatte ihr das Stilett direkt unterhalb des linken Busens in die Brust gestoßen. Jemand hatte mit ihr geschlafen und sie danach oder währenddessen aufgespießt wie eine Voodoopuppe.

Da lag sie auf dem Rücken. Lorena. Armes Ding.

Zwischen der Wollust und dem Eintritt ins Nichts waren wahrscheinlich nicht mehr als dreißig Sekunden vergangen. Ein kleiner Blutkreis, vom Durchmesser nicht größer als der Hof ihrer Brustwarze, mehr war nicht zu sehen. Ich suchte nach weiteren Verletzungen, nach irgendeiner Spur von Gewaltanwendung. Vergeblich.

Armes Ding. Nun konnte sie nicht mehr vor mir flüchten wie im Restaurant. Jetzt war ich vielmehr derjenige, der abhauen musste.

Ich konnte mir nicht vorstellen, dass Ayala mir meine Unschuld abkaufte, auch wenn man sich eigentlich an den fünf Fingern abzählen konnte, dass die knappe Viertelstunde zwischen dem Verlassen des Polizeireviers und der Entdeckung der Leiche im Leben nicht ausreichte, um eine Blondine zu verführen und zu ermorden. So viel Grips hatte er aber wahrscheinlich nicht im Kopf, weshalb er nicht lange fackeln und die Maßnahme ergreifen würde, die einem Bullen immer zuerst einfiel: den Erstbesten durch die Mangel zu drehen.

Zum Glück kam mir jemand in den Sinn, der mir helfen konnte: der Doktor. Allerdings wusste ich nicht einmal, wie er hieß.

»Burgos«, erklärte mir der Portier dienstbeflissen, als ich ihn nach dem Mann fragte, der mich ins Hotel gebracht hatte. »Niemand sonst in Bahía Blanca oder sonstwo in Patagonien würde seinen VW Polo himmelblau lackieren lassen.«

Er suchte in seinem privaten Adressbuch nach seiner Nummer und schrieb sie mir auf einen Zettel.

»Der Doktor hat meine Frau entbunden. Vier Mädchen, jedes Jahr eines«, lobte er Burgos' berufliche Qualitäten und lehnte sich dann vertraulich über die Theke. »Und letztes Jahr hat er uns zum Glück ganz schön was erspart. Zwillinge ...«

»Wo ist die Leiche?«, fragte der pummelige Arzt fünf Minuten später, nachdem ich ihm erzählt hatte, was passiert war. Er schien überhaupt nicht überrascht zu sein.

»In meinem Hotelzimmer.«

»Sie sollten längst Tausende von Kilometern entfernt sein, am besten im Ausland.«

»Ich habe sie nicht umgebracht.«

»Glauben Sie im Ernst, dass Ihnen das jemand abnehmen wird? Hier gibt's die Begnadigung immer erst nach dem Scheiterhaufen, Don ... Wie heißen Sie noch gleich?«

»Pablo Martelli. Aber meine Freunde nennen mich Gotán.«

»Wer immer die Leiche in ihrem Zimmer deponiert hat, Don Gotán: Er will sie Ihnen anhängen. Haben Sie ein Auto?«

»Das hat mir die Tote gestohlen.«

»Verdammte Scheiße!«, knurrte er und überlegte einen Augenblick. »Also gut: Dann nehmen Sie jetzt ein Taxi zum Bahnhof und warten dort auf mich. Seit in Bahía kaum noch Züge halten, wird er von den Bullen nicht mehr kontrolliert. Ist auch nicht mehr nötig: Als die Eisenbahnlinien stillgelegt wurden, hat man alles geplündert, was nicht niet- und nagelfest war.«

Vor der öffentlichen Telefonzelle winkte ich einem Taxi. Auf dem Weg zum Bahnhof bat ich den Fahrer, kurz vor dem Hotel zu halten. Der Hoteldiener an der Tür war überrascht, mich schon nach fünf Minuten wiederzusehen.

»Hat jemand nach mir gefragt?«

Ermutigt durch sein spontanes Nein, eilte ich zur Rezeption, wo ich dem Portier hundert Pesos unter das Gästebuch schob.

»Ich habe Sie nicht nach dem Arzt mit dem himmel-blauen VW Polo gefragt«, sagte ich.

Er lächelte wie eine Sphinx, was mir die Gewissheit gab, dass ich ihm vertrauen konnte wie ein Bambi einem hungrigen Löwen. Aber ich wollte es wenigstens versucht haben, mir sein Schweigen zu erkaufen.

Ich muss gestehen, dass es mir bis auf den heutigen Tag schwerfällt, jemanden zu schmieren. Meine Beste-chungskünste hinken der Fähigkeit der einfachen Leute weit hinterher, sich den schmutzigen Regeln der Realität anzupassen: Dass eine Wöchnerin für ein paar Kröten ihr Kind verkaufte, stand in Argentinien längst nicht mehr auf der Titelseite in ›La Nación‹, sondern war höchstens noch auf Seite 46, dritte Spalte, unter »Vermischtes« zu lesen.

An dem Bahnhof im viktorianischen Stil hatten früher die eingestaubten Schnellzüge aus Neuquén, Bariloche und Zapala gehalten, besetzt mit Reisenden, denen das Staunen über Patagoniens unwirtliche Steppe ins Gesicht geschrieben stand. Indios – Mapuche, Araukanier und Te-huelche – hatten über sie geherrscht, bis sie die Feldzüge unter General Roca im 19. Jahrhundert dezimiert hatten, nach dem die peronistische Regierung später ebendiese Bahnlinie benannte. Inzwischen verkehrte zwischen Buenos Aires und Bahía Blanca nur noch ein einziger Zug am Tag, weil, wen wundert's, die meisten Reisenden lieber den Bus nahmen, da sie kein Vertrauen in die Pünktlich-keit und Zuverlässigkeit der Eisenbahn hatten. Und dieser Zug fuhr nachts, weshalb der Taxifahrer erstaunt war, dass jemand um sieben Uhr morgens zum Bahnhof wollte.

»Der Fahrkartenschalter öffnet erst um zwölf«, erläu-terte er ungefragt.

Ich zuckte mit den Schultern. »Ich bin Fotograf und arbeite an einer Serie über Eisenbahnlinien.«

Argwöhnisch sah der Taxifahrer in den Rückspiegel auf der Suche nach einer Kamera. Um nicht länger seinem inquisitorischen Blick ausgesetzt zu sein, stieg ich schnell aus, ohne auf das Wechselgeld zu warten.

»Hier treibt sich allerlei Gesindel rum, seien Sie vorsichtig«, riet er mir noch, bevor er den Gang einlegte und dann langsam losfuhr, den Blick durchs Seitenfenster auf mich gerichtet.

Es war noch nicht einmal richtig hell. Die Bahnstation sah düster und verlassen aus. Nicht gerade der ideale Ort für ein Treffen. Doch wie dem auch sei: Wenn der pummelige Gerichtsmediziner mir eine Falle gestellt hatte, war es für einen Rückzieher jetzt sowieso zu spät. Ich wollte nicht aus der Stadt verschwinden, mit der Polizei auf den Fersen, ohne wenigstens einen Hinweis dafür gefunden zu haben, was eigentlich vor sich ging. Und Burgos schien der Einzige zu sein, der mir vielleicht weiterhelfen konnte.

Keine fünf Minuten später kam der himmelblaue VW aus einer schlammigen Seitenstraße gerumpelt und bremste auf dem Parkplatz neben einem Güterwaggon. Mit einer Kopfbewegung gab Burgos mir zu verstehen, dass ich einsteigen sollte.

»Was für eine Nacht!«, begrüßte ich ihn und ließ mich auf den Beifahrersitz fallen.

»Eine Scheißnacht. Aber jetzt fahre ich Sie erst mal an einen sicheren Ort«, erwiderte er, legte mit einem Krachen den Rückwärtsgang ein und ruckelte dann zurück zu der ungeteerten Straße, wo der VW eine 180-Grad-Wende machte. Ich legte den Sicherheitsgurt an.

Amüsiert warf Burgos mir einen kurzen Seitenblick zu. »Wenn wir einen Unfall bauen und der Wagen Feuer fängt, werden Sie jämmerlich verbrennen. Ich für meinen Teil vertraue da lieber dem Schicksal.«

Ich entgegnete nichts, dachte aber insgeheim, dass er wohl eher seinen Fettpolstern vertraute, seinem natürlichen Airbag. Er zog eine Zigarette aus dem Päckchen auf dem Armaturenbrett und bot mir erst eine an, als seine angezündet zwischen den Lippen hing.

»Homöopathie. Zwei oder drei Zigaretten sind die beste Vorsorge gegen Lungenkrebs.«

Dankbar nahm ich die Arznei an und zog genüsslich den heilsamen Rauch ein.

»Warum vertrauen Sie mir eigentlich?«, fragte ich.

»Und warum vertrauen *Sie* mir? An meinem Gesicht kann's nicht liegen.«

Glatze, Dreitagebart, blutunterlaufene Augen aus Schlafmangel oder Folge einer Sucht: An seinem Gesicht lag es wirklich nicht. Und ebenso wenig an seiner halsbrecherischen Fahrweise, die ihm haufenweise Strafzettel einbringen musste, oder seinem Schnaufen, so, als hätte er gerade selbst jemanden umgebracht und wäre auf der Flucht.

»Das ist der dritte Mord mit diesen Merkmalen«, sagte er. »Deshalb bezweifle ich, dass Sie sie begangen haben.«

So, wie er es sagte, war nicht klar, ob er nun an meine Unschuld glaubte oder mir schlicht und einfach solch schwierige Taten nicht zutraute.

Auf einer langen, von Olivenbäumen gesäumten Straße gab er Gas, bis der Asphalt holprig wurde.

»Daran sind die Viehdiebe schuld«, erklärte Burgos und drosselte das Tempo. »Ihre Lastwagen haben die Straße so zugerichtet. Die Kerle schlachten die Rinder nachts schwarz auf den Weiden und liefern sie zum halben Preis direkt an die Fleischerei. Daran verdienen alle: die Diebe, die Fleischer und die Verbraucher, die ihr Filet zum Preis einer Haxe bekommen.«

»Aber die Hygiene ...«

»Ach, kommen Sie mir doch nicht damit«, unterbrach er mich. »Denken Sie nur an England: Eins-A-Hygiene, und dann mästen sie die Tiere mit künstlichem Dreck! Und was kommt dabei heraus? Rinderwahn. Nun, an irgendwas muss der Mensch sterben. Und ich sterbe gern an einem zarten, saftigen Steak.«

Wir bogen in eine schlammige Zufahrt ein, der VW verlor ruckzuck seine himmelblaue Farbe, aber der Arzt schnaufte vor Begeisterung, als säße er am Steuer eines Rennwagens. Merkwürdigerweise schwitzte er nicht mehr, als wir ans Ziel kamen.

»Mein Landhaus«, verkündete er und stellte den überhitzten Motor ab.

Von außen sah es aus wie ein einfacher Ziegelbau mit Strohdach. Aber innen offenbarte sich ein großer, prachtvoller Raum, der jeder Askese Lügen strafte.

»Wer liebt nicht den Luxus?«, sagte er, während er die Tür hinter mir schloss. »Aber nur die kleinen Leute stellen ihn zur Schau.«

Ich traute meinen Augen kaum, so groß war der Kontrast. Ich kam mir vor wie in einem Luxusbunker. Es fehlte an nichts, um eine Belagerung gut zu überstehen: Gefriertruhe, Mikrowelle, Fernseher, Videos, Handy, Bücherschrank und Weinlager, dazu eine kleine Bar in Form eines Fasses, die üppig mit härteren Getränken bestückt war. Zwei Sessel mit verstellbarer Rückenlehne, ein Bett und hinten in der Ecke ein Herd.

»Das hier ist mein Rückzugsort, den keiner kennt. Die Leute wissen zwar, dass ich ein Refugium habe, aber Sie sind der Erste, der es zu Gesicht bekommt, und das auch nur, weil Sie nicht von hier stammen und es sich um einen Notfall handelt.«

»Für die Polizei zu arbeiten ist kein leichter Job«, sagte ich vorsichtig.

»Ist aber tausendmal besser, als selber Bulle zu sein, glauben Sie mir, denn unsere Scheißgesellschaft opfert die Polizei auf dem Altar ihrer heuchlerischen Moral. Aber jetzt ruhen Sie sich erst mal aus. Sie werden noch genug Gelegenheit haben, angespannt zu sein.«

Ich gehorchte. Nachdem ich mir die schlammverschmierten Schuhe ausgezogen hatte, machte ich es mir in einem der Sessel bequem, während Burgos zwei Gläser Whiskey mit Eiswürfeln bestückte.

»Eigentlich wäre jetzt ja die Zeit für einen Milchkaffee mit Hörnchen, aber ich fürchte, damit kann ich nicht dienen«, entschuldigte er sich und pflanzte sich in den anderen Sessel, sodass seine Leibesfülle über den mit bunten Blumen übersäten grünen Stoff quoll.

Nachdem er einen Schluck von seinem Frühstück getrunken hatte, begann er zu erzählen. Je länger er sprach, desto bewusster wurde mir, in was für einem Labyrinth ich mich verirrt hatte und wie schwer, wenn nicht gar lebensgefährlich es werden würde, da wieder rauszufinden.

Acht Isabels Stimme klang abgehackt, als spräche sie aus einem fahrenden Auto, doch tatsächlich saß sie im Speisesaal des Hotels, wo sie mich zum Frühstück erwartete. Burgos hatte mir zwar von dem Anruf abgeraten, da er zurückverfolgt werden konnte und es sich zudem um sein Handy handelte, *fehlt nur noch, dass die mich für Ihren Komplizen halten, und das so kurz vor meiner Rente,* aber dann hatte er doch nachgegeben, *aber nur, weil es noch vor acht Uhr ist, da trinken alle Sicherheitskräfte der Provinz gerade ihren Mate.*

Noch hatte nichts den Alltag im Hotel »Imperio« aus dem Lot gebracht. Die Leiche der blonden Lorena lag wahrscheinlich noch in meinem Zimmer und wartete im eisigen Schatten des Todes darauf, dass das Zimmermädchen sie entdecken und schreiend auf den Flur laufen würde. Ich erklärte Isabel, was passiert war, damit der drohende Aufruhr sie nicht unvorbereitet traf und sie auf den Gedanken brachte, ich könnte etwas mit dem Mord zu tun haben.

Sie schwieg, und das so lange, dass ich sie bat, wenigstens auszuatmen, damit ich sicher sein konnte, dass die Leitung noch stand.

»Wo bist du jetzt?«, fragte sie leise.

»In Sicherheit. Zumindest in der nächsten halben Stunde. Ihr beide solltet aber sofort verschwinden. Bezahlt die Rechnung und nehmt ein Taxi nach Tres Arroyos.«

»Aber mein Auto steht doch in der Hotelgarage.«

»Gib den Schlüssel dem Portier, ich kümmere mich später darum. Uns bleibt jetzt keine Zeit für lange Erklärungen.«

»Gotán! Mama geht's nicht gut, sie ist sehr traurig und nicht in der Stimmung, Räuber und Gendarm zu spielen.«

»Hier geht es nicht um Räuber, Isabel, sondern um Mörder. Dein Vater ist nicht an einem Herzinfarkt gestorben.«

Ich biss mir auf die Lippen. Ich hätte voraussehen müssen, dass sie bei einer so blöden Bemerkung in Tränen ausbrach. Ich betete, dass keine Leute im Speisesaal waren oder ihr Weinen zumindest niemandem auffiel. Auch wenn es nicht gerade häufig vorkam, dass jemand um sieben Uhr morgens mit seiner Freundin Schluss macht, denken die Leute sofort an den Streit eines Liebespärchens, wenn eine Frau am Telefon losheult.

Auf einmal hörte ich im Hintergrund eine Stimme. Mónica. Sie fragte, was los sei.

»Das erkläre ich dir gleich«, sagte Isabel und putzte sich die Nase. Dann wollte sie wissen, was sie in Tres Arroyos tun sollten.

»Ihr steigt im Hotel ›Cabildo‹ ab und wartet dort auf mich«, erwiderte ich, wie Burgos es mir aufgetragen hatte.

»Und was ist, wenn du in der Zwischenzeit verhaftet wirst?«

»Dann gute Nacht ...«, sagte ich, und mir stockte eine Sekunde lang der Atem. »Wenn ich nicht bis heute Abend bei euch bin, dann nehmt ihr den Expressbus nach Buenos Aires. Er fährt um elf.«

»Das Busunternehmen heißt ›La Estrella‹, und sie haben Schlafsitze und Hostessen an Bord«, raunte mir Burgos zu.

»Wer spricht denn da im Hintergrund?«, fragte Isabel aufgeschreckt.

»Mein Schutzengel.«

Das Whiskey-on-the-rocks-Frühstück hatte dem pummeligen Gerichtsmediziner die Zunge gelöst.

»Serienkiller scheinen die kälteren Klimazonen zu bevorzugen; in Argentinien die Dörfer und Städte im Süden, in Europa und den USA die Städte im Norden. Dort kommt es häufiger zu Massakern als in den Bananenrepubliken der Karibik«, führte er mich in das Thema ein wie ein Universitätsprofessor. »Die Blondine in Ihrem Hotelzimmer ist schon die dritte in drei Wochen, und alle drei Morde tragen die gleiche Handschrift: erst Sex und dann, nach oder während des Orgasmus, ein Stich mit einem Stilett unter die linke Brust, mitten ins Herz. Es sind keine Prostituierten. Vielleicht will sich der Täter von den Mördern abheben, die an der Atlantikküste ihr Unwesen treiben. Nicht, dass seine Opfer Nonnen waren, aber sie waren doch sittsam, zumindest die beiden ersten, und die dritte ja wahrscheinlich auch. Schließlich war sie die Geliebte ihres ermordeten Freundes.«

»Da bin ich überfragt«, stellte ich klar.

Dann erzählte ich ihm, unter welchen Umständen ich sie kennengelernt hatte, und danach von unserer überstürzten Flucht, von ihrem hartnäckigen Schweigen auf dem nächtlichen Trip nach Nirgendwo, von dem Stopp an der Tankstelle.

Keine Ahnung, ob er mir glaubte, dass wir unterwegs nicht gevögelt hatten. Er hätte es jedenfalls gemacht, meinte er ganz ohne Lüsternheit wie jemand, der auf einer Autofahrt verkündet, dass er alle zwei, drei Stunden anhalten und pinkeln muss. Für ihn war es anscheinend vollkommen undenkbar, dass eine Frau wie Lorena schon die Idee, dass ein Frosch mit Stethoskop sich auf sie stürzte, abstoßend finden könnte.

»Sie sind nicht schwul.«

Seine Frage klang eher wie eine Feststellung. Dazu hob er das Glas wie die Freiheitsstatue ihre Fackel.

»Wer?«

»Sie, Don Gotán, wer denn sonst? Reine Neugier.«

Ich kam mir vor, als hätte mir gerade jemand eine geknallt wie Ayala auf dem Polizeirevier, nur dass diesmal das Adrenalin schuld war.

»Keine Angst«, beruhigte mich Burgos, »ich bin's auch nicht.«

Erleichtert atmete ich auf und prostete ihm zu.

»Dabei wäre das hier doch das ideale Liebesnest für ein Schäferstündchen mit einem Kerl jenseits des Haltbarkeitsdatums.«

Mit einem Grinsen, das so breit war, dass sein künstliches Gebiss verrutschte, schenkte er Whiskey nach, bevor er die Hand zum Mund führte, um es wieder zurechtzurücken.

»Ich bin seit zehn Jahren Witwer. Der Krebs wurde bei ihr zu spät erkannt. In null Komma nichts hat er wie ein Geier ihre Eingeweide zerfetzt. Sie war bis zum letzten Schnabelhieb voll bei Sinnen. Seither nehme ich jeden Job an, egal zu welcher Uhrzeit.«

»Auch den eines Notarztes für die Polizei.«

Er befeuchtete kaum die Lippen mit dem Whiskey. Eine verärgerte Grimasse war das Gegenstück zu dem Grinsen vorher.

»Und Sie?«, fragte er.

»Ich bin kein Arzt.«

»Was sind Sie dann?«

»Bulle.«

Auch Mireya hatte nicht glauben wollen, dass ich Bulle war. Als sie es erfuhr, ergriff sie die Flucht. Mireya hieß in Wirklichkeit Débora. Gegen den Kosenamen, den ich ihr gegeben hatte, sträubte sie sich ebenso wie gegen meinen Beruf. Aber Débora brachte ich einfach nicht über die Lippen; bei so einem Namen stand mir der Widerwillen ins Gesicht geschrieben wie bei jemandem, der mit einem Strauß Kallas an ein Grab kommt und sich von dem plötzlich wiederauferstandenen Toten sagen lassen muss: Danke, dass du gekommen bist, aber Nelken wären mir lieber gewesen.

Als er meine Miene sah, meinte Burgos, wir hätten später noch Zeit genug, uns gegenseitig unser Leben zu erzählen: wenn ich ins Gefängnis käme und mir der Prozess gemacht würde.

»Und was für ein Bulle?«

»Policía Federal.«

»Olala, einer von der Nationalen Schande!«, rief er in Anspielung auf die letzte Strophe der Schlachtrufe, die Leute wie der Arzt, als sie noch Studenten waren, der berittenen Polizei entgegengeschleudert hatten, um auf der Straße für eine gebührenfreie Universität und Bildung für alle zu kämpfen.

»Aber keine Angst, ich bin rausgeflogen.«

Er fragte mich nicht, warum. Vielleicht hob er sich die Frage für meine Zeit im Knast auf, für die langen Jahre, in denen die Anhörungen immer wieder verschoben würden. Zu viele Informationen waren nämlich wie lähmendes Gift. Und wozu sollte es gut sein, wenn man erfuhr, dass der Kerl an unserer Seite ein Psychopath war, der uns ohne jegliche Skrupel zerstören konnte wie ein Virus eine Festplatte?

Wenn man schon jemandem vertrauen musste, dann sollte man besser nicht wissen, wer er wirklich war.

Neun Policía Federal hin oder her: Burgos schien erleichtert, dass ich früher Bulle gewesen war.

Seine Idee, uns mit Polizeihauptwachtmeister Ayala und Wachtmeister Rodríguez auf »neutralem Terrain« zu treffen, schien mir allerdings vollkommen hirnrissig, war das doch gerade so, als würde man glauben, dass die Bleichgesichter etwas anderes im Sinn gehabt hätten, als die Ureinwohner auszuplündern und niederzumetzeln. Ich war der Indianer – und normalerweise lasse ich niemanden an meiner Friedenspfeife ziehen; die rauche ich lieber allein auf der Toilette hinter verschlossener Tür.

»Ich bin unschuldig, das ist Ihnen doch klar, oder? Sonst könnte ich noch denken, dass Sie mich reinlegen wollen.«

»Berufsspieler arbeiten mit allen schmutzigen Tricks«, entgegnete er ungerührt. »Ich hätte keine Gewissensbisse, einen Polizisten der Federal ans Messer zu liefern. Nur würde mich das meinem Ziel keinen Deut näher bringen: das Schwein zu finden, das aus Jux und Tollerei die zärtlichsten Weiber der Gegend abmurkst.«

Während er am Steuer seines himmelblauen VW Polo wieder über die Straße der Fleischpiraten rumpelte und allen Schlaglöchern so ruckartig auswich, dass wir uns jedes Mal beinahe überschlugen, lachte er über mein angstverzerrtes Gesicht. *Sie waren wohl ein Schreibtischtäter, ein Bürohengst, der nie auf Streife gegangen ist,* spekulierte er, denn anders konnte er sich nicht erklären, warum mich seine Fahrweise Bange machte. Ich ließ ihn in dem Glauben, da ich weder Lust hatte, noch es für klug hielt, den Irrtum aufzuklären. Der Dicke sollte ruhig an Selbstvertrauen gewinnen und genauso ungezwungen seine Schlussfolgerungen ziehen, wie er Auto fuhr oder die Steaks und Innereien der Rinder verspeiste, die Nacht für Nacht auf den geheimen Altären des Ortes geschlachtet wurden.

»Ayala ist gerissen. Allerdings gibt er sich alle Mühe, das zu verbergen. Er ist ein Doktor Jekyll, der in seinen lichten Momenten erkennt, warum er sich vor einem Verdächtigen in Mr. Hyde verwandelt.«

»Das ist Teil des Jobs«, erwiderte ich gelangweilt. Die Persönlichkeit eines Provinzpolizisten zu analysieren, war so ziemlich das Letzte, was mich im Augenblick interessierte.

»Er will bald in Rente gehen«, fuhr Burgos unbeirrt fort. »Ayala hat Familie, eine schöne Frau und zwei Kinder. ›Dieses Gesindel wird mir nicht das Leben versauen‹, sagt er zu allen, die es hören wollen. ›Jeder Gauner, den ich umlege, ohne dass die Presse Wind davon bekommt, ist ein Pluspunkt auf dem Weg zu meinem verdienstvollen Ausscheiden aus dem Dienst.‹«

»Er will einen Orden«, mutmaßte ich mit der Naivität eines Schülers im Fach Ethik.

»Er will Kohle«, verbesserte mich der pummelige Arzt. »Sie sollten eigentlich wissen, dass ›verdienstvolles Ausscheiden‹ im Polizistenjargon bedeutet, dass man sich zur Ruhe setzt – und weiterkassiert.«

Während er schwungvoll mehreren aufgerissenen Stellen im Asphalt auswich, dozierte er über die Stücke, die vom Kuchen Prostitution abfielen, das Glücksspiel, das Schwarzschlachten im Mondschein, über erpresserischen Menschenraub, kurzum: über die ganze Palette Gaunereien, die in keiner Arbeitsmarktstatistik auftauchten und doch so viel zum Bruttosozialprodukt der Polizei beitrugen.

Je mehr Burgos von Ayalas Fähigkeiten plauderte, desto dümmer kam ich mir vor, fühlte mich wie ein Ausgestoßener, ein Richard Kimble ohne all die Frauen, die der Yankee-Doc in jeder Episode der alten Schwarz-Weiß-Serie aufriss, während er den einarmigen Kerl suchte, der ihn zum Witwer gemacht hatte. Als ich Burgos von diesen existenziellen Ängsten erzählte, tröstete er mich mit der Bemerkung, dass ja auch ich eine Traumfrau aufgerissen hätte, als ich meinem Freund zu Hilfe geeilt sei.

»Diese Sammlerstücke muss man allerdings hegen und pflegen«, belehrte er mich, »und mit Schmeicheleien würzen, bevor man sie vernascht. Haben Sie sie wirklich nicht gevögelt?«

Ich hatte keine Lust, ihm zu antworten. Und auch keine Zeit, denn vor uns tauchte der Bahnhof von Bahía Blanca auf.

Hochgewachsen und schlaksig wie Don Quijote Polizeihauptwachtmeister Ayala, fast so dick wie Sancho Pansa Wachtmeister Rodríguez: Ungerührt rauchten sie unter der Backsteinarkade eine Zigarette, während Burgos seinen VW neben ihrem schwarzen Ford Falcon ohne Nummernschild parkte. Rodríguez schilderte gerade das Fußballspiel zwischen Rosario Central und Chacarita im Seebad Mar del Plata, das er vor Dienstantritt im Fernsehen gesehen hatte. Ayala schien das mehr zu interessieren als unsere Ankunft, obwohl die Clubpräsidenten schon vorher ein Unentschieden vereinbart hatten, damit das Turnier ein oder zwei Spiele länger dauerte; schließlich mussten die männlichen Badegäste bei Laune gehalten werden, wenn sie schon den lieben langen Tag mit der Ehefrau und den Kindern an den überfüllten Stränden verbringen mussten.

»Da kommt ja der Dosenöffner«, schnaubte Ayala zur Begrüßung, den Blick auf Rodríguez gerichtet, der seine Steilvorlage vollendete:

»... und die Sardine hat er gleich mitgebracht.«

Ich blieb im Auto sitzen, während Burgos auf Ayala zu-ging. Er musste ihm wohl leise zugeraunt haben, dass ich früher bei der Policía Federal gewesen war, denn ich hörte Ayala knurren, warum zum Teufel man mich entlassen habe. Ein Achselzucken war Burgos' einzige Antwort.

Unauffällig zwinkerte er mir zu, als Ayala ihn schroff beiseiteschob und zum Wagen kam. Ich trage schon seit Jahren keine Waffe mehr, aber als ich aus einem alten Reflex heraus nach meinem Holster tastete, brachte mich der Don Quijote aus der Provinz mit seiner 38er bereits zum Schielen.

»Offen gestanden, gehen Sie mir gehörig auf den Sack, Martelli. Verdammte Scheiße, was machen Sie so weit weg von zu Hause? In Ihrem Alter sollten Sie warm einge-packt im Bettchen liegen.«

»Ich habe Ihnen doch gesagt, warum ich hier bin.«

»Hören Sie, Martelli: Ich mag keine Leute, die ihre Nase in fremde Angelegenheiten stecken. Schon gar nicht, wenn sie mal bei der Federal waren, die ihre Nase grund-sätzlich überall reinsteckt.«

»Ein Freund hat mich zu sich gerufen, und als ich bei ihm ankam, war er tot. Das mag Ihnen vielleicht wie eine Nebensächlichkeit erscheinen«, sagte ich nachsichtig,

»aber es erklärt, warum ich meine Nase hier reinstecke, statt mir zu Hause von meinem Kater die Füße wärmen zu lassen.«

»Raus aus dem Auto«, befahl er nur und trat einige Schritte zurück, ohne die Waffe von mir abzuwenden.

In aller Ruhe stieg ich aus. Wenn mich etwas nervös machte, dann waren das Behördengänge und manchmal auch eine Frau, aber dass jemand mit einer Waffe auf mich zielte, ließ mich kalt, dafür hatte ich viel zu lange selbst eine in Gebrauch gehabt. Zu behaupten, dass es mich überraschen würde, eines Tages von einer Kugel getötet zu werden, wäre genauso verlogen, wie wenn ein Kettenraucher, der mit siebzig das Rauchen aufgab, aus allen Wolken fiele, wenn man ihm Krebs diagnostizierte.

»Ich könnte Sie auf der Stelle festnehmen, weil Sie im Verdacht stehen, drei Frauen ermordet zu haben. Und in der U-Haft würden Sie auf Ihren Prozess warten, bis Sie schwarz werden.«

»Er war es nicht!«, widersprach Burgos, in dem Rodríguez einen neuen Zuhörer für die Spielzüge gefunden hatte, die Ayala durch die Lappen gingen, weil er mich in Schach halten musste.

»Das könnten Sie«, bestätigte ich, »aber vorher muss ich noch ein paar Dinge herausfinden, damit die Witwe meines Freundes ihn in Ruhe und ohne schlechtes Gewissen hassen kann.«

»Da werden Sie wohl kein Glück haben«, sagte Ayala und ließ langsam die Pistole sinken. »Dieser Cárcano war zwar ein Weiberheld, aber er war nicht in krumme Geschäfte verwickelt.«

»Und warum hat man ihn dann kaltgemacht?«

»Lassen Sie uns im Wartesaal dieses prächtigen Bahnhofs im viktorianischen Stil weiterreden«, sagte Ayala im übertriebenen Tonfall eines Fremdenführers vor einer Gruppe japanischer Touristen. »Der ist zwar von Stadtstreichern und Betrunkenen besetzt, aber Rodríguez wird sich gleich darum kümmern.«

Das ließ sich sein Sancho Pansa, der dem Doktor gerade das Ausgleichstor von Chacarita schilderte, nicht zweimal sagen. Kurz darauf ertönten laute Schreie, und weil offenbar einer der Wartesaalgäste nicht schnell genug auf Trab kam, pfiff eine Kugel durch das scheibenlose Oberlicht. Dann hörte man Flüche, und zwei Minuten später sahen wir zwei Penner in löchrigen Unterhosen über die Gleise hüpfen, wobei der eine seine Hose durch die Luft schwang wie ein Gaucho seinen Poncho.

»Die kommen bald wieder«, meinte Ayala väterlich, während er mir die Eingangstür aufhielt. »Man kehrt immer nach Hause zurück. Selbst wenn man achtkantig rausgeschmissen wurde.«

Zehn Es war schon ein merkwürdiges Quartett, das sich auf den beiden wackligen Bänken des Wartesaals niederließ, die Rodríguez für uns frei geräumt hatte. Wir waren wie die vier Musketiere – bloß dass unser D'Artagnan ein Kloschüsselvertreter war.

Burgos beteiligte sich kaum an der Diskussion, obwohl die Idee für das »informelle Gespräch«, wie er es nannte, von ihm stammte.

»Ich bin kein Polizist. Ich habe mich ganz der Medizin verschrieben, und als Arzt darf man nicht töten. Ich würde gegen den hippokratischen Eid verstoßen«, versuchte er sich herauszureden.

»Wenn Sie Scheiße reden wollen, gehen Sie aufs Klo«, entgegnete Ayala nur, der ganz genau wusste, dass das Pissoir des prächtigen Bahnhofs ein Eldorado für Ratten und Kakerlaken war.

Dem cervantinischen Duo ging es wie Burgos darum, den Serienkiller zu finden, der seine hübschen Opfer zur Feier des Orgasmus wie eine Melone durchbohrte. Edmundo Cárcano war ihnen schnurzegal. Ayala hatte in dem Leben meines alten Kumpels nichts entdeckt, was ihn interessierte: Edmundo war weder Schmuggler noch Bordellbesitzer oder gar Drogendealer gewesen. Die Aufklärung dieses Mordes würde Don Quijote nicht auf die Titelseiten oder in die Nachrichten bringen, und außerdem lief er Gefahr, dass er bei den Ermittlungen die Büchse der Pandora öffnete und sie als einfacher Provinzbulle dann nicht wieder zubekam.

Mich hingegen interessierte nur der letzte Frauenmord. Mein Name würde beim zuständigen Gericht einschlagen wie ein Stein in eine Fensterscheibe und innerhalb weniger Stunden in allen Polizeirevieren der Provinz Buenos Aires die Runde machen. Der Schutz, den Don Quijote und Sancho Pansa mir bieten konnten, war mehr als dürftig. Er beschränkte sich nicht nur auf ihren kleinen Gerichtsbezirk, sie standen zudem auch noch ganz unten in der Hackordnung der Polizei. Und die Beziehungen, derer Burgos sich brüstete, waren auch nicht gerade der Hit, waren sie doch bloß aus der Perspektive eines Gerichtsmediziners von Bedeutung: ein paar Friedensrichter und ein, zwei Winkeladvokaten am Strafgericht, die so verkommen waren wie die Leichen, die Burgos obduzierte. Die Aussichten, über die drei etwas Wesentliches zu erfahren, waren also ziemlich gering. Aber ich wollte nichts unversucht lassen.

»Cárcano hat keine krummen Dinger gedreht«, erklärte Ayala noch einmal. »Was nicht heißen soll, dass er nicht in irgendeine Falle getappt ist. Vielleicht hat die Maus den Käse gesehen und konnte der Versuchung nicht widerstehen.«

»Der Käse war die Blondine«, fügte Rodríguez hinzu, ohne den Blick von der Boxkampfreportage im Magazin ›El Gráfico‹ zu heben, die er nebenher verschlang. »Catalina Eloísa Bañados hieß sie mit richtigem Namen. Sie hat für Agenturen gemodelt, mit denen der Mädchenhandel verschleiert wird.«

»Was für Agenturen?«

»Die, die die Drei-oder-weniger-Sterne-Hotels an der Küste versorgen. Die Vier-oder-fünf-Sterne-Hotels haben andere Lieferanten«, erwiderte er abfällig und widmete sich wieder voll und ganz den Farbfotos von den beiden blutüberströmten Fliegengewichtlern in Las Vegas.

»Ich glaube nicht, dass Lorena zu der Kategorie Drei-oder-weniger-Sterne gehört hat«, protestierte ich genervt.

Burgos nutzte die Gelegenheit, um wieder auf seine fixe Idee zurückzukommen.

»Sie hätten sie vögeln sollen, Don Gotán. Nach einem guten Fick sind die Weiber kurzfristig so in einen verschossen, dass sie freiwillig aus dem Nähkästchen plaudern.«

»Dazu hatte ich weder die Zeit noch die Lust«, entgegnete ich schnaubend, während ich mich insgeheim fragte, wie vielen hübschen Blondinen der Dicke wohl schon den Kopf verdreht hatte und auf welches nichtforensische Know-how er dabei zurückgriff. »Sie war die Freundin meines ermordeten Kumpels. Wenn ich sie angeschaut habe, habe ich nur Edmundo vor mir gesehen, wie er mit aufgerissenen Augen in seinem Blut lag, erschossen von einem Profikiller.«

Dass ich mich tunlichst nicht mehr verlieben wollte, erklärte ich dem pummeligen Arzt und dem cervantinischen Duo nicht, schließlich war das hier kein Kaffeekränzchen, bei dem vier rührselige Damen Vertrauensseligkeiten austauschten.

Ich erhob mich von der wurmstichigen Bank, dem einzigen Mobiliar in dem heruntergekommenen Wartesaal. Es war höchste Zeit zu gehen. Das Pissoir stank infernalisch, und je weiter der Vormittag voranschritt, desto größer wurde die Gefahr, dass jemand sich über die Autos vor dem alten viktorianischen Bahnhof wunderte. Ayala und

73

Rodríguez hatten längst Feierabend und sollten zu Hause im Bett liegen oder irgendeinem Nebenjob als Security einer Fabrik oder bewachten Wohnanlage nachgehen.

Wir kamen zu dem Schluss, dass ich mit Isabels Wagen die beiden Frauen in Tres Arroyos abholen und zurück nach Buenos Aires fahren sollte. Für den Fall, dass mich die Bonaerense anhielt, genügten der gefälschte Pass, den ein renommierter Fälscher gerade für mich anfertigte, und zehn Dollar Schmiergeld als Passierschein. Kein Verkehrspolizist hatte ein Interesse daran, einen Flüchtenden zu stellen. Für gewöhnlich war der nämlich bewaffnet, und sie waren ihm schutzlos ausgeliefert, wenn sie auf sein Auto zugingen, da konnte am Straßenrand ein ganzes Heer zur Unterstützung bereitstehen. Und obendrein hatten sie zu dieser Jahreszeit was Besseres zu tun – alle Urlauber zu schnappen, die ohne Warndreieck, mit abgelaufenem TÜV oder kaputtem Rücklicht unterwegs waren –, denn damit konnten sie ihr Einkommen sichern. Es reichte die Drohung, das Auto aus dem Verkehr zu ziehen, damit der zerknirschte Familienvater oder der auf frischer Tat ertappte Liebhaber einen Zwanziger oder Dreißiger für seinen bedürftigen Freund und Helfer springen ließ.

Ich hatte den Auftrag, mich in Buenos Aires bei meinen Kontakten umzuhören. Für Ayala war der Küstenmörder kein Greenhorn: Er arbeite präzise und ohne Spuren zu hinterlassen und versuche jedes Mal, die Tat jemand anderem in die Schuhe zu schieben.

»Sie sind das lächerlichste Beispiel«, erklärte er, um mich aufzumuntern. »Normalerweise hängt man so einen Mord einem Handlungsreisenden oder einem fremdgehenden Manager an. Aber ein ehemaliger Kommissar der Federal als Tatverdächtiger? Das zeugt vom Verfall unserer Institutionen.«

Ich blieb ihm die Antwort schuldig. Mir brannte immer noch das Gesicht von seinen Ohrfeigen, und es fiel mir schwer, angesichts dieser Beleidigung nicht Gleiches mit Gleichem zu vergelten, gleichzeitig war ich ihm aber dankbar, dass er sich nicht auf mich gestürzt und verhaftet hatte.

Wir vereinbarten, uns in fünf Tagen in Mediomundo zu treffen.

»Danach kann ich mir dann gleich am Strand die Sonne auf den Bauch knallen lassen«, freute sich Ayala.

»Aber ohne mich, Boss«, wandte Rodríguez ein und hob mit beiden Händen seinen Bauch an, als wiegte er ein vernachlässigtes Hündchen. »Wenn ich diese Wampe zur Schau stelle, verhaften Sie mich wegen Erregung öffentlichen Ärgernisses.«

Burgos fuhr mich in seinem himmelblauen VW zum Hotel »Imperio«. Einen Block entfernt parkte er und ging Isabels Auto holen.

Zehn Minuten später hielt ein Renault Mondino neben mir.

»Klatschmäuler zum Schweigen zu bringen, wird immer teurer«, sagte Burgos, als ich zu ihm trat. »Der Nachtportier hat Ihre milde Gabe nicht geteilt. Sie schulden mir einen Hunderter.«

Ich musste ihm erst die hundert Pesos in die ausgestreckte Hand drücken, bevor er mich in Isabels Auto steigen ließ. Dabei erzählte er mir, dass es im Hotel von Ermittlern nur so wimmele.

»Der Portier hat mich besorgt gefragt, wo ich denn da reingeraten sei. Im Zimmer eines Typen aus Buenos Aires hätte man eine Tote gefunden. Und der hätte sich aus dem Staub gemacht, ohne zu zahlen. ›Eigentlich hätte der das Auto abholen sollen, Doc‹, hat er gesagt«, berichtete Burgos grinsend. »Zum Glück kenne ich ihn genauso gut wie seinen Kollegen vom Nachtdienst.«

Ich trat kurz aufs Gaspedal. Der gut gepflegte Wagen schnurrte wie eine Katze.

»Geraten Sie mir nicht auf Abwege, Buenos Aires ist voller Versuchungen«, warnte mich Burgos und tätschelte noch voller Lüsternheit die Karosserie des Renaults, während ich schon die Handbremse löste. »Die Besitzerin dieses Schmuckstücks muss ein flotter Feger sein, Don Gotán. Vögeln Sie sie, wenn Sie können.«

Elf Was ist ein Hellseher? Ein Mensch, der unser Schicksal voraussagt, oder jemand, der es durch seine Voraussagen erst bestimmt und lenkt?

Ich trat aufs Gaspedal, um Burgos und seine Obsession, es mit allen Frauen zu treiben, die einem über den Weg liefen, so schnell wie möglich aus dem Kopf zu bekommen. In dieser Hinsicht hatte ich eh kein Glück. Die letzte Frau, mit der ich im Bett lag, war tot, und ich hatte sie noch nicht einmal angefasst, sah man einmal von der Umarmung ab, als sie, ob nun verzweifelt oder nicht, in Edmundos Haus aufgekreuzt war und wir danach gemeinsam die Flucht ergriffen hatten.

Sie hieß nicht Lorena. Auch Mireya hatte nicht Mireya geheißen, selbst wenn wir miteinander etwas weiter gekommen waren als bis zu einer Tankstelle irgendwo am Ende der Welt.

»Wie willst du mich sonst nennen, wenn nicht Mireya?«

An jenem Abend hatte ich darüber noch gelacht. Wir kamen gerade aus dem »Dos por Cuatro Tango«, das in einer dunklen Straße mit alten Gaslaternen lag, die man eher im Schaufenster eines Antiquitätenhändlers von San Telmo erwarten würde als in dieser von der Zeit vergessenen Pflasterstraße des Tangos. Das uralte Gebäude mit der Toreinfahrt hatte einst einem baskischen Milchhändler gehört. Im Hof stand noch eine seiner alten Kutschen, die Deichsel gen Himmel gereckt. In Buenos Aires gab es längst keine Pferdefuhrwerke mehr, aber am Wochenende spannten seine Enkel nun einen alten Klepper davor und fuhren amerikanische oder europäische Touristen spazieren. Weit kamen sie dabei nicht, weil sie die großen Avenidas nicht überqueren durften, doch das Trinkgeld in Dollars war nicht zu verachten.

»Aber du bist nicht blond, Mireya.«

Im Grunde genommen widerstrebte es mir, sie Mireya zu nennen. Später würde ich mich fragen, ob es daran lag, dass ich ihr eigentlich überhaupt keinen Namen geben wollte. Denn wenn man jemandem einen Namen gibt, verliert man ihn gewiss. Das ist so, wie wenn man eine Lampe auf eine Blume richtet, um jedes Detail ihrer Schönheit genau sehen zu können. Eine intensive Liebe verwelkt immer vor der Zeit, unweigerlich.

Am Ortsrand von Bahía Blanca brachte ich den Renault Mondino mit hundertvierzig Sachen in die Umlaufbahn. In den folgenden Stunden achtete ich mehr auf den Rückspiegel als auf die Fahrbahn, beherrscht von dem Gefühl, dass jeden Moment ein Schuss fallen könnte oder der Stoß erfolgen, während wir am Rand eines Abgrunds stehen und selbstvergessen die Landschaft betrachten. Bulle zu sein, war schon schlimm, aber Bulle gewesen zu sein, war noch schlimmer. Zu viele schwerwiegende Erinnerungen, zu vieles, was man nicht ungeschehen machen konnte. Und trotzdem war nichts richtig tot und begraben. Nicht einmal die Leichen.

Isabel und Mónica waren nicht im Hotel »Cabildo« in Tres Arroyos, in dem wir uns verabredet hatten. Nicht einmal im Gästebuch standen sie. Ich überlegte kurz, ob sie vielleicht direkt nach Buenos Aires gefahren waren. Der Gedanke war nicht ganz abwegig, denn was hatten sie davon, auf mich zu warten? Ich würde sie nur in etwas hineinziehen, das sie nichts anging. Und das kurz nach Edmundos Tod.

Ich rief im Hotel »Imperio« an. Die beiden seien früh abgereist, mitten im Aufruhr wegen eines Leichenfunds, erklärte mir der Portier mit dem Gehabe eines Boulevardjournalisten. Sie hätten ein Taxi zum Busbahnhof genommen.

Im Busbahnhof erhielt ich die Auskunft, dass an diesem Vormittag kein Bus nach Buenos Aires gefahren sei, sehr wohl aber einer nach Tres Arroyos. Obwohl ich sie gebeten hatte, ein Auto zu mieten, hatte Isabel sich für den Bus entschieden. Vielleicht hatte sie ja gedacht, dass sie ihre Mutter so besser trösten und ihr zudem verheimlichen konnte, dass sie in etwas verstrickt waren, für das nicht sie, aber womöglich Edmundo verantwortlich war.

Ich fuhr zum Busbahnhof von Tres Arroyos.

»Es sind nur wenige Leute ausgestiegen«, sagte mir der Fahrer, ein schlanker, abgespannt aussehender Typ, der an der Theke einer Imbissbude saß, wo er gerade einen Hotdog verdrückte und ein Glas billigen Weißwein trank.

»Lassen Sie mich mal überlegen ...«, sagte er, als ich ihn nach einer älteren und einer jungen Frau fragte, hübsch, hochgewachsen, dunkelhaarig, tolle Brüste, knackiger Hintern. »Ja, lassen Sie mich mal überlegen ...«, wiederholte er, während er mit einem Streichholz zwischen seinem kariösen Eckzahn und dem Schneidezahn oben rechts herumstocherte und einmal laut rülpste. Seinem Gedächtnis auf die Sprünge half aber erst der Zehner, den ich in seine linke Hand gleiten ließ, die wie zufällig offen auf dem Tresen lag.

»Also ... hier sind zwei Frauen ausgestiegen. Und ein Herr.«

»Ein Herr?«

Er rutschte unruhig auf seinem Hocker hin und her. An meiner Überraschung las er ab, dass der Schein, um den er seine Hand geschlossen hatte, dem Wert dieser Information nicht angemessen war.

»Wie sah der Mann aus?«

»Lassen Sie mich mal überlegen ...«

Den nächsten Zehner platzierte ich auf der Papierserviette, auf die er seinen halb gegessenen Hotdog gelegt hatte.

»Damit sollten Ihre grauen Zellen nun wirklich auf Trab gebracht worden sein.«

Durch die Wucht, mit der ich den zweiten Geldschein auf die Theke geknallt hatte, rollte das angebissene Würstchen auf den Boden. Ich bestellte einen neuen Hotdog und eine weitere Flasche Weißwein, diesmal aber eine von der guten Sorte.

»Ich muss in einer Viertelstunde los nach Tandil.«

»Der Wein ist für mich. Wie sah dieser ›Herr‹ aus?«

Er fuhr sich mit der Zunge über die Lippen wie jemand, der den Rand eines Glases säubert, um den gut gekühlten Torrontés zu probieren, den der Imbissbetreiber entkorkt hatte.

»Es waren zwei«, erklärte er, als hätte er sich eben erst erinnert.

»Zwei Männer?!«

»Und zwei Damen. Was ist daran so merkwürdig? Sind Sie Bulle?«

Ich nahm dem Wirt die Flasche aus der Hand, füllte mein Glas halb und seines ganz. Er stürzte den Wein in einem Zug hinunter und hielt mir das leere Glas hin.

»Mhm, schön kühl ...«

Ich schenkte ihm nach. Er trank die Hälfte. Endlich löste sich seine Zunge.

»Die beiden waren auch Bullen. So was rieche ich sofort.« Er rümpfte seine hakenförmige Sommeliersnase. »Zwei richtige Schränke. Nicht sehr groß, so wie ich etwa, aber dafür hatten sie kräftige Muckis und breite Schultern. Viel Fitnessstudio und viele Anabolika.«

Mit gespielter Nachdenklichkeit starrte er auf den Tresen. Wenn ich mich jetzt wissbegierig zeigte, würde er den Preis noch mehr in die Höhe treiben.

»Ich muss los«, sagte ich und stand auf.

»Sie sind in ein Auto gestiegen, das auf sie gewartet hat«, erklärte er eilig.

»Was für ein Auto?«

»Ein roter Pick-up. Vierradantrieb, fette Reifen, wie von einem Flugzeug. Ich glaube ein Chevrolet.«

»Haben die Kerle die beiden Frauen irgendwie bedroht? Haben sie sie zum Beispiel vor sich hergestoßen?«

Sein Blick war getrübt, aber mindestens so kalt wie der Wein.

»Herren, hab ich gesagt, nicht Killer. Sie hatten viele Muckis, waren aber überaus höflich.«

Ich zahlte den Wein und den zweiten Hotdog, der unangetastet auf dem Tresen lag, und empfahl ihm, für seine Fahrt nach Tandil einen Ersatzmann zu suchen.

»Ich mag fürsorgliche Leute«, sagte er und klopfte mir auf den Rücken. »Tandil ist nicht weit. Schnurgerade Straßen, kaum Verkehr. Aber trotzdem danke.«

Mit diesen Worten kippte er sich noch schnell ein Glas Torrontés hinter die Binde, wischte sich mit dem Ärmel den Mund ab und verabschiedete sich dann mit einem verschwörerischen Augenzwinkern.

Zwei »höfliche Herren« mit vielen Muckis hatten Isabel und Mónica also entführt. Eine halbe Stunde später würde im Radio gemeldet werden, dass ein Bus nach Tandil in einer der wenigen Kurven der Strecke von der Fahrbahn abgekommen, über den Randstreifen hinausgeschossen und erst mitten in einem Sojafeld zum Stehen gekommen war.

Zwölf Fassen wir zusammen: Ich hatte ein fremdes Auto und einen gefälschten Ausweis. Die schöne Blondine, die mich in meinem Bett erwartet hatte, war tot, und der Freund, der mich in diesen Schlamassel gezogen hatte, war ebenfalls aus dem Katalog der Lebenden gestrichen worden. Und obendrein war der eilig mit dem cervantinischen Duo und dem pummeligen Arzt entworfene Notfallplan – ich hätte mit den beiden Frauen nach Buenos Aires zurückkehren sollen, damit sie dort schnell ihr normales Leben wiederaufnehmen konnten – nur noch Makulatur. Zwei muskulöse, aber höfliche Kerle waren mir zuvorgekommen.

Tres Arroyos war eine dieser tristen Kleinstädte Argentiniens, die einen Reisenden nicht gerade dazu verlockten, die Nacht dort zu verbringen. Ihren Bewohnern hingegen gefielen sie, aber sie kannten natürlich auch die schönen Seiten und wussten die Öde der sauberen, verwaisten Straßen und des geometrischen Grundrisses mit Marktplatz, Rathaus und Kirche im Zentrum zu ertragen.

Ich beschloss, Tres Arroyos eine Chance zu geben und eine Nacht zu bleiben. Wenn der Pick-up tatsächlich einen Allradantrieb hatte, dann lag es nahe, dass man Isabel und Mónica auf eine einsam gelegene Estanzia irgendwo im Umland gebracht hatte.

Mit meinem nagelneuen Ausweis checkte ich im Hotel »Cabildo« ein: Edgardo Leiva, verheiratet, Handlungsreisender. Danach suchte ich ein halbes Dutzend Immobilienmakler auf, wo ich mich nach Grundstücken, Estanzias und Ferienhäusern in der Gegend erkundigte, die zum Verkauf oder zur Pacht angeboten wurden. Alles war wie eh und je. Die Provinznester in der Pampa um Buenos Aires waren das letzte Reservat des reichen Argentiniens, mit dem unsere Politiker zu Beginn des 20. Jahrhunderts Millionen von europäischen Einwanderern geblendet hatten, ohne sie darüber aufzuklären, dass die besten Böden längst Besitzer hatten, meist Nachfahren derer, die sie den Indios mit Waffengewalt geraubt hatten, und dass die Grundstücke, die noch zu verteilen waren, harte, trockene Böden hatten, die nur mit viel Geld und großem Kraftaufwand urbar gemacht werden konnten. Die Einwanderer, Bauern, die der Hunger aus ihrer Heimat vertrieben hatte, konnten nur mit Letzterem dienen. Den Lohn für ihre Plackerei erhielten sie im Grab.

»Was suchen Sie genau?«, fragte mich ungeduldig einer der letzten Immobilienmakler, die ich an diesem Abend aufsuchte.

Brachland, darauf eine einfache Hütte oder eine verlassene Behausung: Das sei mir egal, erklärte ich ihm, ich würde sowieso nicht darin wohnen, und ich wollte es auch nicht gewerblich nutzen, zumindest vorerst nicht. Vor allem billig sollte es sein.

»Etwas Billiges werden Sie hier in der Gegend kaum finden«, meinte er zurückhaltend und breitete dann einige Pläne auf seinem Schreibtisch aus.

Es gab drei Grundstücke, die in Betracht kamen, allesamt Weideland mit nicht mehr als hundert Hektar. Auf zweien hatte man irgendwann ein Haus gebaut, das eine war vollkommen eingestürzt, das andere ziemlich heruntergekommen.

»Das interessiert mich.«

»Die Besitzer leben in Buenos Aires. Wir können gleich hinfahren, es ist nicht weit.«

Bedauernd zog ich die Schultern hoch und vertröstete ihn auf den nächsten Tag. Wenn er mir den Weg beschreiben würde, könnten wir uns gleich dort treffen.

»Aber nicht vor morgen Mittag«, sagte er. »Rufen Sie mich an, dann vereinbaren wir einen Termin.«

Ich schüttelte seine Hand wie jemand, der gerade ein großartiges Geschäft getätigt hatte. Ich hatte die Information, die ich brauchte. Auf einer Estanzia gab es Tagelöhner, einen Verwalter, Kühe, die zu melken waren, auf diesem Grundstück gab es laut dem Immobilienmakler neben der Bruchbude nur Disteln und eine Mühle. Wenn man Isabel und Mónica an einen abgelegenen Ort geschafft hatte, dann sehr wahrscheinlich in dieses verfallene Gemäuer mitten in der Pampa.

Ich ging zu dem Renault Mondino zurück und machte das Radio an. Während ich den Rückwärtsgang einlegte, fiel mir ein, dass ich mich in Bahía Blanca nicht vergewissert hatte, ob die Fahrzeugpapiere im Wagen waren, und öffnete das Handschuhfach.

Die 38er sprang auf den Beifahrersitz wie eine eingesperrte Katze, während in den Nachrichten für die Nacht ein Gewitter vorhergesagt wurde.

Débora, schrieb ich eine halbe Stunde später auf den angelaufenen Spiegel des Hotelbadezimmers, als ich meine vom Duschen noch nassen Haare kämmte. Wenn das Gedächtnis wirklich ein Fenster zur Vergangenheit ist, dann ist meines wie der Spiegel beschlagen. Ich sehe die

Bilder, Szenen nur undeutlich vor mir, so, als blickte ich durch eine Jalousie, höre auch Schritte, doch weiß ich weder von wem, noch, ob sie kommen oder gehen.

Mireya. Du bist furchtbar sentimental, Gotán. Aber gut: Wenn's unbedingt sein muss, dann nenn mich Mireya.

Sie wusste nicht, dass ich mal bei der Polizei gewesen war, als sie mir erlaubte, sie so zu nennen, manchmal mit übertriebener Betonung wie in einem Melodrama, so, als ob ich mich über meine Leidenschaft im Herbst des Lebens lustig machen wollte. Ich hatte auch keine Eile, ihr von meinem ehemaligen Beruf zu erzählen, zumal sie mein gegenwärtiger Job als Handelsvertreter von Kloschüsseln, Bidets, Waschbecken und sonstigen Sanitärartikeln sehr amüsierte. *Hast du die zum Ausprobieren dabei?*, fragte sie prustend, als ich ihr zum ersten Mal davon erzählte. *Nein, nur Broschüren in einem Musterkoffer*, entgegnete ich ihr und: *Lach nicht, Schätzchen, irgendjemand muss schließlich dafür sorgen, dass die Menschen ihre Notdurft in schönen Designerklos verrichten können.*

Ihr gefiel meine Stimme, die Art und Weise, wie ich sie ansah. *Alles an dir ist irgendwie überholt*, sagte sie, *du bist wie eine Vinylplatte aus dem Jahre 1978, die wie eine CD klingt*, und dann umarmte sie mich, ungläubig und zaghaft.

Es war nicht nötig, ihren Namen vom Spiegel zu wischen, der leichte Luftzug zwischen Tür und Badezimmerfenster löste ihn vor meinen Augen von ganz allein auf in dem Maße, wie mein Gesicht wieder schärfere Konturen gewann.

Nach dem Abendessen rief ich in Buenos Aires an. Isabels Stimme auf dem Anrufbeantworter schnürte mir die Kehle zu. Ich lehnte hier an der Bar des Hotels »Cabildo«, auf deren Theke ein Digestif für mich stand, und sie war womöglich tot. Und Mónica ebenfalls.

Danach wählte ich meine eigene Nummer. Ich rief nicht gern bei mir zu Hause an, aus Rücksicht auf Félix Jesús' Sensibilität, der immer, wenn das Telefon klingelte, einen Buckel machte, als würde er von einem Schäferhund bedroht. Aber es war bereits Nacht, und wahrscheinlich war er längst durch die Klappe geschlüpft, die ich für ihn in die Wohnungstür gesägt hatte. Es klingelte auch nicht lang, schon nach zweimaligem Tuten konnte ich den Anrufbeantworter abhören: *Den Frauen geht's gut, aber komm bloß nicht auf die Idee, sie zu suchen, sonst sind sie tot. Wir melden uns wieder.* Der Tonfall war nicht aggressiv, sondern eher schwerelos wie der eines Astronauten, der weiß, dass er nie wieder zur Erde zurückkehrt.

Ich legte auf und musste mich setzen. Kalter Schweiß stand mir auf einmal in dicken Tropfen auf der Stirn. Ich bestellte ein Mineralwasser. Und analysierte die Lage, während sich draußen das Gewitter zusammenbraute, das im Radio angekündigt worden war.

Für Edmundo konnte ich nichts mehr tun, er war tot. Und für die drei schönen, ermordeten Frauen auch nicht. Aber Isabel und Mónica lebten, wenn ich den emotionslosen Worten des Anrufers glauben durfte. Ich hatte den Verdacht, dass jemand sich ein gigantisches Puzzle ausgedacht hatte und alles mit allem zusammenhing. Auf halbem Weg zwischen geistiger Klarheit und Delirium musste ich zunächst versuchen, so viele Teile davon aufzuspüren, wie es nur ging. Irgendwann würde ich gewiss Zeit haben, sie passend zusammenzusetzen, das Konkave zum Konvexen, das Licht zum Schatten.

In dieser Nacht konnte ich es mir also nicht leisten, schlafen zu gehen, auch wenn mich das frisch bezogene

Hotelbett lockte, und auch der Film, den ich vorm Einschlafen sehen könnte, während es draußen regnete und blitzte, ja, vielleicht sogar Hagelkörner auf den Asphalt schlugen wie die Pferdehufe einer nächtlichen Besatzungsarmee.

Es tat mir in der Seele weh, Isabels gepflegten Renault Mondino aus der Garage des Hotels zu holen und mitten in den Wolkenbruch hineinzufahren, der sich in diesem Moment über den Dächern der Stadt zu entladen begann. Wenn Hagel dazukommt, ist der Lack ruiniert, dachte ich; bricht man ins Ungewisse auf, misst man Details gern eine übertriebene Bedeutung bei, denkt voll Sorge an einen möglichen Schnupfen, obwohl einem am Ende der Nacht höchstwahrscheinlich ein Kugelhagel erwartet.

Nach zweieinhalb Kilometern auf der Nationalstraße 3 Richtung Norden biegen Sie links in eine schmale Schotterstraße und fahren bis zu einer Weggabelung. Dort dann wieder links. Danach sind es noch etwa tausend Meter auf einer Art Feldweg bis zu einem Gattertor: Dahinter liegt das Grundstück, das Sie interessiert, hatte der Immobilienmakler gesagt. Ich fuhr vorsichtig, denn ich wollte nicht von einem Lastwagen oder Bus, an dessen Steuer ein Hotdog-und-Wein-Liebhaber saß, auf die Hörner genommen werden. Ein greller Blitz tauchte die Straße in ein gespenstisches Licht, damit ich die Abzweigung nach links bemerkte.

Die nächtlichen Raser auf Argentiniens Straßen konnten mir nun nichts mehr anhaben. Ich rumpelte die Schotterpiste entlang bis zu der Weggabelung, bog nach links in den Feldweg und musste schon bald heftig in die Eisen steigen, um nicht in das Gatter zu krachen.

Die Uhrzeit und die Umstände waren alles andere als günstig, um ein knapp hundert Hektar großes, brachliegendes Grundstück aufzusuchen. Ich stellte den Motor ab und machte die Scheinwerfer aus. Wenn es weiterhin so schüttete, würde der Wagen im Schlamm versinken. Meine zitternden Hände sah ich erst, als ich die Zigarette anzündete, die ich vor dem Aussteigen noch rauchen wollte. Der letzte Genuss eines zum Tode Verurteilten.

Dreizehn Mit dem letzten Zug an meiner Zigarette ließ der Regen nach. Es nieselte nun nur noch schwach. Vereinzelt stimmten Grillen ihre ersten Akkorde an.

Ich stieg aus dem Wagen und kletterte über das Gattertor auf das Grundstück. Die Taschenlampe und die 38er in meiner Jackentasche gehörten Isabel. Ich hätte nie gedacht, dass sie eine Waffe besitzen könnte, und fragte mich, wo sie schießen gelernt oder wer es ihr beigebracht hatte. Edmundo war ein Mann der alten Schule, Waffen waren für ihn Teufelszeug. Auch ich mochte sie nicht und hatte schon seit Jahren keine mehr benutzt. Man braucht keine Knarre, um der Mittelschicht Kloschüsseln zu verkaufen.

Quer über den sumpfigen Grund stakste ich auf ein Licht zu. Trotz der Dunkelheit war deutlich zu erkennen, dass das Stück Land schon seit Jahren nicht mehr bestellt worden war, wie so viele Flurstücke in der Pampa, diese letzten Überbleibsel ehemaliger Latifundien, die von den Erben mächtiger Oligarchen heruntergewirtschaftet und danach von ehrgeizigen Bürohengsten, die noch nie Kuhfladen oder feuchte Erde gerochen hatten, parzelliert worden waren.

Völlig verdreckt und erschöpft erreichte ich schließlich die Lichtquelle. Auf der Veranda des alten Hauses hing eine Lampe von der Decke, die mein Stern von Bethlehem gewesen war. Davor parkte ein Pick-up. Es war nicht hell genug, um zu erkennen, ob er rot war, aber es war eher unwahrscheinlich, dass er eine andere Farbe hatte.

Der Typ von der Immobilienagentur hätte eine Überraschung erlebt, wenn wir hier ohne Vorankündigung aufgekreuzt wären. Im Haus brannte Licht, und irgendwo brummte ein Stromgenerator.

Ich tastete in der Tasche meiner Lederjacke nach der 38er. Ob sie wohl funktionierte? Die Leute im Haus waren vermutlich mit allem ausgestattet, was der Waffenhandel zu bieten hatte. Eine Schießerei würde ich jedenfalls nicht überleben. Ich konnte also nur herausfinden, was vor sich ging, wenn ich absolut unbemerkt blieb.

Der Schlamm diente mir zur Tarnung; zudem soll er ja ein wahres Wundermittel für welke Haut sein, weil seine Mineralien sie anscheinend wieder strafften. Schnell und lautlos wie eine Eidechse huschte ich auf das Haus zu, an einer Pferdetränke vorbei bis zu der großen Zisterne der Mühle, wo ich innehielt, um wieder zu Atem zu kommen. Bankangestellte neiden es uns Bullen, dass wir zehn Jahre früher in Rente gehen als sie, aber ich möchte sie mal sehen, wie sie mit über fünfzig über den Boden robben und Schlamm fressen, ein paar übergezogen bekommen oder ihnen Kugeln um die Ohren pfeifen, mit denen ein auf frischer Tat ertappter Gauner sich seine Freiheit erkämpft. Als ich meinen Dienst quittierte, hätte ich es mir jedenfalls nicht träumen lassen, jemals wieder einen solchen Fünfkampf absolvieren zu müssen. Und nun war ich mittendrin. Und obendrein begann es wieder heftig zu regnen.

Ich flüchtete mich unter das Vordach des Hauses neben eine kleine Fensterluke, die ein Badezimmer belüftete.

Wieder tauchte ein Blitzgewitter die unendliche Weite der Pampa in gleißendes Licht.

Im Inneren des Hauses war es mucksmäuschenstill. Gebückt schlich ich vorwärts – bis ein Atemhauch auf meiner rechten Wange mich zur Salzsäule erstarren ließ. Ich erwartete einen Keulenschlag, den Druck einer Pistole im Rücken, aber ich hörte nur ein schwaches Knurren. Vorsichtig drehte ich den Kopf – und sah mich einem riesigen Köter gegenüber, der mir durchdringend in die Augen sah.

Wie soll ich einen solchen Hund beschreiben? In einem solchen Streuner kann alles stecken, vom aggressivsten bis zum gutmütigsten, vom reinrassigen Tier bis zur Promenadenmischung. Gemeinsam ist ihnen nur, dass es sie immer zu den Häusern zieht, nicht nur um Essensreste, sondern auch mal den freundlichen Blick eines Menschen, und bisweilen sogar eine Liebkosung zu ergattern.

Ich beschloss, mich hinzusetzen, zu entspannen und mich beschnüffeln zu lassen. Ein guter Plan. Offenbar fand er nichts, was ihn beunruhigt hätte, und nach einer Weile wedelte er mit dem Schwanz und näherte seine Schnauze meinem Gesicht. Da begann ich, sein Fell zu streicheln, erst mit Scheu, doch dann voller Entschlossenheit, ihn mir zum Freund zu machen, worauf das riesige Tier sich auf die Seite legte, sodass ich auch seinen Bauch kraulen konnte. Seine Zuneigung tat mir gut, schon lange hatte ich mich nicht mehr so wohlgefühlt, in diesem Augenblick hätte man mich entdecken und töten können, es hätte nichts an meinem zufriedenen, ja glücklichen Gesichtsausdruck geändert.

Der blendende Peitschenhieb eines Blitzes und der fast augenblicklich darauf folgende Donner beendeten mit einem Schlag unser Hochgefühl und versetzten uns wieder in Alarmbereitschaft. Mit meinem neuen Freund, der mit eingeklemmtem Schwanz mir nicht mehr von der Seite wich, schlich ich zum einzigen Fenster des Hauses.

Plötzlich begann die Lampe auf der Veranda zu flackern. Entweder schwächelte der Generator, oder aber der Treibstoff ging zur Neige. Drinnen hörte ich jemanden fluchen. So schnell ich konnte, wich ich zur Zisterne zurück, gerade noch rechtzeitig, denn schon ging die Haustür auf, und zwei Kerle kamen heraus, vermutlich die muskulösen, aber »höflichen Herren«, die mir der Busfahrer beschrieben hatte.

Von meinem überstürzten Rückzug vollkommen überrascht, war der Hund auf halber Strecke stehen geblieben und starrte nun in der Dunkelheit zu meinem Unterschlupf.

»Was ist mit dem Köter los?«, fragte einer der Muskelprotze.

»Das interessiert mich einen Scheißdreck«, blaffte der andere, der so höflich gar nicht war, zumindest nicht seinem Kumpanen gegenüber, während er hinters Haus stürzte, wo ich ihn weiter fluchen hörte. »Ich hab dir ja gleich gesagt, du sollst einen guten Generator kaufen, nicht so einen Asienscheiß! Wegen diesem Dreckszeug sitzen wir gleich im Dunkeln.«

Seine Worte wirkten wie ein Orakel, denn plötzlich gab der Generator klaglos seinen Geist auf, und anstelle der funzeligen Glühbirne beleuchtete nun nur noch das grelle Licht der Blitze die unheimliche Szenerie. Entschlossen lief der Hund zu der Zisterne, wo er sich geradewegs vor meine Füße legte, weil er weiter gestreichelt werden wollte.

»Siehst du was?«, rief der, dem das Verhalten des Hundes aufgefallen war, seinem Kumpanen zu.

»Deswegen habe ich ja die Taschenlampe mitgebracht, du Idiot«, brüllte der andere zurück.

Ersterer musste etwas von einer Bulldogge im Blut haben, denn er interessierte sich mehr für meinen Streuner als für das Stromproblem. Langsam kam er auf uns zu. Zwar hatte er keine Taschenlampe, aber es schien mir nicht ganz abwegig, dass er eine Pistole dabeihatte. Der Hund kannte ihn offenbar, denn als er bis auf zwei Meter herangekommen war, lief er ihm mit wedelndem Schwanz entgegen.

Zwischen dem ohrenbetäubenden Knall des Schusses und dem kurzen, herzzerreißenden Jaulen vergingen keine zwei Sekunden. Ich drückte mich auf den Boden, während der andere Typ herbeigerannt kam. Im Lichtkegel seiner Taschenlampe wurde das Resultat der Kurzschlusshandlung sichtbar.

»Du hast den Köter umgelegt, du Vollidiot«, fuhr er seinen Kumpanen an.

»Es hat sich was auf mich zubewegt. Woher soll ich wissen, dass das der Köter war?«, verteidigte sich der andere.

»Du kaufst chinesischen Scheiß und knallst einen Hund ab, der bloß mit dem Schwanz wedelt!«

»Die Taschenlampe hattest du. Was hätte ich denn tun sollen? Ich dachte, jemand greift mich an.«

»Wer soll dich denn hier angreifen? Siehst du hier irgendwo jemanden? Mann, wir befinden uns am Arsch der Welt! Einen schießwütigen Idioten kann ich hier nicht gebrauchen. Statt den Köter hätte es auch leicht mich erwischen können. Lass dich in den Innendienst versetzen, mach's dir hinterm Schreibtisch bequem und steig ins Lottogeschäft ein. Der arme Köter! Schau dir an, wie du ihn zugerichtet hast!«

»Wenn du nicht sofort aufhörst, mich zu beleidigen,

knall ich dir eine vor den Latz! Und morgen früh hau ich ab, dann kannst du deinen Scheiß allein machen, wir werden ja sehen, ob sie dich dann befördern«, hörte ich den Hundekiller knurren, während die beiden zum Haus zurückgingen.

Ich blieb noch eine Weile liegen und ließ den Regen auf mich prasseln; ein paar Stunden hier in dem fruchtbaren Schlamm und ich würde gewiss Wurzeln schlagen. Als ich den Eindruck hatte, dass die Gefahr gebannt war, erhob ich mich schließlich mit vor Kälte tauben Gliedmaßen.

Viel hatte ich nicht herausgefunden, aber besser als nichts. Die höflichen Kraftprotze waren also tatsächlich Bullen oder Militärs, und ihr Auftrag schien nicht gerade ungefährlich zu sein. Zumindest waren die Nerven des einen so angespannt, dass er auf alles schoss, was sich bewegte.

Ich schlich wieder zum Haus zurück. Das Fenster des Badezimmers war zwar nicht sonderlich groß, aber ich würde mich sicher hindurchzwängen können, wenn ich mich auf meine Künste als Schlangenmensch besann, die ich einst im Zirkus eines Onkels gelernt hatte, einem fahrenden Artisten und unvergesslichen Zauberer, durch den ich als Kind einen Blick auf Welten erhaschte, die so ganz anders waren als die, die ich schließlich wählte.

Ich stemmte mich an der Brüstung hoch und dachte schon, meine Muskeln wären für eine solche Herausforderung nicht mehr trainiert genug, als ich entdeckte, dass in mir Kräfte schlummerten wie die Adern einer Goldmine, die ich nur richtig nutzen musste. Ich sprang leise ins Innere.

Schwer atmend sah ich mich um. Rauskommen würde ich leichter als reinkommen, vorausgesetzt, sie schnappten mich nicht. Der Badezimmerboden lag höher, sodass ich mich beim Sprung aus dem Fenster nicht allzu sehr anstrengen müsste, zumal der Wunsch, meine Haut zu retten, als Anreiz genügen dürfte.

Vorsichtig öffnete ich die Badezimmertür und schlüpfte auf den Flur. Er war dunkel, nur am Ende des Gangs schimmerte ein trübes Licht durch eine Türritze. Auf Zehenspitzen schlich ich näher und linste durch das Schlüsselloch. In dem Wohnzimmer gähnte der Kerl, der den Hund getötet hatte, wie ein Nilpferd und kratzte sich ostentativ die Eier, so, als wollte er den Angriff eines ganzen Bataillons Filzläuse abfangen.

Ich kehrte bis zur Mitte des Flurs zurück, wo ein zweiter, breiterer Flur abging, an dem mehrere Zimmer lagen.

Das erste Zimmer, das ich betrat, hatte keine Decke. Sanft regnete es auf das einzige Möbelstück, eine Kommode. Mit der Taschenlampe leuchtete ich die Wände ab, an denen Porträts von wer weiß wessen Vorfahren hingen. Auch in das nächste Zimmer regnete es hinein, nur war es besser möbliert. Darin befanden sich ein Bett, dessen Metallrost an der Wand lehnte, ein Nachttisch und ebenfalls eine Kommode.

Vor dem dritten Zimmer knipste ich die Taschenlampe aus, weil ich Stimmen zu hören glaubte. Leise drückte ich den Türklinke nieder und hielt den Atem an, der Holzboden konnte bei jedem Schritt knarren und mich verraten. Als Erstes fiel mir auf, dass es hier nicht regnete. Stimmen hörte ich nicht mehr, dafür aber den Atem zweier Menschen, die von Mal zu Mal lauter keuchten. Schnell schloss ich die Tür. Wenn ich etwas hasse, dann sind das Voyeure, auch wenn ich in diesem Fall gar nichts gesehen hatte. Und Pornos haben mich sowieso noch nie erregt.

Das letzte Zimmer am Ende des Gangs war etwas größer als die anderen und hatte ebenfalls eine Decke.

Darin standen ein ovaler Tisch, Stühle und eine Vitrine, in der genügend Tafelgeschirr für ein ganzes Festbankett zur Schau gestellt war. Schon ein seltsames Haus, sagte ich mir, einerseits fehlte bei der Hälfte der Zimmer das Dach, andererseits war alles vorhanden, um etliche Gäste fürstlich bewirten zu können.

Auf dem Tisch lagen Pläne. Ich trat näher. Mit der Hand schirmte ich das Licht meiner Taschenlampe ab, doch konnte ich wegen meiner Alterssichtigkeit ohne Brille nicht viel erkennen. Es schien sich um eine Militärkaserne zu handeln. Es konnte aber auch ein Krankenhaus sein, wobei ... wozu brauchte ein Krankenhaus ein Waffendepot? In einem der Seitenflügel war ein solches untergebracht, wie eine Waffenliste bewies. Es gab Hunderte von Gewehren der neuesten Generation, Infrarotvisiere, Scharfschützenhelme mit eingebautem Teleobjektiv, wie sie die Amis und Israelis bei ihren Tagestrips in die arabische Welt benutzten, Dutzende von Raketen: Jede Waffengattung war in einer eigenen Spalte aufgeführt, mitsamt allen technischen Details und der genauen Menge.

Plötzlich gellte ein markerschütternder Schrei durch die Nacht, der mich zusammenzucken ließ, so wie früher im Vorstadtkino, wenn der Vampir auftauchte, sich mit der Zunge über die Lippen fuhr und in die Kamera blickte, bevor er über das Mädchen herfiel, so, als wollte er mir sagen: Als Nächstes bist du dran. Es war jedoch kein Schreckensschrei: Er kam aus dem Nebenzimmer, war von einer Frau und wurde im Duett mit dem Gestöhne eines Mannes zum Vibrato eines Opernsoprans.

Die Paukenschläge steuerte der Donner bei und der Trommelwirbel das Scheppern des Tafelgeschirrs in der Vitrine: Nie erfuhr ich, ob es das Gewitter oder der Orgasmus war, der das Haus in seinen Grundfesten erschütterte.

II

Paradiese und Verschwörungen

Eins Einerseits Waffenhandel. Andererseits ein Killer, der reihenweise, wenn nicht leichte, so doch zumindest nicht allzu schwierige Mädchen umbrachte. Zwei völlig verschiedene Welten, wie Pluto und Ganymed. Berührung praktisch ausgeschlossen.

Ich verließ das verfallene Haus auf dieselbe Weise, wie ich reingekommen war; bedauerlicherweise hatte ich zu wenig Mumm, oder zu viele Skrupel, den Hund zu rächen, dessen Mörder friedlich im Wohnzimmer schnarchte.

Ich kletterte gerade hinaus auf die Fensterbrüstung, als die Klinke der Badezimmertür niedergedrückt wurde. Wäre ich stehen geblieben und hätte gesehen, wer da mit einer Bierflasche als Kerzenhalter in der Hand hereinkam, hätte ich mir einige Schritte meiner unfreiwilligen Ermittlung erspart.

Ich bin Handelsvertreter für Sanitärartikel, kein Detektiv. Ich spekuliere nicht gern über das, was ich nicht weiß, schon damals nicht, als ich noch Bulle war. Dafür gibt es diplomierte Ermittler, allesamt Philosophen, die während ihres Studiums darauf vorbereitet wurden, sich dem Unbekannten zu stellen. Die Nationale Schande verfügte ebenfalls über Experten für Mord und Totschlag; in Argentinien braucht es keine Kollegen von Sherlock Holmes, sondern vor allem Willensstärke, um Verbrechen wirklich aufdecken zu wollen. Wenn die größten Gauner des Landes frei herumliefen, dann, weil jemand ganz oben ihnen Straffreiheit zugesichert hatte.

Durch den strömenden Regen, der den verkrusteten Dreck von meinen Kleidern spülte, ging ich zu Isabels Auto zurück. Es hatte keinen Allradantrieb, schlug sich aber wacker auf der Schlammpiste, in die sich der Feldweg verwandelt hatte, und kaum hatte es wieder Asphalt unter den Rädern, forderte es sogar mehr Geschwindigkeit, als ich ihm zugestehen konnte, denn die Stadt und mein Hotelbett waren ganz nah.

Als ich am nächsten Morgen aufwachte, rief ich bei Mónica in Buenos Aires an. Eine innere Stimme sagte mir, dass, wenn überhaupt, es bestimmt nicht Isabel war, die drangehen würde.

»Pablo! Mein Gott, wo warst du?«

»Wo *bist* du?‹, willst du wohl sagen. Ich bin im Hotel ›Cabildo‹ in Tres Arroyos. Da, wo wir eigentlich verabredet waren.«

Mónica entgegnete kein Wort, ein Schluchzen erstickte ihre Stimme. Sie wusste nicht, dass ich einen Teil der Geschichte kannte und mir den Rest denken konnte. Geduldig wartete ich ab, bis sie sich etwas beruhigt hatte und mir schließlich erzählte, dass der Bus, den sie von Bahía Blanca nach Tres Arroyos genommen hatten, unterwegs von einem quer gestellten Pick-up gestoppt worden war – ein Detail, das der Fast-Food-Busfahrer zu erwähnen vergessen hatte.

»Am Steuer saß eine Frau«, wimmerte sie leise.

»Jung?«

»Und hübsch. Sah aus wie ein Showhäschen aus dem Fernsehen.«

Ich fragte mich, ob die Typen mit Waffen oder mit Frauen handelten. Vielleicht ja auch mit beidem, laut den neuesten Marketingtheorien sollte man sich sowieso nicht auf ein Geschäftsfeld beschränken.

»Ist Isabel bei dir?«

Nun gab es kein Halten mehr, sie begann bitterlich zu weinen. Von Heulkrämpfen geschüttelt, berichtete sie, dass zwei Kerle – »mit vielen Muckis, aber höflich«, hätte ich am liebsten hinzugefügt, konnte es mir aber gerade noch einmal verkneifen – sie mit vorgehaltener Pistole aus dem Bus geholt und in den Pick-up geschubst hätten, der sofort losgefahren sei und mit Vollgas über eine Schotterpiste und danach wohl einen Feldweg gerumpelt war, wie Mónica wegen des Gerüttels vermutete, denn man hatte ihnen gleich Kapuzen übergestülpt. Irgendwann hatten sie angehalten und Isabel aus dem Auto gezerrt, ihr herzzerreißender Schrei klinge ihr immer noch in den Ohren.

»›Mama‹, hat sie gerufen, ›Mama, hilf mir‹«, schluchzte Mónica. »›Lasst sie los‹, habe ich geschrien, ›was wollt ihr von uns? Nehmt mich.‹ Ich habe versucht, mich loszureißen, es war wie in einem Albtraum. Da haben sie mir eins übergezogen, dass ich dachte, ich müsste sterben. Offenbar bin ich in Ohnmacht gefallen, und dann haben sie mir wohl auch noch was gegeben, ein Beruhigungs- oder Schlafmittel, was weiß ich. Aufgewacht bin ich jedenfalls erst wieder in der Ambulanz des Krankenhauses von Haedo.«

»In Haedo?«

»Ja, du weißt doch, dieses Vorstadtviertel von Buenos Aires. Natürlich fragte ich, wer mich dorthin gebracht hat.«

»Lass mich raten«, sagte ich. »Die Polizei.«

Sie schien nicht sonderlich überrascht über meine hellseherischen Fähigkeiten. Ein Streifenwagen der Bonaerense hatte sie in der Unfallstation abgeliefert, *sie lag ohnmächtig auf einem Bürgersteig*, hatten die Ordnungshüter dem Bereitschaftsarzt weisgemacht, *sobald sie wach ist, kann sie nach Hause gehen, vorausgesetzt, sie weiß, wo sie wohnt*. Einer der Ärzte hatte ihr dann besorgt angeboten, sie nach Hause zu fahren. Mónica nahm dankend an.

»Ich war drauf und dran, ihm alles zu erzählen, Gotán. Aber ich kann einfach niemandem mehr vertrauen. Womöglich war er nur ein als Arzt getarnter Bulle.«

»Ich bin ebenfalls Bulle«, erinnerte ich sie.

Sie seufzte müde. Das alles war einfach zu viel für sie, so kurz nach Edmundos Beerdigung, auch wenn der sie in seinen letzten Tagen sehr verletzt hatte.

»Du hast den Dienst quittiert, Gotán.«

»Du hast recht, ich verkaufe jetzt Kloschüsseln.«

»Von dir würde ich sicher keine kaufen. Da hätte ich jedes Mal das Gefühl, ich muss erst mal nach einer Wanze suchen.«

Unser Lachen kam zögerlich, war aber befreiend. Sie solle auf sich aufpassen und ja niemandem die Tür öffnen, ich würde sie bald in Buenos Aires sehen, sagte ich noch, bevor ich auflegte.

Bevor ich Tres Arroyos verließ, rief ich noch Burgos auf seinem Handy an. Wahrscheinlich stocherte er gerade in den Gedärmen des neuesten Gewaltopfers herum, denn es ging nur die Mailbox dran. In den dreißig Sekunden, die mir zur Verfügung standen, bat ich ihn, dafür zu sorgen, dass jemand eine Spritztour zu dem Grundstück machte, und gab ihm die Nummer des Immobilienmaklers durch.

Die Rückreise nach Buenos Aires verlief ruhig, bis auf einen unbedeutenden Zwischenfall: In Las Flores hielt mich die Verkehrspolizei an. Ich reichte ihnen die Papiere aus Bahía Blanca, die auf den Namen Edgardo Leiva ausgestellt waren – und wäre beinahe verhaftet worden: nicht, weil sie merkten, dass sie gefälscht waren, sondern weil ich keinen Fahrzeugschein, kein Warndreieck, keinen Feuerlöscher und auch sonst keine der vielen Bescheinigungen dabeihatte, die nötig sind, um ein Auto fahren zu dürfen. Tut mir leid, sagte ich, und zeigte ihnen meine alte Dienstmarke der Federal, worauf sie sofort Haltung annahmen und mir eine gute Fahrt wünschten.

Zwei Kilometer weiter warf ich Edgardo Leiva aus dem Fenster.

Zwei Ich brauchte den gefälschten Ausweis wirklich nicht mehr. Ich wurde nämlich gar nicht wegen Mordes gesucht. Weil im Hotel »Imperio« nie ein Mord passiert war.

Ein drittes Opfer des Serienmörders hatte es allerdings schon gegeben. Die Leiche sei auf dem Seitenstreifen der Nationalstraße nach Viedma gefunden worden, wie es im Polizeibericht irgendwo im hinteren Teil der Zeitung hieß, die ich mir bei meiner Heimkehr am Kiosk gekauft hatte. Sie zu identifizieren sei wegen der »fortgeschrittenen Verwesung« zwar schwierig gewesen, aber schließlich habe man herausgefunden, »dass es sich bei der Toten um Catalina Eloísa Bañados handelte, die man in der Modebranche unter dem Namen ›Lorena‹ kannte«.

Auf der nächsten Seite entdeckte ich unter der Rubrik »Vermischtes« einen vom Ölkonzern CPF bezahlten Nachruf auf Edmundo, in dem das »frühe Ableben eines langjährigen treuen Mitarbeiters« sehr bedauert wurde. Als wäre er an Altersschwäche gestorben! Sogar eine Todesanzeige seiner Witwe und Tochter fand ich, die Mónica jedoch nicht bezahlt hatte und von der sie auch nichts wusste, wie sie mir versicherte. Keiner seiner Freunde oder Arbeitskollegen hatte sich anscheinend gewundert, warum nicht dabeistand, wo die Totenwache und Beisetzung stattfinden sollte und wohin man einen Kranz oder Blumenstrauß schicken konnte. Und es hatte auch keiner angerufen, um ihr sein Beileid auszusprechen. Die einzige Nachricht auf Mónicas Anrufbeantworter war eine Drohung: *Dein Mann war kein Unschuldsengel, wehe, du erstattest Anzeige*, hatte eine verzerrte Stimme geflüstert.

Kaum war ich wieder in Buenos Aires, hatte ich sie aufgesucht. Sie umarmte mich und weinte, bis sie keine Tränen mehr hatte. Dann machte sie Kaffee und setzte sich zu mir ins Wohnzimmer des Apartments, das Edmundo verlassen hatte, um mit seiner jungen Blondine von dannen zu ziehen.

»Was ist das nur für ein Albtraum! Wer sind diese Leute, was wollen sie von uns?«

Mónica hatte sonst niemanden, dem sie diese Fragen stellen konnte, nur mich, und ich konnte nur insgeheim Vermutungen anstellen wie jemand, der eine fliegende Untertasse gesehen hat, es aber niemandem erzählen darf, weil man ihn sonst für verrückt erklärt.

»Man weiß nie, wann man den ersten falschen Schritt macht, die erste fatale Entscheidung trifft«, sagte ich. »Edmundo dachte, es wäre sein Weg ins Glück, doch er führte ihn in den Tod.«

»Er war ein alter Lustmolch«, fauchte Mónica, als wäre ihr Mann gerade erst ausgezogen. »So wie ihr alle. Jeder Mann reiferen Alters verliert den Kopf, wenn ihm eine Lolita über den Weg läuft.«

Ich antwortete nicht auf ihre flammende Anklage. Letztlich dachte ich genauso wie sie.

Eine Liebe zur falschen Zeit ist verheerend, sie zerstört jegliche Gewissheit. Wenn das, was vielleicht nur eine laue Brise sein sollte, sich zu einem vom Wind geschürten Waldbrand entwickelt, wird die ganze Vergangenheit, jeglicher Hauch einer beständigen Zukunft zu Asche. Und wenn sie zu Ende ist, ist der alte Lustmolch ergraut und völlig ausgebrannt, wenn er es überlebt hat, oder mausetot, wenn jemand die Sache mit einem Schuss beschleunigt wie in Edmundos Fall. Doch wenn diese letzte Liebe das Leben nicht verlängert, wieso nimmt man dann von seinem alten Leben Reißaus und rennt in sein Unglück wie ein durchgegangenes Pferd auf brennendem Weideland?

Noch am Abend meiner Rückkehr nach Buenos Aires traf ich mich mit dem Polizeireporter von ›La Tarde‹ in einer schäbigen Bar an der Avenida Caseros unweit seiner Redaktion.

»Deine Story interessiert keinen, Martelli. Die Leute haben genug damit zu tun, Dollars zu scheffeln, denn Argentinien steht mal wieder kurz vor dem Zusammenbruch.«

Ich hatte Peloduro Parrondo kennengelernt, als er bei ›La Nación‹ angefangen hatte. Hochgewachsen und schlaksig, *als Fußballer eine Niete, für die Uni zu wenig Grips, da konnte ich nur Journalist werden*, lautete nach ein paar Gläsern Wein das Resümee seines bisherigen Lebens. Sein eigentlicher Spitzname Peloduro, »störrisches Haar«, war eine klare Anspielung auf seine zottige Mähne, die fast die ganze Stirn verdeckte, aber die Zeit und das Bedürfnis seiner Arbeitskollegen nach Synthese hatten dazu geführt, dass ihn am Ende alle nur noch Pepa nannten.

»Argentinien bricht nicht von allein zusammen, dafür sorgen gerade die üblichen Abrissfirmen«, erwiderte ich nur.

Wieder einmal drohte uns die große Katastrophe. Eine

handlungsunfähige Regierung schlug um sich wie ein Ertrinkender, fror Bankkonten ein und deckte Verschwörungen auf, von denen alle längst wussten, denen aber keiner Einhalt gebieten würde, weil es für die üblichen Verdächtigen ein riesengroßes Geschäft war, dass nun alles den Bach runterging.

»Die Politik geht mir am Arsch vorbei«, sagte Pepa und steckte sich eine Olive in den Mund. »Ich habe noch nie verstanden, warum die Leute immer wieder die gleichen Pappnasen wählen. Wenn man für sein Leben gern vögelt«, – er hielt mitten in seiner Rede inne, um den Kern auszuspucken –, »protestiert man doch auch nicht wie eine Jungfrau, die in ein Bordell gesteckt wird.«

Der zweite und dritte Kern schossen gleichzeitig aus seinem Mund, nur dass der eine auf dem Boden und der andere auf einem Tisch landete, an dem ein in die Jahre gekommener Galan gegenüber einer zehn Jahre älteren Dame saß, die ihn wie ein fünfzehnjähriger Backfisch anhimmelte. Der Galan sah kurz zu Pepa auf, beschränkte sich dann aber darauf, den Kern mürrisch mit dem Handrücken auf den Boden zu fegen.

Pepa schob sich provokativ eine besonders große Olive in den Mund.

»Der Hallodri macht sich an die alte Schachtel nur wegen ihrer Rente ran. Früher hat man so eine Schweinerei wegen einer großen Erbschaft veranstaltet, aber heutzutage verschreibt man seine Seele dem Teufel anscheinend schon für ein paar Kröten. Was für dekadente Zeiten, Martelli.«

»Es war schon der dritte Mord, Pepa. Die Frau lag tot in meinem Bett, und statt mir den Mord in die Schuhe zu schieben, legt man die Leiche irgendwo an der Nationalstraße ab. Wie kommt's, dass dich das nicht interessiert?«

Pepa sah noch einmal lange und provozierend zu dem reifen Galan hinüber, bevor er sich wieder mir zuwandte.

»Dann lass es mich dir erklären, Martelli. Die Story ist tatsächlich ganz hübsch. Ich sehe sie schon vor mir, in Farbe und mit zahlreichen Grafiken illustriert: Blondine, tot aufgefunden im Bett eines aus dem Dienst gejagten Beamten der Federal! Das würde ich blind kaufen.«

»Und?«

»An dieser Geschichte ist etwas faul. Das ist eine Botschaft der Mafia, Martelli. Die Leiche haben sie fortgeschafft und in die Gosse geworfen. ›Mischt euch nicht ein‹, wollen sie uns damit zu verstehen geben. Habe ich mich klar genug ausgedrückt?«

»Und wer sind *sie*?«

Er wandte mir den Rücken zu und sah wieder hinüber zu dem Heiratsschwindler, der die alte Schachtel wohl gerade zu einer Entscheidung drängte. Neben den Likörgläsern lagen Papiere. Er sprach jetzt leise und schnell, fuchtelte dabei wild mit den Händen, nahm immer wieder die knochige Hand der Frau und streichelte sie, worauf die Alte den Blick senkte und sich auf ihrem bleichen, maskenhaften Gesicht eine leichte Röte zeigte.

»Verhafte ihn, Martelli«, knurrte Pepa, ohne mich anzusehen. »Er ist ein Arschloch.«

Ich kippte mein lauwarmes Bier hinunter.

»Ich habe keine Dienstmarke mehr. Ich bin jetzt Zivilist.«

Pepa drehte sich wieder zu mir um; das Pärchen schien er abgeschrieben zu haben. »Was soll ich deiner Meinung nach veröffentlichen? Du hast keine Beweise, weder Fotos noch Zeugenaussagen. Und der Ölkonzern ist ein wichtiger Anzeigenkunde unserer Zeitung. Wenn die sich auf den Schlips getreten fühlen, stornieren sie alles, und ich werde hochkant rausgeworfen. Wo soll ich dann noch eine Anstellung finden, in meinem Alter?«

»Sieht so aus, als würde sie unterschreiben«, sagte ich mit einem Blick über Pepas Schulter.

Das Knochenbündel hatte einen Stift in die Hand genommen, den der Kerl ihr mit einem Lächeln gereicht hatte wie ein Glas voll Gift.

Sie kam nicht dazu, denn in diesem Moment stürmten zwei junge Kerle herein, die höchstens fünfzehn oder sechzehn waren, auch wenn der Kleinere der beiden sich einen Bart stehen ließ, um älter zu wirken; der Flaum am Kinn machte seinen Teint aber bloß eine Spur dunkler.

»Achtung!«, schrie der Kleinere wie ein Spieß auf dem Kasernenhof. »Das ist ein Überfall. Alle Kohle, und was ihr sonst noch so habt, auf den Tisch! Und keine Mätzchen!«

Offenbar waren sie vom Tageslicht oder ihren Vorbildern im Fernsehen so geblendet, dass sie glaubten, der Raum sei brechend voll. Doch außer dem Wirt, Pepa und mir waren nur noch der Erbschleicher und sein Opfer in der Kneipe. Als die Jungs ihren Irrtum bemerkten, wurden sie noch nervöser, als sie eh schon waren.

»Ihr beide, die Lappen und Mäuse auf den Tresen! Und du mit den gegelten Haaren, mit denen du deine Glatze verdeckst: Nimm der Alten die Klunker ab und leg sie auf den Tisch!«

Da war ich sowieso gerade dabei, hätte der reife Galan eigentlich sagen müssen, doch er war wie gelähmt und brachte kein Wort heraus. Der Größere der beiden Gauner, offenbar der Handlanger, sackte die magere Beute ein.

»Ich bin Journalist und arbeite gleich hier um die Ecke«, sagte Pepa, während sie ihm die chinesische Billigarmbanduhr abnahmen. »Wenn ihr in die Zeitung kommen wollt, rufe ich einen Fotografen an.«

Die Gauner schauten sich an wie zwei von Scheinwerferlicht geblendete Hasen, bis der Kleinere auf Pepa zuging und ihm sein Knie in die Eier rammte, sodass der Polizeireporter laut aufschrie und sich vor Schmerzen zusammenkrümmte.

»Zwei aufgeplusterte Wichtigtuer«, sagte der Kleine selbstzufrieden und wandte sich dann an den Größeren. »Durchsuch du den anderen, der sieht aus wie ein Bulle.«

Eine Hand angelte sich Isabels 38er wie eine Forelle.

»Scheißbulle, ich mach dich alle«, schrie der Wicht.

Blitzschnell hob er die Waffe und drückte ab. Der Schlagbolzen macht zwei, drei, vier Mal klick. Als hätte ich den Drehhocker gespannt, auf dem ich saß, drehte ich mich mit ausgestreckten Armen wie ein Brummkreisel zu dem Milchbubi um und drosch mit geballten Fäusten auf seinen Kopf ein, während mein rechtes Bein wie eine Lanze im Magen des Größeren landete, der seinem Komplizen zu Hilfe eilte. Die 38er, die ihm aus der Hand rutschte, fing ich in der Luft auf und steckte sie mir in den Gürtel, worauf ich auf die beiden Jungs einzutreten begann, als wären sie ein Bottich voller Trauben nach der Lese. Ich hielt erst inne, als das Weiß ihrer Augen mir anzeigte, dass sie bewusstlos waren.

Der Wirt hinter dem Tresen war wachsbleich. Mit schmerzverzerrtem Gesicht wollte Pepa wissen, ob ich so potenzielle Kunden davon überzeugte, meine Klos und Waschbecken zu kaufen. Die alte Frau lag auf den Tisch, ob ohnmächtig oder tot, war nicht zu erkennen, doch hielt sie den Füller noch umklammert, mit dem sie fast ihren Verzicht auf ein würdiges Alter unterzeichnet hätte. Ihr Galan hatte das Weite gesucht.

Und ich? Es war kaum zu glauben, aber ich bereute bereits die Schläge, die ich ausgeteilt hatte, ja, ich fürchtete sogar um das Leben dieser beiden Kinder, die nach ihrer Entlassung aus der Klinik und ihrem Freispruch vielleicht schneller ein neues Opfer finden würden als ich Isabel und Edmundos Mörder.

Pepa goss uns allen einen ein, während ich die echten Bullen anrief. Als ich aufgelegt hatte, sahen wir uns an wie zwei Taucher auf dem Grund einer Kloake.

»Unser Land ist dem Untergang geweiht, Martelli«, sagte Pepa. »Kauf dir Dollars.«

Drei ›La Tarde‹, das Abendblatt der wichtigsten Morgenzeitung des Landes, wurde gratis an Bahnhöfen und U-Bahn-Stationen verteilt. Millionen blätterten das Käseblättchen durch, während sie sich an die Haltegriffe der überfüllten Vorortzüge klammerten, mit denen sie jeden Abend nach Hause fuhren. Die Privilegierten, die einen Sitzplatz ergattert hatten, schliefen über der zweiten oder dritten Seite ein. Doch die, die stehen mussten, kamen vielleicht bis Seite elf, wo Pepa getitelt hatte:

NEUES OPFER DES KÜSTENMÖRDERS: BLONDES FOTOMODELL IM HOTEL »IMPERIO« IN BAHÍA BLANCA TOT AUFGEFUNDEN.
Zweifache Entführung ganz in der Nähe: Mutter befreit, Tochter noch immer in der Gewalt der Kidnapper.

Pepa hatte es riskiert, er hatte die beiden Fälle in Zusammenhang gebracht. Ich rief in der Redaktion an, um ihm zu gratulieren. Mit Beethovens ›Ode an die Freude‹ verkürzte man mir die Wartezeit, während jemand den Polizeireporter suchte.

»Parrondo ist heute nicht gekommen«, informierte mich schließlich eine Frauenstimme.

»Ist er krank?«

»Mit wem spreche ich?«, fragte sie zurück.

»Mit einem Freund.«

Sie zögerte, bevor sie antwortete. »Wahrscheinlich ist er zu Hause.«

Es kostete mich einige Mühe, ihr zu erklären, warum ich als Pepas Freund seine Privatnummer nicht hatte. Ich erzählte ihr, was wir beide am Vortag erlebt hatten. Die Kranken- und Streifenwagen hatten die Mitarbeiter der Zeitung angelockt, sogar Fotos hatte man von uns gemacht, die aber nicht veröffentlicht worden waren.

»Hat Ihnen die Meldung gefallen, Martelli? Statt mich zu beglückwünschen, hat man mich beurlaubt«, sagte Pepa, als ich ihn zu Hause erreichte. »Wenn ich rausfliege und eine Abfindung kriege, leiste ich mir eine junge Geliebte. Bis jetzt habe ich mir aber nur einen Satz heiße Ohren und eine zeitweilige Suspendierung eingefangen, deshalb bin ich noch immer hier.«

Er war gut gelaunt, was ungewöhnlich war bei jemandem, der für gewöhnlich Polizeispitzel interviewte, Arbeitsessen mit Drogendealern vereinbarte und die Verwandten von ungesühnten Opfern empfing, häufig ermordet von Polizisten, deren Chefs er bei fürstlichen Abendessen zu bestechen versuchte.

»Es ist wie bei einem dieser Kreise von Dante, Martelli«, hatte er tags zuvor gesagt, als die irdische Komödie in der Bar vorüber war und er einen Whiskey ohne Eis bestellte. »Die gleichen Leute, die stehlen und morden lassen, ja, manchmal sogar selber jemanden umlegen, erzählen einem, wie sehr ihnen der Anstieg der Kriminalität Sorgen macht.«

Das ist in Argentinien nichts Neues, antworte ich ihm an diesen seltenen Abenden, an denen er mich anruft, als wäre ich die Telefonseelsorge, und wir uns irgendwo treffen. Meist provoziere ich ihn dann und erinnere ihn daran, dass Perón zufolge Gewalt von oben Gewalt von unten erzeugt.

»Blödsinn! Geschwätz für jugendliche Idioten wie dich, die das alles überlebt haben. Wie war denn das, als die Peronisten '73 an die Macht kamen? Das reinste Massaker! Hör mir auf mit Politik, Martelli. Das Einzige, was Politiker interessiert, ist, so viel Macht wie möglich anzuhäufen, wie eine blutsaugende Zecke immer fetter zu werden.«

Aber an diesem Abend war er, wie gesagt, beinahe fröhlich, wenn nicht gar aufgeregt, weil er einen Faden des Knäuels in der Hand zu halten glaubte, das ich entwirren musste.

Ich holte ihn zu Hause ab. Blendend aufgelegt und ausgeruht, als wären ihm der Überfall und die Beurlaubung bestens bekommen, stieg er in Isabels Wagen.

»Alles hat seinen Preis«, räumte er ein, kaum hatte er es sich bequem gemacht. Seine Hand strich über das Hightech-Armaturenbrett wie über den Körper einer Frau. »Ich habe die Meldung nicht gebracht, weil ich dir geglaubt habe, sondern weil ich noch zwei, drei Dinge über deinen toten Kumpel recherchiert habe, die deine Erinnerung an ihn wahrscheinlich Lügen strafen.«

»Man sucht sich seine Freunde nicht nach deren guten Manieren aus«, stellte ich zu meiner Verteidigung klar und gab Gas.

»Stimmt, aber verklären müssen wir sie auch nicht. Es reicht, wenn ihn seine Witwe beweint. Apropos Witwe: Dieses Auto gehört nicht dir.«

Unwillkürlich trat ich auf die Bremse und sah ihn verdutzt an.

»Woher weißt du das?«

Ein Hupkonzert erinnerte mich daran, dass hinter mir noch andere Autos fuhren.

»Gib Gas, sonst lynchen sie uns noch«, sagte Pepa und murmelte dann großspurig etwas von dem sechsten Sinn eines altgedienten Reporters, seiner Nase, die sich vom schönen Schein nicht beeindrucken ließ und ihn immer auf die richtige Spur führte.

»Als Kloschüsselvertreter scheffelt man nicht gerade viel Kohle.«

»*Sanitärartikel.*«

»Jaja, ist ja gut. Wie auch immer, um so einen Schlitten kaufen und unterhalten zu können, reicht deine Provision jedenfalls nicht aus, nicht mal zusammen mit deinen Bezügen von der Federal.«

»Ich bin rausgeflogen, ich kriege keine Pension.«

»Das spricht noch mehr für meine These, dass der Wagen einer Witwe gehört, und die einzige Witwe, mit der du in letzter Zeit zu tun hattest, ist die deines Kumpels.«

»Und warum ausgerechnet eine Witwe? Es könnte doch auch von einer reichen Erbin sein, einer Unternehmerin oder einer Prinzessin.«

»Ja, genau, von Schneewittchen.«

Pepa lehnte sich zurück und hätte sicher seine Beine aufs Armaturenbrett gelegt, wenn ihn nicht eine Arthrose plagen würde.

»Und was hast du, außer dass der Wagen der Witwe gehören könnte, noch rausgefunden?«

»Lass uns in die Nationalbibliothek gehen«, sagte er unerwartet, als er den futuristisch anmutenden, noch immer nicht fertig gebauten Palast erblickte, der inmitten eines Parks zu unserer Rechten auftauchte.

Mit einem Buch von Faulkner setzten wir uns in die hinterste Ecke des Lesesaals.

»Dieser Ami hat den Nobelpreis bekommen, als der noch eine echte Auszeichnung für Leute war, die sich durch ihr literarisches Talent hervorgetan haben und nicht durch ihr Geschick, es der herrschenden Clique recht zu machen. Heute wird er nur noch von Studenten wie meinem Sohn gelesen.«

»Wir sind nicht hier, um ›Licht im August‹ zu lesen«, sagte ich leise zu Pepa, um nicht des Saals verwiesen zu werden. »Rück endlich mit der Sprache raus: Was hast du über Edmundos Doppelleben rausgefunden?«

»Du wirst die Komplexität der menschlichen Seele nie begreifen, wenn du nicht Autoren wie Faulkner gelesen hast. Was liest du, Martelli?«

»Als ich noch Bulle war, gerichtsmedizinische Gutachten. Seither Broschüren von Sanitärartikelherstellern, die sind immer so schön bunt. Ich lese eins im Bett, und danach habe ich einen sanften Schlaf.«

»Das glaube ich dir nicht. Niemand, der zu Zeiten der Diktatur Bulle war, hat ein sanftes Ruhekissen.«

Unser Flüstern war lauter geworden, drohender, lief Gefahr, in einen handfesten Streit auszuarten. Um uns herum wurde schon gezischelt, sodass ein Angestellter zu uns kam und uns aufforderte, still zu sein oder den Lesesaal zu verlassen. Ich nickte, atmete tief durch, stand auf und ging hinaus.

»Ich wollte dich nicht beleidigen«, sagte Pepa außer Atem, das Buch von Faulkner in der Hand, als er mich auf dem Gang schließlich eingeholt hatte.

»Ich schlafe sanft, Parrondo.«

»Meine Freunde nennen mich Pepa«, sagte er versöhnlich.

»Und meine mich Gotán. Aber jetzt sind wir Martelli und Parrondo, die einiges klarzustellen haben. Und was mich betrifft: Ich bin nicht aus der Federal rausgeflogen, weil ich ein schlechter Polizist war, aber ich wurde auch nicht befördert, weil ich Guerilleros umgelegt habe.«

»In Ordnung, Martelli, deine Vergangenheit geht mich nichts an, ich habe Blödsinn dahergeredet. Aber ich habe dich nicht wegen Faulkner in die Bibliothek geschleppt, der mich genauso langweilt wie meinen Sohn, sondern weil wir verfolgt wurden.«

Ich starrte Pepa kurz an, bevor ich mich umwandte. Wir standen mitten in einem menschenleeren Flur, der zu den Treppen führte. Im Lesesaal befanden sich nur wenige Leute, und die Angestellten saßen gelangweilt ihre Schicht ab. Alles schien ruhig.

In Pepas Gesicht bewegte sich kein Muskel. Er bat mich, einen Moment zu warten, bis er das Buch abgegeben hatte. Kaum war er zurück, tastete er seine Taschen nach Zigaretten ab.

»Ein rotes Auto«, sagte er auf dem Weg zum Ausgang.

»In Buenos Aires wimmelt es von roten Autos.«

»Aber das ist uns hierher gefolgt. Es ist eine Marotte von mir, als Beifahrer den Außenspiegel so einzustellen, dass ich den rückwärtigen Verkehr beobachten kann.«

»Paranoia.«

»Oder Überlebensstrategie, Martelli. Außer den gelegentlichen Suspendierungen ziehe ich mir mit meinen Artikeln und Reportagen auch den Zorn einiger hoher Tiere zu, die so geschmacklos sind, mich gelegentlich daran zu erinnern, dass ich nicht unsterblich bin.«

Wir traten ins Freie. Es war ein kühler Frühlingsabend, überall sah man Verliebte, die sich das Paradies versprachen, oder zerstrittene Pärchen, wobei einer dem anderen erklärte, warum sie nicht zueinander passten. Nicht anders als in jedem anderen Park von Buenos Aires. Pepa schlug vor, vor dem Einsteigen erst noch eine zu rauchen.

»Schließ schon mal auf und mach die Tür nicht ganz zu«, sagte er. »Und dann lass uns auf die Bank dort drüben setzen.«

»Wenn du mir deine Liebe gestehen willst, bist du bei mir aber an der falschen Adresse.«

Er blickte hinauf zum Himmel, wie um sich zu vergewissern, dass es nicht bewölkt war, und sprang dann über das Drahtgeflecht, mit dem der Rasen eingefasst war, um hinter einem Busch zu pinkeln.

Unterdessen befolgte ich Pepas Anweisungen, auch wenn ich spürte, dass etwas nicht stimmte an diesem perfekten Frühlingsabend, dass ich nicht tun sollte, was ich gerade tat. Das Auto gehörte nicht mir, sondern der entführten Tochter meines toten Kumpels. Und ich tat nichts, um sie zu suchen.

»Von hier aus können wir unbemerkt alles beobachten«, sagte Pepa zwischen zwei genussvollen Zügen an seiner Zigarette, kaum saß ich neben ihm auf der Bank.

Ich bin kein Angler, aber ich habe oft genug meine fanatischen Freunde begleitet, um zu wissen, dass es manchmal eine Ewigkeit dauert, bis endlich einer anbeißt. Nichts ist langweiliger, als ihnen dabei zuzusehen. Die Hoffnung, einen Fisch zu fangen, lässt Angler wie versteinert dastehen, hundert oder tausend Jahre könnten sie so ausharren.

Wir mussten zum Glück nicht so lange warten. Jede Großstadt ist eine Einladung an Autodiebe. Man muss nur genau hinsehen, dann entdeckt man sie überall.

Der junge Mann trug ein blaues Jackett aus leichtem

Stoff, helle Hosen und eine Krawatte und hatte ein Vertreterköfferchen dabei, das wohl ziemlich schwer war, da er es ständig von der linken in die rechte Hand und wieder zurück wandern ließ. Er ging langsam, so, als suchte er eine Adresse, sah sich immer wieder um, warf einen flüchtigen Blick ins Innere der geparkten Autos und probierte alle Türen aus, bei denen kein blinkendes rotes Licht die Alarmanlage verriet.

Die schlecht verschlossene Tür war der Apfel für diesen Adam. Er schlüpfte in Isabels Auto, als wäre es seins. Es war inzwischen stockdunkel, sodass nur noch die Glut unserer Zigaretten zu erkennen war. Eine Minute später starrten wir uns im Lichtschein der Explosion an, aber nur für den Bruchteil einer Sekunde, denn gleich darauf drückte uns die Druckwelle mit dem Gesicht in den Rasen, genau an die Stelle, wo Pepa kurz zuvor Wasser gelassen hatte.

Vier Schon wieder hatte ich kein Auto mehr. Und um das war es diesmal wirklich schade. Meine Karre, ein IKA Torino aus den Siebzigern, war alt gewesen; mir war nichts Wertvolles gestohlen worden, vielleicht war die Kiste ja zum Sammlerobjekt geworden. Aber Isabels mit Autogas betriebener Renault Mondino war ein wirklich schöner Wagen gewesen, so schön wie seine Besitzerin Isabel.

Nach der Bombenexplosion musste ich mir eingestehen, dass es Leute gab, die mich gern tot sähen; eine Erkenntnis, die nicht gerade angenehm war. Bis zu Edmundos Anruf und der Fahrt nach Mediomundo war mein Leben ohne große Zwischenfälle verlaufen. Ich war zu Verkaufsveranstaltungen gefahren und mit einem Musterkatalog mit Klos und Wasserhähnen für jeden Geschmack und Geldbeutel durch die Provinzen getingelt. In den letzten Monaten war es mit den Verkäufen allerdings stetig bergab gegangen. Je weiter das Jahr 2001 voranschritt, desto düsterer wurde es, die Gewitterwolken türmten sich bereits am Horizont, die Argentinier gaben kaum noch was aus, sondern tauschten ihre Pesos sofort in Dollars um und versteckten sie dann unter der Matratze. Aber so ein alleinstehender Typ wie ich braucht zum Glück nicht viel, nur Geld fürs Essen und das eine oder andere Laster, damit die Tage schnell vergehen, vor allem die Wochen-enden.

Dass ich Edmundos Anruf zu später Stunde entgegen-genommen hatte und die ganze Nacht gefahren war, hatte ihm nicht das Leben gerettet. Dafür stand meines jetzt auf Messers Schneide. Erledigt den Kerl gleich mit, hatte jemand angeordnet, ein Manager, ein Bandenchef, ein hochrangiger Polizist oder Militär, ein Unternehmer, irgendeiner von denen, die in Argentinien dem Henker über die Sprechanlage den Befehl geben, ohne sich die Mühe zu machen, das Opfer oder dessen Freunde oder Frauen kennenzulernen, die ihn beweinen oder erleichtert aufatmen werden.

Das Unangenehme an so einem Todesurteil ohne vor-herigen Prozess ist, dass man nicht weiß, warum einem mitten in der Pampa das Auto gestohlen, eine Blondine tot ins Hotelbett gelegt oder ein Wagen in die Luft gesprengt wird, den einem eine schöne junge Frau geliehen hat, die man entführt hat, ohne Lösegeld zu fordern.

Am Abend der Explosion rief ich Mónica an, um ihr von dem Vorfall zu berichten. In einem Anfall verzweifelten Aufbegehrens gegen die unergründlichen Gesetze ihres Gottes bat sie mich, die Finger von dem Fall zu lassen; sie habe beschlossen, auf einen richtigen Polizisten mit Dienstmarke und Pension zu bauen, statt auf einen Aus-gestoßenen, *du siehst ja, was es Edmundo gebracht hat, auf deine Hilfe zu bauen.* Mir wurde schnell klar, dass ich an diesem Abend nichts zu meiner Verteidigung vorbringen konnte, zumal sie ja recht hatte, ich war nicht nur bei der Polizei rausgeflogen, sondern auch aus dem Leben der Frau, die ich liebte.

Etwas stimmte nicht mit mir und meinem Leben. Ich hatte nie eine feste Beziehung aufbauen können, hatte nie eine Frau gefunden, die davon träumte, mit mir alt zu werden, sollte es denn solche Frauen überhaupt geben. Kaum waren sie mit mir zusammen, bemerkten sie, dass sie im falschen Bus saßen und schleunigst aussteigen sollten, wenn sie nicht sonst wo landen wollten, in der Gosse, der Barackensiedlung Villa Fiorito, am Arsch der Welt oder auf dem Planeten der Affen, auf jeden Fall aber nicht im Glück. Das war wohl mein Karma: Ich war der blinde Fleck, das Auge im Sturm der anderen, die Untiefe. Ich hatte viele Frauen und doch so wenige, und die, die ich vermisse, Débora oder Mireya, der letzte Tango in Barracas, nasse Straßen, Nebel über dem Riachuelo, billige Folklore, ein schlechtes Aquarell von Quinquela oder ein Messerstecher von Borges, der ein halbes Jahrhundert zu spät dran ist, für immer an eine Straßenecke gebannt, wo die berühmte Münze über alles oder nichts entschied. Denn es gibt nichts dazwischen, wenn man dem gesichtslosen Feind gegenübersteht. Die Münze entscheidet über alles oder nichts. Und wenn es nichts ist, dann ist es eben aus.

Pepa hatte vorgeschlagen, dass wir uns nicht um die Explosion kümmern sollten. Es kommt nicht häufig vor, dass mitten in Buenos Aires ein Auto in die Luft fliegt, jedenfalls nicht so oft wie im Mittleren Osten oder in amerikanischen Spielfilmen, und den Aufruhr konnten wir uns in aller Ruhe im Fernsehen anschauen, ohne all die Fragen beantworten zu müssen, auf die wir keine Antworten hatten. Und zudem hatte ich mich für den nächsten Tag mit Burgos und dem cervantinischen Duo verabredet und wollte nicht mit leeren Händen nach Bahía Blanca zurückkehren.

Zehn Häuserblocks von der Nationalbibliothek entfernt

hatten wir eine ruhige Kneipe gefunden. Pepa bestellte einen Gin und ich ein Bier, Salzstangen, Chips und Erdnüsse. Wir genossen die Happy Hour unseres Überlebens, stießen schweigend auf unsere Unsterblichkeit an, und schließlich lehnte Pepa sich zurück wie zuvor in Isabels ruiniertem Auto und erzählte, was er über Edmundo Cárcano herausgefunden hatte.

»Ein paar geheime Informationen hier, ein paar aufgeschnappte Worte da, dazu jede Menge Vermutungen: Journalisten sind gebildete Klatschmäuler, von denen zugegebenermaßen einige mit einem gewissen Sinn für Ästhetik ausgestattet sind und ihren Gemeinheiten eine schöne Form zu verleihen wissen«, schickte er voraus. »Aber manchmal bestimmt die Fiktion die Wirklichkeit, Martelli. Du kannst der aufrechteste Mensch der Welt sein, aber wenn überall um dich herum Korruption herrscht und die Korrupten, statt in den Knast zu wandern, die besten Autos und Frauen besteigen, spülst du deine Moral irgendwann – verzeih mir die Metapher – das Klo runter. Der CPF ist jedenfalls ein multinationaler Ölkonzern, der mit der Linken wie mit der Rechten Geschäfte macht.«

»Ein Ölmulti, der schwarzes Gold fördert und raffiniert«, sagte ich inspiriert, während Pepa sich die letzten Chips in den Mund stopfte, »da bekommt irgendjemand zwangsläufig den Dreck ab.«

»Wenn man es zum Abteilungsleiter eines solchen Konzerns geschafft hat«, erklärte der Polizeireporter, nachdem er seinen zweiten Gin und noch eine Schale Chips bestellt hatte, »muss man entweder mitspielen oder man fliegt. Und dein Freund ist garantiert nicht aufgrund seiner beruflichen Verdienste so weit die Treppe hinaufgefallen, darauf kannst du Gift nehmen.«

»Aber Edmundo war doch gar kein so hohes Tier«,

verteidigte ich halbherzig die Ehre meines verstorbenen Freundes. »Und die Chefs des CPF kommen alle aus dem Ausland.«

»Das ist es ja gerade. Weil sie nicht von hier sind, kennen sie die hiesigen Spielregeln nicht, und weil sie zehn Mal so viel verdienen wie ein Argentinier, können sie sich den Luxus erlauben, gewisse Angebote einfach auszuschlagen. Versteh mich nicht falsch, Martelli, es geht mir nicht um Moral, an Cárcanos Stelle hätte ich das Gleiche getan.«

»Und was hat er nun getan?«, fragte ich ungeduldig.

»Immer mit der Ruhe, alles zu seiner Zeit. Beantworte mir erst eine Frage: Warum hat dein Kumpel dich eigentlich in der Nacht seines Todes angerufen?«

Ich zögerte, die Neugier eines mit einem gewissen Sinn für Ästhetik ausgestatteten Klatschmauls zu befriedigen, aber seine Informationen und seine Kombinationsgabe waren gerade das Einzige, was mir weiterhelfen konnte.

»Er hat mich gebeten, schnellstens in sein Ferienhaus zu kommen.«

»Hat er irgendwas davon erzählt, dass er in Gefahr sei?«

»Nein. Seine Stimme klang ganz ruhig. ›Das ist nicht irgendeine Sache, Gotán‹, hat er gesagt, ›sondern die Sache deines Lebens. Wenn du zu Hause in deinem Bettchen bleibst, geht sie dir durch die Lappen.‹«

»Gotán?«

»Meine Freunde nennen mich Gotán. Aber für dich bleibe ich Martelli.«

Pepa grapschte sich die letzten Chips aus der Schale und stopfte sie sich in den Mund.

»Keiner meiner Freunde ist Polizist«, sagte er scheinbar resigniert. »Du brauchst dich auch nicht dafür zu bedanken, dass ich dir das Leben gerettet habe. War keine Absicht.«

»Ich mag keine Totenwachen, Pepa.«

»Für dich bin ich ab sofort Parrondo.«

»Einverstanden, Parrondo. Weißt du, ich will nicht mehr auf Beerdigungen von Leuten gehen müssen, die mir ans Herz gewachsen sind. Da kriege ich das heulende Elend, weil ich sie nicht wieder lebendig machen kann. Und mein Gedächtnis ist zu schlecht, um von den schönen Erinnerungen zehren zu können.«

Wir schwiegen eine Weile, Pepa vor seinem Gin, ich vor meinem lauwarmen Bier; wir sahen einander nicht an, hielten durch das große Fenster angestrengt Ausschau nach einem bekannten, von der Vorsehung geschickten Gesicht, um unsere bösen Vorahnungen und Zweifel vertreiben und das Thema wechseln zu können, damit danach einfach jeder seiner Wege gehen konnte, Pepa zurück an seinen Schreibtisch in der Zeitungsredaktion und ich zu Isabels schickem Wagen, ohne in die Luft zu fliegen wie ein vom Kuckuck aus dem Nest geworfenes Vögelchen.

Irgendwann hob Pepa den Blick, und wir sahen uns in die Augen. Wenn unser unfreiwilliges Spiel Verstecken war, dann hatte er bis hundert gezählt und »Ich komme!« gebrüllt: Es wäre ein Leichtes gewesen, zum Anschlag zu laufen und mich frei zu schlagen.

Aber das finstere Spiel hatte erst begonnen.

Fünf Wider Erwarten und vor allem gegen unseren erklärten Willen verabschiedeten wir uns an diesem Abend mit einer Umarmung und dem Versprechen, uns wiederzusehen, sobald sich alles aufgeklärt hatte und auf Erden – oder zumindest in Argentinien – wieder Ruhe und Ordnung herrschten.

Pepa hatte mir schließlich doch noch erlaubt, dass ich ihn Pepa, und ich, dass er mich Gotán nannte.

»Ich nehm's als Losungswort. Tango kann ich nämlich nicht ausstehen«, erklärte Pepa in Anspielung auf die vertauschten Silben meines Spitznamens, »das ist Musik für Manisch-Depressive, ein Tanz, der aus dem Jeder-mit-Jedem angeberischer Großstadtgauchos hervorgegangen ist.«

»Und ich denke bei Pepa zwar an 'ne Frau, aber in Zeiten heiliggesprochener Transvestiten kann er meinetwegen auch als Name für einen Mann durchgehen.«

Ich lehnte Pepas Angebot ab, ein Taxi mit ihm zu teilen. Der Abend lud zu einem Spaziergang ein, den ich auch dringend brauchte, um innerlich Abstand von dem Ort zu bekommen, an dem ich beinahe ums Leben gekommen wäre.

Unterwegs machte ich halt in einer Kneipe, weil ich mal für kleine Jungs musste. Am Tresen saßen zwei

Männer vor ihrem doppelstöckigen Whiskey und starrten hinauf zu einem Fernseher, in dem gerade Isabels Wagen ausbrannte. Der Newsticker des Nachrichtensenders »Crónica« am unteren Bildschirmrand verkündete in Katastrophenschrift, dass der Tank des mit Gas betriebenen Autos explodiert sei. Während ich pinkelte, malte ich mir die Debatte über das Risiko von Gas als Treibstoff aus, die am nächsten Tag die Presse beschäftigen würde. Wahrscheinlich würde nicht einmal recherchiert werden, wem das Auto gehörte. Sobald Isabel wieder frei war, konnte sie den Diebstahl anzeigen und die Versicherungssumme kassieren.

Doch würde ich Isabel befreien können? Und wo hielt man sie gefangen?

Die von Pepa zusammengetragenen Teile des großen Puzzles deuteten darauf hin, dass unter dem Deckmantel des argentinischen CPF-Ablegers eine NGO agierte, deren Ziele nicht gerade wohltätig waren, die in ihrem Schoß jedoch äußerst dankbare Nutznießer barg. Diese »Stiftung für den neuen Menschen« verwaltete offiziell Gelder und Spenden aus privater und öffentlicher Hand, mit denen die Infrastruktur einer Marginalsiedlung im Ballungsraum Buenos Aires verbessert werden sollte, das rund dreißigtausend kreditkartenlose Seelen zählte, wie man per Volkszählung mittels Kampfhubschrauberüberflug ermittelt hatte.

Es rührt einen – zumindest mich –, dass der Staat und die Großunternehmen ein solch großes Engagement für die Ärmsten der Armen zeigen. Auch wenn dies weder in ihren Ertragsprognosen noch in den Bilanzen aufscheint, gibt es etliche Organisationen, die zur Solidarität aufrufen, um die *Negros*, wie man in Argentinien die Armen wegen ihrer meist dunklen Hautfarbe nennt, vor der ewigen Verdammnis zu retten. Und so werden Kollekten, Spenden – oder die freiwillige Zuwendung des internationalen Bauunternehmens, das aufgrund Paragraf soundso, Absatz soundso vom Gesetz soundso den Auftrag zugeschanzt bekommt, über die Köpfe der Bewohner der Slums hinweg eine neue Autobahn zu bauen – an sie weitergeleitet. Verstehen Sie mich nicht falsch: Das Kleingeld, das Onkel Dagobert in einem Anfall von Großzügigkeit aus der Tasche schüttelt, ist Donald Duck durchaus willkommen. Quak, quak, quak sammelt er es eilig auf und zieht damit ein paar Abwassergräben. Aber oft, nur allzu oft fallen diese schäbigen Kupfermünzen eben nicht zu Boden, sondern wandern direkt in die Hosentasche irgendeiner fetten Kröte, die dann genüsslich eine Zigarre raucht, sie achtlos wegwirft – und bum! macht es, wie bei Isabels Wagen: Wo eine Suppenküche hätte eröffnet werden sollen, regnet es Schutt und Asche.

Wegen seiner Position – die Abteilung, der er vorstand, war zuständig für die Beziehungen zu den staatlichen Institutionen – hatte der CPF Edmundo dazu aufgefordert, sich der NGO anzunehmen, die alle unqualifizierten Arbeiter in »neue Menschen« verwandeln wollte, wie dies die Revolutionäre der Siebzigerjahre bereits fantasiert hatten. Bei den ersten offiziellen Treffen hatte man sich wohl mehr beschnuppert, als dass Edmundo ihren Sonntagsreden Aufmerksamkeit geschenkt hätte: Die Armen müssten endlich in ihre Schranken gewiesen werden, da sie sonst bald die kapitalistische Gesellschaftsordnung attackieren und zu wahren Kannibalen würden, was im Übrigen seit jeher auch die Kirche fürchtete, weshalb sie alle Diktatoren und diejenigen unterstützt hatte, die mit Gewinn Argentiniens militärische Abenteuer finanzierten. Dieselben großmäuligen Reden, die dreißig Jahre zuvor Tausenden von politischen Aktivisten das Leben ge-kostet hatte, Aktivisten aus einfachen Verhältnissen, die, verblendet von der Utopie des bewaffneten Sozialismus, einer Armee den Krieg erklärt hatten, deren einzige Auf-gabe darin bestand, die Waffen aufs Volk zu richten, wann immer es nötig war.

Es hatte deshalb nichts Merkwürdiges, wenn ein Öl-multi nun diejenigen unterstützte, die angeblich für die Besitzlosen kämpften. Ganz im Gegenteil: Zeitungen, Zeitschriften und das Fernsehen ergingen sich in Lobes-hymnen auf dieses Beispiel eines »guten Kapitalismus«, wohingegen sie die internationalen Finanzgruppen ver-teufelten, die an Wirtschaftsplänen bastelten, mit denen sie Argentinien das Wasser abgruben.

»Wer kommt schon auf die Idee, dass der CPF über diese ominöse › Stiftung für den neuen Menschen‹ Gelder wäscht und damit auf dem Schwarzmarkt Waffen ver-schiebt?«

Pepas Erläuterungen hatten mich mehr überrascht als die Explosion von Isabels Auto. Es waren lediglich seine eigenen Schlussfolgerungen aus den Informationen, die ihm zugetragen worden waren – aber sie erklärten, warum das Direktorium der Zeitung so rüde mit ihrem Polizei-reporter umgesprungen war. Zwar hatte in seinem Artikel nichts von dem gestanden, was Pepa mir in der Kneipe erzählte, aber die Hämorrhoiden am schmutzigen Hin-tern der Zeitungsmacher hatten sich trotzdem entzündet. Auch wenn die Redaktionen wahre Gerüchteküchen wa-ren, sah kein Journalist genauer hin, wenn an einer Sache etwas faul war, oder ging dem Gerede auf den Grund, und er deutete sein Wissen schon gar nicht in einer Meldung an – es sei denn, er hieß Pepa.

»Armer Kerl«, sagte ich laut zu mir selbst, während ich

die Straße entlangschlenderte und mir aus irgendeinem Vorgarten der starke Duft von blühendem Jasmin entgegenwehte.

Edmundo hatte einen Großteil seines Lebens für den CPF gearbeitet. Vom Lehrling zum Abteilungsleiter: der klassische Lebenslauf eines Vorzeigeangestellten. Dreißig Jahre lang im Morgengrauen aufstehen, frühstücken, loshetzen, um den Zug um Viertel nach sieben noch zu erreichen, und dann den ganzen Tag eingesperrt hinter Sonnenlicht und Regen abweisenden Jalousien, lebendig begraben in einem überall auf der Welt gleich aussehenden Bürogebäude, umgeben von lauter Zombies. Und er selbst war dabei zu einer sprechenden Puppe mit einer Minimaldosis an Intelligenz degeneriert, denn nur so war so ein Leben zu ertragen, ein von vornherein festgelegter Weg bis zu dem Augenblick, in dem einem jemand auf die Schulter klopfte und für zig Jahre Unternehmenszugehörigkeit einen Orden verlieh.

Niemand, auch Mónica nicht, hatte das Recht, Edmundo zu verurteilen, weil er der Versuchung erlegen war. Auch wenn der verführerische Apfel ein schmutziges Geschäft gewesen war, eine Einbahnstraße in den Tod. Das Leben, das er bis dahin geführt hatte, war nichts anderes gewesen – nur hatte der Tod ihn in einem Augenblick überrascht, in dem er dachte, er hätte an der Seite einer schönen jungen Frau noch rechtzeitig eine rettende Abzweigung gefunden.

»Wenn er dich mitten in der Nacht zu sich gerufen hat, dann, weil er sich jemandem anvertrauen wollte«, hatte Pepa gesagt, der über das Offensichtliche hinauszusehen versuchte wie ein Totenbeschwörer. »Wahrscheinlich war ihm die Sache über den Kopf gewachsen.«

»Und was hätte ich für ihn tun können?«

»Keine Ahnung ... vielleicht brauchte er einen Stroh-
mann ... oder einen Leibwächter.«

Ich ging fast vierzig Blocks zu Fuß in dieser von Düften
und Polizeisirenen gesättigten Nacht, bevor ich in einer
öffentlichen Telefonzelle die Nummer wählte, die ich
nicht aus meinem Gedächtnis streichen konnte. Wie so oft
in den letzten fünf Jahren wählte ich sie in der Hoffnung,
ich könnte die Zeit zurückdrehen, indem ich nur ein Wort
aussprach und dann losrannte wie ein kleiner Junge, der
von zu Hause ausgebüxt war und erschrocken über seinen
eigenen Wagemut schnell in den mütterlichen Schoß zu-
rückkehrte.

Du sagtest Hallo. Vielleicht war es wegen der Uhrzeit,
vielleicht wegen einer für mich unhörbaren Melodie, die
dir die Seele schwer machte: jedenfalls batest du mich
wieder, dich bitte nicht mehr anzurufen.

Ich legte auf und ließ mich weiter durch die Sackgassen
meines Labyrinths treiben. *Ruf nicht mehr an*, das hattest
du auch beim ersten Mal vor fünf Jahren gesagt, *mit einem
Bullen will ich nicht zusammen sein.*

Du hattest dich in einen Kloschüsselvertreter verliebt und erfuhrst an einem Abend mit vielen Drinks
und leidenschaftlich getanzten Tangos von meiner Vergangenheit bei der Nationalen Schande. Wir waren scharf
aufeinander, standen kurz davor, zu dir oder zu mir zu
eilen und miteinander ins Bett zu steigen, als das vom
Schütteln müde gewordene Glück den Becher nicht auf
den Tisch stülpte, sondern die Würfel über den Rand
springen ließ und wir mit einem Schlag alles verloren.

Der Kerl, der mit einer alten Schachtel im Minirock und
roten, hochhackigen Schuhen tanzte, wollte einfach nicht
verstehen, dass ich demonstrativ woanders hinschaute,

und war auf mich zugestürzt: *Aber das ist ja Kommissar Martelli! Wir beide haben ganz schön viele Gauner eingelocht, stimmt's, Martelli? Erklären Sie der Frau hier, wer wir sind!* Betrunken hatte er seine Partnerin an den Schultern gerüttelt, und wenn er tatsächlich derjenige war, den ich zu erkennen meinte, hatten wir nicht einen einzigen Verbrecher gemeinsam eingelocht, *erzähl's ihr, Martelli, und auch der Puppe, mit der du da tanzt, erzähl ihnen, dass wir beide mal bei der glorreichen Federal waren*, grölte er und ließ seine Tanzpartnerin so schwungvoll los, dass sie sich noch ein paarmal um die eigene Achse drehte und dann beschämt auf die Toilette flüchtete, während meine Welt in Trümmer ging, als du dich wortlos umdrehtest und zum Ausgang liefst.

Versteinert stand ich da, fühlte mich wie ein Mörder, der sein Verbrechen gestehen soll, bevor er sich rechtfertigen darf, der erklären soll, warum er dem verhassten Mann oder der verhassten Frau ins Herz geschossen hat, warum in der Unvernunft mehr Vernunft als in der Vernunft lag, empfand die gleiche Scham wie die alte Schachtel, die aufs Klo gerannt war, das Gelächter des betrunkenen Bullen im Ohr: *Lass sie gehen, Martelli, die hat dich nicht verdient, die wird nie verstehen, was wir zusammen erlebt haben, du und ich.*

Ich hatte die Waffe abgegeben, als ich bei der Federal aufhörte. Das rettete dem Schwachkopf das Leben, der mit seinem Gegröle geradezu danach schrie, dass ich seinem Schreckgespenstdasein ein Ende setzte. Wie bei einem Gewitter lähmten mich die in meinem Bewusstsein aufblitzenden weiß glühenden Bilder von zu Tode gequälten Menschen, die kriecherische Stimme dieses Kerls in einer von gellenden Schreien durchsetzten Hölle: *Der Junge da drin hat morgen Prüfung, und er hat mich ge-*

beten, ihm zu helfen, raunte er einem Vorgesetzten der Federal zu, weil der ihm das Gleiche versprochen hatte, wie man es Edmundo zusicherte, als der beim CPF anfing: Er könne dort alt und grau werden, ohne zu Tode zu kommen, er würde zwar nie laufen lernen, weil man ihn am Gängelband führe, doch sei das nur zu seinem Schutz. Und selbst das war eine Lüge gewesen, denn der Tod hatte mich im Leben überrascht, hatte mich umarmt, ich konnte ihn nicht mehr abschütteln, ich nahm ihn überallhin mit, und auch jetzt war er wieder bei mir, an diesem Abend, an dem du mich wieder einmal zurückgewiesen hattest, ohne dass ich auch nur ein einziges Wort gesagt hätte. Denn das Schweigen wird immer mein Part sein, Mireya, ganz egal, wer am anderen Ende der Leitung die Luft anhält.

Die Explosion, Pepas Enthüllungen, der Spaziergang, mein Anruf, der wie ein ins Nichts geworfenes bengalisches Feuer war: Ich war todmüde, als ich endlich in meiner Wohnung ankam. Zu allem Überfluss war auch noch Vollmond, und Félix Jesús war ausgegangen.

Ich machte kein Licht an, durch das Wohnzimmerfenster drang genügend silbriger Schein, öffnete den Kühlschrank und goss mir ein Glas Milch ein, um das Sodbrennen loszuwerden. Damit ging ich zum Fenster und sah meinem liebestollen Kater zu, wie er mit erhobenem Schwanz über die Brandmauer stolzierte, die das Gebäude vom Konsulat von Mazedonien trennte. Ich wusste nicht, wo Mazedonien lag, und auch Félix Jesús wusste es nicht, und es war ihm sicher egal, auch wenn sein Vollmondweibchen vielleicht ja von dort kam, vielleicht hatte sie ja in einem Diplomatenkoffer den Atlantik überquert, um sich hier mit ihm zu treffen.

Den letzten Rest Milch in meinem Glas goss ich in seinen Napf, damit er nach seiner Liebestour wieder zu Kräften kam. Dann sank ich ins Bett – und war schon fast eingeschlafen, als das Telefon läutete. Nach Mitternacht gehe ich nicht mehr ans Telefon, weil bla bla bla ... Aber es klingelte ununterbrochen. Mit einem mulmigen Gefühl nahm ich den Hörer ab, hielt ihn zwischen Daumen- und Zeigefinger, als könnte er dazu benutzt werden, die nächste Todesdrohung nicht nur auszusprechen, sondern auch gleich auszuführen. Weil am anderen Ende niemand sprach, sagte ich Hallo.

»Wenn Sie mir gesagt hätten, dass Ihre Ohren verstopft sind, hätte ich Ihnen noch eine Ohrspülung verpasst.«

Die Technomusik im Hintergrund deutete darauf hin, dass der pummelige Arzt in einer Bar saß, möglicherweise im »Pro Nobis«. Das Lachen einer Frau bestätigte meinen Verdacht. Wahrscheinlich die Rothaarige.

»Was treiben Sie zu so später Stunde, Burgos? Und höre ich da im Hintergrund Frauengelächter?«

»Ich habe heute Bereitschaft, Don Gotán.«

»Dass ein Gerichtsmediziner Bereitschaftsdienst machen muss, ist mir neu. Haben es die Leichen so eilig, von Ihnen aufgeschlitzt zu werden?«

»Solange er nicht die entsprechende Bescheinigung hat, ist der Mensch nicht tot. Die Bürokratie hat sich inzwischen auf Gebieten breitgemacht, die früher der Metaphysik und der Religion vorbehalten waren.« Er musste wohl seine Hand um die Sprechmuschel gelegt haben, jedenfalls konnte ich ihn nun besser hören. »Ich wollte Ihnen nur mitteilen, dass Sie nicht nach Bahía Blanca zu kommen brauchen. Wir kommen zu Ihnen.«

»Wohin wollen Sie kommen? Und wer ist ›wir‹?«

»Haben Sie aber heute eine lange Leitung, Don Gotán!

Also von vorn: Wen haben Sie in Bahía Blanca kennengelernt?«

Laut ging ich die Liste durch: »Eine Blondine, die nicht mehr unter den Lebenden ist; zwei Bullen, wobei ich mit dem einen noch ein Hühnchen zu rupfen habe, weil er mir ein paar geknallt hat; und einen Gerichtsmediziner, der mich davor bewahrt hat, für etwas im Knast zu landen, das ich gar nicht begangen habe.«

»Am Tag nach Ihrer Abreise wurde eine weitere Frau tot aufgefunden, in einem Stundenhotel am Stadtrand von Bahía Blanca.«

»Und warum wollen Sie dann nach Buenos Aires kommen?«

»Das erkläre ich Ihnen morgen, jetzt schlafen Sie erst mal. Im Morgengrauen sammle ich meine Fahrgäste ein, und dann geht's los.«

Er sprach so begeistert von der Reise, dass man meinen konnte, er fahre in Urlaub oder zum Picknick. Ich stellte ihn mir am Steuer seines himmelblauen VWs vor, wie er mit Vollgas auf der Nationalstraße 3 dahinbrauste, die Augen zusammengekniffen wegen der ihn blendenden Morgensonne und des fürchterlichen Hang-overs, für den er im »Pro Nobis« gerade sorgte.

»Passen Sie auf sich auf«, sagte ich noch, »und fahren Sie langsam. Wechseln Sie sich am Steuer ab.«

Der pummelige Arzt lachte nur laut.

»Bis morgen, Don Gotán. Polieren Sie schon mal den Obelisken auf Hochglanz.«

Sechs Provinzlern in Argentinien ist jeder Vorwand willkommen, um in die Stadt fahren zu können, die sie am meisten hassen: Buenos Aires.

Die Megacity war die perfekte Zielscheibe für alle Frustrationen, wenn Provinzler nach Gründen für Argentiniens Misere suchten. Und das war so, seit im 19. Jahrhundert die Befürworter einer Zentralmacht den Bürgerkrieg gegen die Föderalisten gewannen. Buenos Aires füllte sich Anfang des 20. Jahrhunderts mit armen Einwanderern aus Europa, in den vierziger Jahren mit ebenso besitzlosen Landflüchtigen aus ganz Argentinien und danach mit den bettelarmen Immigranten aus den Nachbarstaaten. Anfangs gab es noch Arbeit, wenn nicht für alle, so doch für viele. Und es gab Perón und seine *descamisados,* die »hemdlosen« Proletarier, die ihn an die Macht brachten, die ganze Folklore, Gewerkschaften und die Arbeiterpartei. Doch dann wurde der Staatspräsident von denselben Militärs aus dem Amt gejagt, die ihm zur Macht verholfen hatten, unterstützt von großen Teilen der Mittelschicht, der Kirche und den Kommunisten, die darüber empört waren, dass es so viele *negros* aus dem Landesinneren in die Metropole geschafft hatten. Ciao, Perón – aber der Einwandererstrom der *negros* und Bauern hielt an, die armen Teufel trafen mit ihren Ziegen und

Dialekten im Retiro-Bahnhof ein, um ganze Stadtviertel aus Wellblech und Pappe zu errichten, wahre Gettos im Land des Weizens und der Rinder. Achtzehn Jahre später kehrte Perón zurück. Und er starb, bevor sie ihn noch einmal verjagen konnten. Danach hatten die Militärs und die Mittelschicht die Peronisten endgültig satt, die zu allem Überfluss auch noch zu politischen Aktivisten, Dritte-Welt-Priestern und Guerillakämpfern geworden waren, und scheuten auch nicht davor zurück, Peróns Witwe und ihren Hofstaat zu vertreiben. Das Massaker, das bereits mit dessen Rückkehr begonnen hatte, war still und dauerte Jahre an; ja, es gab sogar Expeditionen von Militärs in Buenos Aires und Tucumán, um die Ärmsten der Armen spurlos auszulöschen.

»Was für eine Scheißstadt!«, war Burgos zufolge Ayalas erstes Kompliment gewesen, als er sah, wie sich der himmelblaue VW mit hundertzwanzig Sachen auf der Stadtautobahn zwischen all den Omnibussen hindurchschlängelte. Eines von Burgos' Ausweichmanövern hatte ihn aus dem Tiefschlaf gerissen.

»Können Sie nicht langsamer fahren, Doc? Wir sind doch schon mitten im Zentrum«, hatte sich Rodríguez daraufhin zaghaft beschwert.

»Das werde ich ja wohl besser wissen«, hatte Burgos darauf nur geknurrt, schließlich stammte er ja von hier.

In diesem endorphinmangelbedingten Erschöpfungszustand tauchten sie um Viertel nach elf Uhr bei mir auf: Burgos, völlig übermüdet von seiner durchzechten Nacht und den sechshundert Kilometern Strecke, *immerhin konnte ich auf den Geraden etwas schlafen*; Rodríguez, der kaum noch aus den Augen sehen konnte, da er alles dafür getan hatte, um den Doktor wach zu halten und mit Matetee zu versorgen; und Ayala, der noch am besten beieinander war, *ich habe mich in Bahía Blanca mit Lorazepam und einem halben Glas Gin zugedröhnt.*

Letzterer fragte mich, wo sie in dieser Scheißstadt schlafen könnten, während er einen verächtlichen Blick auf meine wenigen Möbel und auf Félix Jesús warf, der, von seiner nächtlichen Tour mindestens so erschöpft wie Burgos und sein Mateeeversorger, auf dem Schrank im Esszimmer schlief. In weiser Voraussicht hatte ich in der Nähe des Retiro-Bahnhofs Zimmer reserviert, in einem Hotel für Landeier, die nach Buenos Aires kamen, um hier bummeln, essen oder ins Kino zu gehen, um sich gegenseitig vor dem Obelisken zu fotografieren, das schicke Hafenviertel Puerto Madero zu bestaunen und sich wie Ameisen auf den Straßen und Plätzen eines dekadenten Stadtteils zu drängeln, der neuerdings »Palermo Hollywood« hieß. Aber Ayala erklärte sich im Namen des Trios für zahlungsunfähig und machte meine Hoffnungen, den ungebetenen Besuch wieder loszuwerden, damit zunichte.

»Dies ist eine heimliche Mission«, sagte er feierlich.

»Eine *geheime* Mission«, korrigierte Burgos.

»Von offizieller Seite werden wir nämlich nicht unterstützt«, erläuterte Polizeihauptwachtmeister Ayala. »Das Wochenende und zwei Ausgleichstage für die nächtliche Wache: Wir haben also vier Tage Zeit, um diese Angelegenheit zu einem guten Ende zu bringen.«

»Die Spesen gehen auf unsere Rechnung. Und wenn wir dabei hopsgehen, fliegen wir wegen Dummheit auch noch raus«, fügte Rodríguez mürrisch hinzu, der von der Reise nicht sonderlich überzeugt zu sein schien.

»Sie werden vermutlich einen guten Grund haben«, seufzte ich resigniert, bevor ich den fatalen Satz sagte: »Für vier Tage werden wir uns schon irgendwie arrangieren.«

Während ich betete, dass meine Tochter Cecilia, die seit zehn Jahren in Australien lebte, nicht auf die Idee kam, ihrem Vater einen Blitzbesuch abzustatten, schob ich in ihrem tadellos aufgeräumten Mädchenzimmer die Möbel beiseite. Dort schlugen die Drei das Zelt auf, das sie in dem Glauben mitgebracht hatten, in einer so großen Stadt wie Buenos Aires werde sich schon irgendwo ein Plätzchen im Freien finden.

Ich schloss die Tür. Ich wollte etwas Fernsehen schauen.

In den Nachrichten berichtete man von der Hysterie der Leute, durfte man doch nur noch beschränkt Bargeld abheben. Das Land bereitete sich einmal mehr auf seinen Absturz vor, und das Volk wurde aufgefordert, die Sicherheitsgurte anzulegen und Ruhe zu bewahren.

»Ich find's gut, dass sie nicht an ihre Kohle randürfen«, sagte Ayala und nahm ungefragt einen Schluck von meinem Martini, bevor er sich zu mir aufs Sofa setzte. »Sonst schaffen sie sie eh nur ins Ausland.«

Ohne allzu schulmeisterlich zu werden, erklärte ich ihm, dass diejenigen, die wirklich reich waren, das längst getan hatten. Das Nachsehen hatten wie immer nur die kleinen Leute, Familien, in denen selbst der Hund um einen Knochen betteln ging, damit sie ein bisschen was auf die hohe Kante legen konnten, Leute, die die von ihren Eltern geerbte Wohnung verkauft hatten, um ein paar Zinsen zu kassieren und sich dadurch ein bisschen wie Rentiers zu fühlen.

»Die Sorgen dieser Mittelschichtheinis gehen mir am Arsch vorbei«, brummte Ayala und fügte für alle Fälle noch hinzu, dass er kein Linker war, nicht einmal Peronist. »Die Peronisten meinen, sie hätten die Moral für sich gepachtet, dabei taugen sie ebenso wenig wie die anderen. Schicken einen an die Front, um das Gesindel aus dem

Weg zu räumen, und beschimpfen einen hinterher als Folterer. Was zum Teufel wollen die eigentlich? Sagen Sie's mir, schließlich waren Sie selber mal Bulle.«

Um schnell das Thema zu wechseln, fragte ich ihn nach den anderen beiden.

»Hören Sie das nicht? Burgos und Rodríguez sägen Holz. Die müssen sich erst mal erholen«, sagte Ayala und nahm einen weiteren Schluck. »Noch vor Sonnenaufgang saßen wir im VW dieses gestörten Eingeweidenstocherers. Er pflegt einen so vertrauten Umgang mit dem Tod, dass er wohl denkt, ihn selbst wird es nie erwischen.«

»Und warum sind Sie nach Buenos Aires gekommen? Die Frauen sind doch in Bahía Blanca und Umgebung ermordet worden.«

Ayala trank meinen Martini aus, und während ich mir einen neuen mixte, erklärte er mir, was sie mit Hilfe des Gerichtsmediziners herausgefunden hatten. Drei der vier ermordeten Frauen waren in der Hafengegend von Bahía Blanca aufgefunden worden, die erste am Straßenrand, die zweite auf einem brachliegenden Grundstück, die dritte in einem Lagerschuppen. Lorena hingegen war im Hotel entdeckt worden, auch wenn es offiziell hieß, dass auch ihre Leiche irgendwo draußen gelegen hatte.

»Wer hat sie auf mein Zimmer gebracht? Und warum?«

Ayala wartete ab, dass ich ihm den Martini reichte, weshalb mein Blick wieder zur Mattscheibe wanderte, wo jetzt das aufgedunsene Gesicht eines Mittfünfzigers zu sehen war, der erklärte, Argentinien sei ein Land voller Betrüger. *Man lässt mich nicht mehr als zweihundertfünfzig Pesos die Woche abheben! Wer kann denn davon leben? Der Minister etwa?!*, klagte der Kerl. Kurz zuvor hatte besagter Minister – ein Glatzkopf, der während der Diktatur die Zentralbank geleitet und den Unternehmern, die das

Morden finanziert hatten, die Schulden erlassen hatte, und der für den jetzigen Präsidenten nun die Kohlen aus dem Feuer holen sollte – entspannt auf allen Kanälen verkündet, dass die Leute nur deshalb nicht mehr Geld abheben dürften, damit sie ihre Scheckkarten benutzten, *hat man so was schon gesehen: In einem modernen Land zahlen die Menschen doch nicht mehr mit Bargeld.*

»Schauen wir nun Glotze oder was?«, knurrte Ayala und schaltete das Gerät eigenmächtig aus.

Im Falle von Lorena war Burgos sozusagen sein täglich Brot genommen worden, bevor er es probieren konnte. Ihre Leiche wurde direkt in die Provinzhauptstadt La Plata gebracht, um vom Rechtsmediziner des Bundesgerichts untersucht zu werden, der sich in den Fall eingeschaltet hatte. Bevor dieser aber auch nur die Handschuhe überstreifen und das Skalpell ansetzen konnte, hatte jemand den Medien schon ein gerichtsmedizinisches Gutachten zugespielt: Derselbe Wahnsinnige, der schon die anderen Frauen auf dem Gewissen hatte, sei auch für den Tod von Catalina Eloísa Bañados verantwortlich, in der Modebranche bekannt unter dem Namen Lorena, hieß es darin.

Verärgert über die Dreistigkeit, mit der die öffentliche Meinung manipuliert wurde, hatte besagter Gerichtsmediziner von La Plata Burgos angerufen.

»Die beiden haben zusammen studiert«, sagte Ayala. »Burgos mag ihn zwar nicht besonders, aber er hat sich zusammengerissen. Und so haben wir erfahren, dass Lorena mit einer anderen Waffe erstochen wurde. Es war eine ähnliche Waffe, aber eben nicht dieselbe. Das Stilett war ein Zehntel Zoll dünner und aus feinem Stahl«, gab Ayala die Worte des Gerichtsmediziners wieder.

»Ein professionell ausgeführter Job.«

»Der Mörder der anderen Frauen hingegen ist ein Pfuscher.«

»Aber ein echter«, sagte ich und betrachtete mein Martiniglas gegen das Licht wie ein Zauberer seine Kristallkugel.

»Die Blondine war genauso tot wie die anderen«, protestierte Ayala.

Ich stand auf und begann im Wohnzimmer umherzugehen. Da der Fernseher nicht mehr lief, hörte man aus dem Nebenzimmer den pummeligen Arzt schnarchen und Rodríguez fluchen.

»Rodríguez spricht im Schlaf«, erklärte sein Chef. »Manchmal schlafwandelt er sogar. Erschrecken Sie also nicht, wenn Sie ihm nachts begegnen und er Sie umarmt. Angeblich besucht ihn sein Vater im Morgengrauen, dabei hat er ihn nie kennengelernt. Seine Eltern haben ihn kurz nach der Geburt vor dem Krankenhaus von Bahía Blanca ausgesetzt.«

»Mich interessiert nicht, warum Ihr Kollege nachtwandelt. Der Mörder der ersten drei Frauen wird bestimmt irgendwann gefasst, und sei es in zehn Jahren. Solche Typen wollen nicht sterben, ohne dass die Welt von ihren Taten erfährt. Unser Problem ist Lorena.«

»Die ist doch schon … tot«, lallte Ayala auf einmal, da der Martini nun Wirkung zu zeigen begann.

Es hatte wenig Sinn, mit jemandem, der sich gerade betrank, Spekulationen anstellen zu wollen, aber die beiden anderen waren längst ausgezählt und lagen k. o. im Bett.

»Das Hin und Her der Leiche und der gefälschte Obduktionsbericht deuten darauf hin, dass dieser Serienkiller Lorena jedenfalls nicht auf dem Gewissen hat. Man hat sie mir zugespielt, erst lebendig, dann tot, weil ich Cárcanos Freund war.«

»Ha, wer war Ihr Cárcano denn schon? Ein Nullacht-fünfzehn-Angestellter, der mal eben in die Kasse gelangt hat, um seiner Kleinen was zu bieten.«

Ich schenkte Ayala noch einen Martini ein, als eine Art Medizin. Völlig benebelt sah er zu mir hoch, und dann versuchte er sogar, Félix Jesús anzulocken und ihn zu streicheln, sodass der Kater hinterm Vorhang Zuflucht suchen musste.

»Katzen bringen eh Unglück«, lallte Ayala daraufhin nur noch, bevor er auf dem Sofa zusammensackte und ebenfalls einnickte.

Auch wenn ich mich fragte, was ich bei meiner Rückkehr in der Wohnung vorfinden würde, mit diesen Drei, die gerade die Nachwirkungen ihrer Alkoholexzesse und der Reise ausschliefen, konnte ich doch nicht warten, bis sie ihre Körper entgiftet hatten. Ich musste los.

Ich kritzelte auf einen Zettel, dass ich bald wieder zurück sein würde, und zog die Tür dann nur ins Schloss, im Vertrauen darauf, dass kein Ganove es wagen würde, am helllichten Tag eine Wohnung auszuräumen, in der zwei Bullen und ein Gerichtsmediziner mit offenem Mund schnarchten.

Draußen schien die Sonne. Auf den Straßen wimmelte es von Menschen, die Geschäfte waren voll, viele Leute kauften Fernseher, Kühlschränke, sogar Autos, so, als besorgten sie sich schnell mal Kekse beim Kiosk ums Eck. Wer Bargeld hatte, tauschte es in Dollars um oder kaufte Luxusartikel. Niemand wusste, wann der staatliche Groß-brand ausbrechen würde, aber keiner wollte warten, bis die Feuerwehrsirenen heulten, um zu den Ausgängen zu laufen.

Von einen Telefonzelle aus rief ich Pepa an, aber ich

bekam nur seine aufgezeichnete Stimme an die Strippe: *Alle in die Rettungsboote: Das Schiff sinkt.*

Frustriert legte ich auf und wählte die Nummer von Mónica, einem der wenigen Menschen in Buenos Aires, die nicht unterwegs waren, um sich Dollars zu sichern. Zur Abwechslung weinte sie mal wieder.

»Verzeih, ich war gestern Abend gemein zu dir. Dabei bist du der Einzige, der mir helfen will. Aber ich bin wie vor den Kopf geschlagen, alles ist in die Brüche gegangen, Gotán ...« Es folgte die wohlbekannte Pause, um sich zu schnäuzen. Und dann sagte sie:

»Komm sofort her. Ich muss dir was erzählen.«

Sieben Vierzig Minuten später setzte ein Taxi mich vor dem Gebäude ab, in dem Mónica wohnte. Normalerweise hätte es höchstens zehn Minuten dafür gebraucht, aber eine Meute von *Piqueteros*, die Bewegung der argentinischen Arbeitslosen, hatte auf einer Avenida eine Straßensperre errichtet und die hupenden Autos samt ihrer laut fluchenden Fahrer auf eine schmale Nebenstraße umgeleitet. Im städtischen Kessel baute sich Druck auf, es war nur noch eine Frage von Tagen, vielleicht Stunden, bis alles in die Luft fliegen würde.

Ich erklärte Mónica, dass ich nicht lange bleiben konnte, weil zwei durchgeknallte Polizisten und ein pummeliger Gerichtsmediziner aus Bahía Blanca meine Wohnung besetzt hielten.

»Keine Ahnung, was sie dazu angetrieben hat. Wahrscheinlich ihr Ehrgefühl. Es schmeckt keinem Bullen, wenn heiße Ware auf seinem Territorium entsorgt wird.«

»Was für heiße Ware?«, fragte Mónica nicht sonderlich interessiert.

»Leichen.«

Ihre Antwort erwischte mich kalt.

»Einschließlich der von Edmundo.«

Mónica hatte keine Katzen, dafür hielt sie aber ein paar Kanarienvögel, die zu den unmöglichsten Zeiten zwit-

scherten. Isabel nannte sie »unsere politischen Gefangenen«, da sie ohne Gerichtsverfahren eingesperrt worden
waren; ginge es nach ihr, hätte sie sie längst freigelassen,
aber Mónica wollte davon nichts wissen, weil die Vögel sie
mit ihrem traurigen Gesang aufmunterten. Nun richtete
sie ihre Aufmerksamkeit ganz auf sie. Wahrscheinlich,
weil sie mein Mienenspiel im Laufe ihrer Enthüllungen
nicht sehen wollte.

»Edmundo war nicht der, der er zu sein schien.«

»Das wird mir allmählich auch klar.«

Sie holte tief Luft, als müsste sie gleich ganz auf den
Grund des Meeres tauchen.

»Und ich und Isabel auch nicht. Niemand ist so, wie er
zu sein scheint, Gotán.«

»Was du nicht sagst! Warum, glaubst du, habe ich wohl
eine Schwäche für Tango? Weil er mich aufheitert so wie
dich deine Kanarienvögel?«

»Ich hoffe, du empfindest nicht einen unbändigen Hass
auf uns, sobald ich dir alles erzählt habe.«

Das Problem mit Geständnissen ist, dass sie immer
zu spät kommen. Hätte Fernando de la Rúa an dem
Tag, an dem er unter donnerndem Applaus und lauten
Hochrufen das Kommando übernahm, dem Volk reinen
Wein eingeschenkt, hätte eine aufgebrachte Horde auf
der Stelle all die schamlosen Gentlemen auf der Plaza de
Mayo aufgeknüpft, die nacheinander tüchtig die staatliche
Milchkuh gemolken hatten. Aber nein, der Kerl machte
den Mund nicht auf, weil er den Applaus liebte und wohl
auch davon träumte, selbst die Hand ans Euter zu legen.
Und als er endlich offen zugab, dass man ihm das Leben
zur Hölle machte, war er längst aus dem Amt gejagt,
sodass er nichts mehr tun konnte, um das Volk vor dem
Schlucken einer weiteren Kröte zu bewahren.

Wenn Mónica ihn rechtzeitig zur Rede gestellt hätte, wäre Edmundo vielleicht noch am Leben.

»Weißt du, Gotán, ich habe ihm die Geschichte mit der Beförderung und den Prämien nie geglaubt. Wieso sollte er auch eine Prämie bekommen? Er arbeitete doch überhaupt nicht im Verkauf. Und er hatte für sie auch nie einen dieser Pläne erstellt, die seine Chefs hochtrabend ›Strategieplan‹ nannten. Mit all dem Öl könnte man die Binnenwirtschaft ankurbeln. In Argentinien hingegen ist es dazu da, dass man es außer Landes schafft.«

»Ein bisschen kenne ich mich mit Wirtschaft und Politik aus. Deshalb sind mir Polizistenkrimis auch tausendmal lieber«, sagte ich.

»Edmundo war dem Konzern nie hundertprozentig hörig. ›Irgendwann werde ich ihnen gehörig ans Bein pinkeln. Und zwar so, dass sie mir nichts werden anhaben können. Und dann gehen wir beide auf Weltreise. In Italien fangen wir an. Das bin ich dir schuldig‹, hat er gesagt.«

»Und die ›Stiftung für den neuen Menschen‹ war die Chance.«

»Woher weißt du davon?«

Ich erklärte es ihr.

»Journalisten sammeln die Scheiße zusammen. Wie wir Bullen. Der schmutzige Teil des Jobs besteht aber nicht so sehr darin, sie aufzusammeln, sondern sie zu ordnen: Den da buchten wir ein, der da bleibt draußen, weil wir ihn als Spitzel brauchen, und der Dritte, na, der ist eh für uns verloren, deshalb werfen wir ihn von der Brücke und lassen es so aussehen, als sei es ein Unfall gewesen.«

»Du ekelst mich an«, sagte Mónica und schüttelte sich unwillkürlich.

»Deshalb verkaufe ich inzwischen Kloschüsseln und

lebe allein. Das Zimmer, das ich für meine Tochter bereithalte, ist gerade von einer ähnlichen Lumpenbagage besetzt worden. Die Kloake ist schon seit einer Weile verstopft, Mónica. Aber jetzt erzähl weiter, ich weiß noch längst nicht alles.«

Ich weine nicht um dich, Mireya. Nicht um dich und auch um keine andere Frau. Ich hasse Selbstmitleid; das ist für mich so, als schlitze man sich den Bauch auf, um den anderen seine Eingeweide zu zeigen – nicht, um sich umzubringen. Und Schwermut hasse ich erst recht, ist das doch eine Frechheit bei einem Kerl, der auf die sechzig zugeht und einst alles Recht der Welt hatte, wehrlose Menschen abzuknallen.

Sogar einen Orden haben sie mir verliehen, weil ich einmal einen Teenager mit Kugeln durchsiebte, der seine Großmutter erstochen und seinen kleinen Bruder mit den Scherben einer Bierflasche aufgeschlitzt hatte. Der Junge war mit erhobenen Händen aus der Wellblechhütte in Villa Diamante gekommen, *nicht schießen,* schluchzte er, *ich bin unschuldig.* Man sah noch nicht einmal den ersten Flaum über seinen Lippen. Ich schlug ihn mit dem Gewehrkolben nieder, spähte in die Hütte – und dann drehte ich mich blitzschnell um und ballerte wie ein Wahnsinniger auf seinen schmächtigen Körper. Darauf holte der Bulle, der bei mir war, schnell ein Küchenmesser aus der Hütte und drückte es ihm in die Hand. Ich kam vor Gericht, der Staatsanwalt warf mir exzessive Gewaltanwendung vor, der Verteidiger plädierte auf Notwehr, und mein Kollege gab vor, sich an nichts zu erinnern, der Junge sei schon tot gewesen, als er hinzugekommen sei. Ich kam ins Fernsehen und in die Zeitung. Neben dem Bild des jugendlichen Mörders sah ich aus wie Frankenstein nach der dritten

Operation. *Schon wieder eine Schießerei: Wie lange noch?*, hatte die Boulevardpresse getitelt.

Ich weine nicht um dich, Mireya. Du hast dir ja nicht einmal die Mühe gemacht, mehr über mein Leben herauszufinden. Dir hat es gereicht, dass ich Menschen umgelegt habe, bevor ich Kloschüsselvertreter wurde. *Von welcher Gerechtigkeit sprichst du?*, hast du gesagt, als wir zum ersten und letzten Mal darüber sprachen. *Bestimmt hast du auch Leute gefoltert. Das haben alle Bullen während der Diktatur. Du solltest tot sein, Gotán. Für mich bist du es jedenfalls.*

Damals hätte ich den Mund aufmachen sollen. Reden ist jedoch nicht so einfach, wie eine Waffe zu heben und abzudrücken, wenn die Wut in einem hochsteigt, so, als hätte die Seele uns schon für tot erklärt und wollte durch die Kehle flüchten. Ich weine nicht um dich, Mireya, habe es nie getan – aber ich habe auch nicht um dich gekämpft.

Mireya: Du mochtest es, dass ich dich so nannte. *Es klingt kitschig*, meintest du, *aber in deinen Armen machen mich der Tango und all die bunten Lichter, dieses ganze Theater, das du so gekonnt aufführst, schwach. Bring mich weit weg, Gotán, dahin, wo sonst niemand ist.*

Wie kann man nur einen Schiffbrüchigen darum bitten, seine Insel samt Kokosnusspalme zu verlassen? Das Meer ist dunkel, kalt und tief. Und dort, mitten im Meer, sagtest du Mörder zu mir, nicht Lebewohl.

Mónicas Version unterschied sich kaum von der von Pepa, bloß in ein paar Details, wie die Zahl der in den Fall verwickelten Personen, die üblichen Vertuscher. Edmundo war jedoch nur ein kleines Rädchen im Getriebe. Von seinem Büro im CPF tätigte und empfing er gewisse Telefonanrufe, und ab und zu traf er sich mit ihnen in den Luxusrestaurants am Hafen oder auch in den dunklen Gassen zwischen den Containern, nur ein paar Blocks entfernt.

Mónica bekam Wind von der Sache, als seine neue Funktion als Verantwortlicher für die Beziehungen zu den staatlichen Institutionen Geld aufs Konto spülte, das sich nicht mehr verbergen ließ, zumindest nicht vor Mónica.

»Und das, obwohl er ein Konto auf den Cayman Islands eröffnet hatte«, sagte sie, »eines dieser vielen Steuerparadiese für Finanzjongleure.«

Aber er vertraute seinen Chefs nicht, weder als Arbeitgeber noch als Komplizen dieser Geldwäscherei. *Sobald sie können, machen sie dich fertig*, sagte er zu Mónica, wenn er sich das Ausmaß der Unterschlagung bewusst machte, die jegliche moralischen Prinzipien außer Kraft setzte. *Wenn sie dich loswerden wollen, mobben und schikanieren sie dich so lange, bis du einen Herzinfarkt bekommst. Und der Witwe schicken sie dann einen riesengroßen Kranz und bewilligen ihr gnädig eine Rente; für sie sind das nur Peanuts.* Und als sie ihn fragte: *Und wenn das Herz munter weiterschlägt?*, hatte Edmundo nur düster erklärt: *Plan B*, und damit unbewusst sein eigenes Schicksal vorhergesagt.

Solange Edmundo bloß solche Peanuts fürs eheliche Konto abzweigte, drückten die integren Herren der »Stiftung für den neuen Menschen« ein Auge zu. Schließlich hatte jeder von ihnen Dreck am Stecken, mal mehr, mal weniger; in einer Bruderschaft von Betrügern durfte man nicht erwarten, dass mitten unter ihnen plötzlich ein Trottel mit Heiligenschein und Flügeln erschien. Als Edmundo dann jedoch ein Konto auf den Namen Catalina Eloísa Bañados eröffnete, riss ihnen der Geduldsfaden, und ein Tribunal aus traditionell mit Weste und Uhrkette gekleideten älteren Herren drehte den Daumen nach unten.

Lorena hatte also gut daran getan, zu mir ins Auto zu steigen und mich zu bitten, sie ans Ende der Welt zu bringen; sie dachte wohl, in den Weiten Patagoniens hätte sie genügend Zeit, darüber nachzudenken, wie sie ihnen entkam. Doch ließ man ihr nicht einmal Zeit, an der Tankstelle aufs Klo zu gehen.

»Ich hatte Glück, weil ich gerade pinkeln war«, sagte ich zu Mónica.

»Deine Prostataschwäche hat dich gerettet«, erwiderte sie. »Normalerweise arbeiten sie äußerst diskret. Wenn jedoch ihre Geschäfte in Gefahr sind, schrecken sie auch nicht vor einem Blutbad zurück.«

»Sie hätten mich vergessen, wenn sie mich nicht mit Isabel im Restaurant gesehen hätten.« Ich schüttelte über mich selbst den Kopf. »Statt so zu tun, als kenne ich sie nicht, bin ich Schwachkopf dem Kerl auch noch hinterhergerannt, der mit Lorena reinkam.«

Damals war sie schon ihre Geisel, die arme Lorena, die ich nur kurz umarmt hatte, um mich an ihrem Duft zu berauschen, und auf die Edmundo alles gesetzt hatte. Das gemeinsame Konto war eröffnet, das Geld einbezahlt. Sie würde mit dem Leben davonkommen, wenn sie es ihnen überschrieb, machten sie ihr weis. Und dann brachten sie sie trotzdem um und vögelten sie noch dazu.

»Sie haben im Hotel ›Imperio‹ auf dich gewartet«, erklärte Mónica. »Das hat mir am nächsten Morgen dieser Papagei von Nachtportier erzählt, der alles ausplappert, sobald er nur Geldscheine sieht, seien es nun Pesos oder Devisen. ›Ein Pärchen hat nach Señor Martelli gefragt‹, hat er berichtet, ›ein korpulenter Herr und eine hübsche Blondine.‹ Wärst du auch nur einen Moment früher von deinem nächtlichen Ausflug zurückgekommen, würdest du jetzt nicht hier mit mir reden.«

»Ein paar Bullen haben mich festgehalten. Erst ein Gerichtsmediziner, der die saftigen Steaks von Rindern liebt, die nachts schwarz geschlachtet werden, hat mich aus ihren Fängen befreit.«

Um sich die Wartezeit zu versüßen, hatte der Dicke Lorena gevögelt, und statt hinterher die klassische Zigarette zu rauchen und einen Whiskey mit ihr zu trinken, hatte er ihr den Dolch in die Brust gestoßen. Ein Stilett aus hauchdünnem Stahl, wohlgemerkt.

»Hat ihn niemand rausgehen sehen?«, fragte ich.

Doch der Hotelpapagei war leider verstummt, nachdem man Lorenas Leiche in meinem Zimmer entdeckt hatte. Ich stellte mir das hektische Taktieren der Bullen vor, die nervösen Anrufe, ein Handy, das im Trenchcoat des zuständigen Ermittlers klingelte, das eilige Putzen eines Dienstmädchens, nachdem man die tote Blondine auf eine Trage gelegt hatte. Dann hatte womöglich wieder das Handy geklingelt, der Bulle im Trenchcoat hatte mindestens ein halbes Dutzend Mal »wird erledigt« gemurmelt, bevor er den Hoteldirektor beiseite nahm und ihm zu verstehen gab, dass noch am selben Nachmittag die Feuerversicherungspolice des Hotels unter die Lupe genommen würde, sollte etwas von dem Vorfall an die Öffentlichkeit dringen.

»Und warum hat man Isabel entführt?«

Verzweifelt sah mich Mónica an, dann schüttelte sie den Kopf, als wollte sie die Bilder der Entführung verscheuchen, die Hilfeschreie ihrer Tochter, *sie haben sie weggeschleift, Gotán, meine arme Kleine!*, sie zerfloss erneut in Tränen und zitterte vor Entsetzen, versuchte sich dann aber zusammenzureißen.

»Ich habe keine Ahnung, Gotán«, schluchzte sie. »Ich dachte, sie würden Lösegeld fordern ... oder versuchen, irgendwelche Details aus mir rauszuquetschen ... aber nichts, kein einziger Anruf, sie haben sich nicht gerührt, und mir schwant nichts Gutes.«

Da nahm ich Mónica in die Arme – neuerdings schien ich Experte im Trösten von verzweifelten Frauen zu sein, auch wenn mir dafür nur leere Worte und etwas Körperwärme zur Verfügung standen – und bat sie, schleunigst unterzutauchen.

Sie versprach, mit einer Freundin zu sprechen, die allein lebte, ganz in der Nähe.

»Mach das, bitte«, sagte ich, bevor ich ging, »hier bist du nicht mehr sicher.«

Man sollte in Deckung bleiben, zumindest, solange es geht, dachte ich, als ich aus dem Haus trat. Und vor allem sollte man sich davor hüten, ins Kreuzfeuer derer zu geraten, die um die Macht kämpfen in dieser Gesellschaft der Resignierten, der von den hypnotischen Kräften des Kapitalismus zerstörten Paradiese.

Paradiesisch waren in Buenos Aires nun nur noch die Schatten spendenden Paraíso-Bäume entlang der Straßen, die Sarmiento einst aus Japan kommen ließ. In ihren Ästen zwitscherten Spatzen und gurrten die Tauben, die hoch oben auf den Gebäudesimsen nisteten, kackten und starben. Die Fauna am Boden der Stadt des Tangos war nicht viel abwechslungsreicher: Hunde, Katzen und Ratten machten sich gegenseitig die Straßen und unbebauten Grundstücke streitig. Daneben gab es nur noch die Killer. Menschen, die zum Morden ausgebildet worden waren, Elitetruppen, die sich nicht mehr mit Sturmhauben maskierten, sondern sich nun rasierten und mit in Paris gekauftem Eau de Cologne besprengten.

Acht Es ist schön, wenn man nach Hause kommt und die ganze Familie wartet auf einen.

Noch bevor ich meine Wohnungstür aufschloss, erinnerte mich der würzige Geruch daran, dass ich viel zu selten kochte. Meist aß ich in einfachen Lokalen – was ich nur überlebte, weil ich gleich danach ein paar Pillen gegen Sodbrennen schluckte.

Ich ging direkt in die Küche, wo Burgos gerade letzte Hand an einen Linseneintopf legte. Er steckte in einer Schürze, die er im Schrank entdeckt hatte und die zuletzt von irgendeiner der Frauen benutzt worden war, die von Zeit zu Zeit in meine Einsamkeit vordrangen.

Die beiden Bullen waren indes ihrem Beruf treu geblieben: Sie rührten keinen Finger. Rodríguez fläzte auf meinem Sofa und schaute fern, während Ayala mein mager bestücktes Bücherregal durchging und misstrauisch die paar Romane und die eine oder andere philosophische Abhandlung hervorzog, die meine Tochter in ihrer Studienzeit gekauft hatte.

Wenn ich keine Lust auf die Glotze hatte, blätterte ich manchmal in einem dieser Philosophietraktate herum – nur um einmal mehr festzustellen, dass ich gegen das Denken anderer immun war. Wie der Teufel das Weihwasser scheue ich die Komplexität des Intellekts, hemmt es meiner Ansicht nach doch nur unseren Selbsterhaltungstrieb. *Sobald du zweifelst, geht der Schuss nach hinten los*, hatte mir ein Kollege von der Nationalen Schande mal gesagt. Trotzdem hatte er sich für einen gewissen Jaspers begeistert und war in einem Hinterzimmer im La-Boca-Viertel prompt von einem Dealer erstochen worden. Während er noch zögerte – bestimmt, weil er dachte, dass auch dieser Abschaum der Gesellschaft eine Chance verdiente –, hatte der Kerl ihm mit einem Messer den Bauch aufgeschlitzt.

Wir aßen in der Küche, eingehüllt in Knoblauchduft und argwöhnisch beäugt von Félix Jesús, der uns von seinem blauen Kissen auf der Waschmaschine aus zusah.

»Wer weiß, was uns erwartet«, meinte Burgos, als er uns zu Tisch bat, »da ist ein voller Bauch nie verkehrt.«

»Das letzte Abendmahl«, witzelte Rodríguez und stieß ein so unterirdisches Gelächter aus, dass es auf uns die Wirkung eines aufgewärmten Hackfleischbällchens hatte.

Beim Essen vermieden wir sorgfältig, über das zu sprechen, was uns beschäftigte. Stattdessen redeten wir über Fußball. Ayala erzählte, dass er gern Profi geworden wäre, aber nicht über die Jugendmannschaft seines Clubs hinausgekommen sei. Zwar hätte er mit ihnen um die Meisterschaft in der Provinzliga gekämpft, aber schon bei diesen Jugendturnieren seien die Cracks mit Geld bestochen worden, damit sie mitten im Angriff plötzlich schlappmachten und so die für Platz eins der Tabelle bestimmte Mannschaft gewann.

»Wer die Regeln nicht akzeptierte, dem brach man beim nächsten Spiel das Bein. Der Schiri schenkte derweil dem Ballen seines linken Fußes seine ganze Aufmerksamkeit.« Ayala kippte in einem Zug das Glas Wein hinunter, das er bis zum Rand gefüllt hatte, und wischte sich den Mund mit dem Ärmel ab. »Deshalb bin ich Polizist geworden. Wenn schon Knochen gebrochen werden, dann lieber nicht meine.«

Burgos war es auf seinem Gebiet ähnlich ergangen. Als er sein obligatorisches Praktikum ableistete, musste er feststellen, dass die Götter in Weiß ihre Tätigkeit im Gesundheitswesen vornehmlich als Sprungbrett für ihre Privatinteressen nutzten. Sie traten in Wissenschaftssendungen auf, um ihr Prestige zu stärken, und stolzierten am nächsten Tag wie hohe Herren durch die Flure. Die Überweisung von Patienten, das Abzweigen von Krankenhausmaterial für ihre Privatpraxen und -kliniken, die Nutzung der öffentlichen Einrichtungen für zweifelhafte Experimente, die jedes Gesundheitsamt verboten hätte: All das war die lukrative Kehrseite ihres Gelöbnisses, den ethischen Leitsätzen ärztlichen Handelns zu folgen.

»Deshalb habe ich mich auf Tote spezialisiert«, schloss Burgos, während er die Teller abräumte und zum Spülbecken trug. »Da muss ich mich nicht mit diesen Speichelleckern und Raffkes rumschlagen. Und ich setze mich nicht der Gefahr aus, wegen Pfuscherei verklagt zu werden.«

Nun wäre eigentlich Rodríguez an der Reihe gewesen, doch der stocherte nur schweigend mit dem Nagel seines kleinen Fingers in seinem Gebiss herum und spuckte die Essensreste danach auf den Boden. Geständnisse waren offenbar nicht seine Sache. Er war ein echter Provinzbulle und hatte nie so etwas wie Ehrgeiz entwickelt. Hauptsache, er bekam regelmäßig sein Gehalt, mit dem er den Ausbau seines Häuschens finanzieren konnte, einer Dauerbaustelle am Stadtrand von Bahía Blanca, das einzige Gebäude in zweihundert Metern Umkreis, wie Ayala an seiner statt erzählte.

»Zu allem Überfluss hat er das Schlafzimmer auch noch nach Süden ausgerichtet. Im Winter reichen ihm sämtliche Daunendecken und Ponchos nicht, um in diesem Eisschrank schlafen zu können.«

»Jeder macht mal einen Fehler«, brummte Rodríguez zu seiner Verteidigung. »Deswegen habe ich mir einen Wetterhahn gekauft. Wenn er seinen Hintern nach Süden streckt, schlafe ich in der Küche.«

»Und Sie, Martelli?«, fragte Ayala schließlich, ermutigt vom billigen Tischwein. »Wie kommt's, dass ein Bulle sein Dasein nun als Kloschüsselvertreter fristet?«

Félix Jesús warf mir einen aufmunternden Blick zu; vielleicht war es aber auch Mitleid, bei Katzen weiß man nie, woran man ist, doch meinte ich, in seinen Augen zumindest einen Funken Solidarität zu erkennen.

»Erstens verkaufe ich nicht nur Kloschüsseln, sondern vertreibe Sanitärartikel aller Art, was tausendmal besser ist, als mich abknallen zu lassen in einer Stadt voller Heuchler, in der wir Polizisten die Ganoven offiziell nur noch bekehren und nicht mehr hopsnehmen sollen. Und zweitens bin ich auch ohne Dienstmarke und Waffe immer noch Bulle. Zum Bullen wird man geboren, das sucht man sich nicht aus. Mein Rausschmiss hat letztlich nur eines bewirkt: dass ich meine Pension in den Kamin schreiben kann.«

»Und warum hat man Sie in die Wüste geschickt, wenn man fragen darf?«

Félix Jesús machte auf seinem blauen Kissen einen Buckel. Ein Blick von mir und er hätte sich auf Ayala gestürzt. Ich drehte ihm den Rücken zu, damit er sich wieder beruhigte, bevor ich gelassen antwortete.

»Nein, darf man nicht. Und zudem sind Sie nicht sechshundert Kilometer gefahren, noch dazu in einem himmelblauen VW mit einem durchgeknallten Doc, um sich meine Lebensbeichte anzuhören.«

Burgos, der hinter uns abwusch, quittierte meine Antwort mit schallendem Gelächter.

»Gut gebrüllt, Löwe. Sie müssen den Polizeihauptwachtmeister entschuldigen, Don Gotán, er ist ebenso neugierig wie Ihr Kater. Der schaut uns nämlich so an, als würde er zu gern wissen, was wir in seinem Territorium zu suchen haben.«

Ayala gefiel es überhaupt nicht, mit einem Kater verglichen zu werden.

»Katzen sind durch und durch falsch«, knurrte er eingeschnappt in Unkenntnis von Félix Jesús' Katernatur und sprang abrupt auf. »Ich mache mir gleich in die Hosen.«

Kaum war er im Bad verschwunden, heftete sein Untergebener seine Augen fest auf mich, so, als bemerke er mich erst jetzt. Da dämmerte mir, wie dieses cervantinische Duo funktionierte: Wenn sich dem einen der Verstand trübte, hielt der andere sich zwar heraus, doch würde er jegliche Reaktion der Außenwelt registrieren.

Und für dieses Duo gehörte ich zur Außenwelt. Ich war zwar einer vom gleichen Schlag, doch war ich irgendwie anders, und das machte ihnen Angst. Und zudem hatte ich der von Ushuaia im Süden bis La Quiaca im Norden gefürchteten Federal angehört; trotz meines Rauswurfs war ich für sie ein besserwisserischer Großstadtbulle, der sie nie als ebenbürtig betrachten würde. Und damit lagen sie nicht ganz falsch. In den kommenden Tagen würde ich gut aufpassen müssen, woher die Kugeln kamen.

»Als zweiten Gang habe ich Steaks«, verkündete Burgos, als er Ayala aus dem Bad kommen hörte.

»Wer gibt?«, fragte ich, als spielten wir Karten.

Worauf Burgos, der an Schulen in Bahía Blanca und Patagones Biologie unterrichtete, in lehrerhaftem Tonfall das Spiel aus Fakten und Spekulationen eröffnete.

Eine Einsatzgruppe aus Tres Arroyos hatte das Grundstück unter die Lupe genommen, auf das ich mich in der Gewitternacht geschlichen hatte. Ayala hatte den örtlichen Kommissar, mit dem er befreundet war, darum gebeten.

»Die Aktion war ein Schuss in den Ofen«, erklärte er im Anschluss an Burgos' Vortrag. »›Ihr Freund hat Gespenster gesehen‹, hat mich mein Kollege verspottet. ›Das Haus steht leer, zwei der Zimmer haben sogar kein Dach mehr. Nicht mal ein drogenabhängiger Straßendealer würde in der Bruchbude unterschlüpfen.‹«

»Und der Hundekadaver? Haben sie den wenigstens gefunden?«, fragte ich.

»Sie sollten nachts nicht allein ausgehen«, spottete Rodríguez überheblich. »Schon gar nicht bei Gewitter.«

»Es waren drei Leute«, hielt ich aufgebracht dagegen. »Zwei Männer und eine Frau. Vielleicht haben sie nur eine Nacht dort verbracht und sind dann weitergefahren. Die Hotels in Patagonien mögen nicht die besten sein, aber niemand übernachtet an einem solchen Ort, wenn er nicht einen guten Grund dafür hat. Und die Baupläne habe ich zudem mit eigenen Augen gesehen!«

»Sie hätten sie mitnehmen sollen«, sagte Ayala begütigend. »So haben wir leider nichts in der Hand.«

Ich musste ihm recht geben. Man glaubt, dass das Offensichtliche, das, was auf der Hand liegt, nicht am nächsten Tag dreist geleugnet werden kann, und trotzdem geschieht es ständig und überall.

»Der Doktor hat allerdings ein paar Neuigkeiten, die

Sie interessieren werden«, fügte Ayala hinzu. »Legen Sie los, Doc.«

»Die Blondine hatte in der Nacht, in der sie getötet wurde, überhaupt keinen Sex«, platzte Burgos heraus. »Jedenfalls nicht mit einem Mann.«

Seinem Studienkollegen aus La Plata zufolge hatte man keine Samenreste in ihrer Vagina oder sonst wo auf ihrem Körper gefunden.

»Nicht ein verfluchtes Spermium!«

»Der Nachtportier hat aber zu Cárcanos Witwe gesagt, er habe Lorena in Begleitung eines Dicken reinkommen sehen«, wandte ich ein. »Auch wenn er sie nicht penetriert hat, muss der Mörder mit ihr zumindest ein intensives Vorspiel gehabt haben, um sie gefügig zu machen.«

»Vielleicht hat er ihn nicht hochgekriegt.« Rodríguez lächelte süffisant. »Derlei Gesocks ist bekanntermaßen impotent.«

»Möglich, aber nicht sehr wahrscheinlich«, brummte Burgos.

Stille trat ein, was sogar Félix Jesús auffiel, hob er doch kurz den Kopf. Ich fragte, ob das alles war an Erkenntnissen, erhielt aber keine Antwort. Meine ungebetenen Gäste wechselten nur miteinander Blicke, so, als müssten sie sich noch untereinander abstimmen, ob ich weiter mitspielen durfte oder nicht.

Also versuchte ich, die Bedenken meiner Provinzkollegen zu zerstreuen.

»Sie haben noch was Wichtiges in der Hinterhand, das spüre ich. Mir geht's nicht um eine Beförderung. Ich bin bei der Nationalen Schande rausgeflogen und gedenke nicht zurückzukehren. Ich will nur das Leben der Tochter meines Kumpels retten. Mehr nicht. Ich bin jetzt nur noch ein stinknormaler Bürger. Und zudem haben meine

Reflexe enorm nachgelassen: Ich habe nicht mal gemerkt, dass man mir eine Bombe in die Karre gelegt hat.«

»Und wieso sind Sie dann heil davongekommen?«, fragte Rodríguez überrascht.

»Reiner Instinkt, aber nicht meiner, sondern der eines befreundeten Reporters.«

»Die Journaille hat da ihre Nase reingesteckt? Dann sitzen wir in der Scheiße«, protestierte Ayala.

»Je mehr Verbündete, desto besser«, wies ihn Burgos ganz im Stil eines Strategen zurecht.

Ayala stieß einen resignierten Seufzer aus, der stark nach Knoblauch und billigem Wein roch. Er hatte Respekt vor Burgos, auch wenn der kein Polizist war. Wer wie aus einer heiligen Papyrusrolle aus Toten herauslesen konnte, woran sie gestorben waren, musste über geheimnisvolle Kräfte verfügen, sagte ihm wohl sein Instinkt. Der pummelige Arzt prahlte nicht damit – und sein Können kollidierte zum Glück nicht mit ihren polizeilichen Fähigkeiten, das heißt, der Anwendung roher Gewalt –, dennoch war er die treibende Kraft bei diesem kurzfristig angesetzten Ausflug nach Buenos Aires, dem sich das cervantinische Duo begeistert angeschlossen hatte, teils, um sich einige unerwartete Tage Urlaub zu gönnen, teils in der Hoffnung, auf dem Weg zur Beförderung eine Abkürzung zu nehmen.

Die Erläuterung meiner Motive schien sie jedenfalls beruhigt zu haben. Eine Geste von Ayala – er hob die Augenbrauen wie einer, der seinem Mitspieler einen Trumpf ankündigte – ermächtigte Burgos, mir auch noch den Rest zu erzählen.

Er und seine Kollegen seien es leid gewesen, von den Medizinerkreisen diskriminiert zu werden, weshalb sie mit Hilfe des Internets begonnen hätten, ein Netzwerk aufzubauen, zunächst auf lokaler und regionaler Ebene, aber sicher auch bald weltweit.

»Nicht, dass Sie jetzt denken, wir wären eine Sekte oder eine Bruderschaft wie die Freimaurer«, erklärte er. »Wir haben keine ethischen oder kosmopolitischen Ziele. Welche Lehren könnte man auch aus Toten ziehen, die zu Lebzeiten meist Konformisten, Skeptiker oder schlicht und ergreifend Arschlöcher waren.«

Ich machte es mir in meinem Sessel bequem, und Félix Jesús tat es mir auf seinem Junggesellenkissen gleich.

»In Kolumbien erwartet niemand mehr auch nur noch das Geringste von der bürgerlichen Regierung. Dort sind die Drogenbosse die Herren über das Land«, ging Burgos nun in medias res. »Sie töten nicht nur, um Geld zu scheffeln, sondern wollen zudem noch die Welt revolutionieren. In den Gebieten, die sie kontrollieren, betreiben sie eine Sozialpolitik, die die perfekte Synthese aus Feudalismus und Sozialismus ist. Die Ärmsten der Armen fürchten und lieben sie gleichermaßen.«

»Was ist da Neues dran?«, warf ich ein.

Burgos sah mich ärgerlich an, bevor er mit seinem Postdoc-Vortrag fortfuhr, für den er sich allem Anschein nach viel Applaus erhoffte.

»Seit Jahren sind die Favelas in Brasilien rechtsfreie Räume. Was hier in Argentinien nicht gelungen ist, weder der Revolutionären Volksarmee in Tucumán noch der Linksguerilla in Formosa, haben die Drogenbarone in Rio de Janeiro und São Paulo mit Feuer und Knarre, Prostitution und Kokain geschafft.«

Ich überlegte, ob ich ihn mit der Bemerkung unterbrechen sollte, dass Lenin nicht Maradona war und man weder Äpfel mit Birnen noch die revolutionären Träume ganzer Generationen mit dem Kampf der Würmer in den

Eingeweiden der Mülldeponien vergleichen konnte. Aber es stand nicht mein Ego auf dem Spiel, sondern Isabels Leben, und vielleicht enthielten die Steaks, die den Bauch des pummeligen Arztes dicker und dicker machten, ja doch einen Eiweißfunken Hellsichtigkeit.

»Die wenigen Wälder, die uns noch geblieben sind, werden von den multinationalen Konzernen abgeholzt werden«, verkündete Burgos nun apokalyptisch. »Aber selbst wenn wir noch mehr hätten: Schon in den Sechzigern musste sich die militante Linke in Tucumán den Traum von einer peronistischen Revolution abschminken. Niemand wollte hier je seinen Arsch für eine Gesellschaft bewegen, die anders wäre als die Kloake, in der wir leben«, urteilte er. »Und heute sind kaum noch Wälder übrig, in denen sich eine Gruppe geistesgestörter Revolutionäre verstecken könnte. Und Favelas haben wir auch keine.«

Er verstummte einen Augenblick, um der Wirkung seiner Worte nachzuspüren. Ayala und Rodríguez nickten gelangweilt, weil sie seine Brandrede schon in Bahía Blanca über sich ergehen lassen mussten. Ich für meinen Teil schwieg, weil ich mich nicht noch einmal seinem besserwisserischen Blick aussetzen, sondern endlich wissen wollte, was er mit seiner langen Vorrede bezweckte.

»Stattdessen hat Argentinien unter den städtischen Autobahnen Slums, in denen vornehmlich Deklassierte hausen, Säufer, Habenichtse, Junkies, die ihren Mitmenschen so lange auf den Sack gehen, bis sie das Geld für den nächsten Joint, einen Hotdog oder eine Coca-Cola geschnorrt haben. Es gibt jedoch Gegenden, in denen sich dies allmählich ändert.«

Er machte eine Pause und bat um ein Glas Wasser. Ich deutete auf den Schrank hinter ihm und das Spülbecken.

Er schnaubte, wollte kein Leitungswasser, doch weil ich kein Mineralwasser im Haus hatte, musste er mit trockenem Mund weiterreden.

»Ein Hacker aus unserem Netzwerk hat die Archive des militärischen Geheimdienstes SIDE geknackt und einen geheimen Bericht runtergeladen.«

»Könnte gefälscht sein«, wandte Ayala skeptisch ein. »Soweit ich weiß, stellen Spitzel keine Dateien ins Netz.«

»Unser Polizeihauptwachtmeister traut den neuen Technologien nicht über den Weg«, sagte Burgos spöttisch und sah mich an, »dabei ist das Internet eine Erfindung der Militärs; warum sollten sie es also nicht nutzen?«

Er reichte mir ein paar DIN-A4-Blätter, doch bat ich ihn, mir ihren Inhalt zusammenzufassen, da ich meine Brille nicht zur Hand hätte.

»Der Bericht nimmt Bezug auf zwei große Ansiedlungen von Hungerleidern jenseits der Ringautobahn General Paz, eine im Westen, die andere im Osten der Stadt. Mitten unter diesen armen Schluckern laden offenbar alle paar Wochen Lastwagen heiße Ware ab, die von überallher kommt.«

»Drogen?«

»Und Waffen. In Zehner- oder Hunderterpacks pro Lieferung. Wer weiß, wie viele es schon waren im Lauf der Wochen, Monate ... oder gar Jahre.«

Ich holte nun doch meine Brille und warf einen Blick auf die Papiere. Sie waren auf einem alten Nadeldrucker ausgedruckt worden, der noch dazu wenig Tinte gehabt hatte. Ich riet Burgos, sein Equipment auf den neuesten Stand der Technik zu bringen, wenn er das organisierte Verbrechen wirklich bekämpfen wolle.

»Ich will gar nichts bekämpfen, Don Gotán. Ich weiß ja nicht mal, wie man mit einer Knarre umgeht. Und Sie sind außer Dienst – und vor den anderen beiden haben nicht mal die Langfinger in Bahía Blanca Schiss.«

Die beiden Provinzbullen rückten unbehaglich auf ihren Stühlen hin und her, protestierten aber nicht.

»Und wozu sind die Waffen?«, fragte ich. »Was diese Menschen brauchen, sind menschenwürdige Verhältnisse, Essen, Arbeit, medizinische Versorgung ...«

»Hört, hört! Ein Bulle der Federal als Sozialrevolutionär«, spottete Ayala. Burgos schloss sich ihm an.

»Mir kommen gleich die Tränen, Don Gotán. Dabei wissen Sie besser als jeder Politiker, dass die halbe Bevölkerung dieses Landes rettungslos verloren ist.«

Ich atmete tief ein und hielt die Luft an, bis mein Kopf leer war.

Die Ausrottung des »Abschaums« hatte in Argentinien mehr Anhänger als der Fußballclub Boca Juniors. Seit von 1976 bis 1983 zum letzten Mal versucht worden war, sie von oben durchzusetzen, hatte der wirtschaftliche und soziale Verfall, der mit der Unterentwicklung des Landes einherging, die Verfechter dieser »Lösung« wie Pilze aus dem Boden schießen lassen. Ich hatte dieses Trio von Schwachköpfen jedoch nicht in meine Wohnung gelassen, um über Theologie oder Politik zu diskutieren, sondern damit sie mir halfen, eine Spur zu finden, einen vagen Anhaltspunkt dafür, warum mein Freund getötet und seine Tochter entführt worden waren.

»In dem ›Landhaus‹, das Sie neulich so wagemutig aufgesucht haben«, fuhr Burgos versöhnlich fort, »haben sich wahrscheinlich die Strippenzieher dieser Organisation getroffen. Und ich für meinen Teil bin mir nicht sicher, ob der mit Ayala befreundete Kommissar die Wahrheit gesagt hat. Irgendeine Spur müssen sie doch hinterlassen haben.«

»Kondome in dem Zimmer mit der Decke?«, warf ich ein.

»Die Einsatzgruppe hat aber nichts gefunden, nicht mal Kippen. Entweder Sie hatten Halluzinationen, oder der Bulle hat gelogen.«

Während Burgos nun doch widerwillig Leitungswasser trank, erzählte ich von Pepas Überlegungen, nicht ohne den anderen vorher versichert zu haben, er sei trotz seines Berufs ein anständiger Kerl. Und außerdem habe er mir das Leben gerettet, seines allerdings auch, denn das habe er aufs Spiel gesetzt, weil er eine Geschichte veröffentlicht hätte, die zum Himmel stank. Als ich dann jedoch erwähnte, dass man Mónica in Haedo freigelassen habe, ballte der pummelige Arzt die Fäuste, presste die Lippen zusammen, und seine wenigen Haare stellten sich ihm auf wie Einstein nach der Entdeckung der Relativitätstheorie.

»Dann haben sie sie ja ganz dort in der Nähe abgesetzt!«

Es stand in dem Bericht, der mit Rechtschreibfehlern gespickt war, so, als hätte ihn ein Sitzenbleiber verfasst. Burgos bat mich, ihn laut vorzulesen, um mich auf den neuesten Stand zu bringen und nebenbei das Gedächtnis seiner Mitfahrer aufzufrischen oder zumindest ihre Aufmerksamkeit wiederzuerlangen.

Dem Geheimreport zufolge fuhr ungefähr alle vierzehn Tage ein Lastwagen mit einem Container in die Marginalsiedlung Villa El Polaco, die wie eine Filzlaus am Hang hinter dem Krankenhaus von Haedo hing. In derselben Gegend hatte man zudem sechs Monate lang bekannte Dealer beschattet, die zum Schein festgenommen und auf die Polizeireviere gebracht worden waren, um dort ohne Zeugen, Aufnahmegeräte oder Kameras mit gewissen Kommissaren Geschäfte machen zu können. Als Grund für ihre vorübergehende Festnahme war im polizeilichen

Protokoll nachzulesen, dass eine anonyme Anzeige eingegangen sei, der darin ausgesprochene Verdacht aber jeder Grundlage entbehre, sodass sie spätestens nach vierundzwanzig Stunden wieder auf freiem Fuß waren. Ihr Auftritt im Polizeirevier fand – welch Zufall – immer in der Nacht vor dem Eintreffen des Lkws statt.

»Aufgrund dieses Geheimdienstberichtes hat vor einem Monat ein Staatsanwalt namens Gorostiaga verfügt, den Lastwagen auf der Nationalstraße 8 abzufangen«, erzählte Burgos weiter. »Mit zwei Streifenwagen der Provinzpolizei und einem Panzerfahrzeug der Federal errichtete man hinter Pergamino am Ende einer Brücke eine Straßensperre. Da es dort keine Seitenstreifen gab, sah sich der Lkw-Fahrer gezwungen, mitten auf der Fahrbahn anzuhalten. Die Durchsuchung der Ladung dauerte über eine Stunde, was einen Rückstau von fast einem Kilometer Länge bewirkte. Die Leute stiegen natürlich aus und wollten wissen, was passiert war, da man die Aktion als Unfall getarnt hatte; doch die Fahrer, die sich der ›Unfallstelle‹ näherten, wurden mit Beschimpfungen, Stößen und sogar Schlägen mit dem Gewehrkolben zu ihren Fahrzeugen zurückgeschickt.« Der Gerichtsmediziner befeuchtete sich die Lippen mit einem weiteren Schluck aus seinem Wasserglas. »Ein befreundeter Richter konnte die Liste der beschlagnahmten Ware einsehen. In dem Container waren siebenundsechzig MK-40-Gewehre, zwanzig davon mit Infrarotvisieren; etliche alte 45er-Pistolen, sechzig 9-mm-Feuerwaffen und außerdem ein halbes Dutzend Granatwerfer. Das ganze Arsenal war ordentlich unter zwei Dutzend Thonet-Stühlen versteckt, die der Fahrer zur ›Casa FOA‹ liefern sollte, der Einrichtungsmesse, die jedes Jahr hier in Buenos Aires stattfindet.«

»Und was ist mit der Ladung passiert?«, fragte ich.

»Um halb zehn wurde die Nationalstraße wieder freigegeben. Der Fahrer konnte seine Möbel noch rechtzeitig liefern.«

»Und die Waffen?«, fragte ich noch einmal.

»Der zuständige Richter erhielt noch am selben Abend einen Anruf, in dem ihm nahegelegt wurde, bei der Beurteilung des Falls klug vorzugehen. Und Staatsanwalt Gorostiaga wurde am nächsten Morgen tot aufgefunden. Erhängt. Vorher hatte er noch an ebenjenen Richter einen Abschiedsbrief geschrieben, in dem stand, er hätte wegen Depressionen nicht mehr länger leben wollen. Der Richter bekundete der jungen Witwe sein Beileid und legte sich dann selbst strengstes Stillschweigen auf.«

»Und das war's? Mehr gelangte nicht ans Licht der Öffentlichkeit?«, wollte ich wissen.

»Ob die Familie und die Freunde an Selbstmord glaubten, ist mir nicht bekannt. Und dass sich ein Staatsanwalt in Pergamino erhängt hat, aus welchen Gründen auch immer, ist den überregionalen Zeitungen keine Meldung wert.«

Natürlich war das keine Meldung wert. Wen interessierte das schon? Es war ja auch etwas anderes als der Fall des Showmasters, der ein Jahr zuvor aus seiner Wohnung im vierten Stock gesprungen war. Zurückgeblieben war eine Blutlache auf dem Bürgersteig, die von den Kameras des Senders, bei dem er gearbeitet hatte, gefilmt und tagelang verbreitet worden war. Sein Foto war in allen Zeitungen. Der hübsche Junge war erst dreißig gewesen und hatte sich Unmengen von Kokain reingezogen, *er hat halluziniert*, wie ein Freund erklärte. Psychologen, Priester, ja selbst Politiker stellten Hypothesen auf und ließen sich über die Dekadenz einer Gesellschaft aus, die so hoffnungsvolle Talente aus dem Fenster springen ließ.

Als die Witwe von Staatsanwalt Gorostiaga eine Woche später Blumen zum Grab brachte, war das Holzkreuz verschwunden. Ein radikaler Katholik hatte es herausgerissen, um der göttlichen Gerechtigkeit Genüge zu leisten, die Selbstmördern den ewigen Frieden verwehrte.

Neun An diesem Abend beschlossen das cervantinische Duo und der pummelige Arzt, die nächtliche Großstadt zu erkunden. Mich konnten sie nicht dazu überreden, ich war kein guter Reiseführer. Die nächtliche Geografie von Buenos Aires kannte ich nicht, und für gemietete Streicheleinheiten fühlte ich mich inzwischen zu alt. Ich wünschte ihnen viel Erfolg, und kaum waren sie weg, machte ich das Licht aus und ging schlafen.

Um halb drei Uhr morgens klingelte das Telefon.

»Sag bloß nicht, dass du schon geschlafen hast. Nicht zu fassen: Das Land steht in Flammen, und du liegst in den Federn!«

Ich drehte mich in Richtung Fenster.

»Wo brennt's?«

»Morgen früh wird ein ganzer Stadtteil brennen.«

Ich setzte mich auf und tastete nach der Nachttischlampe. Schon wieder hatte ich meine heilige Regel gebrochen, nach Mitternacht nicht mehr ans Telefon zu gehen. Immer wenn ich es doch tat, halste ich mir Probleme auf. So auch dieses Mal.

Mit Hilfe seiner geschmierten Kontakte bei der Polizei und ganzer Legionen von Spitzeln hatte Pepa herausgefunden, dass in knapp vierundzwanzig Stunden ein Einsatzkommando der Federal und der Bonaerense ein nächtliches Picknick in der Villa El Polaco veranstalten wollten.

»Bingo!«, rief ich und war plötzlich hellwach, als hätte mir jemand einen Eimer kaltes Wasser über den Kopf geschüttet.

»Sag bloß, du spielst Lotto.«

»Das ganze Leben ist eine Lotterie, Pepa. Eine Abfolge von Zufällen, die ein Spinner irgendwo mit einer Fernbedienung steuert.«

»Liest du gerade Paul Auster?«

»Wen?«

»Nichts, Martelli.«

»Sag schon. Erst empfiehlst du mir Faulkner, und jetzt kommst du mir dem.«

»Faulkner ist ein bisschen starker Tobak für jemanden, der sonst nur Sanitärprospekte studiert. Auster hingegen ist gerade in und so light wie Mayonnaise.«

»Deine Romane interessieren mich nicht, das hatte ich dir ja bereits gesagt. Und schon gar nicht dieses bürgerliche Geschreibsel: Wer bin ich, woher komme ich, wohin gehe ich? Solche Fragen stellen sich nur die Wichser der Mittelschicht, während um sie herum die Gesellschaft in Trümmer geht.«

»Ich rufe nicht um diese Uhrzeit an, um mich mit einem Esel über Literatur zu unterhalten. Kommst du jetzt mit oder nicht?«

»Wohin?«

»Na, zu dem Picknick! Ich habe uns zwei Plätze im Streifenwagen eines Bullen reserviert, der mir noch einen Gefallen schuldet.«

»Natürlich komme ich mit. Was soll ich mitnehmen?«

»Einen Notizblock. Und lass dir bloß nicht einfallen, eine Knarre einzustecken. Du bist schließlich kein Bulle mehr. Kloschüsselverkäufer übrigens auch nicht. Morgen Abend hast du deinen ersten Auftritt als Reporter.«

Die Nachtschwärmer aus der Provinz schliefen bis Mittag. Félix Jesús kehrte an diesem Vormittag nicht in die besetzte Wohnung zurück, er hatte es vorgezogen, sich auf dem Gesims des gegenüberliegenden Gebäudes niederzulassen, bis ihn die Sonne dazu zwang, im schattigen Hof Zuflucht zu suchen.

Der Erste, der seinen Rausch ausgeschlafen hatte, war Burgos.

»Ich habe von ein paar Toten geträumt«, erzählte er, während er an meinem Matetee schlürfte, den ich ihm notgedrungen angeboten hatte. »Sie trieben mich in einer Gasse in die Enge und stellten mich wegen meiner Obduktionsbefunde zur Rede. ›Ich wurde erstochen, auf dem Totenschein steht aber, ich hätte einen Herzinfarkt gehabt‹, sagte einer, der über zwei Meter groß war und dessen formalinzerfressenes Gesicht einen Vierzigtagebart hatte. ›Ich wurde von einem Zug zerfetzt, und Sie behaupten, ich sei an einer Leberzirrhose gestorben‹, erklärten die Überreste eines anderen, der große grüne Tränensäcke unter seinen leeren Augenhöhlen hatte.«

»Was für ein Albtraum!«, sagte ich schaudernd.

Mit einer Handbewegung tat er meinen Kommentar ab wie den eines Grünschnabels.

»Ne, das ist völlig normal. Die Toten nutzen die offene Tür des Unterbewussten immer, um sich zu beschweren. Ich lebe damit, seit ich mich für diesen Zweig der Medizin entschieden habe.«

Da ich nicht länger meinen Mate mit ihm teilen wollte, goss ich neue Teeblätter auf. In diesem Moment kamen Ayala und sein Untergebener herein.

Ich nutzte die Gelegenheit, dass alle versammelt waren, um ihnen die Neuigkeiten zu erzählen. Ayala schloss jeglichen Zufall aus.

»Sie bereiten eine große Show vor. Das soll überall in die Schlagzeilen kommen. Für ihren Journalistenkumpel ist es jedenfalls die Chance, sich mit der Chefetage auszusöhnen.«

Burgos meinte darauf, Ayala habe wahrscheinlich recht, doch sollte ich die Einladung trotzdem nicht ausschlagen.

»Ich habe längst zugesagt. Und was wollen Sie inzwischen tun?«

»Wir fahren hinterher«, erwiderte Burgos bestimmt. »Das werden wir uns doch nicht entgehen lassen. Buenos Aires bei Nacht ist gar nicht so langweilig, wie ich dachte.«

»Ausflügler zieht es für gewöhnlich nach San Telmo«, wandte ich ein.

»Die Touristen hier im Raum sind aber keine Japaner. Außerdem kenne ich die Gegend um Haedo gut. Ich war mal Assistent bei einem renommierten Abtreibungsarzt in Ramos Mejía und habe als junger Hüpfer zwei Jahre unbezahlt im Santiago-Cúneo-Krankenhaus gearbeitet.«

»Der Doc ist wirklich immer für eine Überraschung gut«, platzte der bis dahin schweigsame Rodríguez heraus, als gehörte Burgos zu seiner Familie.

»Ein solches Viertel ist wie das Gedärm einer Stadt«, erklärte Burgos fachmännisch. »Darin findet sich die größte Scheiße, aber auch das Erhabenste unserer Gesellschaft.«

»Haben Sie in so einem Elendsviertel etwa schon mal die heilige Jungfrau Maria getroffen?«, spottete Ayala.

»Sowohl die Jungfrau als auch alle anderen Heiligen«, sagte Burgos ernst. »Allerdings habe ich sie noch nie gesehen. Ich bin nicht religiös. Für jemanden wie mich, der in aufgeschlitzten Gedärmen oder Herzen herumwühlt, gibt es keine Seelengemeinschaft, sondern nur eine Gemeinschaft mit Gespenstern.«

Er nahm einen weiteren Schluck Mate und reichte das Mategefäß an Rodríguez weiter, der als Untergebener Ayalas die Aufgabe übernommen hatte, heißes Wasser nachzufüllen.

»Wenn die Dinge noch so wie damals sind, dann ist das Krankenhaus Niemandsland«, fuhr Burgos dann fort. »Die Gauner werden verwundet eingeliefert und kommen wie neu wieder raus – oder halt tot. In den Krankenblättern steht davon natürlich nichts. Nachts kommt es in der Gegend oft zu Schießereien, manchmal sogar auf dem Krankenhausgelände selbst, wo eine Autoschieberbande ihren Umschlagplatz hat. Als ich dort noch arbeitete, musste man auf der Kinderstation die Holzjalousien durch Bleijalousien ersetzen, weil sich immer wieder Kugeln dorthin verirrten. Einmal hätte fast ein Dreijähriger dran glauben müssen. Ein andermal wurden die Sauerstoffflaschen geklaut und dem Krankenhaus kurz darauf wieder zum halben Preis angeboten. Und wer kann bei Sonderangeboten schon Nein sagen?« Er lachte höhnisch auf. »Das Krankenhaus liegt im Übrigen gleich unterhalb der Villa El Polaco, eine der vielen Pusteln, die im Ballungsraum Buenos Aires sprießen, ein hervorragendes Versteck für sich bekriegende Banden. Deshalb auch diese ganzen Waffenlieferungen. Dort kocht was hoch, das mit dem Alltagseintopf nichts mehr zu tun hat. Ayala hat recht. Wenn sich die Bullen dort reintrauen, dann, weil das Drehbuch schon geschrieben ist.«

Darauf sagte keiner mehr ein Wort, und es war nur noch das Ziehen am Saugrohr des Mategefäßes zu hören, das von Hand zu Hand ging.

Pepa hatte herausgefunden, dass sich die »Stiftung für den neuen Menschen« in der El-Polaco-Siedlung engagierte. Schon bevor Edmundo umgebracht wurde, hatte sie in der Marginalsiedlung eine Notfallambulanz und ein Waisenhaus für Kinder unter sechs Jahren errichtet. Auch eine Kapelle war im Bau gewesen, doch war der gestoppt worden, als Leute vom Fernsehen mit versteckter Kamera den zuständigen Pfarrer filmten, wie er die Jungs, denen er eigentlich den Katechismus lehren sollte, missbrauchte.

Ich fragte mich, ob Edmundo jemals in diesem Elendsviertel gewesen war, um zu sehen, wofür das Geld ausgegeben wurde, das die Bosse des CPF auf das Konto der Stiftung umleiteten. Höchstwahrscheinlich nicht. Bereits Ende der Siebzigerjahre war mein Freund schon so sehr mit dem Ölkonzern verbandelt gewesen, dass er den Vorhang vor seinen sozialen Bedenken zugezogen hatte. Zwar verstieg er sich nie zu der Behauptung, in diesen Vierteln würde nur arbeitsunwilliges Gesindel wohnen, das von der Wohlfahrt lebe und stehle, und er unterzeichnete auch die Solidaritätsbekundungen mit den Armen, die an Menems radikalliberale Planierraupe gefesselt und so lange mitgeschleift wurden, bis sie auch noch das letzte Fitzelchen Menschenwürde verloren hatten. Aber er war desillusioniert gewesen, und sehr, sehr müde. *Du bist Bulle*, sagte er einmal zu mir. *Du hast nicht mit Widersprüchen zu kämpfen. Die Polizei beschützt das Eigentum der Bourgeoisie. Ich hingegen habe an etwas anderes geglaubt, an eine andere Gesellschaftsordnung. ›Das Volk irrt nie‹, hat Perón gesagt. Und schau dir an, was das Volk tut, schon immer getan hat: Es wählt seine eigenen Henker. Wenn uns die Engländer nicht von den Falklandinseln verjagt hätten, wäre Admiral Massera heute Staatspräsident. Und ich habe den schlimmen Verdacht, dass es heute besser ginge. Zwar hätte es mehr Tote gegeben, aber wir stünden wesentlich besser da.*

Es war tatsächlich Masseras makabrer Traum gewesen, Perón zu beerben. Ohne den Staatsterrorismuslenker López Rega, ohne das Präsidentenpüppchen Isabel Perón und ihre Chihuahuahündchen, dafür aber mit den lautstark den San-Lorenzo-Marsch singenden Massen.

Möglich, dass Edmundo recht hatte: Statt die Politiker zu korrumpieren, hätten die Finanziers der Diktatur liebend gern eine Demokratie der Soldatenstiefel unterstützt, im Gleichschritt mit Pinochets unbesiegten Kriegsscharen in Chile. Aber seine Mörder hatten ihm nicht die Zeit gelassen, sich mit seinem Gewissen auszusöhnen.

Zehn Burgos wollte noch einmal mit seinem Studien-kollegen telefonieren, der ihm das Ergebnis von Lorenas Autopsie zugeraunt hatte, und nebenbei über die guten alten Unizeiten plaudern, über Frauen, die sie geteilt oder um die sie sich gebalgt hatten, über Ideen, die sie ent-zweit hatten, und über Realitäten, die sie nun einten in diesem brüchigen Waffenstillstand der Gewissensbisse eines jeden Mannes über fünfzig.

Und Ayala und Rodríguez machten sich auf den Weg ins »Museum«, ohne näher zu erläutern, dass sie nicht ins Kunstmuseum, sondern ins Polizeimuseum wollten, einen heruntergekommenen Trakt innerhalb des Polizei-präsidiums, in dem allerlei Mordwaffen und in Formalin aufbewahrte Leichenteile berühmter, von der Boulevard-presse inzwischen vergessener Fälle ausgestellt waren. Danach wollten sie mit Burgos in seinem himmelblauen VW zum Polizeirevier Lugano fahren und dort warten, bis gegen Mitternacht die Expedition zur Villa El Polaco aufbrechen würde.

Ich verbrachte den Nachmittag damit, dir zu schreiben, obwohl es mir schwerfiel, meine Gedanken zu sezieren, sie wie Schmetterlinge auf die Seiten zu pinnen, die du mit mehr Abscheu als Sehnsucht lesen würdest. Dabei ist nichts so, wie ich sage, dass es war, denn in diesem imaginären, fensterlosen Raum, in dem ich bewahre, was mir von dir in Erinnerung geblieben ist, herrscht große Unordnung. Doch wird sowieso niemand, und schon gar nicht du, diesen Gedankenspuren folgen wollen, um herauszufinden, woher sie kommen, wer dieser Mann wirklich ist, der auf Zehenspitzen durch dein Leben gegangen ist, weil derselbe Mann Türen eingetreten, Möbel umgestoßen und die Leute, in deren Wohnungen er unrechtmäßig eingedrungen ist, mit dem Gewehrlauf auf den Boden gedrückt hat.

Gewalt ist Gewalt, sagtest du erbost, als ich es dir zu erklären versuchte, damit du mich nicht verließt. *Ob du einem Kriminellen oder einem Soziologiestudenten das Gehirn wegpustest, macht keinen Unterschied: Du bist in beiden Fällen eine Tötungsmaschine. Und du merkst es nicht mal!*

Sag, wie hätte ich dir recht geben können, ohne dich zu verlieren, wie hätte ich dir mein Innerstes zeigen können, ohne dass du vor Ekel die Augen geschlossen, auf dem Absatz kehrtgemacht und die Flucht ergriffen hättest?

An diesem Nachmittag versuchte ich, es dennoch in Worte zu fassen, das Desaster zu ordnen, das ich in meinem Leben angerichtet hatte, um dich davon zu überzeugen, dass wir nicht im Disneyland lebten und es auf der Welt keinen Ort gab, wo Polizisten den ganzen Tag nur damit beschäftigt waren, Frauen und Blinden über die Straße zu helfen.

Du wirst diese Seiten nie lesen, Mireya, aber an diesem Nachmittag war es ein Zeitvertreib wie jeder andere. Wie das Gespräch mit einem alten Freund aus Studientagen über getürkte Obduktionsbefunde. Oder wie ein Besuch im Polizeimuseum, um sich am Geruch von Formalin zu ergötzen. Albträume, die für jeden Gerichtsmediziner und für jeden Bullen normal waren, der es zu mehr ge-

bracht hatte, als den Verkehr zu regeln oder Wohnberech-
tigungen auszustellen, Albträume, die einen erstickten.
Und genau deshalb zerreiße ich diese Blätter, die ich dir
in diesen Stunden mühevoll schrieb.

Um halb zehn abends traf ich mich mit Pepa in einer
Kneipe an der Avenida Del Trabajo y Tellier. Der Gestank
der nahe liegenden Schlachthäuser lag über dem ganzen
Viertel. Wäre der pummelige Arzt in der Nähe, würde ihm
das Herz höher schlagen wie einem Bauern in der Großstadt, dem ein Windstoß den Duft der heimischen Felder
in die Nase wehte.

»Hast du dein Notizbuch dabei?«

»Wenn das Tagebuch meines Liebeskummers dazu
taugt, ja.«

Ich zeigte ihm das Büchlein voller weißen Seiten, bei
dem die ersten Blätter fehlten.

»Falls jemand Fragen stellt: Du bist ein Kollege von mir.
Ich bin der Polizeireporter, und du bist für den Gesell-
schaftsteil zuständig«, instruierte er mich.

»Und was, wenn es zu einer Schießerei kommt? Wo
kann ich mich dann verstecken?«

»Verarsch mich nicht, Martelli. Wenn du eine Knarre
dabei hast, bleibst du hier.«

Ich öffnete mein Jackett und hob die Arme. Pepa setzte
sein Nerv-mich-nicht-Gesicht auf und sah weg. Wir waren
allein in der Kneipe, der Kellner schaute sich ein Fußballspiel an, draußen auf der Straße war kein Mensch zu
sehen.

»Das ist nicht die Landung in der Normandie«, sagte
Pepa schließlich leise. »Trotzdem wird bei so einer Operation nichts dem Zufall überlassen. Bevor es losgeht,
sind in dem Viertel mehr Spitzel als Bewohner, alles wird

vorher abgecheckt. Und man achtet auch genau darauf, welcher Richter gerade Dienst hat.«

»Was für einen Roman erzählst du mir da gerade, Pepa? Ich bin ein einfacher Kloschüsselverkäufer.«

»Die Zeiten haben sich geändert, Martelli.«

Fünf Minuten später gingen wir die drei Häuserblocks bis zum Polizeirevier. Pepa stellte mich dem Beamten vor, der ihm noch einen Gefallen schuldete und uns zwei Plätze in einem Auto reserviert hatte, das zum Zeichen für den Dienst an der Gemeinschaft mit Blaulicht und Sirenen ausgestattet war. Mein Blut geriet in Wallung, aber Pepa hatte recht: Die Zeiten hatten sich geändert. Die Ford Falcons aus den Tagen der Diktatur benutzte man nur noch auf dem Land. Das Armaturenbrett der neuen Streifenwagen leuchtete wie in einem Flugzeugcockpit; eine Tastatur und ein kleiner Flüssigquarzbildschirm trugen das Ihre zu der futuristischen Atmosphäre bei. Alles schien ruhig, nur in den Straßen von Palermo und Belgrano gab es größere Menschenansammlungen, *Mittelschichtdeppen, die auf Töpfe schlagen, die sind hysterischer als Transen*, spottete ein Bulle über Funk in Anspielung auf die Transvestiten, die überreagierten, wenn die Polizei sie wieder einmal aus ihrem Jagdrevier in Palermo vertrieb.

»Die Aktion ist völlig harmlos«, versuchte uns der Polizist zu beruhigen, den Pepa Kommissar Quijano nannte, »aber für alle Fälle: Haltet euch im Hintergrund, rennt nicht zum erstbesten *Negro*, der euch zu sich winkt, um sich über die Brutalität der Polizei zu beschweren. Die könnten euch leicht als Geisel nehmen, und wenn euch was passiert, werde ich wegen Dummheit gefeuert. Ist das klar?«

Glasklar. Wenn Ayalas Vermutungen zutrafen, waren wir nicht die einzigen Journalisten, die bei dem Einsatz dabei sein würden. Die Regierung wollte der öffentlichen Meinung beweisen, dass sie gegen das Verbrechen vorging, Kriminelle dabei aber so respektvoll behandelte wie Schulmädchen, obwohl die meisten Vertreter der öffentlichen Meinung – Familienväter, praktizierende Katholiken, orthodoxe Juden, wohlhabende Unternehmer oder Angestellte im öffentlichen Dienst oder in der Privatwirtschaft – überhaupt nichts dagegen hatten, dass die Polizei hart durchgriff. *Steckt das Gesindel in einen Sack und dann immer feste drauf!, reißt ihnen die Fingernägel raus und schneidet ihnen die Eier ab; wir sind natürlich gegen die Todesstrafe, aber macht diese Bagage trotzdem fertig,* sagten sie, sagen sie, werden sie immer sagen, wenn sie durch eine dunkle Gasse müssen, um Mitternacht ein Geräusch im Wohnzimmer ihrer hübschen, noch lange nicht abbezahlten Wohnungen hören oder ein Junkie sie mit einem Messer bedroht.

Die Karawane der Federal – acht Streifenwagen, drei Panzer und mindestens ein Dutzend Motorräder – zog mit ausgeschalteten Scheinwerfern die Straßen entlang, überquerte die Avenida General Paz und vereinigte sich dann mit den Einheiten der Bonaerense. Deren Einsatzkontingent war dreimal so groß, und im Gegensatz zu dem der Federal machte keiner von ihnen einen Hehl daraus, wer er war und wohin es ging.

Die Bonaerense setzte sich an die Spitze, und mit Sirenengeheul nahmen wir auf der Stadtautobahn Fahrt auf, drängten die wenigen Autos und Busse, die um diese Uhrzeit noch unterwegs waren, auf den Seitenstreifen ab. In fast demselben Tempo ging es dann die Rivadavia hinunter, gebremst nur durch die Furcht, die Fahrzeuge könnten sich auf der abschüssigen Straße überschlagen und die Aktion zur Lachnummer machen, auch wenn es hinterher in den Zeitungen und im Fernsehen als peinlicher, aber normaler Autounfall dargestellt werden würde.

Die Schilder »Krankenhaus – Bitte ruhig fahren« kurz vor Haedo schienen die Gemüter nur noch mehr zu erhitzen, denn nun waren wir im Feindesland und niemand konnte mehr mit dem Gedanken spielen, umzukehren und zurück ins Bett zu gehen.

Aus dem Nebel, der in Wirklichkeit herbeiwehender Rauch von den Müllhalden der Villa Soldatti war, tauchten die ersten Hubschrauber auf, und in meinen Eingeweiden spürte ich wieder das patriotische Kribbeln der Marines in Vietnam, Santo Domingo, Afghanistan, im Irak und den vielen anderen verdammten Ländern, deren Einwohner Uncle Sam hassten wie die Pest. Nach meinem Rauswurf bei der Polizei hatte ich mir geschworen, dass dieser Dämon nie wieder Besitz von mir ergreifen würde, diese perverse Angriffslust, die in einem aufsteigt, wenn man kurz davor steht, rücksichtslos Gewalt anzuwenden gegen die Schwachen, die Andersdenkenden, gegen alle, die im Namen von Ideologien und Religionen die Hand bespuckten, die sie nährte, die ihrem Herrn und Meister die kalte Schulter zeigten, die verrückterweise frei sein wollten. Allerdings waren meine widersprüchlichen Gefühle nicht so sehr dem Veteranen der Federal als vielmehr dem Jungen von einst geschuldet, der Erdnüsse und Schokolade mampfend im Vorstadtkino saß und die Bleichgesichter in ihrem ungleichen Kampf gegen die Indianer anfeuerte.

»Die Mausefalle haben wir schon vor Tagen aufgebaut«, erklärte Quijano wie ein Touristenführer. »Wir haben nur noch auf die Lieferung gewartet.«

Die Logistik funktionierte wie ein Schweizer Uhrwerk: Der Lastwagen mit der kostbaren Fracht war am

Abend zuvor angekommen, und nachdem die heiße Ware inventarisiert war, würde sie am nächsten Tag verschoben werden. Und das alles unter dem strengen Blick des örtlichen Kommissars, der jede einzelne Transaktion beaufsichtigte, als handle es sich um seinen persönlichen Besitz. Sich an dem Geschäft zu beteiligen war die einzige Möglichkeit, das Heer der Armen kontrollieren, das die Händler benutzten, um neue Märkte zu erschließen.

Als hätte er eine Gebrauchsanleitung auswendig gelernt, erklärte uns der Bulle dann, dass mit der Erstürmung des Viertels die hochheilige öffentliche Meinung befriedigt werden sollte. *Endlich greift man durch*, würden die mitgereisten Meinungsmacher schreiben; *gestern Abend wurde eine überraschende Polizeiaktion in der Villa El Polaco durchgeführt, Operationsbasis von bewaffneten Banden, die im Großraum Buenos Aires Angst und Schrecken verbreiten. Anders als zu den Gott sei Dank überwundenen Zeiten werden nun endlich die Rechte garantiert, die unsere Verfassung vorsieht.*

Während der Polizist auf den Funkspruch seiner Vorgesetzten antwortete, raunte ich Pepa zu, dass mich die Gründe für dieses Affentheater einen Scheißdreck interessierten, worauf der Reporter nur knurrte, ich solle ihm ja nicht seine Story vermasseln, schließlich seien wir längst auf dem Spielfeld und die Partie werde gleich angepfiffen.

Und tatsächlich: In diesem Augenblick vereinten sich drei Hubschrauber über der Siedlung, als handle es sich um eine Flugschau, und gleich darauf wurde die Luft von einer heftigen Detonation erschüttert, die das Viertel in grelles, gespenstisches Licht tauchte, während die Panzer und Streifenwagen ausschwärmten. Sie rumpelten über die Schlaglöcher und ungeteerten Wege und spuckten dabei schwerbewaffnete Scharfschützen in kugelsicheren

Westen und Kampfanzügen aus. Sekunden zuvor, kurz nachdem die Bombe auf das unbebaute Gelände mitten im Viertel gefallen war, das man um diese Uhrzeit für menschenleer erachtet hatte, waren die Motorradfahrer in die engen, gewundenen Gassen vorgedrungen und hatten geschrien: *Ihr habt nichts zu befürchten, aber bleibt in euren Häusern; wer den Kopf rausstreckt, kriegt ihn weggepustet!*

Auch der Bulle, der Pepa noch einen Gefallen schuldete, sprang aus dem fahrenden Wagen, nachdem er uns noch ermahnt hatte: *Geben Sie einander bloß Rückendeckung!* Der Fahrer hielt in einer der Zufahrtsstraßen, doch statt hinter seinem Chef herzurennen, um ihn zu decken, blieb er seelenruhig am Steuer sitzen und zündete sich eine Zigarette an, als warte er in seinem Taxi auf den nächsten Fahrgast.

Schnell dankte ich Pepa, ohne dessen Kontakte ich nie in die Siedlung gelangt wäre, und sprang dann ebenfalls aus dem Wagen, ohne auf sein *Wo-willst-du-hin*-Geschrei zu achten. Sofort pfiffen mir die Kugeln um die Ohren, man hörte Frauen schreien, die sich in den Hütten wohl verzweifelt auf ihre Kinder geworfen hatten, während ihre Männer, die Nase auf dem staubigen Boden, die Schutzpatrone ihrer Heimatprovinz anflehten, dass man sie verschone.

Geduckt spurtete ich bis zur nächsten Ecke, wo ich die 38er aus dem Hosenbund zog, die Ayala mir geliehen hatte, als er erfuhr, dass ich nur mit einem Notizbuch die Siedlung betreten sollte. *Wollen Sie Selbstmord begehen?*, hatte er mich kopfschüttelnd gefragt. *Wenn Sie draufgehen, wird der Journalistenverband eilig richtigstellen, dass Sie kein Schreiberling waren, und die Bullen werden auf Ihre noch warme Leiche spucken, sobald sie erfahren, dass Sie bei der Federal rausgeflogen sind.*

Ich entsicherte die Pistole. Gewehrsalven sirrten durch

die Luft wie Leuchtkäfer in einer Sommernacht. Die Bullen hatten offenbar Anweisung, in die Gassen zu ballern, was das Zeug hielt, es würde später noch Zeit genug sein, den Toten Waffen in die Hand zu drücken, was den Mord als legitime Selbstverteidigung der Polizei rechtfertigen würde.

Plötzlich kam ein Motorradfahrer der Bonaerense auf mich zugerast, sodass ich ihm schnell meine alte Polizeimarke – eine Reliquie, die ich an diesem Nachmittag auf Hochglanz poliert hatte – entgegenstreckte und mit einer Geste zu verstehen gab, dass er mir Rückendeckung geben solle. Der Bulle konnte mir gerade noch ausweichen und manövrierte dann tatsächlich seine Maschine ans andere Ende der Gasse, wo er anhielt, im Leerlauf Gas gab und den Daumen in die Höhe reckte. Eng an die Wand gepresst rannte ich los, drang »Policía Federal!« schreiend in die Behausungen ein, wo sich die verängstigten Familien wie Hunde zusammendrängten.

»Ein Irrsinn zu glauben, Sie würden Señorita Cárcano in einer dieser stinkenden Hütten finden«, würde Ayala später sagen, als ich ihnen von den mageren Ergebnissen dieser Zirkusaufführung berichtete.

Ich war äußerst grob vorgegangen, hatte wie ein Irrer gebrüllt und sie eingeschüchtert. Meinem Bauchgefühl nach verheimlichten sie mir etwas, vor allem die wenigen, die sich trauten, mir herausfordernd in die Augen zu sehen, obwohl sie unbewaffnet vor einem Verrückten standen, der die Tür ihres Heims eingetreten hatte. Ich war mehrere Gassen lang von Tür zu Tür gerannt, selbst dann noch, als der Motorradfahrer mich ohne Vorwarnung meinem Schicksal überlassen hatte. Während die Schießereien allmählich weniger wurden, agierte ich im Scheinwerferlicht der Hubschrauber wie ein Rambo der

Vorstadt, dem die Produktionsfirma den Geldhahn zuge-
dreht hatte, und kurz war ich sogar versucht, das Magazin
der 38er auf einen bekifften Jugendlichen abzuballern, der
mit verklärtem Blick eine 9-Millimeter-Pistole streichelte.

Ich hätte es tun können, und niemand hätte mich zur
Rechenschaft gezogen, aber ich spürte, dass du mich
ansahst, Mireya, dass du noch zu nahe warst und mich
betrachtet hast wie einen Tropenfisch, der weitab vom Paradies in einem runden Glas herumschwamm, *du bist eine
Tötungsmaschine, und du merkst es nicht mal, Gotán*, hättest
du wieder gesagt, wenn ich diesen jugendlichen Mörder
erledigt hätte, *töte ihn und tanz weiter, das kannst du wirklich gut*, hättest du mir in irgendeinem Winkel meines
Traums oder auf dem weiten Feld meiner Schlaflosigkeit
zugeflüstert, »*bei diesem Gesindel ist doch eh Hopfen und
Malz verloren, wenn ich sie nicht töte, töten sie uns*«, wirst
*du sagen, Gotán, wenn dir keiner zuhört, der nicht von deiner
Spezies ist, prahlerisch unter der Maske eines reuigen Sünders.*

Ich zielte ihm direkt zwischen die Augen, während
ich ihm die 9-Millimeter-Knarre abnahm und einsteckte;
bestimmt konnte ich sie noch brauchen, wollte ich lebend
aus der Siedlung herauskommen. Leise, mit der Stimme
eines Sanitäters, der mit einem Sterbenden spricht, sagte
ich zu ihm, ich würde ihn kaltmachen, sobald ich meinen
Rundgang durchs Viertel beendet hätte, doch meine Drohung schien ihn nicht zu beunruhigen, er starrte mich
nur vollkommen high an, ohne die 38er zu bemerken,
deren Lauf auf seine Stirn gerichtet war, und grinste,
wodurch er noch mehr wie ein kleiner Junge wirkte. Da
senkte ich die Waffe und verließ die Baracke.

Draußen war die Schießerei zu Ende. Aus einem Hubschrauber forderte man die Anwohner dazu auf, in ihren
Häusern zu bleiben. *Wir werden Ihre Ausweise überprüfen;*

wer nichts zu verbergen hat, hat nichts zu befürchten, verkündete ein Sprecher des staatlichen Rundfunks, den man an seinem freien Abend für diese Sondersendung aus der Luft engagiert hatte, über Lautsprecher.

Ich ging gemächlich zum Ausgang der Siedlung, auf der Brust meine alte Polizeimarke der Federal. Niemand hielt mich auf, nur ab und zu warf mir ein Bulle in Zivil einen geistesabwesenden Blick zu. Jeder mit einem gefälschten Dienstausweis hätte aus dieser Mausefalle entkommen können. Niemand wollte eine Schießerei, alle spielten ihre Rollen, wahrscheinlich war ich der einzige Spinner, der sich nicht ans Drehbuch gehalten hatte.

Am nächsten Tag würden die Zeitungen und das Fernsehen über die Operation »Lauf, Hase, lauf!« berichten, wie sie ein fantasievoller Beamter des Innenministeriums, der sich mit den Polizeichefs vor die Kamera drängte, getauft hatte. Dabei würden die genaue Anzahl der sichergestellten Drogen und Waffen genannt und das Versprechen gegeben werden, die Spur der heißen Ware bis zu ihrem Ursprung zurückzuverfolgen und die Hintermänner zu fassen, *die Regierung hat es sich zur Aufgabe gemacht, das organisierte Verbrechen mit der Wurzel auszurotten, wobei wir natürlich gewissenhaft die Rechte der ehrbaren Bürger achten, die in Siedlungen wie Villa El Polaco leben.*

»Das ist das erste und letzte Mal, dass ich dich einlade, Martelli«, schimpfte Pepa erleichtert, als er mich lebend aus der Mausefalle kommen sah. »Du bist und bleibst ein Scheißbulle! Kannst verdammt froh sein, dass man dich nicht zugedeckt auf 'ner Bahre herausträgt.«

»Sag mir nur eins: Wenn die Gesuchten längst über alle Berge waren, warum haben die Bullen dann nicht den Rest in Ruhe gelassen?«, sagte ich, während ich mich insgeheim selber fragte, wieso ich jegliche Vernunft über

Bord geworfen und mich für Schwarzenegger in einem Casting für Anfänger gehalten hatte.

»Niemand will, dass die Leute hier in Ruhe leben«, sagte Pepa. »Die braven Steuerzahler wollen, dass sie verschwinden. Die würden eine Berliner Mauer errichten, um Buenos Aires gegen den Ansturm der Armen zu verteidigen, wenn sich denn die Politiker auf die Finanzierung einigen könnten. Aber komm, das Spektakel geht jetzt erst richtig los.«

Wir folgten dem Streifenwagen, der uns hergebracht hatte, zu dem brachliegenden Gelände, über dem die Hubschrauber ihr Feuerwerk abgeschossen hatten.

Eingehüllt in Rauchschwaden und Pulvergestank kauerten dort über hundert junge Männer und Frauen am Boden, eingeschüchtert von einer Unzahl von Polizisten in Zivil, die mindestens genauso groß war wie die der Verhafteten.

Sämtliche Medien waren vor Ort, die Fotografen verschossen einen Film nach dem anderen, und die Reporter rannten hektisch hin und her, angestachelt von dem Kriegsgetümmel, über das sie live berichteten, und warteten auf das Okay des Einsatzleiters, wonach sie sich auf die hochrangigen Polizisten und Staatsanwälte stürzten.

Kommissar Quijano kam zu uns. Pepa war wieder ganz der Reporter und nutzte die Gelegenheit, um ihn nach der Bilanz der Operation zu fragen.

»Sie hatten schon fast alles weggeschafft«, erwiderte der Bulle. »Wir haben nur einige Gewehre bei einem Verräter gefunden, die die Waffenhändler ihm untergeschoben hatten.«

»Und wo ist der Kerl?«, fragte Pepa.

Quijano zeigte auf den Leichenberg am anderen Ende des Felds.

»Das sage ich dir aber alles *off the record*, Pepa, damit das klar ist«, raunte er. »Wenn du das veröffentlichst, hast du bei der Federal keine Freunde mehr.«

Sie hatten nichts gefunden, und trotzdem filmten die Kameras ein paar ordentlich auf dem Boden verteilte Marihuana- und Crackpäckchen, mehrere Plastiktüten mit einer weißen Substanz, Dutzende Gewehre, Flinten und automatische Pistolen, Schlagstöcke, Klappmesser und Ketten, ein ganzes Warenhaus im Schlussverkauf, fein säuberlich aufgereiht für die Linsen der heimischen Presse und einiger Auslandskorrespondenten.

Die Verhafteten wurden nun aufgefordert, aufzustehen und sich der versammelten Presse zu präsentieren. Verängstigt, mit tauben Gliedern vom langen In-der-Hocke-Sitzen und Schmerzen am ganzen Körper von den Gewehrkolbenschlägen, bildeten sie eine lange Reihe.

Pepa hatte die Drohungen des Kommissars in den Wind geschlagen und ließ sein winziges Aufnahmegerät laufen, während Quijano seine Predigt hielt wie ein Priester einem reuigen Sünder.

»Der ganze Wirtschaftsraum Mercosur ist hier versammelt«, prahlte Kommissar Quijano. »Chilenen, Paraguayer, Bolivianer, Brasilianer und zwei schräge Vögel aus Ecuador. Auch drei Venezolaner sind dabei. Die sind vor Kurzem aus Caracas gekommen, um hier einen Ableger von Chávez' Partei zu gründen.«

Die angeblichen »Chávez-Anhänger« waren in Wirklichkeit drei arme Irre, die geblendet von der Illusion, mit einem Peso einen Dollar kaufen zu können, nach Argentinien gekommen waren – so wie Tausende von lateinamerikanischen Einwanderern: Für sie lag Argentinien näher als Europa, war das gelobte Land. Jeder glaubte, hier Dollars anhäufen und in seine Heimat zurückkehren zu können, um sich dort ein neues Auto zu kaufen, mit dem er dann über die Autobahnen brausen würde, statt unter ihren Brücken nächtigen zu müssen. Doch in Argentinien war die Party zu Ende, die Schuldenfalle zugeschnappt. Jetzt hieß es, entweder die Rechnung zu begleichen oder jahrelang Teller zu waschen. Und alle wussten, was wahrscheinlicher war und wer sich die Ärmel würde hochkrempeln müssen. Die Mittelschicht protestierte lautstark mit Kochtöpfen und Pfannen und verlangte ihre Ersparnisse zurück, die die Banken eingefroren hatten, und die Armen dachten voll Wehmut an das kleine Grundstück in ihrem Heimatdorf, das sie für den Traum von einem besseren Leben in der Stadt aufgegeben hatten. Weiter feierten nur die korrupten Vorstände der großen Unternehmen, die ihr Kapital längst in Sicherheit gebracht hatten und auf die Abwertung des Pesos spekulierten, und die Kriminellen, die sie in den Marginalsiedlungen wie Villa El Polaco auf die Plünderorgie vorbereiteten, die die politische Opposition – die peronistische Parteibasis und die von der korrupten Bürokratie kontrollierten Gewerkschaften – schon seit Monaten im Geheimen plante. Wie ein Nichtschwimmer, der auf offener See verzweifelt um sich schlägt, versuchte sich die Regierung mit dieser inszenierten Polizeiaktion über Wasser zu halten. Doch keiner nahm ihr mehr ab, dass sie im Kampf gegen das Verbrechen wirklich energisch durchgriff. Die Journalisten lachten den Polizeibeamten nur ins Gesicht, die, kaum waren die Kameras und Aufnahmegeräte ausgeschaltet, auch zugaben, dass es sich nur um ein weiteres Täuschungsmanöver handelte.

Gelangweilt sah ich mich um, als ich unter den geladenen Meinungsmachern das cervantinische Duo und den pummeligen Arzt entdeckte. Wie alle richtigen Provinzler waren sie vom Licht angezogen worden, und die einzigen Lichter, die in diesem Elendsviertel noch brannten, waren die auf die schwadronierenden Polizisten gerichteten Fernsehkameras gewesen.

Burgos hatte mich zeitgleich entdeckt und kam mir entgegen.

»Ich dachte schon, Sie wären tot, Don Gotán. Mir soll's recht sein, ich schneide nämlich nicht gern Leuten den Bauch auf, die ich lieb gewonnen habe.«

»Es war reine Zeitverschwendung«, entgegnete ich missgelaunt.

»Aber immer noch besser, als wenn wir zu Hause geblieben wären«, tröstete er mich. »Na los, kommen Sie, lassen sie uns einen Blick ins Hinterzimmer der Party werfen.«

Am Ende des Geländes, fernab der Blitzlichter, lag gut ein halbes Dutzend Leichen, in den Händen hatten sie Waffen. Für den Gerichtsmediziner war kein Skalpell vonnöten, um festzustellen, dass keiner von ihnen beim Kampf gegen die Polizei ums Leben gekommen war. Ihre Leichen begannen schon zu verwesen.

»Die haben sie schon lange vorher umgelegt, wahrscheinlich sogar irgendwo anders.«

Nicht mal, wenn ich aus nächster Nähe schieße, ergötzt mich das Schauspiel eines Menschen im Todeskampf. Und auch Burgos gehörte nicht zu der Sorte Mensch, die sich leicht beeindrucken ließ. Doch hier starrten wir uns gegenseitig an, um nicht allein erschaudern zu müssen.

»Das sind herumreisende Leichen«, sagte Burgos leise. »Die Logistik hat sich in diesem Land derartig perfektioniert, dass das Abwerfen von Folteropfern über dem Río de la Plata heute als Pfusch gelten würde.«

Wie Burgos mit der typischen Kaltblütigkeit seiner

Zunft erläuterte, gab es Spezialisten für diese makabre Leichenrangiererei. Polizeiermittlungen machten normalerweise vor dem Grab halt. Kaum einer stellte Fragen nach dem Ziel und den Umständen der letzten Reise, es sei denn, es gab mehr als einen Grund zur Annahme, dass ein junger und glücklicher Mensch nicht an einem Herzinfarkt gestorben war.

»Trotzdem haben wir nichts in der Hand«, sagte ich. »Und die Tochter meines Kumpels ist immer noch spurlos verschwunden. Vielleicht ist sie ja längst auch schon eine herumreisende Leiche.«

Burgos schnaufte. Er schien zu zögern, ging vielleicht noch einmal alle Informationen durch, die er gesammelt hatte. Dann zündete er sich eine Zigarette an und sog den Rauch ein.

»Wie Sie wissen, habe ich mich heute Nachmittag eine ganze Weile mit meinem Studienkollegen aus La Plata unterhalten ... Um es kurz zu machen: An der Leiche des blonden Models klebte Blut.«

»Das ist doch völlig klar, schließlich wurde sie erstochen.«

»So klar ist das nicht: Das Blut stammte nämlich nicht von ihr.«

Ich schwieg, wartete auf weitere Enthüllungen, ein Postskriptum zu dem Obduktionsbefund.

»Erwarten Sie jetzt nicht, dass ich auch noch weiß, vom wem es ist«, sagte er nach einer Weile. »Mein Studienkollege ist zwar ein Crack auf unserem Gebiet, aber das heißt noch lange nicht, dass er aufgrund eines Blutspritzers die Identität einer Person bestimmen kann. Fest steht nur, dass es eine andere Blutgruppe war.«

»Und von einer Frau ist.«

»Das haben Sie gesagt«, wandte er ein. »Ich halte mich

in dem Punkt an den Befund meines Freundes: kein Sperma.«

»Aber bei den anderen Opfern gab's das schon«, mischte sich Ayala ein, der sich wie ein Lausbub von hinten angeschlichen hatte.

»Na, das ist doch immerhin schon was«, sagte Burgos, um mich aufzumuntern, und wandte sich an Ayala. »Wo steckt Ihr Kollege?«

»Der ist auf der Balz. Im Museum hat er mit einer Wärterin angebandelt und sich für heute Abend hier mit ihr verabredet. Ein Pärchen wie aus ›Herzblatt‹. Sie bekommt für die Teilnahme an dieser Aktion Überstundenzuschlag.«

Von Neid erfüllt zeigte er zu einer Gruppe von Journalisten, in deren Mitte Rodríguez auf seine Eroberung einredete, die genauso dick war wie er. Selbst an so unwahrscheinlichen Orten wie einem Polizeimuseum konnte das Glück also auf einen warten.

Trotz der spektakulären Show hatte die Nacht keine Überraschungen gebracht. Doch manchmal haftete der Argwohn an der Wahrnehmung wie Moos an einem Stein, das einen das Wesentliche nicht sehen ließ.

Der Kerl, der bei Lorena gewesen war, als ich sie in dem Restaurant in Bahía Blanca zum letzten Mal sah, war das Detail, das ich nicht bemerkt hatte. Erst jetzt, als ich mich mit Burgos und Ayala schon auf den Heimweg machen wollte, zog er meine Aufmerksamkeit auf sich, als riefe er mich aus dem Jenseits.

Ich erkannte sein Gesicht, trotz der erstarrten Grimasse der Ungläubigkeit, mit der er sich den Tod vom Leib hatte halten wollen. Noch ein Toter in dieser Nacht, der letzte in der Reihe der reisenden Leichen auf ihrem Weg nach Nirgendwo.

III

Schmetterlingskasten

Eins Zum Frühstück am nächsten Morgen früh um sechs gab es Mate und Gebäck, frisch aus der Bäckerei um die Ecke. Rodríguez hatte sich ordnungsgemäß abgemeldet. *Die Museumswärterin ist scharf auf mich, und ich lass mir doch keinen kostenlosen Sex in Buenos Aires entgehen,* hatte er seinem Vorgesetzten mitgeteilt, der ihn darauf hinwies, dass er für seinen heldenhaften Einsatz im Santiago-Cúneo-Krankenhaus keine Orden erwarten dürfe, wohin die beiden in der Nacht noch einen kurzen Abstecher gemacht hatten.

»Warum, weiß ich auch nicht, war 'ne Eingebung«, sagte der Polizeihauptwachtmeister, während er den Mate mit einem Schuss kochend heißen Wassers vollkommen ruinierte.

»Das Santiago Cúneo war früher erstklassig«, klärte Burgos uns auf. »Inzwischen ist es aber nur noch eine überdimensionale Ruine, die Unsummen staatlicher Gelder verschlingt, weil Hunderte in Lohn und Brot stehen, von denen aber gerade mal ein Viertel wirklich arbeitet, während die anderen eine ruhige Kugel schieben oder erst gar nicht erscheinen. Und das, wo unzählige Arme aus allen Himmelsrichtungen hinströmen. Sie warten dann stundenlang darauf, dass man ihnen eine Grippe oder Krebs diagnostiziert, und danach werden sie mit einem Termin für drei oder vier Monate später wieder nach Hause geschickt.«

»Der Völkermord findet direkt vor unseren Augen statt«, knurrte ich und schüttelte angewidert den Kopf, als Ayala mir seinen frisch aufgegossenen Mate – *so ist er gut gegen Sodbrennen* – reichen wollte. »Die Gutmenschen regen sich über die Schweinereien im ehemaligen Jugoslawien, in Afghanistan und im Irak auf. Aber von dem, was hier passiert, wollen sie nichts wissen.«

Ayala sah mich nur geringschätzig an, und Burgos beachtete mich nicht weiter. Bullen und Gerichtsmediziner werden wohl nie eine sozialrevolutionäre Zelle bilden.

»Die Notaufnahme«, erzählte Ayala, »war nicht besetzt. Und überhaupt wirkte das Lehrkrankenhaus zu dieser nächtlichen Stunde wie ein offenes Grab, in dem nur noch Kranke und Ratten waren.«

Niemand hielt sie auf, niemand fragte sie, wen oder was sie suchten, was nicht weiter verwunderlich war, wenn man sich vorstellte, wie die beiden dort aufgekreuzt waren – die dicke Wölbung unter der linken Achsel, Ayala mit nach hinten gegeltem Haar, Rodríguez mit seinem Stoppelhaarschnitt, und auf den Nasen dunkle Sonnenbrillen – und sicher den Herrenmenschen herausgekehrt und auf alle zynisch herabgeblickt hatten, die ihnen über den Weg liefen.

»Im Vergleich zu den Patienten dort leben palästinensische Flüchtlinge wie Könige«, berichtete Ayala trotzdem schockiert. »Die blicken so apathisch dem Tod entgegen, als warteten sie an der Haltestelle auf den Bus.«

»Manchmal gibt sie die liebe Verwandtschaft auch einfach dort ab und taucht dann nie wieder auf«, verteidigte Burgos seine Zunft. »Nach ein oder zwei Narkosen und Wochen ohne Besuch wissen diese Leute oft nicht mehr, wer sie sind und woher sie kommen. Und wenn sie dann das Bett für andere Kranke räumen müssen, heulen sie wie kleine Kinder.«

Die beiden Provinzspürhunde hatten sich treiben lassen, bis sie einen langen Gang entdeckten, den zwei 25-Watt-Birnen nur spärlich beleuchteten. Wenn schon die Krankensäle deprimierend waren, wirkte dieser Korridor auf sie wie ein Zugang zur Hölle. *Hier kommen sicher die hin, die keine Mischpoke mehr haben, welche die Kosten für die Bretterkiste übernimmt,* hatte Rodríguez gebrummt, der als der Sancho Pansa des cervantinischen Duos die Stimme des Volkes repräsentierte.

»Ich hätte mir beinahe in die Hosen gemacht«, gestand Ayala, während er zähneknirschend die Teeblätter wechselte. »Wenn man sich eine Leiche vom Hals halten will, nützt einem die Dienstwaffe nämlich nichts.«

»Tote können einem nichts anhaben«, beruhigte Burgos ihn. »Ich weiß das, ich träume ständig von meinen Toten. Und der Tod ist auch kein Virus, er ist nicht ansteckend, er ist schlicht und einfach nur das Ende.«

Ayala schien nicht überzeugt. »Trotzdem: Ich biete lieber einer Bande Drogenhändler die Stirn als einer Leiche auf Durchreise.«

»Apropos Leiche auf Durchreise«, warf ich ein. »Mein Kumpel von der Zeitung will heute versuchen, was über Lorenas Begleiter rauszufinden, den ich unter den Leichen erkannt habe. Er meldet sich, sobald er was weiß.«

»Darauf würde ich mich nicht verlassen«, meinte Burgos, »Augenzeugen und Schnüffler haben kaum Chancen, das Ende dieser Geschichte zu erleben.«

Damit sagte er ein wahres Wort, aber mir blieb im Moment nichts anderes übrig, als Teile der Ermittlung auszugliedern. In der Wirtschaft machte man es schließlich auch nicht anders: Den Fachleuten zufolge konnte man mit Outsourcing Kosten reduzieren und Abläufe beschleunigen.

In jenem düsteren Krankenhausflur gelangte das cervantinische Duo schließlich zu einer Tür, hinter der sich weder Patienten noch Ärzte oder Krankenschwestern befanden, sondern vielmehr zwei übellaunige Riesen, die sie flugs wieder hinausdrängten und die Gewehre auf sie richteten.

»Ich glaube, Sie haben sich verlaufen. Die Toiletten sind oben«, sagte einer der beiden und zog die Tür hinter sich ins Schloss.

»Wer zum Teufel sind Sie?«, fragte der andere.

Da hob Ayala langsam die Arme, damit seine Lederjacke sich von alleine öffnete und seine Pistole und die Dienstmarke eines einfachen Polizisten aus Bahía Blanca sichtbar wurde, die im Halbdunkel genauso blitzte wie die eines Agenten des FBI.

»Wir haben einen Kollegen in die Notaufnahme gebracht, der am Verbluten ist. Wo findet man hier einen verdammten Arzt?«, knurrte Ayala so unwillig, wie er irgend konnte.

Die Riesen blickten einander an, und der, der der Anführer zu sein schien, versuchte, über sein Funkgerät jemanden zu erreichen, aber es ging niemand ran.

»Wo zum Teufel stecken die alle?«

Er bat seinen Kollegen, die beiden zu bewachen, während er zur Notaufnahme gehen und nachsehen wolle, was los sei; offenbar vertraute er darauf, dass Ayala nicht gelogen hatte, denn er überließ seinem Kumpanen sogar sein Gewehr, vielleicht um die Patienten oben auf den Gängen nicht zu erschrecken, die sich in einem Krankenhaus wähnten.

»Wer war's?«, fragte der Koloss, der zu ihrer Bewachung dageblieben war.

»Ein Hurensohn aus dem Slum, den er keine zwei Blocks von hier gestoppt hatte, um dessen Papiere zu überprüfen.«

»Selber schuld, wie kann man nur so dämlich sein. Hier in der Gegend laufen doch alle mit Waffen der neuesten Generation rum. Und warum hat er ihn gestoppt?«

»Weil er wie ein Hurensohn aussah.«

»Wenn er nicht dabei draufgeht, sollten Sie ihm sagen, dass er seine Nase nicht in Dinge stecken sollte, die ihn nichts angehen. Dies hier ist das Territorium des Teufels, hier sollten sich weder Pfarrer noch Bullen blicken lassen, hier haben die Jungs von Fuerte Apache das Sagen.«

Fuerte Apache war ein Hochhausviertel, in dem ursprünglich Industriearbeiter mit ihren Familien wohnen sollten, doch wurde es nur halb fertiggebaut, weil das Geld in anderen Kanälen versickerte. Aus dem urbanen Traum wurde ein Albtraum, in dem sich mehrere Gangs um Einfluss, Drogen und Herrschaftsgebiete stritten; sie kämpften dabei um jeden Flur, und das Blut dieser Krieger des Nichts floss wie Schmutzwasser in die Kloake.

In diesem Augenblick kehrte der Anführer der beiden stinksauer zurück.

»In der Notaufnahme ist kein Verwundeter. Wer sind Sie?«

Die Antwort ließ nicht auf sich warten. Mit seinem Gewehrkolben schickte Rodríguez ihn ohne Einschlafphase ins Reich der Träume, worüber der Zweite sich nicht mal wundern konnte, denn schon drückte Ayala ihm die 38er in die Rippen und nahm ihm das Gewehr ab. Es war ein so genialer Spielzug der beiden Provinzler, dass ihnen im Fußballstadion eine La-Ola-Welle und Papierschnipsel von den Rängen sicher gewesen wären.

»Die besonderen Umstände erforderten leider die Entwaffnung der beiden Typen«, meinte Ayala. »Die Kammer, in die wir sie sperrten, war voller funkelnagelneuer, unbenutzter Besen und Kehrschaufeln. Hygiene ist wohl die einzige Krankheit, die in dem Krankenhaus tatsächlich bekämpft wird.«

Die Tür führte in den Keller. Und dort, im Untergeschoss des Santiago-Cúneo-Krankenhauses, stießen Don Quijote und Sancho Pansa auf das Waffenarsenal, das das Polizeikommando in der Villa El Polaco angeblich gesucht hatte. Ordentlich aufgereiht warteten alle möglichen Sorten von Sprengstoff, groß- und kleinkalibrige Waffen mitsamt der entsprechenden Munition darauf, an ihren endgültigen Bestimmungsort verschickt zu werden, gemäß der Reihenfolge der Bestellungen.

Ayala und Rodríguez besichtigten das Lager wohl so verzückt wie Stunden zuvor das Polizeimuseum. Weder in Bahía Blanca noch in sonst einem Polizeirevier waren je eine solche Bandbreite an leichten und schweren Waffen zu bestaunen gewesen. Nur im Ministerium für Soziale Wohlfahrt, als der ehemalige Tangosänger López Rega 1973 als Peróns Hinterradfahrer an die Macht gelangte, und in einer Munitionsfabrik in Río Tercero, Provinz Córdoba, die 1995 in die Luft gesprengt wurde, um den illegalen Waffenhandel der damaligen Regierung zu vertuschen, hatte sich in der Vergangenheit eine solch gewaltige Feuermacht konzentriert.

»Es gab noch zwei weitere Lager, aber die waren leer«, schloss Ayala seinen Bericht, »vermutlich erwarteten sie noch viel mehr Schießgerät.«

Zwei Dass in einem Krankenhaus Waffen lagerten, dürfte in einem Land wie Argentinien, in dem auch schon mal Gewerkschaften und Behörden als Waffenkammern dienten, niemanden überraschen. Doch wenn Schießpulver, Dynamit und Hexogen Narkosemittel, Wundverbände und Antibiotika ersetzten, dann braute sich etwas zusammen.

Gegen Mittag brach Burgos auf, weil er in der medizinischen Fakultät mit einem weiteren ehemaligen Studienkollegen, einem Professor für Pathologie verabredet war. Mit ihm war er befreundet gewesen, bis er einer schönen Kommilitonin nach Bahía Blanca gefolgt war. Es war eine leidenschaftliche, aber ausweglose Liebe, denn die Sirene hatte schnell die Nase voll vom Formalingestank und brannte mit einem schwedischen Anthropologen durch, der auf dem Weg nach Patagonien war. Wie jemand, der sich ins Kloster zurückzieht, verschanzte sich der Arzt daraufhin in Bahía Blanca und futterte sich sein Bäuchlein an, überzeugt davon, dass seine Berufung zum Gerichtsmediziner für alles gut war, nur nicht dafür, respektiert zu werden *im Mekka der Rinder und des Weizens. Die Einsamkeit ist ein guter Zufluchtsort, zumindest hält sie uns die Gewalt vom Leib. Ich muss niemanden umbringen, Don Gotán, weil meine Patienten längst tot sind, wenn sie zu mir kommen.*

Als die Tür hinter ihm ins Schloss gefallen war, rief mich Mónica an. Sie hätte einen Anruf erhalten. Eine verzerrte Stimme hätte gesagt, Isabel ginge es gut, sie solle sich keine Sorgen machen, *Sie werden zu gegebener Zeit von ihr hören.* Nachdem man sie noch aufgefordert hätte, dafür zu sorgen, *dass dieser ehemalige Bulle uns nicht weiter nervt,* habe man aufgelegt, ohne dass sie noch irgendwelche Fragen hätte stellen können.

»Hast du den Anruf aufgenommen?«, wollte ich wissen.

»Ja. Ich habe außerdem eine Fangschaltung installieren lassen, doch nützt uns das nichts: Der Anruf kam aus einer öffentlichen Telefonzelle. Vor lauter Verkehrslärm war kaum etwas zu verstehen.«

Ich legte auf und ging mit Ayala nach draußen, um frische Luft zu schnappen.

Im Zentrum von Buenos Aires stieg die Temperatur kontinuierlich an. Während die Dezembersonne die Straßenschluchten aufheizte, erhitzten die Finanzmaßnahmen der Regierung die Gemüter der Mittelschicht immer weiter und trieb sie auf die Straße wie Ameisen, die vom Kammerjäger aus ihrem Haufen gejagt wurden. Glücklich, aber noch völlig ungläubig, sahen die *piqueteros*, deren Hauptbeschäftigung bisher darin bestanden hatte, mittels Straßensperren mehr Arbeitslosengeld einzufordern, wie ihr Heer durch Scharen von Angestellten und Hausfrauen verstärkt wurde. Bei diesen Massendemonstrationen fehlten auch nicht die Eiferer, die von Schafotten auf der Plaza de Mayo träumten, um dort die Politiker hinzurichten, die sie selber gewählt hatten, nur weil diese nun erklärten, was jeder Banker wusste: dass das Geld nicht dort lagert, wo die naiven Leute es deponiert zu haben meinen, sondern es, kaum einbezahlt, Flügel bekommt und sich verflüchtigt. Schließlich stifteten in den

Vorstädten noch Bandenführer und sonstige hohe Tiere die Bewohner der Marginalsiedlungen dazu an, die Supermärkte zu stürmen und sich frei zu bedienen. Und was taten die Polizisten der Bonaerense? Sie hatten strikte Anweisungen, das zu tun, was sie immer taten, nämlich mit verschränkten Armen, stoischer Miene und doch innerlich schmunzelnd der Auflösung aller Ordnung zuzuschauen, die zu verteidigen sie geschworen hatten.

Obwohl er behauptete, die Hauptstädter zu hassen, war Ayala von dem Hexenkessel überwältigt. Die ganze Stadt glich in diesen Tagen einem von Zuckungen geschüttelten Pantomimen, ihr Gesicht hatte sich verändert und zog merkwürdige Grimassen. Kein über das Leitungswasser verabreichter Drogencocktail hätte seltsamere Verhaltensweisen hervorgerufen als die Finanzmanöver des flüchtenden Kapitals.

Selbst unser Treffen mit Pepa im »Cambalache« blieb von dieser brodelnden Stimmung in der Bevölkerung nicht unberührt. Der Wirt hatte die Eckkneipe komplett leer geräumt, um für seine erregt diskutierenden Gäste mehr Platz zu schaffen – und wohl auch, um zu vermeiden, dass Tische und Stühle flogen, sollte der Streit zwischen Verteidigern und Gegnern der Regierung in eine Schlägerei ausarten.

»Hast du Dollars gekauft?«, brüllte der Polizeireporter von ›La Tarde‹ gegen den Lärm an. »Die ganze Stadt kauft Dollars, Gotán. Die Banken rücken schon keine mehr raus, die Wechselstuben haben vor einer halben Stunde dichtgemacht, in Boulogne und Laferre wird geplündert, und in La Cava, heißt es, werden Waffen verteilt.« Erst nach dieser Zusammenfassung der neuesten Nachrichten schien er Ayala zu bemerken. »Hast du dir einen Leibwächter zugelegt?«

»Die nationale Krise interessiert mich nicht, Pepa. Hauptwachtmeister Ayala aus Bahía Blanca macht in Buenos Aires ein paar Tage Urlaub. Aber jetzt sag schon, hast du was über die Toten rausgefunden?«

Pepa schnaubte und begann dann, etwas vor sich hinzumurmeln, so, als betete er einen Rosenkranz; tatsächlich rechnete er aber wohl die Pesos in seiner Hosentasche in Dollars um und überlegte, ob er sie noch umtauschen oder lieber beim Kellner ein mit Schinken und Käse belegtes Sandwich und eine Limonade bestellen sollte. Die Entscheidung für die gastronomische Option besänftigte sein Gemüt, sodass er endlich mit der Sprache herausrückte.

»Direktlieferung aus dem Leichenschauhaus«, sagte er, während er sein Sandwich verschlang. »So was passiert häufiger, als wir denken. Sie sind so 'ne Art Werbemittel. Der Aufmarsch von letzter Nacht war nämlich eine Werbeaktion, um das soziale Engagement von Regierung und Bullen öffentlichkeitswirksam darzustellen. ›Die Polizei, dein Freund und Helfer‹, ›Wir sorgen für Ihre Sicherheit‹ und dieser ganze Scheiß.«

»Und meine Leiche?«

»Deine Leiche heißt Cordero. Frag mich nicht nach dem Vornamen, aber der Nachname lässt sich leicht merken: ein wunderbares ›Opferlamm‹, dein Cordero.«

Den von Pepa gesammelten Informationen zufolge hatte Cordero in der Abteilung für öffentliche Ausschreibungen des Verteidigungsministeriums gearbeitet. Weil der Minister sich nicht gern mit Details aufhielt und sich lieber darum kümmerte, bei jeder Weltreise des Präsidenten in dessen Maschine zu sitzen, hatten Spitzenbeamte wie er, mit denen der Minister seit seinem Amtsantritt nicht ein einziges Mal gesprochen hatte, große Handlungsfreiheit.

Cordero hatte zwar nur Geschäfte im kleinen Stil getätigt, aber es waren nie unter Hundert großkalibrige Waffen und Kurzstreckenraketen gewesen. Seine Käufer aus dem linken Lager waren kleine und mittlere Drogenhändler in Bolivien und Kolumbien, die die Ausrüstung ihrer Wach- und Verteidigungstruppen auf dem neuesten Stand halten mussten. Die Waffen wurden ohne Registriernummer verschoben, sodass die einzige Gewähr dafür, dass die Gewehre nicht klemmten oder die Raketen ihr Ziel und nicht ihre Abschussbasis ansteuerten, das Interesse der Verkäufer war, auch in Zukunft noch Geschäfte machen zu können.

»Das Unschuldslamm arbeitete nicht allein«, stellte Pepa klar, als er sein Sandwich zu Ende gegessen hatte. »Er war nur einer der Hyperlinks in einem gigantischen Waffenschiebernetz, den man einmal anklicken musste, damit sich die ganze Angebotspalette auftat. Streng nach dem Dogma der Marktwirtschaft konkurrieren die Waffenschieber nämlich untereinander mit ständigen Sonderangeboten und Neuheiten, ja, sie haben sogar Waffen im Programm, die über drei Banden importiert werden und im Hafen von Buenos Aires in Containern auf die potenziellen Käufer warten.«

Der Daumen für Cordero ging offenbar in dem Moment nach unten, als ein Kunde aus Ciudad del Este in Paraguay von einer surrealen Polizeibrigade vor einem dieser Container verhaftet wurde, die ihm, statt sich an dem lukrativen Geschäft zu beteiligen, Handschellen anlegten und ihn ohne diplomatische Formalitäten einem Bundesrichter vorführten. Der paraguayische Konsul von Iguazú rief daraufhin seinen argentinischen Kollegen in Ciudad del Este an, doch dieses Mal nicht, um sich zum Golfen zu verabreden, sondern um sich zu beschweren über *den*

Verstoß einiger uniformierter Abenteurer deines Landes gegen unsere nationalen Interessen, woraus sich internationale Verwicklungen mit unvorhersehbaren Folgen ergeben könnten, mein Lieber.

»Die Typen, die die Strohmänner an diesen heißen Grenzen engagierten und natürlich die Justiz-, Polizei- und Diplomatentelefone abhörten, informierten unterdessen die betrogenen Auftraggeber, eine sich im Aufbau befindliche islamistische Gruppierung. Der Name Cordero wurde notiert, an deren Inkassoabteilung weitergeleitet – und eine Woche später spürten sie ihn in dem Hotel in Bahía Blanca auf«, schloss Pepa seinen in einer Mischung aus Bewunderung und Abscheu vorgetragenen Bericht.

Die Neuigkeit zeigte augenblicklich Wirkung: Ayala musste sich setzen, weshalb er einen verschwitzten Angestellten vom Barhocker drängte, der gerade seine halbstündige Mittagspause hatte.

»Woher zum Teufel wissen Sie das?«, brach es aus ihm heraus, nachdem er Pepas Coca-Cola mit einem Zug leer getrunken hatte.

Pepa blinzelte nicht einmal, sah ihn auch nicht an, sondern wendete sich gleich an mich.

»Ich verrate nie meine Quellen.«

Da brannte Ayala die Sicherung durch: Mit seiner Rechten drückte er Pepa die Gurgel zu und rammte ihm sein Knie so in die Eier, dass der Polizeireporter gegen den Tresen knallte.

Sollte jemand um uns herum den Vorfall bemerkt haben, so überspielte er es gekonnt. Pepa verdrehte die Augen und wurde kreidebleich. Mit einem Wink forderte ich Ayala auf, ihn loszulassen, stützte ihn, damit er nicht zusammenklappte, und schob ihm gleichzeitig mein Glas Wasser hin. Kurz darauf deutete ein trockener Husten darauf hin, dass die Atmung wieder eingesetzt hatte, und auch seine Wangen bekamen langsam wieder Farbe.

»Wenn diese Bestie wirklich ein Kumpel von dir ist«, japste er, »dann war's das mit unserer Zusammenarbeit.«

»Es ist sein erstes Mal in Buenos Aires«, raunte ich Pepa ins Ohr. »Ihm fehlt noch das Großstädtische.«

»Vorgestern Abend war in Bahía Blanca noch alles ruhig«, knurrte Ayala Verständnis heischend. Die Neuigkeit hatte ihn wirklich aus der Fassung gebracht. »Verdammt, alle zwei Tage ein Toter, und das, wo sonst Jahre vergehen, ohne dass jemand kaltblütig erstochen wird. Und ausgerechnet jetzt bin ich nicht dort!«

Doch Pepa hörte ihm gar nicht zu, sondern zahlte und ging. Ich rannte ihm hinterher, bat Ayala aber vorher, mir bloß nicht zu folgen.

»Du umgibst dich mit Geschmeiß, Martelli«, beschwerte sich Pepa lautstark, und ohne stehen zu bleiben, als ich ihn endlich einholte und neben ihm herzulaufen begann. »Ich kann ja verstehen, dass einer mit Leib und Seele Bulle ist, aber ich bin Journalist. Wenn ich mit dir zusammenarbeite, dann weil der Ursprung dieses ganzen Wahnsinns ein Toter ist, der einmal dein Kumpel war.«

»Und dessen Tochter verschwunden ist ...«

Wortlos drehte er sich um, um zu sehen, ob Ayala uns gefolgt war.

»Er ist ein bisschen gewalttätig ... aber ansonsten ein anständiger Kerl«, erklärte ich unsicher.

Pepa ging einfach weiter, kämpfte sich mit den Ellenbogen durch die Menschenmassen, die durch die Gegend irrten, als wären sie aus einer psychiatrischen Anstalt geflüchtet und wüssten nicht, wohin sie gehen sollten.

»Der Kerl, den du mit der Blondine gesehen hast, wurde im Hotel ›Imperio‹ gefunden. Kurioserweise im selben

Zimmer, in dem du zwei Tage zuvor übernachten wolltest, Martelli.«

»Dafür war er aber ruckzuck in Buenos Aires.«

»Schneller jedenfalls, als wenn er noch gelebt hätte. Was aber am merkwürdigsten ist, was mich wirklich beunruhigt und mir sagt, dass ich meine Suspendierung für einen Urlaub nutzen sollte, statt mein Leben aufs Spiel zu setzen, ist die Art und Weise, wie man ihn fand.«

Plötzlich blieb er stehen, sodass die Passanten auf uns aufliefen und uns dann ohne eine Entschuldigung einfach beiseitestießen, ganz versunken in die Bilder der drohenden Apokalypse und die Frage, ob ihr Geld noch reichte, um nach Hause zu kommen und noch was zum Essen oder Medikamente zu besorgen.

Einen Moment lang war Pepa so mein Spiegelbild. Er hatte mein Gesicht, und seine geschwollenen Eier taten mir höllisch weh. Er hatte Angst, und ich spürte sie am eigenen Leib.

»Er war als Frau verkleidet. Minirock und knappes T-Shirt, hochhackige Schuhe, geschminkt wie für eine Party.«

»War er schwul?«

Ich wunderte mich selbst über meine saublöde Frage, aber Pepa war genauso erstaunt darüber wie ich.

»Nicht, dass ich wüsste. Das ist eine Botschaft, Martelli. Sie haben ihn als Hure verkleidet, bevor oder nachdem sie ihn kaltgemacht haben.«

»Und wie wurde er umgebracht?«

»Mit einem Stilett, einem Stich unter der linken Brustwarze, mitten ins Herz. Das Zimmermädchen, das ihn gefunden hat, ist augenblicklich in Ohnmacht gefallen. Eine halbe Stunde später lag die Transvestitenleiche schon in einem Krankenwagen mit verdunkelten Scheiben und ohne Kennzeichen, der dann mit hundertvierzig Sachen nach Buenos Aires raste, vorbei an allen Posten der Straßenpolizei, so, als transportiere er einen Schwerkranken. Aber in der Leichenhalle der Gerichtsmedizin sind seine Personalien nicht registriert worden. Das heißt, seine letzte Reise ging ohne Umsteigen direkt in die Villa El Polaco. Als er dort ankam, war er allerdings wieder ein richtiger Mann.«

»Die Verbrecher, mit denen wir uns da angelegt haben, sind ja die reinsten Zauberer«, sagte ich nicht ohne Bewunderung.

»Ich lege mich mit niemandem an, Martelli. Für mich war's das, bis hierhin und nicht weiter. Jetzt mache ich erst mal Urlaub. Ich habe mein ganzes Geld außer Landes gebracht. Es ist nicht viel, aber es reicht für ein paar Monate. Wenn der Zauber hier vorbei ist, komme ich zurück. Nach der Geldabwertung, die garantiert kommt, werde ich in diesem Land der Ausgebeuteten ein reicher Mann sein.«

Er gab mir die Hand, doch bevor ich sie richtig drücken konnte, verschluckte ihn auch schon die gereizte Menschenmenge, ich konnte ihm nicht einmal nachrufen, er solle auf sich aufpassen. Doch ich wusste, dass er über den Río de la Plata nach Uruguay übersetzen und von dort über Land weiter nach Canelones fahren würde, wo ihn eine reiche Witwe erwartete, die auf ihren Ländereien Angusrinder züchtete und mit der er sich seit fünfzehn Jahren heimlich einmal im Monat traf, weil ihre Kinder, die in Europa lebten, den dahergelaufenen Schreiberling am liebsten auf den Mond gejagt hätten. Mit ihren über fünfzig Jahren taten die beiden alles, um die Liebe, die sie einte, zu schützen wie eine chinesische Vase in einem Kindergarten.

Drei Ein Staatsbeamter, der nach dem Tod seine sexuellen Vorlieben ändert, verdient eigentlich eine gewisse Aufmerksamkeit der Presse. Aber niemand brachte die Geschichte. Ich sah die Polizeiseiten aller Zeitungen durch, suchte im Internet, doch nichts, *nada de nada.* Cordero hatte nie existiert, und unter den gegebenen Umständen bestand auch wenig Aussicht, dass er es noch mal tun würde. Hätte ich ihn nicht in dem Restaurant in Bahía Blanca gesehen und sein Gesicht unter den »Übeltätern« in der Villa El Polaco erkannt, hätte auch ich an seiner Existenz gezweifelt.

Das Todesurteil für Edmundo war entweder aus seinem offiziellen oder seinem anderen, eher nicht so offiziellen Büro erfolgt, das für seine Nebentätigkeit als Unterhändler eingerichtet worden war. Ich fragte mich, ob Edmundo seine Auftraggeber betrogen hatte, wie Mónica vermutete, oder ob er etwas entdeckt hatte, wodurch er und Lorena ins Visier ihrer Mörder geraten waren. Die Blondine musste in der Stiftung seine Sekretärin und Geliebte gewesen sein, ohne dass es eine klare Trennung zwischen beiden Funktionen gegeben hätte. Wann die Bewunderung für die Sekretärin in Erregung übergegangen war oder ob im Lebenslauf der Bewerberin ihre Maße sowieso schon stärkeres Gewicht gehabt hatten als ihre beruflichen

Qualifikationen, ließ sich jedenfalls nicht mehr eindeutig ermitteln.

Doch wer hatte beschlossen, ihn mitsamt seiner Geliebten vom Spielbrett zu kicken? Ich musste zugeben, dass dieses blutige Schach durchaus gekonnt gespielt wurde. Dass in Lorenas Leiche kein Sperma gefunden worden war und man Cordero als weibliches Unschuldslamm verkleidet hatte, zeugte davon, dass sensible Köpfe dahintersteckten, Liebhaber der Oper, die aber durchaus offen für eine vorsichtige Erneuerung waren, vorausgesetzt, niemand rüttelte an den etablierten Strukturen.

Ich hatte Angst an diesem chaotischen Morgen, an dem Buenos Aires einem Vulkan glich und Millionen von Bürgern seinen Ausbruch ohnmächtig mitansehen mussten. Nicht um die Gesellschaft hatte ich Angst, an die glaubte ich sowieso nicht, schon gar nicht an ihre Werte, die so flüchtig waren wie die Devisen der Staatsbank. Nein, ich hatte Angst vor gewissen unangenehmen Einsichten, sollte ich lebend aus diesem Abenteuer herauskommen. Bis jetzt war ich überzeugt gewesen, dass der Grund für meinen Rausschmiss aus der Federal mein Abscheu gegen jegliche Form von Mittäterschaft beim barbarischen Genozid der Diktatur war, und nicht, weil ich je mit der Guerilla sympathisiert hatte, Sozialist war oder besonders empfänglich für das Leid der Armen. Die Walze des Systems fand in mir keine Werte, die sie zermalmen konnte. Der Beruf des Polizisten hatte mein Gewissen einbalsamiert: Ob man einen Kriminellen erschoss, der eine alte Frau umgebracht hatte, um an ihre Rente zu kommen, oder ob man einen Grundschullehrer umlegte, weil er womöglich linke Ansichten hatte, war für unsereins das Gleiche. Der Tod machte keinen ethischen Unterschied, er tötete mit einem Prankenhieb, war ein gefräßiger Tiger, der in uns wohnte und nur auf eine Gelegenheit wartete, um auszubrechen. Manche gaben ihm diese Gelegenheit einmal im Leben, in einem Anfall der Leidenschaft, in einem Ausbruch von Hass oder aus ökonomischen Gründen. Andere wurden Polizist, und wer als Polizist auf den Straßen einer Stadt wie Buenos Aires unterwegs war, lebte mit diesem Tiger in sich, sah ihm bei seinen blutrünstigen Taten zu, als wäre es in Wahrheit ein anderer, und betrachtete dann gleichgültig die Zuckungen, die Hand, die sich einem im letzten Moment entgegenstreckte.

Der pummelige Arzt sah glücklich aus an diesem heißen Dezemberabend 2001.

Am Nachmittag waren Supermärkte und Tante-Emma-Läden geplündert worden, das Fernsehen zeigte triumphierende Plünderer und verzweifelte Ladenbesitzer, die zwischen umgeworfenen Regalen, aufgerissenen Packungen und kaputten Elektrogeräten umherliefen. Die Polizei hatte untätig danebengestanden, da sie ja keinesfalls auf das Volk schossen, sie, die es so heldenhaft vor jeglichem Missbrauch beschützten.

In einem Anfall von spätem Autoritarismus hatte der Staatspräsident daraufhin den Ausnahmezustand verhängt, und nun war die halbe Stadt auf der Straße und schlug auf ihre mitgebrachten Eimer und Töpfe ein. Der *cacerolazo*, diese lautstarke Form des Protests, war woanders erfunden worden, knapp zwanzig Jahre zuvor in Chile, als die erboste Mittelschicht gegen die Misswirtschaft der sozialistischen Regierung protestiert hatte, die längst von der Rechten in die Enge getrieben war. Wenige Tage später war dann die Linke Opfer einer hinterhältigen Attacke der Luftwaffe geworden, deren Brutalität die Nostalgiker an das Bombardement der Plaza de Mayo 1955 in

Buenos Aires erinnerte, als sich die Kriegsmarine gegen Perón erhob.

Aber die argentinische Regierung des Jahres 2001 war weder sozialistisch noch peronistisch, und das Glücksgefühl des pummeligen Arztes hatte auch nichts mit Politik zu tun, sondern mit seinem ehemaligen Kommilitonen, den er getroffen hatte.

»Die guten alten Zeiten«, schwärmte er. »›Ich bin viel in der Welt herumgekommen‹, hat mein alter Freund, der heute Professor und Mitglied der Ärztekammer ist, zu mir gesagt. ›Ich verkehre in den höchsten Kreisen, übernachte in Luxushotels, werde zu Empfängen eingeladen, habe teure Frauen, die sich mir hingeben, nur um an meinem Glanz teilzuhaben. Kurzum, ich habe alles. Und trotzdem fühle ich mich nirgends so wohl wie hier bei meinen Leichen, oder jetzt mit dir, mein lieber Freund, den ich für immer irgendwo im Süden verloren glaubte.‹ Die Toten, die um uns herum in mit Formalin gefüllten Badewannen schwammen, schienen uns gebannt zuzuhören, als wir in unseren Erinnerungen schwelgten. Nur das Mittagessen war keine so große Schwelgerei, Professor Miralles ist Vegetarier.«

»Von Ihrer Vorliebe für die Schwarzschlachterei haben Sie Ihm wohl nichts erzählt.«

»Das war mir peinlich. Ich glaube nämlich nicht, dass ein Mann mit Prinzipien wie Miralles das gutheißt, egal, ob das Fleisch amtlich untersucht worden ist oder nicht. Eine Kuh bleibt eine Kuh, daran ändert auch der Stempel eines Veterinärs nichts, zumal er auf der beruflichen Werteskala noch weit hinter uns Gerichtsmedizinern rangiert.«

Obwohl das Schwelgen in der Vergangenheit den größten Teil des Mittagessens ausgemacht hatte, waren Burgos und Miralles dann doch noch einige Minuten auf das

Thema zu sprechen gekommen, das sie eigentlich zusammengeführt hatte: die Umtriebe eines Frauenmörders, dem man fremde Verbrechen in die Schuhe schieben wollte.

»Ich wollte nicht in der Haut dieses armen Teufels stecken«, hatte Miralles voller Mitleid bemerkt. »Jemanden gezielt umzubringen, kostet viel Zeit. Man muss vorher alles sorgfältig planen, weil man keine Spuren hinterlassen darf, da Gerichtsmedizin und Spurensicherung in den letzten Jahren ja große Fortschritte gemacht haben. Wenn man dann die Tat eines anderen angehängt bekommt, dann muss das wirklich hart sein.«

»Die Mächtigen sind da nicht so zimperlich, Professor«, hatte Burgos entgegnet. »Vor und während der letzten Diktatur schoben die Paramilitärs ihre grauenvollen Gewalttaten der linken Guerilla in die Schuhe. Das Böse sind nun mal immer die anderen.«

Dass man am Körper der blonden Lorena kein Sperma gefunden hatte, war für Miralles kein eindeutiges Indiz. Wenn sie nicht im Hotel getötet worden war, hatte der Täter die Leiche sorgfältig davon befreien können. Tatsächlich waren zwischen dem Zeitpunkt ihres Todes und ihrer Entdeckung in meinem Bett etwa zwölf Stunden vergangen. Miralles schloss daher nicht aus, dass auch eine Frau den Mord begangen haben könnte; diese Erkenntnis sei allerdings kein Grund zur Euphorie, man müsse einen kühlen Kopf bewahren und nach der Trial-and-Error-Methode vorgehen, und vor allem viel Geduld aufbringen.

»Geduld? Unmöglich«, sagte ich missmutig, aber natürlich wusste der Professor nicht, dass eine junge Frau entführt worden war, die vielleicht gerade getötet wurde, während er mit seinem nach Bahía Blanca verbannten Studienkollegen über die guten alten Zeiten plauderte.

Ayala schlürfte schon wieder einen wässrigen Mate. Rodríguez hatte angerufen, um Bescheid zu sagen, dass wir nicht mit ihm zu rechnen brauchten. *Die Museumswärterin ist eine Tarantel in Form einer Libelle, sie saugt mich völlig aus, aber es tut mir gut, Chef.* Und dann hatte sie ihm auch noch nahegelegt, seinen Dienst in Bahía Blanca zu quittieren und zur Federal zu wechseln, sie habe gute Kontakte zur Personalabteilung, und er bekomme doppelt so viel Gehalt.

»Dafür muss er allerdings zu ihr nach Buenos Aires ziehen«, erklärte Ayala, enttäuscht über das brünstige Verhalten seines Untergebenen.

»Man kriegt nun mal nichts geschenkt im Leben«, meinte Burgos.

»Aber Rodríguez hat keinen blassen Schimmer, was es heißt, mit einer Polizistin zusammen zu sein!«

Doch vielleicht war die Museumswärterin ja wirklich die ideale Frau für einen wie Rodríguez, und die Federal das Umfeld, in dem seine kleinen Perversionen sich in der Straflosigkeit des Gehaltszettels auflösten. Für Ayala war es allerdings wie ein Schlag ins Gesicht, er fühlte sich im Stich gelassen und war auch noch schuld daran, schließlich hatte er selbst Rodríguez mit in die Hauptstadt geschleppt. Keine zwei Tage war ihm sein Sancho Pansa treu geblieben. Er würde allein und mit leeren Händen nach Bahía Blanca zurückkehren müssen, hatte er im Fall des Serienmörders doch keinerlei einleuchtende Hypothese und erst recht keine Verdächtige gefunden.

Häufig liegen die Lösungen jedoch direkt vor unserer Nase, und wir übersehen sie komplett.

Mónica hatte an diesem Vormittag einen Brief mit Poststempel aus Madrid erhalten. Er beinhaltete den Auszug eines Kontos, das auf ihren Namen lief, obwohl sie versicherte, nie eines in Spanien eröffnet zu haben, *ich habe noch nie Geld auf eine Bank einbezahlt, Gotán, darum hat sich immer Edmundo gekümmert.* 250 000 Dollar zu ihrer freien Verfügung, einbezahlt am Tag von Edmundos Ermordung.

»Das ist ein makabrer Scherz«, sagte sie, als ich sie an diesem Abend bei der Freundin besuchte, zu der sie geflüchtet war.

»Eher der Versuch, dein Schweigen zu erkaufen.«

»Von jemandem, der glaubt, ich würde den Mund halten und mich insgeheim über seinen Tod freuen, weil Edmundo mich betrogen hat.«

Wer immer das Konto eröffnet hatte, musste Mónicas Personalien gehabt haben, ihre Ausweisnummern, ihre Sozialversicherungsnummer, alles.

»An all diese Informationen kommt man nur über den Staat ran«, sagte ich, während ich wieder und wieder den Auszug und den Brief der spanischen Bank überflog, in dem sie als Kundin willkommen geheißen wurde.

Bestimmt wusste der Einzahler aber auch, dass die argentinischen Banken das Geld ihrer Kunden gerade verbrannten. Offenbar ging er davon aus, dass Mónica das Geld eines Tages an einem Schalter der Banco de Madrid abheben würde.

»Hilf mir, Gotán. Ich weiß nicht, was ich tun soll. Das Geld fühlt sich für mich an wie die Schaufel Erde eines Totengräbers. Sie wollen mich zum Schweigen bringen, aber warum auf so schmutzige, so perverse Art und Weise? Sie hätten mich doch töten können, als sie Isabel wegschleiften ...«

Ihre Stimme versagte, als sie sich an den Augenblick erinnerte, sie hörte wieder ihr Weinen, ihr verzweifeltes Flehen.

»Haben sie aber nicht. Offenbar wollen sie dich lebend. Wer immer sie sind, sie wollen, dass du dich auf ihre Seite schlägst. Eine Viertelmillion Dollar. Kein geringes Sümmchen für eine verbitterte Witwe.«

»Ich bin nicht verbittert, Gotán. Ich habe Edmundo geliebt und werde den Rest meines Lebens zu begreifen versuchen, was mit uns geschehen ist.«

Nicht nur in der Wohnung von Mónicas Freundin, die mir die Tür geöffnet und uns dann allein gelassen hatte, herrschte dicke Luft, auch im Rest der Stadt.

Durch die offenen Fenster drangen Protestschreie, Schlachtrufe sowie das Geschepper der Töpfe, Pfannen, und was sonst noch Lärm machte, herein. Die Einwohner von Buenos Aires konnten vor Wut und Hitze nicht schlafen und strömten auf der Plaza de Mayo zusammen, so wie immer, wenn in Argentinien etwas in die Brüche ging.

Ich bat Mónica, mir zu vertrauen. Niemand, der ganz bei Trost war, sollte einem Expolizisten vertrauen, aber genau das waren die Worte, die Mónica hören wollte. Und sie war in Sicherheit. Ihre Freundin kümmerte sich um alles, ging für sie sogar zu den Versammlungen ihrer Kirche und brachte von dort die Psalmentexte mit, aber auch die Nachrichten von Heilungen und Wundern: Gelähmte, die die Krücken von sich warfen, Blinde, die plötzlich wieder sehen konnten, Taubstumme, die ein Gebet in Plappermäuler verwandelte – und geliebte Menschen, die wiederkehrten. Das größte, das unglaublichste aller Wunder.

Vier Es ist kein Zufall, dass in einem Land, das gerade Schiffbruch erleidet, bestimmte Dinge einer ganz ähnlichen Logik folgen. Der Untergang ist in der Natur jeder Macht begründet, die sich von ewiger Dauer wähnt. Im Chaos des Zusammenbruchs gibt es immer jemanden, der in der einzigen Rettungsweste auf der Brücke steht und das Schauspiel genüsslich verfolgt.

Lorenas Tod lag dem Serienmörder von Bahía Blanca offenbar so schwer im Magen, dass er wahrscheinlich gerade irgendwo anders nach einem Schauplatz für seine Kunst suchte, wo kein anderer ihm das Terrain streitig machte. Ein Auftragsmord war eine Sache, ein Mord aus Zwang eine andere. Und für etwas berühmt zu werden, das man nicht getan hatte, war mindestens genauso unangenehm, wie für etwas unschuldig verhaftet zu werden. Ein Serienmörder will nicht die blutigen Lorbeeren anderer einheimsen und verabscheut den Achtungsapplaus. Er weiß um die Vergänglichkeit des Ruhmes, strebt deshalb danach, sich mit seinen Taten unsterblich zu machen, in den Klassikerkanon aufgenommen zu werden, um so der umbarmherzigsten Rache der Geschichte zu entkommen: dem Vergessen.

Der dritte Anruf nach Mitternacht versetzte mich in Alarmzustand: Irgendetwas änderte meine Routine. Vor einer Woche wäre ich noch nicht drangegangen, Félix Jesús hätte mich mit seiner üblichen Gönnermiene angeschaut und wäre dann zu seiner nächtlichen Tour aufgebrochen, in der tiefen Überzeugung, dass Gleichgültigkeit einer Katze das Leben retten mochte, einen Menschen aber zu stummer Resignation verurteilte.

»Martelli?«

Die Stimme der Frau klang vorsichtig und stockend. Ich antwortete nicht.

»Soweit ich weiß, leben Sie allein«, fuhr sie nach mindestens zehn Sekunden des Schweigens fort. »Sieht man einmal von Ihrem Kater ab.«

Ein Schauder durchfuhr mich. Bis jetzt hatte man Félix Jesús immer außen vor gelassen.

»Wer sind Sie?«

»Sie kennen mich nicht. Und ich Sie auch nicht.«

Ich schwieg, widerstand der Versuchung, sie zu fragen, woher sie von Félix Jesús wusste. Es konnte ein simpler Geistesblitz sein, Hinz und Kunz konnte einen Kater haben. Oder vielleicht ja auch nicht. Der Kater, den ich habe, ist schließlich nicht irgendein Kater.

»Ein Journalist hat mir Ihre Nummer gegeben«, tastete sie sich vor. »Parrondo, von ›La Tarde‹. Ich halte ihn auf dem Laufenden, was in einer gewissen Angelegenheit so vor sich geht.«

Ich musste husten. Mir war mulmig zumute. »Sie irren sich. Sie oder Parrondo. Ich schreibe nicht für irgendwelche Klatschspalten.«

»Stellen Sie sich nicht dumm«, sagte sie nun etwas gereizt, »Sie sind kein Journalist, Sie sind Polizist.«

Ich atmete tief ein, wollte schon sagen, dass ich kein Polizist mehr war – aber ich wusste ja nicht, mit wem ich da sprach. Also beschloss ich, lieber zuzuhören.

»Glauben Sie bloß nicht, dass er sich stellen wird.«

Sie wartete auf eine Reaktion von mir. Doch statt sie zu entmutigen, verlieh ihr mein Schweigen den Atem, den es mir verschlagen hatte; mir war, als säße ich vor einem leeren Blatt Papier, das die anonyme Frauenstimme nun per Telefon beschreiben würde.

»Er wird damit aufhören«, sagte sie. »Zwei, drei Monate, so lange wie nötig. Er will nicht, dass man ihm die Morde an der Frau und dem Transvestiten anhängt. Da waren stillose Nachahmer am Werk, so wie diese Pfuscher, die gerade kopierte Hundertdollarscheine in Umlauf bringen.«

Langsam dämmerte es mir, doch wollte es mir nicht in den Kopf, warum mir eine Frau in seinem Namen dieses Geständnis machte. Als ich ihr das aber sagte, reagierte sie nur noch gereizter.

»Sie verstehen aber auch rein gar nichts! Nur weil Sie Polizist sind, kennen Sie noch lange nicht sämtliche Eigentümlichkeiten der menschlichen Natur.«

»Vermutlich lieben Sie ihn und stellen sich deshalb schützend vor ihn«, wagte ich zu spekulieren.

»Ah, langsam fällt der Groschen! Natürlich liebe ich ihn, er ist schließlich mein Mann. Auch wenn er diesen charakterlichen Fehler hat.«

»Der nicht gerade schön ist«, warf ich vorsichtig ein.

»Und was ist mit denen da oben, der Regierung?«, rief sie aufgebracht. »Die lassen doch auch unzählige Leute umlegen, oder etwa nicht? Die haben doch auch Frauen, Kinder, Enkel! Glauben Sie, ein Verbrecher hat keine Gefühle? Braucht kein Zuhause, eine Familie, die ihn stützt?«

»Haben Sie Kinder?«, fragte ich, da mein Interesse an Storys für die Klatschspalten nun doch geweckt war.

Ich dachte schon, sie würde entrüstet den Hörer auf die Gabel knallen. Ihre nun weiche, zärtliche Stimme überraschte mich.

»Ja, zwei: einen achtjährigen Jungen und ein sechsjähriges Mädchen.«

Sie beantwortete mir auch alle weiteren Fragen, als handelte es sich wirklich um ein Interview. Ja, sie gingen zur Schule, *auf eine Privatschule, Sie wissen ja, wie es um die staatlichen Schulen bestellt ist, da geraten die Kleinen nur in schlechte Gesellschaft, meine Kinder sollen aber nur in den besten Kreisen verkehren ... Es fehlt uns an nichts, mein Mann verdient gut ... Natürlich verrate ich Ihnen nicht, wo er arbeitet, wo denken Sie hin? Sie halten mich wohl für eine dumme Gans!*

»Parrondo hat mir gesagt, dass er gekündigt hat.«

»Das wusste ich nicht«, gab ich zu. »Und was kann ich für Sie tun?«

»Sie können die Öffentlichkeit informieren. Ich schicke der Presse danach zwar immer eine kurze Mitteilung, aber die Zeitungsfritzen veröffentlichen sie nie. Parrondo meinte, Sie hätten einflussreiche Freunde.«

Sie hätte aufgelegt, wenn ich ihr widersprochen hätte.

»Irgendwas ist hier faul, Martelli, irgendwas ist hier oberfaul. Und er will nicht in den gleichen Sack gesteckt werden.«

»Wird er mit dem Morden aufhören?«

»Zumindest eine Zeit lang. Er muss es tun, es ist zwanghaft, aber er hat mir versprochen, auf sich aufzupassen. Ich erinnere ihn immer wieder daran, dass er eine Familie hat.«

»Und Sie? Haben Sie keine Angst?«

»Er würde mir nie ein Haar krümmen. Für ihn ist die Familie heilig. Die Kinder und ich sind sein Ein und Alles.«

Ayala zweifelte schwer daran, dass der seltsame Anruf stattgefunden hatte. Seiner Meinung nach gaukelte ich ihm was vor und wollte ihn nur auf den Arm nehmen. Selbst die in meinem Telefon registrierte Nummer und Uhrzeit brachten ihn nicht von dieser Überzeugung ab, und er wollte es selbst dann noch nicht glauben, als wir eine halbe Stunde später in der heruntergekommenen Pension in Liniers erfuhren, dass sich dort bis vor Kurzem ein Ehepaar mit seinen beiden Kindern einquartiert hatte, wie uns der gähnende Pensionswirt verriet, den wir aus dem Schlaf geklingelt hatten.

»Sie saßen den ganzen Tag in der Bude und stritten sich lautstark, sodass die Kinder nur geheult und die anderen Gäste sich beschwert haben. Aber sie hatten für zwei Wochen im Voraus bezahlt, das macht sonst keiner. Irgendwann hat sie dann telefoniert, und danach sind sie abgereist. Ich wollte ihnen das Geld zurückgeben, aber sie wollten das nicht. Gepäck hatten sie keines dabei.«

Registriert hatte sich der Familienvater und vermutliche Frauenschlächter als *Sebastián Gómez, Angestellter, wohnhaft in Bahía Blanca.*

»Die Personalien könnten natürlich falsch sein«, sagte der Wirt. »Ich verlange von niemandem Papiere, nur das Geld für die Übernachtung. Für mich waren das jedenfalls anständige Leute. Ein bisschen laut vielleicht, aber anständig.«

Sie hatten einen VW, das gleiche Modell wie Burgos, nur in Weiß. Die Beschreibung des Familienoberhaupts passte zudem auf mindestens eine halbe Million Argentinier: Er war von mittlerer Statur, schlank und glatzköpfig. Sein einziges hervorstechendes Merkmal war, dass er nirgendwo Haare hatte, *nicht mal auf den Armen, wie ein mexikanischer Nackthund*, erklärte der Wirt. Dieser

Beschreibung nach schien er nicht gerade der Typ Mann zu sein, der Frauen aufgrund seines Aussehens verführte; die Opfer durchlief wohl eher ein Schauder, wenn sie die glatte Schlangenhaut berührten. Aber irgendetwas Verlockendes musste er dennoch an sich haben, denn außer dem Eindringen des Stiletts hatte man bei den Leichen keinerlei Zeichen der Gewaltanwendung festgestellt.

Kopfschüttelnd verließ Ayala die Absteige. Allmählich begann seine Überzeugung, dass ich ein manischer Lügner war, zu bröckeln. Obwohl es mitten in der Nacht war, rief er den wachhabenden Beamten in Bahía Blanca an, damit der die Fahndung einleitete, *er ist mit seiner Familie unterwegs. Würde mich allerdings wundern, wenn er so dumm wäre, nach Hause zurückzukehren.* Man sah ihm an, dass er zutiefst enttäuscht war. Welche Lorbeeren konnte er noch einheimsen, wenn der Kerl sich auf Druck der Familie aus dem Staub machte? Nicht einmal das Telefongespräch hatte er selbst geführt.

»Niemand braucht die Details zu erfahren, wie man dem Killer das Handwerk gelegt hat«, erklärte ich großzügig. »Und mir geht es sowieso nur darum, die Tochter meines Freundes zu finden.«

Doch Ayala gehörte nicht zu den Menschen, die eine altruistische Geste zu schätzen wissen. Eingeschnappt verkündete er, dass er im Morgengrauen nach Bahía Blanca zurückfahren würde, mit oder ohne Rodríguez; sollte Burgos noch länger in Buenos Aires bleiben wollen, dann nähme er eben den Bus.

Es blieb nicht die letzte Überraschung in dieser heißen Sommernacht.

Burgos war mit seinem Universitätsprofessor ausgegangen und mit *zwei Waisenmädchen, die sich nach der elterlichen Fürsorge von zwei alten Knackern mit voller Brieftasche sehnten.* So, wie es in Krankenhäusern ehrenamtliche Helfer gab, die sich um Patienten ohne Familienangehörige kümmerten, so gab es anscheinend Bruderschaften von betagten, an Nostalgie leidenden Herren, die sich für eine Nacht bereitwillig hilfloser junger Dinger annahmen. Professor Miralles sei Mitglied einer solchen Bruderschaft, würde Burgos später erklären, und pflege dieses Laster, weil sein Verhältnis zu den in Formalin konservierten Leichen durch den Genuss von festem Fleisch und straffer Haut kompensiert werden musste, was dem pummeligen Arzt in dieser Nacht ein probates Mittel erschien, um dem Volkszorn zu entkommen, der in den Straßen der Stadt wütete.

Vorhersehen konnte er allerdings nicht, dass er seine vorübergehende Vormundschaft in einer Gemeinschaftszelle des Polizeireviers von Santos Lugares beschließen würde, zusammen mit zehn weiteren älteren Herren, die bei sodomitischen und pädophilen Handlungen ertappt worden waren, wie es nach der Razzia im Polizeiprotokoll hieß, das ein Polizist gerade tippte, als wir auf die Wache kamen. Er hob kaum den Blick von seiner vorsintflutlichen Schreibmaschine, um uns mitzuteilen, dass sie so lange in Gewahrsam bleiben würden, bis der zuständige Richter sie vernommen hatte.

Nach zwei Stunden Wartens und auch nur, weil Ayala ein Kollege war, erlaubte uns der Kommissar, der mit einer Tüte frischer Croissants unter dem Arm zum Dienst erschien, Burgos zu sehen.

»Ich hätte in Bahía Blanca bleiben sollen«, jammerte der Dicke, als er uns vor dem Gitter der Gemeinschaftszelle entdeckte, in dem sich die zehn Greise und mindestens ein Dutzend aufgeregter Lolitas umeinander drängten wie die Welpen eines Wurfs.

»Ayala wollte eigentlich gleich nach Hause fahren«, sagte ich, »mit oder ohne Sie.«

»Die Ratten verlassen das sinkende Schiff«, knurrte Burgos, vermied es jedoch, in die ausdruckslosen Augen seines Polizistenfreunds zu blicken.

»Wo ist der Professor?«, fragte Ayala.

»Den haben sie nach Hause geschickt. Während sie uns wie Vieh in den Einsatzwagen trieben, haben sie ihn in ein Taxi gesetzt, mit der einzigen Auflage, heute früh beim zuständigen Richter anzurufen, der ein Freund von ihm ist.«

Besagter Richter war allerdings mit etwas beschäftigt, das zu wichtig war, als dass er ins Polizeirevier von Santos Lugares kommen konnte, teilte mir der Kommissar mit und bot mir das letzte Croissant und seinen gesüßten Mate an.

»Deshalb versucht einer meiner Beamten gerade, die Nervensäge, die die Anzeige erstattet hat, dazu zu bewegen, sie wieder zurückzuziehen. Ich denke nämlich nicht daran, dieses Pack perverser Lustmolche und frühreifer Nutten den ganzen Tag hier zu behalten. Wer bezahlt ihre Verpflegung? Die Justiz? Sobald die Anzeige zurückgezogen wird, schmeiße ich sie raus. Heute Mittag will ich sie hier nicht mehr sehen. Zu allem Überfluss hat dieser Nachbar sie nur wegen Lärmbelästigung angezeigt, nicht wegen des Verstoßes gegen irgendwelche Hygienevorschriften, Kuppelei oder Frauenhandels ... Können Sie nicht Danke sagen?«

Sein Unmut bezog sich auf meine Grimasse des Ekels, mit der ich ihm sein Mategefäß zurückgab.

»Danke«, sagte ich. »Wie heißt der zuständige Richter?«
Er sah mich zögernd an.

»Diese Information ist vertraulich, ich muss das Dienst-geheimnis wahren, bla bla bla ... Ich verrate es Ihnen trotzdem, denn soweit ich weiß, sind Sie bei der Federal rausgeflogen, und das spricht für Sie. Es ist Bundesrichter Patricio Quesada.«

Ich kritzelte den Namen oben rechts auf die ›Crónica‹, die auf seinem Schreibtisch lag und deren Titelseite Fotos von der nächtlichen Demo auf der Plaza de Mayo zierten, riss die Ecke ab und steckte sie ein, aus Instinkt, im Ver-trauen auf das verfängliche Gewebe des Schicksals.

Der Beamte kehrte bald zurück, sodass die Verhafteten noch vor acht Uhr hinaus auf den Bürgersteig traten. Ohne Ayala und mich eines Blickes zu würdigen, winkte Burgos einem Taxi, mit dem wir zurück zum Bordell fuhren.

»Und es gibt doch einen Gott!«, verkündete Burgos end-lich wieder zufrieden, als er eine halbe Stunde später am Steuer seines himmelblauen VWs saß. »Miralles' Freund ist einer der Bundesrichter, die die Durchsuchung der Villa El Polaco angeordnet haben. Das hat er mir noch zugerufen, bevor wir auf die Wache geschafft wurden. Da haben Sie einen Knochen, an dem Sie nagen können, Martelli. Buenos Aires ist ein riesiger Klüngelhaufen voller Gauner, Drogen- und Waffenhändler, weshalb sie die Unterschrift von drei Richtern gebraucht hatten, damit die Polizei das Viertel stürmen konnte.«

»Und was hat das Großaufgebot gefunden? Nichts, *nada de nada*«, knurrte Ayala. »Im Gegensatz zu mir kleinem Provinzler: Ich habe mit diesem brünstigen Rodríguez in den Kellern des Santiago Cúneo das Waffenlager ent-deckt!«

Ayala war schlecht gelaunt und hatte allen Grund dazu:

Sein Untergebener hing am Rockzipfel einer Polizistin, die der Anblick der in Formalin schwimmenden Organe des Polizeimuseums heiß machte; der Fall, der ihn in die verhasste Hauptstadt geführt hatte, war ihm entglitten; und die in einem Lehrkrankenhaus versteckten Waffen schienen niemanden zu interessieren.

»Sie können machen, was Sie wollen, Martelli«, sagte Burgos. »Es gibt einen Gott. Ob Sie gläubig sind oder nicht, ist Ihre Sache. Ich fahre jetzt jedenfalls heim, ich hab die Schnauze voll.«

Verwundert schüttelte ich den Kopf. Der pummelige Arzt hatte sich in Buenos Aires lediglich mit zwei wahrscheinlich nicht weniger pummeligen Kollegen getroffen und sich die Nacht mit Alkohol und Huren um die Ohren geschlagen. Aber auch dies schien ihm schon zu viel gewesen zu sein.

»Und ich komme mit«, schloss Ayala sich an.

Kaum waren wir bei mir zu Hause, duschten sie und packten die paar Klamotten ein, mit denen sie nach Buenos Aires gekommen waren.

»Und wenn Rodríguez anruft oder hier auftaucht, dann richten Sie ihm aus, dass er bleiben soll, wo der Pfeffer wächst. Sollte ich ihn jemals in die Finger kriegen, werde ich ihn degradieren«, waren die letzten Worte von Ayala, der wirklich tief gekränkt über die Desertion seines Sancho Pansa schien, bevor sie sich ohne weiteres Abschiedsgeplänkel auf den Weg machten.

Ich war wieder allein. Doch auch wenn der Aufenthalt des Trios nicht viel gebracht hatte, standen mir vor Entsetzen nun doch die Haare zu Berge, nur weil wir zusammen wie Blinde über ein Minenfeld gestolpert waren, und ich spürte von irgendwoher den eiskalten Luftzug des Todes,

und das, obwohl in diesen glühend heißen Dezember-
tagen das ganze Land mit dem Tode rang und einige der
Leichen schon gewaltig zu stinken begannen.

Kaum waren meine Gäste weg, rief ich Bundesrichter
Quesada an, dessen Telefonnummer mir der Kommissar von Santos Lugares schnell noch zugesteckt hatte,
trotz der Vertraulichkeit der Information und des Dienst-
geheimnisses, bla bla bla.

Dem Dienstmädchen verschlug es indes die Sprache,
als ich nach Quesada fragte. Ich hörte, wie sie den Hörer
zur Seite legte, Schritte, die gingen und kamen, und dann
die Stimme einer jungen Frau, die sagte, es sei nicht
der richtige Zeitpunkt für Erklärungen. Ich versuchte,
ihr zu verklickern, dass ich kein Journalist war, doch sie
hatte schon aufgelegt. Als ich noch einmal anrief, war die
Leitung besetzt.

Nachdem ich dann noch vergeblich versucht hatte, Pepa
zu erreichen, machte ich das Radio an und rauchte eine
Zigarette.

Es war inzwischen Viertel nach zehn. Eine halbe Stunde
zuvor hatte ein Auto mitten auf der Stadtautobahn General Paz ein Vorderrad verloren, war ins Schleudern
geraten, über die Leitplanken geflogen und dann auf der
Gegenseite frontal in einen Omnibus gekracht. Der Verkehr war zum Erliegen gekommen, und es hatte sich
ein gewaltiger Stau gebildet, weshalb der Radiosprecher
empfahl, den ausgeschilderten Umleitungen zu folgen.
Es hatte mehrere Verletzte gegeben und einen Toten, den
Fahrer des Wagens, einen Chauffeur, der schon seit zwanzig Jahren einen Bundesrichter umherkutschierte. Ich
war nicht sonderlich überrascht zu hören, wer der zweite
Insasse des Wagens gewesen war, der nun im Fernández-
Krankenhaus im Koma lag.

Fünf Seit Edmundos Ermordung ging mir der Tod zwei Schritte voraus oder wie ein Schatten hinterher. Ihn einholen oder auf ihn warten zu wollen, war nicht nur vollkommen unsinnig, sondern grenzte an Selbstmord. Ich hatte seine Spielregeln akzeptiert, wenn auch anfangs etwas widerwillig, wie ich zugeben muss, denn die blonde Lorena hatte mit ihren Reizen locker den Rattenfänger von Hameln ersetzt. Seither hatte ich mich aber seinem Rhythmus überlassen.

Wenn Argentinien auch manchmal wirkte wie ein Niemandsland, waren in ihm doch sich bekriegende Kräfte zugange, die ihre Schlachten vor aller Augen führten. Zwar gab es keine Banden wie im Chicago der Zwanzigerjahre, die die Bosse der Gegenseite beim Barbier oder beim Abendessen im teuersten Restaurant der Stadt umlegen ließen. Aber es gab Zeugen, die an einem nie identifizierten Virus starben, Angeklagte in millionenschweren Betrugsdelikten, die am Abend vor ihrer Vorladung vor Gericht an einem Fernsehmast baumelnd aufgefunden wurden, Richter, die Fälle aus formaljuristischen Gründen abgaben – oder Opfer eines merkwürdigen Unfalls wurden, bei dem sich ein Vorderrad löste und auf die Gegenfahrbahn hüpfte, und das Auto gleich hinterher wie ein Hund, der einem Knochen nachsprang.

Patricio Quesada lag nicht auf der Intensivstation, ja nicht einmal im Fernández-Krankenhaus. Als ich dort ankam, erklärte der Direktor gerade im Foyer einer Schar von Fernseh- und Radioreportern, dass er von diesem Unfall aus der Presse erfahren habe und nicht verstehe, wer diese Falschmeldung in Umlauf gebracht habe, worauf die Journalisten, etwas von einer Verschwörung grummelnd, wieder abzogen. Die Information war von der Nationalen Presseagentur lanciert worden, und man brauchte keine besondere Leuchte zu sein, um zu folgern, dass der verunglückte Richter in etwas ganz Großes verwickelt sein musste. Und da der Unfall und die Identität des Überlebenden nicht zu vertuschen gewesen waren, hatte wohl jemand aus irgendeinem Ministerium den Anruf getätigt, um die Journalistenmeute auf eine falsche Fährte zu locken.

Da es sich um einen Bundesrichter handelte, fiel mir jedoch kein anderes gut ausgestattetes Krankenhaus in der Nähe des Unfallorts ein, in das man ihn eingeliefert haben könnte, um sein Leben zu retten oder ihn sanft und ohne Kontakt zur Presse entschlafen zu lassen. Es schien mir deshalb übereilt, dem Statement des Direktors Glauben zu schenken und das Krankenhaus sofort zu verlassen. Über mein Scheitern konnte ich noch früh genug nachdenken. Mit jeder Stunde, die verging, konnte sich Isabels Situation verschlimmern, vielleicht war es für eine Rettung längst zu spät. In diesem Fall bliebe mir nur noch, zurückzukehren zu meinem Beruf als Kloschüsselverkäufer und ein für allemal zu vergessen, dass ich irgendwann mal Bulle gewesen war.

Aber wie soll ich das je vergessen, wenn ich dich nicht vergessen kann? Wenn ich dich jeden Abend anrufe, nur um mich davon zu überzeugen, dass es dich gibt? Irgendwann werde ich etwas sagen, und das wird endgültig sein. Denn du wartest nur auf diesen Moment, damit du mir die letzte Tür vor der Nase zuschlagen kannst.

Ich weiß nicht, ob ich diesen Fall, mit dem niemand mich beauftragt hat, angenommen habe, um mir selbst zu beweisen, dass ich noch lebe, dich begehre, dich sehen will, ohne dass du den Blick abwendest, ohne dass es dir peinlich ist, an einen Überlebenden geglaubt zu haben. Aber wieso solltest du mir auch glauben, wenn ich keine andere Beglaubigung vorlegen kann als die Gewalt, das Töten von Hyänen? Ich habe Menschen erschossen, die ihr Menschsein missbraucht haben, Hyänen, die nicht mehr Würde besaßen als ihre Opfer. Wieso solltest du jemandem glauben, der ohne ein Zittern in der Stimme sagen würde, dass er es noch einmal täte?

Die Neugier eines Polizisten ist krankhaft, denn wer von Berufs wegen Gesetze hütet, die keiner befolgt, braucht jene Klinge, die von den Pharisäern Skrupellosigkeit genannt wird. Denn wenn diese auf jemanden mit dem Finger zeigen, stürmt der Bulle an ihrer statt gleich los, um zu töten und zu zerstückeln und den Festschmaus zu bereiten, den er hinterher nur wie der Koch aus der Küche beobachten darf, zu dem er aber nicht geladen ist und für den er keinen Beifall ernten wird, lediglich Verachtung.

Nicht, weil sie die Tochter meines ermordeten Freundes war, hatte ich mich auf die Suche nach Isabel gemacht, sondern getrieben von dieser Neugier. Weil ich all die Emotionen spüren wollte, die ich bis dahin nur bei anderen gesehen hatte, die Beklemmung, das Entsetzen und die Furcht, wenn die Gänge des Labyrinths schließlich im Rachen der Hölle zusammenliefen, wo nur noch Feuer und Lärm auf einen warteten.

Als ich an diesem Vormittag das Fernández-Krankenhaus schließlich doch verließ, fielen mir die unzähligen
Bullen in Zivil auf, die vor einem Lieferanteneingang he-
rumstanden und rauchten, als warteten sie auf einen Bus.
Da ich ein Bulle bin, sehe ich wie ein Bulle aus, auch wenn
ich Sanitärartikel verkaufe, weshalb mich auch keiner aufhielt, als ich mich durch die Gruppe hindurchdrängte
und im Vorübergehen nur kurz meine abgelaufene, aber
auf Hochglanz polierte Dienstmarke aufblitzen ließ. Sie
hatten zudem vieles zu bereden, denn die meisten kannten sich, hatten wahrscheinlich zusammen Dienst getan
oder waren sich auf den Fluren des Polizeipräsidiums
begegnet, und jetzt galt es, die Zeit totzuschlagen.

Das Erdgeschoss wurde gerade umgebaut, es roch
nach Zement und frischer Farbe. Unter meinen Schuhen
knirschte Sand, und auf den Gängen begegnete ich ein
paar Handwerkern, die das Fußballspiel vom Vorabend
kommentierten. Die beiden waren bestimmt nicht unterwegs gewesen, um Dollars zu kaufen. Ihr Geld reichte
wahrscheinlich gerade mal, um ihre Schulden beim
Lebensmittelhändler zu begleichen, der darauf vertraute,
dass sie alle zwei Wochen ihren Lohn bekamen.

Die Atmosphäre war entspannt, hier war ein ganz
anderes Argentinien.

Die beiden Schränke am Ende des Flurs waren keine
Bullen, sondern Militärs um die Fünfzig, die sicher mehr
als einen Toten auf dem Gewissen hatten, wenn sie denn
ein Gewissen hatten, ehemalige Elitekämpfer zu Zeiten
der Militärdiktatur, die sich im Fitnessstudio in Form
hielten. Fünf Meter vor dem einzigen Zimmer, das einen
Patienten zu beherbergen schien, versperrten sie mir den
Weg – woraufhin ich ein unschuldiges Gesicht aufsetzte
und sie nach der Toilette fragte.

Ungläubig sahen sie einander an. Aber weil alles so relaxt war, wiesen sie schließlich mit einem Kopfnicken auf einen dunklen Flur, der zu unserer Linken abging. Ich stürzte mich in diese Finsternis, ohne dass sie es mir zweimal sagen mussten, denn schließlich hätten sie mich an Ort und Stelle in die Mangel nehmen können. Aber wer kam schon auf die Idee, dass ein Typ mit dem Gesicht eines Bullen Kopf und Kragen riskierte und am helllichten Tag eine Übermacht von staatlichen Mördern herausforderte?

Während ich pinkelte, starrte ich hinauf zur frisch gestrichenen Decke, betrachtete mich danach in dem erst kürzlich angebrachten Spiegel und hoffte auf irgendeine Erleuchtung, eine Antwort auf die Frage, was ich unternehmen konnte, sobald ich die Toilette verließ. Ich war sicher, dass der Patient in dem bewachten Krankenzimmer Bundesrichter Quesada war. Es musste einen bestimmten Grund dafür geben, warum er so abgeschirmt wurde. Entweder fürchtete man um sein Leben – oder man wollte ihn in aller Seeelenruhe ins Jenseits befördern.

Noch immer ohne vernünftigen Plan verließ ich schließlich die Toilette. Irgendwas wird mir schon einfallen, dachte ich, und wollte schon in die entgegengesetzte Richtung gehen, als mich der Pfiff einer der beiden Muskelprotze zusammenzucken ließ. Obwohl der erste Impuls war, einfach wegzurennen, drehte ich mich zu dem Kerl um, der auf mich zukam und ganz freundlich wirkte. Doch dem äußeren Schein und den scheinbar guten Absichten durfte man nie trauen.

»Sie«, sagte der Typ, ohne sich um meinen Dienstgrad zu kümmern, »tun Sie mir einen Gefallen, ja? Dauert nur eine Minute. Mein Kollege ist kurz hoch in die Cafeteria. Ich muss aber leider mal für kleine Jungs«, sagte er mit bemühter Freundlichkeit und presste die Beine zusammen, um seine Not zu unterstreichen.

»Gehen Sie ruhig, ich nehme Ihren Posten so lange ein«, sagte ich und ließ ihn kurz meine Waffe und die Dienstmarke sehen, während das Adrenalin in meinem Körper in Stellung ging.

Als der Schrank in die Toilette rannte, schoss es mir dann mit voller Wucht ins Blut. Ohne anzuklopfen, stürmte ich das Krankenzimmer, in dem der Richter in Hose und Hemd auf dem Besucherstuhl saß und Zeitung las. Leicht verärgert über mein unhöfliches Eindringen blickte er mich über den Rand seiner Brille hinweg an.

»Die Toilette ist in der Mitte des Flurs.«

»Lassen Sie uns gehen.«

Als er meine 38er sah, blinzelte er, als hätte ihm ein Windstoß Staub in die Augen geweht. Der Lauf zwischen seinen Rippen überzeugte ihn dann aber doch davon, dass meine Einladung ernst gemeint war.

»Sie sind kein Polizist.«

»O doch, nur ist meine Dienstmarke inzwischen abgelaufen. Los, aufstehen.«

Jeden Moment konnte der Muskelprotz von der Toilette zurückkommen. Oder der andere aus der Cafeteria. Beide würden nicht lange fackeln und mich auf der Stelle umlegen, ohne dass ihnen die Hand zitterte. Da ich also nicht warten konnte, bis die langsame und komplexe Entscheidungsfindung, die die argentinische Justiz charakterisierte, Euer Ehren dazu brachte, meiner Anordnung Folge zu leisten, drehte ich ihm kurzerhand den Arm auf den Rücken und schob ihn, die Pistole auf seinen Nacken gerichtet, hinaus auf den Gang, der wundersamerweise immer noch leer war.

Der Bundesrichter gab keinen Mucks von sich. Entweder hatte er sich längst mit seiner Lage abgefunden, oder man hatte ihm versichert, dass es sich um ein Spiel handele und ihm nichts passieren würde, wenn er sich an die Regeln hielt. Als wir an der Toilette vorbeikamen, beruhigte mich der starke Geruch nach Scheiße: Der reaktivierte Elitekämpfer schien seine Darmentleerung offenkundig zu genießen, was mir ein paar Minuten Vorsprung gab.

Am Ende des Gangs stießen wir auf ein schlecht beleuchtetes Treppenhaus und einen Lastenaufzug.

»Wollen Sie mich töten?«, wagte der Richter zu fragen.

»Das steht nicht auf meinem Plan«, sagte ich, »ich will nur mit Ihnen reden. Unter vier Augen.«

»Anwälte bitten normalerweise um eine Anhörung.«

»Ich bin kein Rechtsverdreher. Aber jetzt machen Sie voran, sonst bringt man uns noch beide um.«

Nach oben zu fahren, schien mir klüger als nach unten, und so kamen wird im überfüllten Wartesaal der Gynäkologie und Geburtshilfe heraus. Noch nie hatte ich so viele Schwangere auf einem Haufen gesehen. Sie saßen auf langen, schmalen Holzbänken oder lagen am Boden, die Bäuche auf die Fliesen gebettet, müde von der endlosen Warterei.

»Was für ein Elend«, sagte der Richter, »was für ein großes Elend.«

In diesem Moment hätte er flüchten können, aber er kam nicht auf die Idee, vielleicht ahnte er aber auch, dass ich ihm gerade das Leben rettete, vielleicht war es aber auch nur der sanfte Druck des Laufs in seine Speckröllchen an der Hüfte.

»Der Staat gibt für die Armen nicht viel Geld aus«, sagte ich, um das Gespräch in Gang zu halten und unsere

Anspannung zu mildern, während ich am anderen Ende des Wartesaals einen weiteren unergründlich wirkenden Gang entdeckte.

»Der Staat gibt ein Vermögen aus«, korrigierte mich der Richter. »Der Etat für das Gesundheitswesen ist riesig, nur bleibt es in den Taschen und auf den Geheimkonten der Mafiosi hängen, die uns regieren.«

Dieser Patricio Quesada war also ein systemkritischer Bundesrichter, und das beruhigte mich; wahrscheinlich sympathisierte er also nicht mit seinen Wächtern und ihren Hintermännern. Aber meine Erleichterung hielt nicht lange an, denn am Ende des Saals tauchten zwei Gorillas auf, neben denen die beiden reaktivierten Ex-Elitekämpfer die reinsten Waisenknaben waren.

Der Richter blieb abrupt stehen.

»Stecken Sie dieses lächerliche Ding weg«, sagte er mit Blick auf meine 38er. »Haben Sie ein Handy?«

Unwillkürlich tastete ich meine Taschen ab, obwohl ich noch nie ein Handy benutzt hatte, als ein Klingeln ganz in der Nähe uns aufhorchen ließ. Der Angerufene war ein junger Arzt, der ungeachtet der unzähligen Patientinnen seelenruhig direkt auf uns zukam. Euer Ehren fackelte nicht lange und stellte sich ihm in den Weg.

»Ich bin Bundesrichter und muss dringend einen Anruf tätigen.«

Der Gott in Weiß warf ihm den Blick zu, den er sonst wohl nur Todkranken vorbehielt.

»Und ich bin Arzt an der medizinischen Fakultät der Universität von Buenos Aires. Sehen Sie nicht, dass ich beschäftigt bin?«

Mit einer Entschlossenheit, die sein schmächtiger Körperbau nicht vermuten ließ, packte Quesada ihn beim Arm.

»Wie gesagt: Ich bin Bundesrichter«, sagte er mit der strengen Stimme, mit der er sonst wohl seine Urteile verkündete. »Und dieser Herr hier ist Polizist und hat schon des Öfteren unbescholtene Bürger erschossen, weil er sie für Verbrecher hielt. Auf einen mehr oder weniger kommt es ihm sicher nicht an.«

Der Arzt wurde kreidebleich. Ich warf ihm einen durchdringenden Blick zu, obwohl mir die Bemerkung von Euer Ehren weder klug noch gerechtfertigt erschien. Der sprach bereits über das Handy mit seinem Sekretär.

»... in dem orangefarbenen Dossier«, sagte er knapp. »Wir sind im Fernández-Krankenhaus, in der Gynäkologie.«

Dann gab er dem Arzt das Handy zurück, klopfte ihm sanft auf die Schulter und dankte ihm für die Zusammenarbeit mit der Justiz, worauf der junge Kerl davonstürzte, höchstwahrscheinlich geradewegs zur nächsten Toilette.

Die Gorillas am anderen Ende des Saals wurden langsam ungeduldig, ihre Gesten verrieten, dass uns Unheil drohte. Der eine erhielt wahrscheinlich gerade Anweisungen über ein Funkgerät. Mir schwante nichts Gutes. Sicher würden sie gleich jeden niederwalzen, der sich ihnen in den Weg stellte. Schnell bedeutete ich dem Richter, uns in ein Behandlungszimmer zu flüchten.

Drinnen saß eine Schwangere im Krankenhaushemd auf der Untersuchungsliege.

»Sind Sie der Doktor?«, fragte sie etwas verschüchtert.

»Ja, aber von einer anderen Fachrichtung«, beruhigte sie Quesada. »Der Gynäkologe kommt gleich.«

»Ich sitze nun schon seit einer halben Stunde hier«, seufzte die werdende Mutter. »Ich bin um drei Uhr morgens aufgestanden, damit ich heute drankomme. Um fünf war ich hier, man hat mir einen Termin für sieben gegeben, jetzt ist es fast Mittag, und ich habe noch nicht mal gefrühstückt.«

»Was für ein Elend«, sagte der Richter wieder, dem die soziale Situation mehr Sorgen zu machen schien als seine eigene Sicherheit. »Was für ein großes Elend.«

Der Gynäkologe, der nun hereinkam, fand sich mit meiner 38er vor der Nase wieder.

»Stecken Sie Ihre verdammte Waffe weg«, schimpfte der Richter. »Sie verhalten sich genauso wie die Deppen da draußen.«

Er hatte recht. Außerdem war der Gynäkologe noch empfindlicher als der Arzt auf dem Gang und klappte gleich zusammen. Worauf die Schwangere aufschrie, als hätten auf einmal die Wehen eingesetzt, was uns wiederum dazu veranlasste, unseren Zufluchtsort zu verlassen, nur um den Gorillas direkt in die Arme zu laufen, die sich nun doch in den Wartesaal vorgewagt hatten.

Ihre gezückten Waffen riefen allgemeines Kreischen und Chaos hervor. Urplötzlich und wie in einem brausenden Gebirgsbach wurden wir von einer Flut aus Bäuchen unterschiedlicher Größe mitgerissen. Die Gorillas fielen zurück, was sie jedoch nicht daran hinderte, über die Frauen hinweg ihre Treffsicherheit zu testen, obwohl das so war, als wolle man jemandem aus einer Gondel, die vom höchsten Punkt der Achterbahn in die Tiefe stürzte, einen Apfel vom Kopf schießen.

So wurden wir bis ans Ende des Gangs gespült, wo sich der Menschenstrom in die Eingangshalle ergoss und die Frauen in alle Richtungen davonrannten.

Auf einmal erklang von irgendwoher der Schrei »Halt! Stehen bleiben!« Mitten im Foyer erstarrten wir zur Salzsäule, da plötzlich mindestens ein Dutzend Scharfschützen auf uns zielten.

»Weichen Sie mir nicht von der Seite«, raunte Quesada. »Bleiben Sie ruhig und machen Sie vor allem keinen Unsinn.«

Ich schwor mir, wieder ohne zu meckern meine Sanitärartikel zu verkaufen, wenn ich heil hier rauskam, ja, ich würde sogar nur noch Klosetts an den Mann zu bringen versuchen, der Markt war schließlich groß genug und die Leute mit einer gewissen Kaufkraft gaben sich heutzutage nicht mehr mit jeder Kloschüssel zufrieden, um darauf Francis Bacon zu lesen.

»Kommen Sie langsam zu uns herüber, Euer Ehren«, rief der Kommandant der Truppe übers Megafon und richtete es dann auf mich. »Und du wirf die Knarre weg und nimm schön die Pfoten hoch.«

»Ich rühr mich nicht von der Stelle, keine Angst«, flüsterte Quesada.

Ich hatte keine Angst, weil ich mich schon damit abgefunden hatte, gleich im Kugelhagel zu sterben. Von Scharfschützen erschossen zu werden, war für einen Bullen wie die Absolution.

»Sie wissen ja wohl, wen Sie vor sich haben! Senken Sie auf der Stelle die Waffen!«, befahl Quesada nun mit erhobener Stimme.

Da umringten die Artilleristen den Typ mit dem Megafon, der nun offensichtlich auf weitere Anweisungen wartete. Patricio Quesada war ein berühmter Bundesrichter, eine Art Gott in erster Instanz, der ab und zu im Fernsehen über Drogenhandel, illegale Waffengeschäfte, Menschenhandel und Kinderprostitution sprach. Man merkte, dass ihnen die Vorstellung, in einem Krankenhausfoyer auf uns das Feuer zu eröffnen, gar nicht behagte, obwohl sie an hanebüchene Befehle gewöhnt waren.

In der Zwischenzeit belagerten uns immer mehr Patienten und Besucher, darunter auch einige Pharmavertreter in Anzug und mit Koffern voller Gratisproben. Die, die neu dazukamen, wurden von denen, die alles von Anfang an verfolgt hatten, aufgeklärt. *Eine Entführung*, hörte ich jemanden sagen, *der Halunke wollte den Bundesrichter kidnappen, hat aber nicht damit gerechnet, dass es hier von Bullen nur so wimmelt.* Und ein anderer, der mich aus zwei Meter Entfernung herausfordernd ansah, rief: *Solche Verbrecher sollte man auf der Stelle erschießen, worauf warten die eigentlich noch?* Und als ein Dritter fragte, wieso überhaupt so viele Bullen im Krankenhaus seien, erklärte er ihm: *Weil die Regierung sicher bald gestürzt wird, die haben Panik, dass hier die Anarchie ausbricht. Deshalb werden alle Ärzte mobilisiert, bevor das Massaker losgeht.*

Da endlich schien der Kommandant Anweisungen erhalten zu haben, denn plötzlich ließ er die Schützen abtreten, und zwei uniformierte Polizisten begannen, die Menge zu zerstreuen, *gehen Sie weiter, meine Damen und Herren, gehen Sie weiter, hier gibt es nichts zu sehen*, befahlen sie ungeduldig, bevor sie sich an mich und den Richter wandten: *Und Sie gehen besser nach Hause.*

»Ich glaub's ja nicht«, sagte ich. »Erst wollen sie uns umbringen, und jetzt schicken sie uns nach Hause?«

»Gehen wir«, sagte der Richter entschieden, »aber halten Sie sich immer schön brav an meiner Seite.«

Er hatte recht. Während wir uns zum Ausgang begaben, konnte ich sehen, dass der Kerl mit dem Megafon mir mit einer eindeutigen Geste zu verstehen gab, dass er mich köpfen würde, sollte ich ihm noch einmal begegnen. Mein Einschreiten hatte wohl irgendein Kriegsspiel verkompliziert, das an irgendeinem Computer geplant und entwickelt worden war.

Vor dem Krankenhaus wartete ein blauer Wagen mit getönten Scheiben auf uns.

»Armer Martínez«, begrüßte uns der Mann am Steuer in Anspielung auf den vormaligen, tödlich verunglückten Chauffeur, »was sind das nur für Schweine.«

Quesada nickte zustimmend. »Ja, was für ein Elend. Die schrecken wirklich vor nichts zurück, diese Schweine. Was für ein großes Elend!«

Sechs Als der Wagen fünf Minuten später in die Tiefgarage des Justizpalasts fuhr, wurde schnell klar, dass Patricio Quesada über gewisse Angelegenheiten nicht sofort die Akten schloss. Kaum hatte das Auto angehalten, forderten mich zwei Polizisten der Federal auf, die Hände in den Nacken zu legen und auszusteigen.

»Nehmen Sie ihm die Waffe ab und bringen Sie ihn in mein Büro«, befahl der Richter, der sich kurz zuvor noch so um mein Wohlbefinden gesorgt hatte.

»Keine Angst«, versuchte mich der Chauffeur zu beruhigen, »das hier sind echte Gesetzeshüter.«

In Handschellen führte mich ein Beamter zu Quesadas Büro. Zwei Angestellte hießen mich in seinem Vorzimmer willkommen, boten mir einen Kaffee an, den ich wegen der Handschellen leider ablehnen musste, nahmen im Zweifingersystem meine Personalien mittels einer Remington-Schreibmaschine auf und forderten mich schließlich auf, auf einem Hocker Platz zu nehmen, bis der Richter sich wie ein Schauspieler in seiner Künstlergarderobe vorbereitet hatte.

In meinem eigenen Bett fiel mir das Einschlafen schwer, hier in dieser unmöglichen Haltung nickte ich jedoch ein; immer wenn ich nach vorne kippte, schreckte ich allerdings wieder hoch und sah mich kurz benommen um, ohne mir bewusst zu werden, dass der Kerl, dem ich im Fernández-Krankenhaus vielleicht das Leben gerettet hatte, mich wegen Freiheitsberaubung verklagen konnte, zu dem noch der erschwerende Umstand hinzukam, dass es sich dabei um einen Gott in erster Instanz handelte.

Ich weiß nicht, wie lange ich warten musste, aber als ich schließlich ins Büro des Richters geführt wurde, fühlte ich mich wie neugeboren – zumal man mir auch wieder die Handschellen abgenommen hatte.

»Ich musste leider ein Verfahren gegen Sie einleiten«, entschuldigte sich Quesada mit einem Lächeln, das meiner Verwirrung den Gnadenstoß versetzte. »Verfahrenstechnisch betrachtet, haben Sie nämlich versucht, mich zu entführen, und das ist strafbar.« Mit einem Wink bat er mich, vor seinem mit Aktenordnern überhäuften Schreibtisch Platz zu nehmen. »De facto haben Sie mir aber das Leben gerettet«, fuhr er mit einem Seufzen fort, »denn ich vermute mal – und korrigieren Sie mich, wenn ich mich irre –, dass Sie nicht die gleiche Absicht verfolgten wie die, die mich ins Krankenhaus brachten.«

Ihn zu korrigieren, wäre, wie die Tür zu einer Zelle zu öffnen, sie hinter mir zu schließen und den Schlüssel aus dem Fenster zu werfen. Stattdessen erklärte ich ihm, wie ich auf ihn gestoßen war.

»Ihr Gerichtsmedizinerfreund hatte Glück«, sagte er, nachdem ich ihm den ganzen komplizierten Mechanismus aus Beobachtungen und Schlussfolgerungen dargelegt hatte. »Gegen die anderen Lustgreise werde ich wegen Verführung Minderjähriger ein Verfahren einleiten, das sich gewaschen hat! Mit ihren rheumatischen Knochen werden sie im kältesten Gefängnis von ganz Patagonien landen!«

Ich erinnerte ihn lieber nicht daran, dass sein Freund

Miralles meinen Doktor zum Besuch des Bordells angestiftet hatte. Wenn Richter, Priester oder Generäle von puritanischen Anwandlungen befallen wurden, hielt man besser den Mund.

Zudem hatte er gerade Wichtigeres zu bedenken. Der Unfall, bei dem er wie durch ein Wunder unversehrt geblieben war, stellte ihn vor die Wahl: Entweder er vergaß die Sache ganz schnell, oder er ging ihr auf den Grund. Schweigend begann er, die Akten auf seinem Schreibtisch hin- und herzuschieben und das Oberste zuunterst zu kehren; es erforderte nicht viel Grips, um zu begreifen, dass er wusste, dass er hier nicht reden konnte, auch wenn dies sein Büro war – oder vielleicht gerade deshalb. Schließlich schien er einen Entschluss gefasst zu haben. Er erhob sich und winkte mir, ihm durch eine Seitentür zu folgen.

Wir verließen das Gerichtsgebäude über eine Hintertreppe und saßen fünf Minuten später in der lautesten Kneipe des ganzen Justizviertels.

»Die argentinischen Gerichte haben Ohren wie ein Luchs«, erklärte er nun endlich entspannt, auch wenn er das Geschimpfe der übrigen Gäste, zumeist Anwälte, überschreien musste. »Der Geheimdienst hört immer mit. Oder die klatschsüchtigen Schreiberlinge mit ihren versteckten Kameras, was aufs Gleiche hinausläuft.«

»Ich bin kein Journalist«, beruhigte ich ihn, »und auch kein Klatschmaul.«

»Eigentlich müsste ich zuerst nachprüfen, warum Sie bei der Federal rausgeschmissen wurden, bevor ich weiter mit Ihnen rede. Aber dafür bleibt keine Zeit.«

Auch ich fragte mich, warum er einem suspendierten Bullen vertraute, der ihn mit der dürftigen Erklärung, er müsse mit ihm unter vier Augen reden, mit Waffengewalt aus dem Krankenhaus entführt hatte.

»Mit Ihrer Unerschrockenheit oder Naivität haben Sie mir die Käfigtür geöffnet, Martelli. Ich bin kein Vogel, der im Käfig gehalten werden will, nie werde ich mich an vergitterte Welten gewöhnen.«

Die Anweisung, ihn, wenn möglich ohne Gewalt, darin einzusperren, war von »ganz oben« gekommen. Gläubige wissen, dass es über Gott nichts gibt, und Atheisten, dass über dem Nichts nur Nichts ist, aber wir Argentinier werden niemals herausfinden, wer bei uns wirklich an den Schalthebeln der Macht sitzt, da können die Manager des Systems sich noch so sehr ihrer Allmacht rühmen.

Quesada war mit einem der Richter befreundet gewesen, die den politisch brisanten Fall der Explosion einer Waffenfabrik wie glühend heiße Kohlen von Gericht zu Gericht weitergeschoben hatten. In Río Tercero, Provinz Córdoba, war an einem ruhigen Novembermorgen 1995 eine Munitionsfabrik in die Luft geflogen und hatte einen Albtraum ausgelöst, der Hollywoods Experten für pyrotechnische Spezialeffekte vor Neid hätte erblassen lassen, ging das Waffenarsenal doch auf die überraschten Einwohner nieder wie eine neue Sintflut. Dass die Stadt klein war und breite Straßen besaß, auf denen die Leute verzweifelt um ihr Leben rennen konnten, verhinderte, dass die Zahl der Toten in die Hunderte ging, nichtsdestotrotz schlug dieser schwarze Tag tiefe Wunden, die zu schließen die Straffreiheit der Täter nicht gerade dienlich war. Der damalige Staatspräsident hatte danach überall verkündet, dass es ein bedauerlicher Unfall gewesen sei – so wie bei Quesadas Wagen, bei dem sich einfach so ein Rad gelöst hatte. Doch die aufgrund verschiedener Indizien eingeleitete Untersuchung einer Sachverständigenkommission – die sich endlos hinzog, weil sich ein Richter nach dem anderen als nicht zuständig erklärte oder das Urteil der vorigen Instanz wieder angefochten wurde – brachte eine gewaltige Korruptionsaffäre ans Tageslicht: Argentinien, *das sich noch nie vor den Karren eines vaterländischen Siegers hatte spannen lassen*, wie einer unserer großen Staatsmänner es im neunzehnten Jahrhundert einmal formuliert hatte, war Ende des zwanzigsten Jahrhunderts als Flugzeugträger benutzt worden, von wo aus Waffen in von Bürgerkriegen und Rassenkonflikten gebeutelte Nationen verschickt wurden, deren Kauf ihnen laut den feierlichen Erklärungen aller Demokratien dieser Welt eigentlich verwehrt war. Kling, Kasse auf, Klappe zu, Affe tot – derweil die Erste Welt das ökonomische und politische Wunder der korruptesten Regierung der Erde beklatschte. Es dauerte kein Jahrzehnt, da hatte diese vorbildliche Regierung Argentinien in einen großen Ramschladen verwandelt.

Auch Quesadas Richterfreund war nicht lange mit den Ermittlungen im Falle der Explosion betraut geblieben. Einige Anrufe und ein Unfall wie der von Quesada hatten seiner brennenden Neugier ein schnelles Ende gesetzt. Einen Monat zuvor hatte ein Arztbesuch das Feuer jedoch wieder neu entfacht.

»Er ging mit Brustbeschwerden hin und kam mit einem Infarkt zurück«, erklärte Quesada. »Sein Kardiologe arbeitet im Santiago-Cúneo-Krankenhaus.«

Der Arzt verbot dem Richter nicht nur das Rauchen und ausschweifenden Sex, sondern erwähnte beim Ausfüllen des Rezepts ganz nebenbei, dass in dem einstigen Vorzeigekrankenhaus neuerdings ein Waffenlager zu finden sei.

Weil er diese Geschichte nicht glauben konnte, beschloss Quesada, dem Krankenhaus inkognito einen Besuch abzustatten. Frühmorgens zog er eine Nummer, reihte sich als gewöhnlicher Patient in die Schlange der Wartenden ein und tat dann so, als müsse er auf die Toilette.

Der Koloss, der ihm kurz darauf in einem Seitentrakt den Weg versperrte, während ein Zweiter sein Gewehr auf ihn richtete, hatte Quesadas Gesicht schon einmal im Fernsehen gesehen, weshalb er ihn nach einer Minikamera oder einem Rekorder abtastete und ihm dann befahl, auf dem Absatz kehrtzumachen. *Gehen Sie in eine Privatklinik, hierher kommen nur die Armen.*

Darauf zog Quesada unverrichteter Dinge ab, leitete aber am selben Tag noch ein Ermittlungsverfahren ein, das noch vor Morgengrauen des nächsten Tages sämtliche Regierungsbeamten aufschreckte.

»Die wichtigsten Politiker und Unternehmer sind darin involviert, Martelli. Und natürlich auch einige Militärs; wobei die, soweit ich weiß, am wenigsten über ...«

Ich musste mein Ohr an seinen Mund halten, um seinem Bericht folgen zu können, weil der Lärmpegel in der Kneipe immer mehr anschwoll, da sich an diesem heißen Abend des 20. Dezember 2001 alle Gehör zu verschaffen versuchten, aber keiner zuhören wollte.

»Diese Kneipe ist das reinste Tollhaus! In *was* sind sie involviert?«

»Der Präsident wird bald zurücktreten, oder sie schmeißen ihn raus, der hat ja schon nicht mal mehr seine Frau im Griff. Allerdings haben sie Angst, dass, sobald der Stall auf und der Hahn verschwunden ist, die Füchse die Hühner holen und die Nester ausnehmen.«

»Und wer sind diese ›Füchse‹?«, brüllte ich gegen den Lärm an. »Reden Sie lauter und vor allem Klartext.«

»Die, die das ganze Geld ins Ausland geschafft und die halbe Bevölkerung über Nacht zu armen Schluckern gemacht haben. Argentinien ist wie das Santiago Cúneo:

nach außen hin ein Krankenhaus, in Wirklichkeit aber ein einziger Schrottplatz, wo sich jeder bedient.«

»Gestern haben sie die Supermärkte geplündert«, schrie ich, in dem Versuch, mir einen Reim auf seine Erklärungen zu machen, aber Richter Quesada war mir gegenüber im Vorteil, denn er kannte die Gänge des riesigen Labyrinths schon besser als Minotaurus.

»Das hat nicht erst gestern begonnen, Martelli. Der Präsidentenpalast, das Parlament und der Justizpalast sind längst voller Abhörwanzen«, sagte er mit Blick auf das Gerichtsgebäude, »und nur noch das Bühnenbild.«

»Ich verstehe«, sagte ich, obwohl ich gar nichts mehr verstand. »Das Problem ist nicht, dass die Regierung mitten in der Legislaturperiode gestürzt wird, unser Problem sind die, die danach auf die Bühne klettern und zum x-ten Mal das ›neue Argentinien‹ ausrufen.«

»Und diese schlauen Füchse sind längst drin und lassen es sich schmecken«, sagte Quesada mit dem irren Blick eines Verrückten auf Entzug.

Sieben Erinnerungen sind genauso traurig, wie Trockenblumen nicht duften und in Kästen aufgespießte Schmetterlinge nicht mehr flattern. Bestimmte Erlebnisse, Gesichter, die Andeutung eines Lächelns: Wie Schalen fangen Worte die Gefühle auf, die uns noch gestern ewig schienen und die die Zeit dann spröde werden ließ. Und kommen keine neuen Worte hinzu oder vermag man die alten nicht mehr auszusprechen, ist die Vollkommenheit dahin.

Deine Worte, Mireya. Geschrieben auf ein Papier mit dem Briefkopf einer Pension irgendwo im Süden Patagoniens. Lass uns nie wieder von hier fortgehen, hast du gesagt. Du warst dir sicher, dass wir am Ziel angelangt waren, dass nur diese Stille uns noch erlösen konnte. Der Ort war vollkommen. Ein kleiner, eiskalter See, wie ein Spiegel zwischen Bergen und Wäldern gelegen, ein Fenster, durch das wir die Unwirtlichkeit der Welt erahnen konnten.

Vielleicht wusstest du es schon, und daher deine Worte. Schalen voller Gift, um die Angst zu besiegen, am großen Kaminfeuer der Pension »Los Machis«. Worte, die nicht laut ausgesprochen werden sollten, sondern träumend gemurmelt, auf dass nichts, was nicht gesagt wurde, geschehe.

Aber es geschah. Und am Ende wählte das Schweigen uns, um das zu werden, was wir seither sind. Worte, die von einer Liebe erzählten, die die letzte sein konnte, ja, sein musste.

Richter Quesada riet mir, von der Bildfläche zu verschwinden.

»Verschanzen Sie sich in Ihrer Höhle«, sagte er, kaum standen wir auf dem Bürgersteig vor der Kneipe, wo alle Welt lautstark debattierte und wahnwitzige Kommentare zur politischen Lage zu hören waren, die die biblischen Prophezeiungen zu simplen Wetterberichten degradierten.

»Wenn man Sie an diesen Ort bestellt hat ...«, sagte er und packte mich an den Schultern, »wie, sagten Sie, hieß er noch mal?«

»Mediomundo.«

»... dann, um Sie einen Kopf kürzer zu machen.«

»Cárcano war mein Freund.«

»Wenn es um Geschäfte geht, gibt es keine Freunde, Martelli. Freunde sind die Bauernopfer, um den König zu schützen.«

Wie schon in der Kneipe stritt ich erneut vehement ab, dass ich etwas mit dem Komplott zu tun hatte.

»Sie sehen im Spiegel nicht das, was die anderen sehen«, sagte Quesada, »so einfach ist das. Sie waren Polizist. Und zwar nicht irgendein Polizist.«

Seine Hand krallte sich derart in meine Schulter, dass ich stehen blieb, doch er schubste mich weiter, *nein, immer weitergehen, tun Sie so, als würden wir über Fußball plaudern.* Der Verkehr staute sich, also schlängelten wir uns durch die Autos und Busse hindurch auf die andere Straßenseite.

»Sie sagten doch, Sie wüssten nichts von mir.«

»Was man nicht weiß, findet man heraus, Martelli. Während Sie in meinem Vorzimmer ein Nickerchen gemacht haben, hab ich unser Netz befragt.«

Natürlich meinte er nicht das Internet, das musste er nicht ausdrücklich betonen.

»Ammenmärchen«, sagte ich. »Eine Akte voller Unwahrheiten, mit der Bürohengste der Federal ihr Gehalt rechtfertigen, dabei schneiden sie nur Figürchen aus dem Katalog und kleben sie in Sammelheftchen.«

»Ich werfe Ihnen doch gar nichts vor. Aber das orangefarbene Dossier existiert nun mal, auch wenn keiner es je erwähnt.«

Ich machte große Augen. Von was für einem orangefarbenen Dossier redete er zum Teufel? Er hatte schon einmal davon gesprochen, als er im Krankenhaus mit dem Handy des Arztes telefonierte.

»Das orangefarbene Dossier ist eine Art Bibel für Richter«, erklärte er, während er mich vorwärtsschob und wir wie viele um uns herum einmal mehr den Platz vor dem Justizpalast umrundeten. »Und gleichzeitig eine Art Clubausweis. Richter sind keine Idioten, Martelli, zumindest nicht wir Bundesrichter. Der Staat mischt sich so tief in die Zuständigkeiten der Justiz ein wie ein Proktologe, dem sein Finger zum Betasten der Scheiße nicht ausreicht. Er hat sich nicht damit zufriedengegeben, auf allen Fluren Spitzel zu positionieren, sondern zusätzlich noch welche direkt in die Büros geschleust, ausgewählt in einer Art Casting, das strenger war als das für ein Musical. Ich spreche von den quotengeilen Richtern, die sich im Auto Puder auflegen, sobald sie einen Journalistenschwarm mit Kameras sichten, und dann reden und reden sie, zaubern Kaninchen aus dem Hut und ziehen das Publikum in ihren Bann wie einst die Diktatoren auf den großen Plätzen, als es noch kein Fernsehen gab.«

Das orangefarbene Dossier war eine Geheimakte, die nur zwischen ein paar wenigen ehrenwerten und vollkommen unbestechlichen Richtern zirkulierte, die nicht den geklonten Regierungen, sondern einzig und allein Justitia mit ihren verbundenen Augen und der Waage in der Hand treu ergeben waren.

Quesadas Ausführungen, mit denen er sich und ein paar andere auf den Schild hob, überzeugten mich schließlich. Aber was mochte in dem orangefarbenen Dossier über mich stehen?

»Das, was die Geheimdienste nicht wissen, die wahre Geschichte.«

Ich blieb stehen, obwohl Quesada mich weiter im Kreis herumschieben wollte. Mitten auf dem Bürgersteig bockte ich wie ein störrischer Esel, wehrte mich wie ein Straßenköter, der nicht in den Lieferwagen des Hundefängers gezerrt werden will.

An dem Abend, an dem der Staatspräsident seinen Rücktritt erklärte und die Casa Rosada im Hubschrauber verließ, an dem Abend, an dem seine politischen Gegner einen von schmutzigem Geld finanzierten und von der Opposition wie auch der Regierungspartei selbst unterstützten zivilen Staatsstreich feierten, an dem Dezemberabend, an dem die Polizei das Feuer auf die aufgebrachte Zivilbevölkerung eröffnete, die durch die Straßen lief wie Wasser über das Deck eines Schiffs im Sturm, an diesem Abend des 20. Dezember 2001, erfuhr ich, dass meine wahre Geschichte, die, die ich noch nie jemandem erzählt hatte und aus meinem Gedächtnis verbannt glaubte, von A bis Z in jenem geheimen orangefarbenen Dossier festgehalten war.

Acht In der Nacht des 21. Dezember 2001 blickte die argentinische Nation vom Kopfende ihres großen Bettes ins Dunkel, um sich benommen, aber befriedigt vom großen Orgasmus zu erholen. Sie war ihren nichtsnutzigen Präsidenten losgeworden, auch wenn sie der Verdacht beschlich, dass seine beschämende Gestalt, die keine andere politische Idee gehabt hatte, als ihr in einer Umarmung den Atem zu nehmen, längst auf der Müllhalde gelandet war und dass, ohne ihr auch nur die Wahl zu lassen, schon andere zur nächsten Orgie der politischen Spekulation bestellt worden waren.

Das Foto des vom Dach des Regierungspalastes abhebenden Hubschraubers würde am nächsten Morgen auf der Titelseite sämtlicher Zeitungen prangen. Wie Isabel Perón 1976 flüchtete Staatspräsident Fernando de la Rúa 2001 von den Dächern eines ihm gefährlich gewordenen Orts. Kurz zuvor, während er gerade seine Rücktrittserklärung unterzeichnete, hatte die Nationale Schande auf Demonstranten geschossen wie bei einer Safari, bei der sich die Jäger von ihrer vermeintlichen Beute umzingelt sahen.

Nachdem ich Félix Jesús das Wasser gewechselt und seinen Fressnapf gefüllt hatte, wartete ich auf der Straße auf Quesadas Wagen. Ich hatte meine Zigarette noch nicht zu Ende geraucht, als er kam. Am Steuer saß der Bundesrichter persönlich.

»Könnten Sie fahren?«, fragte er, »ich bin nämlich hundemüde. Ich habe seit zwei Tagen kein Auge zugemacht.«

»Ich habe auch nicht gerade viel geschlafen. Aber ich verstehe natürlich, dass Sie keinen Chauffeur mitgebracht haben.«

»Ich habe schon mal einen verloren. Er hatte Frau und zwei Kinder. Und er wird bestimmt nicht dazugerechnet, wenn man die Opfer dieses Wahnsinns zählt.«

Als ich im Auto saß, fragte ich mich, ob ich nicht erst bei einer Autowerkstatt vorbeifahren und die Schrauben der Räder prüfen lassen sollte. Pepa hatte großen Spürsinn bewiesen, als er vorgeschlagen hatte, uns noch eine Weile auf eine Bank vor der Nationalbibliothek zu setzen. Aber Quesada war ein anderer Schlag Mensch: In seiner Welt wurde ersetzt, was kaputtging, und seien es Menschenleben.

Wie nach Edmundos letztem Anruf durchquerte ich im Morgengrauen die Stadt, ohne zu wissen, was mich erwartete. An vielen Straßenecken lagen kaputte Bänke herum, die wütende Demonstranten herausgerissen hatten, verkohlte, noch immer stinkende Gummireifen, zerfetzte Spruchbänder, auf denen der Sturz der Regierung gefordert wurde, Tränengaskartuschen und Patronenhülsen: die Überreste eines Kampftages, an dem wir wieder einmal gegen uns selbst angestürmt waren, nur um uns am nächsten Tag der Obhut eines neuen Messias anzuvertrauen, der in der Nacht sicher schon einmal die Insignien der Macht anlegt und damit vor dem Spiegel verschiedene Grimassen ausprobiert hatte, um das am wenigsten dämliche Gesicht zu finden, Generalprobe für den folgenden Akt der Nationalgroteske.

Während der Richter auf der Rückbank vom Schlaf übermannt wurde, ging mir noch einmal alles durch den Sinn, was Quesada mir offenbart hatte.

»Das orangefarbene Dossier ist für uns eine Art Datenbank«, hatte er erklärt. »Leider verfügen wir über kein moderneres Equipment, wir sind nur ein Club von alten Männern, eine Art Bruderschaft der sich im Rückzug befindlichen Gerechtigkeit. Sie müssen wissen, wir Richter sind wahre Leseratten, allerdings suchen wir uns unsere Lektüre nicht in Bibliotheken, sondern in Zeitungsarchiven. Artikel über Gerichtsurteile zu sammeln in einem Land, das alle naselang seine Gesetze ändert, um sie nicht befolgen zu müssen, ist eine so mühselige Arbeit, dass ich sie nicht mal meinem ärgsten Feind wünsche, aber sie muss nun einmal gemacht werden, um mit reinem Gewissen ein Urteil zu begründen, mit dem wir Edelganoven oder Mörder einbuchten können. Auch wenn sie da wieder rauskommen, bevor sie überhaupt das Ausmaß ihrer Übeltaten begriffen haben.«

Auch Pablo Martelli gehörte zu den Auserwählten, über die sie im orangefarbenen Dossier auch einiges gesammelt hatten. Allerdings folgerte ich aus dem, was der Richter mir erzählte, dass ihre Informationen sich nicht wesentlich von denen unterschieden, die die Geheimdienste zusammengetragen hatten, die sonst oft die Quelle für Argentiniens launenhafte Jurisprudenz waren. Diejenigen, die diese schwarze Mappe mit orangefarbenem Einband mit Informationen fütterten, hatten nicht so viel herausgefunden, wie Quesada glauben wollte, der davon überzeugt war, einer postmodernen Freimaurerloge anzugehören, aus der die Macher des einundzwanzigsten Jahrhunderts hervorgehen würden.

Ich nahm wieder die Südostauffahrt zur Küstenautobahn. Ich genoss es, Buenos Aires hinter mir zu lassen, Gas zu geben. Es herrrschte nur wenig Verkehr, ein paar Lastwagen, der eine oder andere Bus, eine lange Strecke ohne entgegenkommende Scheinwerfer, das Gefühl, ein Schiff zu steuern, das in unerforschte Weiten vordrang. Im Radio suchte ich wie in der Nacht von Edmundos Tod die Stimme von Lucila Davidson, aber ich fand nur Scharlatane, das Gejaule ausgehungerter Wölfe.

Der Richter murmelte etwas, wahrscheinlich studierte er noch in seinen Träumen Akten. Im Morgengrauen würden wir in Mediomundo sein, wo wahrscheinlich bereits die ersten Besitzer oder Mieter der zwischen den Dünen verstreuten Sommerbungalows eintrafen. Ich fragte mich, wie er reagieren würde, wenn wir die Tür zu dem öffneten, um das wir lieber einen weiten Bogen hätten machen sollen, wenn wir die Klinke nach unten drückten und das Gesuchte fänden.

Neun Die Frau, die ich am meisten liebte, liebte mich nur wenig. Das war an und für sich nichts Neues: Wir lieben immer die, die uns nicht lieben, und die, die uns lieben, lieben wir nicht genug. Vielleicht hatte die Frau, die mich nur wenig liebte, ja auch recht. Wer liebt schon einen Bullen? Man liebt Gewinner, Glückspilze, Dichter, ja sogar Verrückte. Aber einen Bullen?

Für den Richter, der auf der Rückbank schlief und darauf vertraute, dass ich am Steuer nicht dasselbe tat, war ich ein Nichts, schlimmer noch als die Diebe, Vergewaltiger und Mörder, die er verurteilen konnte oder aus Mangel an Beweisen oder leeren Gefängniszellen freisprechen musste. Ich hatte allerdings nie jemanden hinterrücks getötet. Immer nur von vorn. Und ich hatte allen dabei in die Augen geschaut. Auch wenn ich zugeben muss, dass ich auch niemanden zuerst hatte schießen lassen, sonst wäre ich nämlich längst tot.

Doch der Richter und der Serienmörder brauchten mich. Und die Frau, die ich am meisten geliebt hatte, hatte mich mal gebraucht. Ich war ihr Schatten, das Echo ihrer Stimmen, wenn sie allein vor dem Spiegel standen und sich die Wahrheit eingestanden: Wem würde der Richter sonst noch Gerechtigkeit widerfahren lassen? Wer würde der blutigen Zwanghaftigkeit des Mörders ein Ende setzen? Und welche Liebe sollte die Frau, die mich nur wenig liebte, vergessen?

Ich trat das Gaspedal durch. Die kleinste Unachtsamkeit, ein kurzes Wegnicken, ein Reifen, der eine Leitplanke streifte, und es wäre aus mit dem Richter, aber auch aus mit den Erinnerungen an eine Frau, die sich nicht an mich erinnerte, aus mit dem Schatten und Echo, sodass die Überlebenden sich nun endlich belügen durften. Nichts anderes war der Tod: Zimmer, in denen das Licht ausging, leere Seiten, die nicht mehr beschrieben wurden – und der Freispruch für die, die am Leben blieben.

Wir fuhren nach Mediomundo, weil der Richter in Edmundos Haus einen Hinweis zu finden hoffte, den der Erkennungsdienst übersehen hatte – nicht weil er unfähig gewesen wäre, sondern weil die Polizei die Spuren am Tatort nie gesichert hatte.

»Was für ein schöner Tag«, sagte der Richter auf einmal. Ich blickte kurz in den Innenspiegel. Auf der Rückbank ausgestreckt, rieb er sich gähnend die Wangen, die nach vier Stunden Tiefschlaf so rosig waren wie die eines Babys.

»In einer halben Stunde landen wir«, informierte ich ihn wie ein Flugbegleiter, der die Passagiere auffordert, sich aufrecht hinzusetzen und die Sicherheitsgurte anzulegen.

Die Sonne kam gerade hinter den Feldern und der Steppe der feuchten Pampa hervor, wo Soja, Sonnenblumen, Weizen und Mais wuchsen und Rinder, Schweine, Schafe, Pferde grasten, die die unheilvollen Winde der Schlachtbank witterten und ans äußerste Ende der umzäunten Weiden geflüchtet waren.

»Haben Sie eine Waffe dabei?«

»Wozu, wenn ich sie nicht benutzen kann?«

Ich öffnete das Handschuhfach und reichte ihm Isabels 38er nach hinten.

»Dann machen Sie sich am besten schnell damit vertraut; wir werden sie gebrauchen können.«

Im Spiegel sah ich, wie er die Pistole zunächst betrachtete, als hätte ich ihm eine Viper in die Hand gedrückt, sie dann aber doch zu inspizieren begann.

»Immer schön den Lauf nach oben halten, solange Sie nicht damit zielen. Das, was Sie da gerade lösen wollen, ist die Sicherung. Sobald wir da sind, zeige ich Ihnen, wie man sie lädt.«

»Und Sie?«

Im Handschuhfach lag noch eine Waffe, eine 45er, wie man sie bei der Policía Federal benutzte, bevor man mich rausschmiss.

»Keine Sorge, ich habe noch eine. Ist zwar alt, aber von großer Durchschlagskraft. Sie gehört Félix Jesús«, sagte ich, ohne ihm zu erklären, dass das mein Kater war.

Nach Mediomundo gelangte man auf einem einspurigen Kiesweg, an dem hochgewachsene buschige Bäume Spalier standen wie die Schweizergardisten im Vatikan.

»Wir hätten vorher irgendwo anhalten und frühstücken sollen«, sagte der Richter.

Der Weg führte hinauf auf einen sandigen Hügel, von wo aus man das Meer sah. Sanft brachen sich die Wellen am Strand, der Himmel war strahlend blau, und die Sonne kletterte am Horizont immer höher wie die Börsenkurse an der Wall Street, wenn die Republikaner gewannen.

»Wunderschön hier!«, rief der Richter begeistert.

Die Grundstücke der Feriensiedlung, auf denen höchstens zwei Bungalows standen, waren gepflegt. Junge Pinien befestigten die Dünen. Vor den Häusern standen nur wenige Autos, obwohl an diesem Tag für Argentinien die großen Ferien begannen: Nachdem man am Vortag den zwei Jahre zuvor gewählten Präsidenten in die Wüste geschickt hatte, durfte man sich nun von dieser Heldentat erholen. Was für ein schöner Tag, was für ein schöner Ort.

Edmundos Bungalow war klein, im gleichen schlichten Stil gebaut wie die Häuschen der italienischen Einwanderer, die sich an der Küste niedergelassen hatten, mit Blick aufs Meer, Richtung Heimat. Protzen war noch nie sein Ding gewesen. Nur das Grundstück war groß und gut gepflegt, als hätte jemand gestern erst den Rasen gemäht.

Ich holte den Schlüssel hervor, den Lorena mir an jenem schicksalshaften Abend gegeben hatte, und Richter Quesada ermächtigte mich, ihn zu benutzen. *Eigentlich hätte ich vorher mit dem zuständigen Richter sprechen müssen, aber ich übernehme die Verantwortung,* sagte er in vollem Ernst.

Im Haus roch es muffig, so, als wäre es längere Zeit verschlossen gewesen. Der Blutfleck auf dem Boden war noch da, *das ist ein Beweismittel,* rief der Richter, *das ist Blut meines Freundes,* korrigierte ich ihn.

»Gibt es einen Tresor?«, fragte Quesada.

»Keine Ahnung, ich habe ja nicht mal hier übernachtet.«

Es gab einen Tresor. Und wie es sich gehörte, befand er sich hinter einem Gemälde. Edmundo konnte in ihm nichts Wichtiges aufbewahrt haben, so einfach, wie er zu finden war – und auch zu öffnen: Er war leer.

»Ich fürchte, wie haben unsere Zeit vergeudet«, sagte ich entmutigt.

»Das glaube ich nicht. Lassen Sie uns das Haus durchsuchen. Ich schaue mich mal in der Küche um.«

Ich fing im Bad an. Wenn Edmundo wirklich Ersparnisse in der Schweiz hatte, hätte er dessen Ausstattung wirklich bei mir bestellen können. Ich sah nur gewöhnliche Wasserhähne mit Drehgriffen und die Kloschüssel und die Badewanne aus irgendeinem Abrisshaus ...

Wir waren so sehr mit unserer Suche beschäftigt, dass wir gar nicht merkten, wie die Haustür aufging. Und wenn jemand in ein fremdes Haus eindrang, ohne zu klingeln, dann nicht, um einfach nur Hallo zu sagen.

Was unterscheidet einen Unterschichtenkiller, der für ein bisschen Kleingeld tötet, von einem Profi? Die guten Manieren.

»Willkommen in Mediomundo«, sagte einer der beiden mit Selbstladegewehren ausgestatteten Gentlemen, die sich uns hinterrücks vorstellten.

»Heute ist Sommeranfang. Die Hauptsaison beginnt aber erst zu Neujahr«, begrüßte uns der andere, während er uns vor sich her zurück ins Wohnzimmer trieb. »Sie können das Haus gern für Januar oder Februar mieten, der Besitzer ist nicht da. Vor ein paar Tagen abgereist.«

»Sie haben ihn ermordet«, sagte ich und blickte auf den Blutfleck.

Immer wieder schwöre ich mir, nicht so vorlaut zu sein, aber schlechte Angewohnheiten legt man nun mal nicht von heute auf morgen ab. Und so folgte die Strafe denn auch auf dem Fuße: Mit der Rückhand schleuderte mich einer der Gentlemen zu Boden, wobei ich einen Beistelltisch unter mir begrub. Instinktiv wich der Richter einen Schritt zurück, um nicht ebenfalls bestraft zu werden, doch schienen die beiden zu wissen, wen sie vor sich hatten, und seine Amtswürde zu achten.

»Dieser Herr hier ist es gewohnt, er ist einer von uns«, erklärte der Schläger dem Richter und rammte mir im nächsten Augenblick seine Stiefelspitze in die Niere.

»Wissen Sie, Bullen sind wie Feen: Ruckzuck, wie von Zauberhand, verwandeln sie Unschuldige in Schuldige.«

»Steh auf, du Arschloch«, sagte der andere nun zu mir, während er mich am Kragen der Lederjacke hochzog. »Wir wollen dich ungern im Liegen hopsnehmen.«

»Denken Sie dran, Euer Ehren, sollten Sie noch mal einen Tatverdächtigen vernehmen: Nichts ist, wie es scheint, weil alle lügen«, sagte der andere zu dem Richter, bevor er mich mit seinem Gewehrkolben ein zweites Mal niederstreckte.

Wenn man jemanden überwältigt, muss man ihm als Erstes seine Waffe abnehmen, was diese beiden Gentlemen, die so sehr auf ihre guten Manieren bedacht waren, offensichtlich vergessen hatten. Mit dem Gesicht zum Boden tastete ich nach Félix Jesús' 45er wie ein Asthmatiker nach seinem Aerosolspray.

Starr und fast so durchsichtig wie eine Salzsäule, begriff der Richter nicht, was vor sich ging: der zweimalige Knall, das Zusammenzucken der ungebetenen Besucher, ihre ungläubigen Augen, die sich verdrehten, das Blut, das am Hals des einen und auf der Stirn des anderen hervorquoll, der Krach, während einer über dem anderen zu Boden ging.

»Reiner Zufall; so ein guter Schütze bin ich sonst nicht«, japste ich mit falscher Bescheidenheit, während ich mein Zwerchfell zu reaktivieren versuchte.

Der Richter ging in die Knie.

»Mir ist kotzübel.«

Er hatte recht: Wir hätten vor unserer Ankunft in Mediomundo frühstücken sollen, aber alle Cafés an der Strecke waren noch geschlossen gewesen. Kurz hatte es den Anschein, als ob er ohnmächtig würde, aber er fing sich wieder, atmete tief ein und aus und sah mich dann an.

»War das wirklich nötig?«

»Tut mir leid«, sagte ich und zuckte mit den Schultern. »Wenn man aus nächster Nähe schießen muss, gibt es zwangsläufig Tote. Aber ich bin ihnen nur zuvorgekommen. Sonst hätten sie uns nämlich gleich umgelegt.«

Richter Patricio Quesada sprach es nicht aus, aber man sah ihm an, dass er glaubte, er wäre aufgrund seines Amtes mit dem Leben davongekommen.

»Wer war das?«, fragte er bedrückt.

»Ein paar Hunde von Baskerville. Harte Hunde mit Dienstmarke, Wächter des Tempels. Wo ist eigentlich Ihre 38er?«

»Die habe ich im Auto gelassen.«

»Mein Gott, Quesada, so 'ne Waffe ist doch keine Taschenlampe! Wenn es schon kein Zurück mehr gibt, dann müssen wir uns zumindest gegenseitig den Rücken freihalten. Dieses Gesindel lässt sich nicht durch irgendwelche Skrupel oder gar Mitgefühl beirren.«

»Wer war das?«, stammelte er noch einmal. »Was steckt hinter all dem?«

»Das müssten Sie doch wissen. Und falls nicht, dann schauen Sie in ihr unfehlbares orangefarbenes Dossier. Wenn Sie wissen, wer ich bin, müssten Sie doch auch eine Vorstellung von denen haben, die wir suchen.«

Stumm vor Erschütterung kniete Quesada da. Meine Biografie schien ihn nach wie vor mehr zu beeindrucken als der Schlamassel, in den er sich begeben hatte.

»Schließen Sie ab und lassen Sie uns weitersuchen«, sagte er schließlich und stand auf.

Plötzlich schienen ihn die frischen Leichen nicht mehr zu beunruhigen, etwas Mächtiges trieb ihn wohl auf einmal an: Er war sich sicher, dass wir irgendwo beweiskräftige Dokumente finden würden.

Er hatte es mir vor unserer Abfahrt aus Buenos Aires erzählt. Eine Verschwörung war im Gange mit dem Ziel, den Präsidenten zu stürzen. Besagten Verschwörern waren nun jedoch andere Verschwörer zuvorgekommen. Ein Machtvakuum war vor allem ein Vakuum, und wenn es die einen nicht füllten, dann taten es eben die anderen. Jeder Zeitungsleser kannte die, die ihnen zuvorgekommen waren, all die politischen Führer, denen die einfachen Leute auf der Straße zugeschrien hatten: »Verschwindet, alle zusammen!« Doch würde keiner von ihnen wirklich den Hut nehmen. Der kleine Mann würde brav nach Hause zurückkehren und zu gegebener Zeit zur Wahlurne schreiten. Und die, die den anderen zuvorgekommen waren, hätten wieder einmal die Partie gewonnen.

Doch wer waren »die anderen«? Leute, die auch nicht besser waren, hatte Richter Quesada am Vorabend in Buenos Aires gesagt: Trotzkisten; Peronisten, die sich vom Peronismus verraten fühlten; Militärs, die wegen vorheriger Putschversuche suspendiert worden waren oder noch auf der Gehaltsliste standen, aber ihre Einkünfte mit dem Waffenhandel aufpeppten; Polizisten; Drogenhändler, die zu Wasser, zu Land und in der Luft all die chemische Glückseligkeit umschlugen; von der Midlife-Crisis gebeutelte Manager wie Edmundo.

»Und warum schließen sie sich nicht zusammen und gründen eine Partei?«, fragte ich den Richter.

»Darum«, antwortete er schulterzuckend.

Zwanzig Jahre verkaufte ich nun schon Sanitäreinrichtungen, aber zwei Kerle mit einer 38er zu erschießen, die ich nicht mal vorher getestet hatte, fiel mir leichter, als eine komplette Badezimmereinrichtung an den Mann zu bringen. Der Mensch ändert sich nun mal nicht, er erwartet nichts Neues von dem, was neu erscheint, und misstraut Versprechen, weil er selbst schon Dinge versprochen hat, obwohl er genau wusste, dass er sie nie würde halten können.

»Bingo!«, rief da der Richter aus der Küche.

Ich rannte zu ihm. Quesada stand inmitten eines kleinen Haufens Schutt. Er hatte eine leicht abstehende Kachel entdeckt, und als er eine Ecke mit einem Brotmesser angehoben hatte, war ihm die halbe Wandverkleidung entgegengekommen.

»Sie haben den Schatz gefunden. Herzlichen Glückwunsch!«

»Danke. Aber reich sind wir jetzt trotzdem nicht.«

Zehn Wieder unterwegs. Nun fuhr der Richter. Rund hundert Kilometer von Mediomundo entfernt machten wir halt an der Tankstelle, an der ich noch am Morgen getankt hatte. Die Cafeteria war jetzt geöffnet. Während wir ein Sandwich aßen, starrte mich Quesada unentwegt an. Ich fragte ihn, ob ich einen Popel im Gesicht hätte, doch er schüttelte nur den Kopf.

»Und was ist dann los?«

Er schwankte. Wahrscheinlich fiel es ihm schwer, seine Abscheu vor mir zu überwinden. Er traute sich nicht zu sagen, dass er nicht verstand, wie ich hier in aller Seelenruhe ewas essen konnte, nachdem ich vor nicht mal einer Stunde zwei Menschen getötet hatte.

»Ich habe schon lange keinen mehr umgebracht«, sagte ich geradeheraus, was dazu führte, dass er sich an seinem mit Schinken, Käse und Tomate belegten Sandwich verschluckte und husten musste. »Um Sanitäreinrichtungen zu verkaufen, ist das auch nicht nötig. Deshalb habe ich vor über fünfundzwanzig Jahren auch den Beruf gewechselt.«

»Vielleicht wollten uns die beiden nur erschrecken«, sagte er noch einmal vorsichtig.

»Und Edmundo? Wollten sie den auch nur erschrecken?«

»Ihr Freund gehörte zu der Verschwörerbande.«

»Wenn sie ihre eigenen Leute schon so behandeln, was haben dann die zu erwarten, die nicht dazugehören?«

»Ich glaube nicht, dass man einen alten Freund vierhundert Kilometer weit fahren lässt, nur um ihn umbringen zu lassen.«

»Wer den Lauf einer Pistole an seiner Stirn spürt, verrät selbst die edelsten Gefühle, Freundschaft inklusive. Aber in einem haben Sie recht: Ich glaube nicht, dass er mich angerufen hat, um mich in eine Falle zu locken. Er brauchte meine Hilfe. Aber ich kam zu spät.«

»Wollen Sie ihn rächen?«

Ich schluckte den letzten Bissen hinunter und wischte mir mit der Serviette den Mund ab.

»Nein, warum? Edmundo hat sich auf krumme Geschäfte eingelassen, das hat er sich selbst zuzuschreiben. Aber er wollte denen, die er liebt, nie Schaden zufügen. Nur ist das ebenso gründlich schiefgegangen: Seine Tochter hat man entführt, seine Frau ist zu Tode erschreckt, und mir pfeifen ständig Kugeln um die Ohren.«

»Jedenfalls wird der CPF, für den er gearbeitet hat, um einen Skandal nicht herumkommen«, drohte der Richter.

Abgesehen davon, dass er sich seine wenigen Haare färbte, fiel es ihm schwer, das Sandwich zu kauen, weil seine dritten Zähne immer verrutschten, und wahrscheinlich musste er auch jede Menge Medikamente gegen Rheuma und Impotenz schlucken: Trotzdem fühlte er sich wie der gerechtigkeitsliebende Batman von Gotham City. Und vermutlich zitterten die Aufsichtsräte des internationalen Ölkonzerns in London schon vor Angst.

»Fahren wir weiter«, beschloss er energisch.

»*It's show time*«, sagte ich.

Wir wussten nicht mal, ob die beiden Kerle in Mediomundo allein waren, ob sie auf uns gewartet hatten oder ob ein übereifriger Nachbar geplaudert hatte. Jedenfalls war es durchaus möglich, dass wir verfolgt wurden, weshalb ich Quesada riet, genauso aufmerksam in den Rückspiegel wie nach vorne zu schauen. Bis zum nächsten Stopp waren es zweihundert Kilometer, und ich musste unbedingt schlafen. Und tatsächlich war ich so erschöpft, dass ich auf der Stelle einschlief, als machten wir ganz entspannt einen Wochenendausflug.

In Tres Arroyos weckte mich der Richter. Die Fahrt war ruhig verlaufen, kein anderes Auto war zu sehen gewesen, weder vor noch hinter uns. Quesada hatte gegenüber dem Marktplatz gehalten und studierte seinen Schatz. Vollständige Inventar- und Gehaltslisten, Organigramme, Geheimberichte, sogar Appelle eines bekannten Nachrichtensprechers waren dabei. Jammerschade, dass all die Mühe, all das Talent nun umsonst waren.

»Sie werden alles abstreiten«, sagte ich. »Keines der Dokumente trägt eine Unterschrift. Es wird Aussage gegen Aussage stehen, und auf der Gegenseite gibt's für meinen Geschmack schon zu viele davon.«

Der Richter gab zu, dass man die Verschwörer nicht wegen verfassungsfeindlicher Umtriebe drankriegen konnte. Sie würden ihm nur höhnisch ins Gesicht lachen. Aber man konnte ihnen den Prozess machen für das, was sie sonst noch alles taten: Drogen- und Waffenschmuggel, Bestechung und Bereicherung auf Kosten des Volkes.

Mein Kommentar war nur *ha*.

»Werden Sie mir helfen?«

»Ich habe sowieso nichts Besseres vor. Dann rutschen Sie mal auf den Beifahrersitz und lassen Sie mich ans Steuer.«

Bei Tageslicht erkannte ich kaum etwas wieder, aber unter den Papieren, die Quesada gefunden hatte, war zum Glück auch eine Wegbeschreibung gewesen. Alles lag schwarz auf weiß vor, nur ohne Unterschrift und wahre Namen, dafür mehrere Pseudonyme. Der Journalist, der die Appelle verfasst hatte, war wahrscheinlich gerade auf Sendung, betrieb Meinungsmache und zählte die Toten auf, die bei den gewaltsamen Ausschreitungen mit der Polizei ums Leben gekommen waren, um so viel Unsicherheit wie möglich bei seiner Zuhörerschaft zu schüren. Ich fand den Radiosender, und da sprach er, kritisierte die Regierung und die Aufständischen gleichermaßen, zitierte griechische Philosophen und verglich Argentinien mit den zivilisierten Nationen dieser Erde. Als wir am Gattertor ankamen, schaltete ich das Radio aus.

»Was suchen Sie eigentlich?«, fragte ich, und weil der Richter mich nicht zu verstehen schien, fragte ich noch einmal. »Was suchen Sie?«

»Wenn ich das wüsste«, sagte er achselzuckend.

»Niemand wird Ihnen glauben, wenn Sie erzählen, was Sie hier gefunden haben. Wenn wir überhaupt lebend hier wieder rauskommen.«

»Sie sind genau der Richtige, um der Truppe Kampfgeist einzuflößen, Martelli. Sie sollten zum Militär gehen.«

»Ich bin Bulle, nicht der Rattenfänger von Hameln. Da vorn ist die baufällige Hütte.«

Ein eingeschossiges, heruntergekommenes Gebäude und eine Mühle. Keine Fahrzeuge in Sicht, keine schwanzwedelnden Hunde. Und auch keine Bäume, und schon gar kein Hügel, hinter dem man in Deckung gehen konnte. Langsam fuhr ich näher und hielt vor dem Haus wie ein Ortsunkundiger, der sich verfahren hatte.

Der erste Schuss zersplitterte die Windschutzscheibe. Kein guter Start für den Richter und mich. Blut lief uns übers Gesicht.

So schnell ich konnte, legte ich den Rückwärtsgang ein und trat das Gaspedal durch, um dem Kugelhagel zu entkommen. Mein Vokabular verarmte schlagartig, *Schweine*, knurrte ich, immer wieder, *Schweine*, während ich den Weg zurückrumpelte, *Schweine*, zu spät sah ich den Traktor, der sich in den Weg schob, *Schweine*, Bremsen war nicht mehr möglich. Der Aufprall war so stark, dass der Richter und ich wie Crashtest-Dummys nach vorn geschleudert wurden. Mir wurde schwarz vor Augen, *Schwei*...

Ich wachte in einem Zimmer auf, das von einer Nachttischlampe nur spärlich beleuchtet wurde. Wie die Lampe lag auch ich auf dem Boden, jemand hatte mich gnädig zugedeckt. Mein ganzer Körper tat weh, aber es war irgendwie ein unbestimmter Schmerz. Vermutlich stand ich unter Drogen, und sofort schoss mir durch den Kopf, warum ich überhaupt noch am Leben war. Vorsichtig tastete ich mich ab: keine ernsthaften Verletzungen, nur ein paar Schnittwunden wegen der gesplitterten Windschutzscheibe.

Wir waren allein, die Nachttischlampe und ich. Und es war ziemlich kalt, deshalb die Decke. Erst wollte man mich töten, und dann wollte man nicht, dass ich krank wurde. Doch von irgendwoher zog es. Ich sah mich um, blickte hoch – und sah nur die Sterne. So wie einst in den Stadtteilkinos mit verschiebbarem Dach. An Sommerabenden guckten wir dort Western, doch manchmal, wenn das blonde Nachbarsmädchen dabei war, vergaßen wir die Schießereien zwischen Indianern und Bleichgesichtern und tauchten glücklich ein in ferne Galaxien, überzeugt, mit unserem Adlerblick bis in den hintersten Winkel des Universums zu gelangen ...

Plötzlich ging die Tür auf. Vom Dunkel des Flurs erkannte ich die Stimme des Hundekillers.

»Er ist wach«, sagte er zu jemandem neben ihm.

Aus dem Dunkel kam nun ein Schatten auf mich zu, ein Schattenriss mit sanften Rundungen, der den Klang der Stimme vorwegnahm.

»Lass mich mit ihm allein.«

»Das ist gefährlich«, warnte sie die andere Stimme nicht ganz zu Unrecht.

»Das Mittel, das wir ihm gespritzt haben, stellt einen Ackergaul ruhig«, sagte sie und schloss die Tür hinter sich.

»Ich glaub's ja nicht!«, sagte ich drei Sekunden später, vollkommen perplex und endlich einmal ehrlich zu mir selbst. »Dass wir uns so wiedersehen!«

IV

Gemietete Köpfe, straffreie Herzen

Eins »Mireya.«

»Pscht ... Nicht Mireya. Nicht mal Débora. Hier bin ich nur die Negra.«

Sie hatte mir mit ihrem Zeigefinger die Lippen versiegelt, den ich gerade noch küssen konnte, bevor sie mein Gesicht mit der flachen Hand wegdrückte.

»Das ist der letzte Tango, Gotán. Wie der von Marlon Brando mit Maria Schneider in Bertoluccis Film.«

Ich versuchte mich aufzurichten, aber mit derselben Hand, mit der sie mich weggeschoben hatte, gab sie mir zu verstehen, dass ich mich nicht bewegen sollte.

»Was machst du hier? Und was soll das alles?«

Sie lächelte nur. Das offene, lange Haar fiel über ihre nackten Schultern bis zu dem Ausschnitt ihres eng anliegenden Minikleids. Der Ansatz ihrer Brüste, ein Abgrund. Sie beugte sich über mich, und ich spürte, wie sie mich aus der Tiefe riefen. Sicher merkte sie es, den Glanz in meinen Augen, das nervöse Zucken.

»Lass die Finger bei dir«, sagte sie. »Im Flur steht jemand, der nervös wird, wenn er verdächtige Geräusche hört.«

»Ich habe dich angerufen! Verflucht, zigmal habe ich dich angerufen!«

»Aber du hast nie was gesagt, Gotán. Nie hast du den

Mund aufgemacht, nicht einmal, als du es unbedingt hättest tun sollen. Ich musste es von anderen erfahren.«

»Ich bin nicht mehr Gotán, ich bin Martelli.«

»Du bist vor allem eins: ein Arschloch.«

In dem Zimmer gab es keine Möbel. Mal spazierte sie darin auf und ab, mal umkreiste sie mich wie eine Tigerin ihre erlegte Beute.

»Ich hätte nicht gedacht, dich hier zu treffen.«

»Ich dich schon«, sagte sie.

»Hier ist der letzte Ort, an dem ich dich zu treffen gehofft hätte, auch wenn ich nicht weiß, was das hier alles soll.«

»Lüg nicht. Du weißt es. Deshalb bist du gekommen. Und deshalb habe ich hier auf dich gewartet.«

Ich kam nicht umhin, mich geschmeichelt zu fühlen. Dass man erwartet wird, und sei es, um getötet zu werden, stärkt nun mal das Ego.

Endlich blieb sie stehen und setzte sich mit verschränkten Beinen vor mich hin, betäubte mich mit ihrem Duft wie eine riesige Spinne die Beute in ihrem Netz. Es würde mir fast nichts ausmachen, in diesem Augenblick zu sterben.

»Wir werden auf jeden Fall die Macht ergreifen«, begann sie ungefragt. Sie glaubte tatsächlich, dass ich mehr wusste, als ich weiß.

»Wir? Ich dachte, du interessierst dich nicht mehr für Politik.«

»Nicht für die Politik der Politiker, du weißt genau, dass ich für diese Kaste nur Verachtung übrighabe.«

»Sie sind die Vertreter des Volkes.«

»Deine vielleicht.«

Wenn sie über Politik redete, geriet sie immer in Rage, ihre Brüste und Lippen blühten dann auf, der Hass brachte sie ebenso in Wallung wie die Liebe.

»Wo ist Isabel Cárcano? Was habt ihr mit ihr gemacht?«, fragte ich sie frei von der Leber weg.

Die Überraschung in ihrem Blick schien echt. Sie wusste nicht, von wem ich redete, glaubte, ich versuchte sie reinzulegen.

»Ich bin ihretwegen hier, nicht um euch aus euren Revolutionsträumen zu reißen.«

»Bei uns weiß niemand, wie die Kameraden wirklich heißen«, stellte sie unwirsch klar.

»So, wie sie ›rekrutiert‹ wurde, würde ich sie nicht unbedingt als Kameradin bezeichnen.«

Sie erhob sich, ging zur Tür und verlangte nach einem Stuhl. Rittlings setzte sie sich darauf wie ein Mann, was so gar nicht zu meinem Bild von ihr passte – und trotzdem konnte ich meine Erregung nicht verhindern.

»Man sieht's«, sagte sie amüsiert.

»Die Angst?«

»Nein, deine Erektion.«

»Wird 'ne Nebenwirkung der ›Droge für den Ackergaul‹ sein.«

»Dein Selbsterhaltungstrieb ist deine beste Waffe, Gotán. Egal, wer auf der Strecke bleibt, du ziehst dein Ding durch.«

»Wieso bin ich hier, Mireya?«

»Das weißt du selbst am besten.«

»Und wenn nicht?«

»Kein Pferd läuft freiwillig zum Schlachthof.«

»Ich bin inzwischen ein alter Ackergaul und verwechsle junge Luzerne mit Unkraut und Liebe mit Lust.«

»Dafür pflastern aber ganz schön viele Leichen deinen Weg. Wenn du wirklich nur Kloschüsseln verkaufen wolltest, hättest du in Mediomundo nicht zwei unserer Kameraden abgeknallt.«

»Wie schnell sich die Nachrichten doch herumsprechen. Zwei Profikiller aus dem Weg zu räumen, ist nicht so verwerflich, Mireya.«

»Negra, Gotán, ich heiße Negra.«

Ich konnte mir ein Lächeln nicht verkneifen, so wie immer, wenn ich auf Distanz gehen musste, weil mich etwas bedrohte, und sei es das pure Glück. Ich glaubte kaum noch das, was mit mir geschah, und noch viel weniger, was andere mir weismachen wollten.

»Hätte ich gewusst, dass ich dich hier treffen würde, wäre ich nicht gekommen.«

»Du wusstest es, Gotán. Das Heulen des Wolfs verfolgt dich seit neulich Nacht. Deshalb bist du hier.«

»Das warst du?«

»Du bist wie eine Kakerlake im Dunkeln umhergekrabbelt, krick, krick, krick, so wie immer, hast wie ein Feigling die Liebe ausgespäht und bist vor ihr geflohen.«

»Wer war bei dir?«

»Du meinst, mit wem ich gevögelt habe? Weiß ich nicht mehr. Es war dunkel. Warum hast du uns nicht umgebracht? Ich kann mir nicht vorstellen, dass deine Hand gezittert hat. Es sei denn, du bist wirklich alt geworden.«

Ich versuchte mich aufzurichten, aber Isabels 38er schmückte Mireyas Hand wie der Ring einer Prinzessin.

»Ganz ruhig«, sagte sie. »Lass uns reden, zu erzählen haben wir uns ja genug.«

Ich wickelte mich in die Decke ein. Blut lief von meiner linken Augenbraue zum Mundwinkel. Ich leckte es ab.

»Mir ist kalt, und ich bin verwundet«, protestierte ich.

»Du könntest tot sein, Gotán. Bedank dich bei der Negra. Und jetzt mach endlich den Mund auf.«

»Und was soll ich dir erzählen?«

»Die Wahrheit.«

Zwei Welche Wahrheit? Die, die ich zusammengetragen hatte wie ein Spatz, der Halm für Halm sein Nest baut? Die als Schutzwall gegen die Unbilden des Lebens errichtete Wahrheit, die Wahrheit, die am besten passte, die Wahrheit aus alltäglichen, unwesentlichen, zweideutigen Details?

Du wolltest keine andere Wahrheit. Débora. Mireya. Negra.

Deshalb all die Tangos, all die Liebesschwüre, all das Rudern stromaufwärts auf der Suche nach den Quellen. Du wusstest es auch. Es hatte den Anschein, dass du dich mit mir auf die Reise machtest. In Wahrheit hast du aber auf mich gewartet.

»Das Gute an so einer Verschwörung ist, dass man auf einmal Zugang zu den Archiven hat«, sagtest du, während du mit dem Revolver von Isabel spieltest, die du angeblich nie gesehen hast. Ab und zu zielte die Mündung des Laufs direkt zwischen meine Augen, aber nur kurz, nicht absichtlich, es wäre reiner Zufall, wenn sich ein Schuss löste.

»Du hast recht, Mireya. Einige der Bonzen haben zu spät erkannt, dass man die Macht von innen heraus erobert, nicht vom Bürgersteig gegenüber. Als sie mit der Diktatur Geschäfte machen wollten, waren sie schon auf der Verliererstraße. Ein paar Arschlöcher haben abkassiert und sich mit der ganzen Kohle aus dem Staub gemacht. Was blieb, war ein Río de la Plata voller Leichen.«

»Was soll dieser Geschichtsrevisionismus, Gotán? Wen interessiert das schon?«

»Mich. Ich war damals Bulle. Aber als die ersten Schüsse fielen, war ich auf dem Bürgersteig gegenüber.«

»So wie jetzt.«

»Jetzt bin ich nirgendwo, weder hüben noch drüben.«

»Wärst du nirgendwo, wärst du nicht hier.«

Du willst nicht begreifen, dass Bauern auch Bauern aus den eigenen Reihen schlagen und Läufer Verrat begehen können.

»Ich bin hier, weil ich ein Idiot bin und nach Mitternacht ans Telefon gehe, weil ich mich von der Nostalgie einlullen lasse und der Frau eines Freundes helfen will, der abgemurkst wurde wie der Köter neulich Nacht.«

»Ich fange gleich an zu heulen, Gotán, du bist ja so ein guter Mensch!«

Du standest auf und gingst wieder zur Tür, es dauerte nur Sekunden, bis man dir eine dicke, orangefarbene Aktenmappe reichte und du damit zu mir kamst.

»Kennst du die?«

»Nur vom Hörensagen. Das grüne Buch von Gaddafi, die rote Bibel von Mao, die farblose Verfassung von Chávez und das orangefarbene Dossier. Ich lese keine Bestseller.«

Es war merkwürdig, wenn man in fremden Geschichten auf sich selbst stieß. Selbst wenn der Geheimdienst sie sich ausgedacht hatte, war es merkwürdig und rief eine gewisse Verbitterung hervor, all die Fotos, die vermeintlichen Abschriften, die aussahen wie notariell beglaubigte Dokumente, die Schriften, die von anonymer Hand für uns niedergekritzelt worden waren. Aber Mireya hatte recht, es war auch etwas Echtes darunter, Überbleibsel einer wundervollen Sommernacht, nur drei Blätter, denn viel war nicht zu erzählen. Jedenfalls nicht, wenn wir uns an die Tatsachen hielten, die auf ein Blatt Luftpostpapier passten.

»Du hast also den Dienst quittiert, weil es dich angewidert hat, Bulle zu sein.«

»Bulle zu sein, hat mich nie angewidert«, korrigierte ich dich.

»Aber das hast du zu mir gesagt.«

»Weil du mich glauben ließest, dass du Polizisten hasst, Mireya. Und ich wollte unter keinen Umständen von dir gehasst werden.«

Wütend sprangst du auf, der Lauf der 38er schien das Rohr eines Brunnens zu sein, das dunkle Fenster zur Welt direkt vor meinen Augen.

»Das war auch so«, sagtest du viel zu dicht vor mir, als dass ich nicht wieder glaubte, dass alles nur eine einzige große Lüge und du ganz woanders warst, nicht hier, direkt vor mir. »Sag mir, dass nicht stimmt, was in diesen Papieren steht.«

Du hattest die drei Seiten aus dem orangefarbenen Dossier herausgerissen und hieltest sie mir vor die Nase.

»Streite alles ab, und ich werde dir wieder glauben. Verliebte Frauen sind blind. Ich werde dir wieder glauben, Gotán, wenn du mir sagst, dass es nicht stimmt. Sag, dass du nicht derjenige bist, der das hier geschrieben hat.«

Aber ich war es, bin es, werde es immer sein, solange die 38er in den Händen der Frau, die sich jetzt Negra nennt, mir nicht das Hirn wegpustet. Und das ärgerte dich, diese Information, die dir das orangefarbene Dossier auf dem silbernen Tablett servierte.

»Was habt ihr mit dem Richter gemacht?«

»Dafür bin ich nicht zuständig. Um die Gefangenenlogistik kümmern sich andere. Ich kümmere mich nur um deinen Fall, Gotán. Aus Gründen, die du bestimmt verstehst.«

»Nein, ich verstehe sie nicht, aber trotzdem danke.«

Da nahmst du meine Hand, und auf einmal fühlte ich mich wie der gehörnte König, der wusste, dass es die Königin auf seinem eigenen Feld mit ihren Liebhabern trieb und er ihre Namen in ein orangefarbenes Dossier schrieb, damit sie dem Henker überstellt würden, sobald die Königin ihm gestand, dass sie ihn nicht mehr liebte, dass sie ihn nie geliebt hatte, dass die Macht ein Labyrinth aus flüsternden Stimmen auf den Fluren war, ein ständiger Figurenwechsel, ein Spiel, bei dem die Ehre und das Leben der Einsatz war, nichts Wichtiges also, solange die nächste Runde Revanche bot.

»Komm mit, ich stell dich vor«, sagtest du, ohne meine Hand loszulassen. Es störte dich nicht, dass ich die Decke nicht ablegte und aussah wie ein Flüchtling. »Nackt und barfuß kommst du eh nicht weit.«

Du kanntest mich, wusstest, dass ich ungern Mitleid errege und nie an das Gute im Menschen appelliere, einfach deshalb nicht, weil ich nicht daran glaube. Sieg oder Tod, das war ein guter Leitspruch, schade nur, dass ihn heutzutage keiner mehr auf seine Fahnen schrieb, ja, nicht mal mehr wusste, was er zu bedeuten hatte.

Gemeinsam verließen wir das Zimmer ohne Dach. Wegen der Ackergauldroge schwankte ich leicht, der Wächter auf dem Flur schaute mich argwöhnisch an. Es wäre eine Erleichterung für ihn, wenn er mich an Ort und Stelle töten könnte, aber Mireya war wohl die Chefin, die Patin des Wahnsinns.

»El Rata, die Ratte«, stellte sie ihn mir vor. »Er verliert

nicht viele Worte, der Revolver sitzt ihm dafür aber umso lockerer. Fragezeichen sind nicht sein Ding. Er hat noch nie gefragt, bevor er jemanden umgelegt hat.«

»Dann sind wir ja Kollegen«, sagte ich, ohne ihn aber eines Blickes zu würdigen.

Wir betraten ein anderes Zimmer, das groß und hell war, dasselbe Zimmer, in dem ich vor einigen Tagen im Licht einer Taschenlampe die Pläne des Krankenhauses studiert hatte. Zwei Männer lächelten uns angespannt entgegen wie Direktoren einer Aktiengesellschaft, die auf der folgenden Sitzung die Dividenden auszuschütten hatten. Dickbäuchig, breitschultrig und gut angezogen, auch wenn es Arbeitskleidung war wie die Sturmhauben, die sie höflich abgenommen hatten. Nagelneue Kleidung aus irgendeinem Armeegeschäft.

»Kain und Abel«, stellte Mireya sie vor und ließ meine Hand los, um mir ihre auf die Schulter zu legen und zu sagen: »Meine Herren ... Gotán!«

»Tatarata!«, rief Abel überflüssigerweise.

Kain trat ein paar Schritte zurück und begutachtete mich wie ein Sklavenhändler. Man sah ihm die Enttäuschung an.

»Du bist also der hübsche Tangotänzer.«

»Und du der Scheißkerl, der laut Bibel seinen Bruder tötet«, gab ich zurück.

»Bring ihn um, Negra«, sagte Kain zu Mireya.

»Wer steht hinter dir? Wer hat dich vorgeschickt?«, fragte nun Abel.

Ich drehte mich um, nicht, um ihn zu verarschen, sondern aus Reflex, weil ich seine Frage wörtlich nahm. In den vergangenen dreißig Jahren war ich noch nie auf die Idee gekommen, dass jemand hinter mir stehen könnte.

»Mach ihn kalt, Negra«, drängte Kain. »Das ist ein alter störrischer Bock, den können wir hier nicht gebrauchen.«

Nun erkannte ich seine Stimme.

»Du warst das! Du hast neulich den Köter erlegt, du Schwein!«

Da riss mir Kain mit einem Ruck die Decke weg und gab mir einen Schubs, dass ich zu Boden stürzte. Ich hörte Gelächter, sie machten sich über meinen Schwanz lustig. Die, die sich Negra nennen ließ, versuchte, ihn zu rehabilitieren, erreichte aber nur, dass sie noch lauter lachten.

»Wer schickt dich, Tangotänzer? Du bist doch nicht aus eigenem Antrieb hier. Sag schon, wer hat dich vorgeschickt? Ich zähle bis drei: eins, zwei, drei.«

Abel riss Mireya die Waffe aus der Hand und setzte sie mir an den Schädel.

»Barboza«, sagte ich da wie jemand, der Royal Flush in die Pokerrunde ruft.

Ein bewunderndes Pfeifen, ein heiseres Husten. Mireya widersprach mir nicht, auch sie war überrascht.

»Diese kastrierte Sau! Hätte ich mir ja denken können«, sagte Abel.

Nemesio Barboza war ein Peronistenführer der verstocktesten Sorte, Isabel Perón und ihrem Schergen López Rega einst bedingungslos ergeben. Er hatte militante Arbeiter ans Messer geliefert, war ein Komplize von Militärs und prominenten Unternehmern und in den Neunzigern ein Drogenbaron. Mit seinem medikamentös in Schach gehaltenen Alzheimer beherrschte er noch immer die Elendsviertel der Vorstädte.

»Ich heiße Gotán, nicht ›Tangotänzer‹.«

Aber die Erläuterung zu meinem Spitznamen interessierte sie nicht mehr. Abel legte seinen Arm um Kain und führte ihn hinaus. Es standen wohl Entscheidungen an, von denen ich nichts wissen durfte. Meine Lüge hatte Wirkung gezeigt und meine Hinrichtung offenbar verschoben.

»Du hast wirklich immer ein As im Ärmel. Selbst wenn du nackt bist«, beglückwünschte mich die, die sich Negra nennen ließ, während sie die Decke aufhob und mir aufhalf. Dann legte sie sie mir wieder um die Schultern und führte mich zurück ins Zimmer ohne Dach. »Nur merkwürdig, dass du als Komplize von Barboza allein hier aufgetaucht bist.«

»Ich bin mit einem Richter hier, verdammt. Wo ist er? Hat ihn der Erdboden verschluckt?«

»Ganz ruhig«, sagt Mireya alias Negra, einstmals Débora. »Wichtig ist jetzt nur, dass du hier heil wieder rauskommst.«

»Ich gehe nicht ohne die Tochter meines toten Freundes und auch nicht ohne Quesada! Habt ihr die beiden umgebracht? Enden alle, die euch in die Quere kommen, wie der Köter?«

Jetzt war mir wirklich kalt, ich zitterte, offenbar lief ich schon blau an, denn auf einmal legte Mireya die Waffe auf den Boden und nahm mich in die Arme.

Ich erstarrte, doch die Überraschung hielt nicht lang an. Das Begehren steckte mich in Brand wie eine achtlos weggeworfene Kippe vertrocknetes Gestrüpp.

Mireyas Kleid konnte knapper nicht sein, da war nichts aufzuknöpfen, nichts aufzureißen, man musste es nur hochschieben, schon glitt es über ihre langen, erhobenen Arme vom Körper, ihre Brüste fielen auf meine Brust wie zwei von einem langen Waldspaziergang erschöpfte Mädchen. Ich nahm sie in die flache Hand, umhüllte sie wärmend und reanimierte sie mit einer Zunge, die mir nicht mehr gehorchte, der Körper erklärte glücklich seine Unabhängigkeit von allen Spekulationen, vom Druck, ja selbst vom drohenden Tod. Zu lange war er gefesselt gewesen, ein Gefangener von Erinnerungen, die niemand teilte, eines Bildes, das so falsch war wie meine Zugehörigkeit zu den Heerscharen des Nemesio Barboza und die Geschichte ohne lebende Zeugen, die die drei Seiten des orangefarbenen Dossiers über mich erzählten. Ich war für diese Nacht geboren, für diese Frau.

Du sagtest nicht, *ich liebe dich,* das hattest du mir noch nie gesagt, dein einziges Zugeständnis war der Tango gewesen, den du mit Gotán in irgendeinem Lokal in Boedo tanztest, manchmal auch in San Telmo. In Fragen der Liebe warst du eine Touristin wie die ewig lächelnden Japaner mit ihren Nikons oder Minoltas, die alles, was ihnen vor die Linse kam, fotografierten, ohne zu wissen, was es war. *Verliebte Frauen sind vollkommen unzurechnungsfähig,* sagtest du in dieser Nacht unter dem rechteckigen Himmel des Zimmers ohne Dach.

Dann stimmt es also, flüstertest du mir ins Ohr, während deine Zunge meine linke Ohrmuschel leckte und in ihre Tiefen vordrang wie in einen Tempel. Dein Kopf rückte vor, die Kehle hinab auf die Brust, hielt inne, um sich in meinem Nabel zu laben, und wanderte dann weiter nach unten, immer weiter und weiter. Es stimmte, was in dem Dossier stand, es stimmte alles, was man sagte und du mir nie sagtest, und trotzdem war ich hier bei dir. *Jetzt würden sie nicht mehr über deinen Schwanz lachen,* sagtest du, und dann klammertest du dich an meinen Hintern wie die Überlebenden der Titanic an ihre Rettungsringe, wenn Frauen doch nur nicht so blöd wären in der Stunde des Opfers, wenn sie doch nur Priesterinnen wären und nicht Opfergabe. Du kehrtest von dort unten zurück und warst feucht, Mireya, die du dich Negra nennen lässt, du entglittest meinen Händen wie das kurze Kleid, das sie dir vom Leib gestreift hatten, es gelang ihnen nicht, dich wirklich zu entblößen, zu entdecken, wer du wirklich bist, dich zu besitzen. *Sag mir bitte, dass es nicht wahr ist,* sagtest du, während ich in dich eindrang, nur weil du so nah warst, weil bevorstand, was wir bereits wussten, weil zwei Welten aufeinanderprallten, Materie, Atmosphäre und Atem miteinander verschmolzen.

»Sag mir, dass du ihn nicht hinterrücks erschossen hast, dass du ihm zumindest die Chance gegeben hast, sich zu verteidigen, dass du wenigstens damals etwas riskiert hast.«

»Der Blick eines Mörders, der nicht bereut, ist unerträglich, Mireya. Wer garantiert uns in diesem Moment, dass er es wirklich war, dass er wirklich getötet hat, auch wenn alles dafürspricht? Warum fragst du das jetzt, Mireya? Werden wir gefilmt? Wen interessiert schon das Wie nach über zwanzig Jahren? Es war keine Kunst, es war Rache.«

»Liebst du mich?«

Deine Frage überraschte mich nicht, nicht einmal der Zynismus, den ich in ihr erahnte. Ich wollte einfach glauben, dass du endlich alles erfahren wolltest.

»Ich dich ja, aber du ...«

»Die letzte Liebe, Gotán.«

Und dann war nur noch Kälte, diese scharfe, endgültige Kälte, als das Stilett tief in mein Herz eindrang.

Drei Es lügen sowohl die, die behaupten, dass es endgültig ist, als auch die, die von Lichtern am Ende des Tunnels erzählen, als fahre man in einer U-Bahn.

Man kehrt nicht zurück, weil man an Gott oder Stephen Hawking glaubt oder gute und schlechte Taten angehäuft hat. Es gibt keine Belohnung oder Bestrafung und ebenso wenig so etwas wie Reinkarnation. Auch kehrt man nicht wirklich vom Tod zurück.

Man kehrte zurück aus einem Dunkel aus Geräuschen und Wahrnehmungen, die man nicht recht einordnen konnte. Wenn man so viel Blut verloren hatte wie ich, war ein Teil von einem fortgegangen, ausgelaufen wie eine umgekippte Flasche Wein auf einem Tisch, um den nach dem Festessen niemand mehr saß.

Zwischen der Nacht, in der ich hingerichtet wurde, und dem Morgen, an dem ich wiederauferstand, hatte ich genügend Zeit, um tatsächlich zu sterben und diese Welt hinter mir zu lassen. Aber der Vorteil der Bewusstlosigkeit bestand darin, dass man in diesem Zustand keine Gewissensbisse und Ängste mehr hatte und der Körper, der um ein, zwei Liter Blut und Erinnerungen erleichtert war, nur noch schwebend abwärts trieb, so lange, bis ihn Arme umschlangen und fremdes Blut in ihn floss, das ihn wiederbelebte.

»Da sind Sie ja gerade noch mal davongekommen, Martelli.«

Ayala sagte es nicht sehr überzeugt. Wenn ein Wiederauferstandener die Augen öffnet, kann das selbst einen erfahrenen Bullen aus der Fassung bringen.

»Ihr Herz sitzt in der Mitte.«

Die Bemerkung kam nicht von Ayala, denn was wusste Ayala schon von Herzen. Sie kam von Burgos, der aus meiner umnebelten Perspektive heraus in meinem Krankenhausbett in Tres Arroyos über mir schwebte wie eine dicke Wolke.

»*Foher fissen Sie das?*«

Ich konnte das W nicht aussprechen wegen der Kanülen, durch die ich vermutlich mit Sauerstoff und Nährlösung versorgt wurde.

»Ich habe Sie mit dem Bergmesser aufgeschlitzt, mit dem ich sonst Wildschweine ausweide. Ich dachte, Sie wären tot, und wollte mir mal Ihre Organe ansehen. Es hat mich schon immer interessiert, woraus die Eingeweide eines Polizisten der Federal bestehen. Rein berufliches Interesse.«

Ayala lachte, keine Ahnung ob über Burgos' eschatologischen Humor, oder weil es tatsächlich so gewesen war.

Ich musste nicht reden, hätte es auch nicht können. Durch die Schläuche waren mir zu viele Konsonanten verwehrt, und außerdem tat mir der Hals weh, und das Atmen verursachte mir Brechreiz. Am liebsten wäre ich auf der Stelle gestorben – hätte mich die Wissbegier nicht am Leben erhalten.

Burgos und Ayala wechselten sich mit dem Erzählen ab. Es hatte keine Verhafteten gegeben. Aus dem einfachen Grund, dass keine Anzeige erstattet worden war, weder von der Staatsanwaltschaft noch von der Zeitung.

Peloduro Parrondo hatte sich von der Estanzia in Uruguay aus mit Mónica in Verbindung gesetzt. »Informanten der GRO« hatten Pepa gesagt, dass Isabel noch am Leben war. Sie war entführt worden, weil man dachte, sie wüsste Bescheid über gewisse Dokumente, von denen man annahm, dass Edmundo sie in Genf deponiert hatte, genauso wie die veruntreute Summe für seine Flitterwochen mit Lorena.

»... *a um eufel i gro?*«

»Nicht sprechen, sonst beißen Sie noch die Kanülen durch, und dann vermischt sich die Nährlösung mit dem Sauerstoff zu einem Riesenfurz, der Sie platzen lässt wie ein Heißluftballon«, warnte Burgos.

»GRO ist die Abkürzung eines Clubs von Unternehmern, die die Demokratie stützen, solange sie funktioniert, ›andere Alternativen‹ aber nicht ausschließen«, erläuterte Ayala. »Steht alles in den Aktenordnern, die wir in der Baracke gefunden haben, wo wir Sie rausgeholt haben. Besser gesagt das, was von Ihnen noch übrig war.«

Namen tauchten keine auf in diesen Ordnern. Nur meiner, in dem orangefarbenen Dossier, das Quesada umklammert gehalten hatte wie ein Messbuch. Als ich den Namen des Richters hörte, hätte ich mir beinahe die Schläuche rausgerissen, um mich nach seinem Verbleib zu erkundigen, aber meine Retter kamen mir zuvor.

»Im Leichenschauhaus dieser Heilanstalt«, sagte Burgos in einem Anfall von Sprachbürokratitis, mit der er sich offenbar beim Studium all der Ordner angesteckt hatte.

»Er ist mausetot«, präzisierte Ayala.

Burgos versprach mir, eine Autopsie an ihm vorzunehmen, auch wenn es schon nicht mehr wichtig war, ob Quesada in dem Kugelhagel gestorben war oder vielleicht an den Folgen von Folter. Armer Quesada, er hatte von diesen ganzen Intrigen nicht mehr gewusst als jeder klatschsüchtige Angestellte hätte herausfinden können, der bei Gericht vertrauliche Informationen verhökerte.

Ich schloss die Augen, weil ich glauben wollte, dass alles nur ein schlimmer Albtraum war, dass die Argentinier zu Beginn des einundzwanzigsten Jahrhunderts nicht wieder in ihre schlechten Gewohnheiten zurückfielen, sich für einzigartig hielten, für besser als den Rest der Menschheit, und sich über die Regeln hinwegsetzten wie Maulhelden der Vorstadt, die die Ehre ihrer Nachbarn genüsslich den Hunden zum Fraß vorwarfen, während sie selbst sich in der Eckkneipe die Hucke vollsoffen.

Ich kniff die Augen ganz fest zu, doch konnte ich nicht dasselbe mit den Ohren tun, sodass ich hören musste, was Burgos und Ayala zu erzählen hatten, die ganze Geschichte, wie und warum sie zu dem Haus ohne Dach gekommen waren.

Der Serienmörder, der echte, hatte sie in Bahía Blanca auf dem Polizeirevier erwartet. Zermürbt vom Streit mit seiner Frau, hatte er mit deren Ermordung den Schlusspunkt hinter seinen Feldzug gesetzt und vor Ayalas Augen sein Geständnis unterschrieben, mit der Bitte, in seiner Zelle erst wieder für den Prozess belästigt zu werden.

Um keine Depressionen zu bekommen, weil mit der freiwilligen Aussage des Familienvaters die Chance auf eine Beförderung vor der Pensionierung vertan war, hatte Ayala dem pummeligen Arzt deshalb vorgeschlagen, auf der Stelle kehrtzumachen und mir wieder zu helfen. Schlicht, weil es in der Nähe lag, hatten sie beschlossen, zuerst zu dem baufälligen Haus auf dem Land zu fahren. Und da sie den Weg nicht kannten, nahmen sie den Immobilienmakler mit – den sie dann mit Mund-zu-Mund-Beatmung reanimieren mussten, da das schaurige

Spektakel in dem angeblich unbewohnten Haus ihm so sehr zusetzte, dass er einen Herzinfarkt bekam.

Alles war also Teil eines Plans gewesen, der gescheitert war am chaotischen Handeln einer kopflosen Regierung und an dem Öl, das die Handlanger in den Kleineleutevierteln ins Feuer gegossen hatten. Die Unternehmer, die die GRO finanziert hatten, verwarfen ihn noch an dem Abend, an dem der Präsident in seinem Hubschrauber geflohen war, und evakuierten mit einer Lastwagenkolonne die im Lehrkrankenhaus gelagerten Waffen, ohne dass die Belegschaft davon Notiz nahm, war sie doch an die Schießereien in den benachbarten Elendsvierteln, an Truppenbewegungen der Polizei und an das Einundaus von politischen Gaunern gewöhnt, die sich wie berühmte Chirurgen benahmen.

Viel mehr konnten mir meine Retter nicht erzählen. Ayala schien froh darüber, dass ich den Dienst bei der Federal nicht wegen Übelkeit quittiert hatte, *damit haben Schwangere zu kämpfen, nicht Polizisten*, Burgos meinte hingegen skeptisch, dass er seine Meinung für sich behalte, bis ich wieder auf den Beinen oder tot wäre, lange müsse er da ja nicht mehr warten, keine Ahnung, ob er mir damit Mut machen wollte oder mich schon aufgegeben hatte.

Nachdem ich nun erfahren hatte, dass das Land schon wieder auf einen Abgrund zusteuerte, ohne dass ich etwas dagegen tun konnte, verabschiedeten sich meine Mitstreiter. Am nächsten Tag würden sie mich wieder besuchen, ob ich nun noch in diesem Bett läge oder schon in einer Holzkiste. Die Schläuche verhinderten, dass ich ihnen fluchend dankte für das, was sie für mich getan hatten.

Kaum waren sie draußen, schloss ich die Augen, und kurz darauf träumte mir, dass man mir mitten in der

Nacht die Schläuche rausriss und mich zum Kofferraum eines Autos schleppte.

Es gibt zwei Möglichkeiten, sich an der Gewalt zu beteiligen: Entweder man macht es freiwillig, oder man lässt sich mitreißen wie von einem wilden Fluss. Ersteres wäre mir lieber gewesen, doch musste ich mit Letzterem vorliebnehmen.

Als ich aufwachte, fühlte ich mich noch schwächer und schlechter als am Tag zuvor, ein Beweis dafür, dass manche Träume nur der wirre Prolog eines Albtraums sind. Ich befand mich in einem Krankenhausbett ohne all die Schläuche, die mich mit Nahrung und Sauerstoff versorgt hatten, was zunächst einmal bewies, dass die Apparatemedizin reine Geldverschwendung gewesen war. Obwohl ich nicht gefesselt war, versuchte ich erst gar nicht, mich zu bewegen. Mein Gesundheitszustand war so prekär, dass meine Häscher wohl zu dem Urteil gekommen waren, die Schmerzen würden genügen, um mich ruhig zu stellen. Da ich auf dem Rücken lag, sah ich zu meiner Erleichterung, dass über diesem Zimmer zumindest ein Dach war. Mit meinem unerschütterlichen Optimismus zog ich daraus den Schluss, dass ich nur deshalb in ein anderes Krankenhaus geschafft worden war, weil jemand ein Interesse daran hatte, mich am Leben zu erhalten.

Du warst es nicht, Mireya, meine erste Enttäuschung bei dieser Wiedergeburt im Bewusstsein eines in die Mitte verschobenen Herzens. Doch wer war es dann? Wer hatte das Risiko auf sich genommen, mich wie eine Jungfrau zu entführen und heimlich in ein anderes Krankenhaus zu verlegen?

Da ging endlich die Zimmertür auf, und herein kam die Person, die die Antwort kannte.

Vier Ende Juni 1978, während die argentinische Fußball-
nationalmannschaft die WM, die Begeisterung des Volkes
und das Wohlgefallen der Militärdiktatur gewann, wurde
der hohe Polizeichef Aníbal »Toto« Lecuona im Vorort
Tigre in einen Hinterhalt gelockt und ermordet.

Am selben Abend strömten die Massen auf die Straßen,
um den geschickt eingefädelten WM-Sieg zu feiern. Flan-
kiert wurde er von einem ungeheuren PR-Apparat, der
der Welt ein Argentinien präsentieren sollte, in dem wieder Ruhe und Ordnung herrschten, dessen Wirtschaft im
Tempo seines Raubtierkapitalismus wuchs und das Touristen einer Mittelschicht exportierte, die durch Wechselkurs-
und Finanzgauklereien zu Wohlstand gekommen war.

Der Kommandant des Ersten Heerescorps wies die
großen Tageszeitungen und Presseagenturen sofort an,
dass nichts von Lecuonas Hinrichtung an die Öffentlichkeit dringen durfte. Der ermordete Polizeichef war nicht
gerade ein Liebling der Machthaber gewesen, aber die
öffentliche Bekanntmachung während des patriotischen
Fußballfests wäre von den auf Zusammenhalt schwören-
den Streitkräften und Sicherheitsorganen als nicht hin-
nehmbarer Keim des Widerstands interpretiert worden.

Eigentlich hatte Lecuona der peronistischen fünften
Kolonne angehört, doch konnte er auf die schützende

Hand eines Unternehmers zählen, der sein Geld mit dem An- und Verkauf von Getreide verdiente und Mitglied der kommunistischen Partei war, der er genauso viel Geld spendete wie dem Rotary Club, bei dem er ebenfalls Mitglied war; die kommunistische Partei Argentiniens hatte viele Jahrzehnte zuvor Lenins ›Was tun?‹ gegen die illustrierten Broschüren des Kremls eingetauscht, deren Führung entzückt war von unserer Diktatur, weil sie sich dem von der US-Regierung ausgerufenen Boykott verweigert hatte und der Sowjetunion Getreide zu günstigeren Bedingungen verkaufte als der Europäischen Gemeinschaft.

Nur ein Spinner, kompromissloser Anhänger des Vernichtungsfeldzugs »Prozess zur Nationalen Reorganisierung«, hatte auf die Idee kommen können, ausgerechnet in der fußballerischen Weihenacht besagten Polizeichef zu erschießen.

Im Gegensatz zu der Presse räumten die Verantwortlichen des orangefarbenen Dossiers der Tat jedoch den Platz ein, der bei einer Tageszeitung einer Kolumne auf der Titelseite entsprach. Mein Vor- und Nachname, ja sogar mein Spitzname Gotán prangten auf den abgegriffenen Schriftstücken, die Burgos und Ayala aus den Händen des toten Richters gerettet hatten. Doch warum kam man fast ein halbes Jahrhundert später auf ein Ereignis zurück, das die längst geschriebene Geschichte der letzten Militärdiktatur kein bisschen verändern würde? Wollte vielleicht ein eifriger, lupenrein demokratischer Wissenschaftler mehr Licht ins Dunkel dieser Epoche des Gräuels bringen, mich öffentlich anprangern und meine müden Knochen im Gefängnis sehen?

Nichts störte das Gleichgewicht der von der Macht in Beschlag genommenen Köpfe mehr als gute Absichten. Die Überraschung bestand daher nicht darin, dass Toto

Lecuona noch am Leben war, sondern dass er in diesem Moment putzmunter und lächelnd durch die Tür trat und mich zudem noch umarmen wollte.

»Deine Knochen sind noch heil, das Blut, das du verloren hast, haben sie dir im Krankenhaus von Tres Arroyos wieder ersetzt, und hier werden sie deine schlaffen Muskeln wieder auf Vordermann bringen«, sagte er zur Begrüßung, nachdem wir uns seit fast einem Vierteljahrhundert nicht mehr gesehen hatten. »Alter Recke, ich musste dich aus der anderen Klinik rausholen, die wollten dir dort nämlich an den Kragen.«

»Schon wieder?«

Er lachte laut auf und nahm auf meinem Bett Platz. Mit seiner Hilfe richtete ich mich auf. Ein schmerzhafter Stich in der Brust erinnerte mich an mein Wiedersehen mit Mireya.

»Du bist ein unbequemer Zeuge, Gotán, das fehlende Glied einer mit der Zeit verrosteten Kette. Wenn sie dich jetzt töten, gibt es niemanden mehr, der die Geschichte im orangefarbenen Dossier widerlegen kann.«

»Ich denke gar nicht daran, sie zu dementieren. Ich bin als Kloschüsselverkäufer ganz zufrieden.«

»Aber du hast dir Batmans Kostüm angezogen, um in Gotham City für Gerechtigkeit zu sorgen.«

»Reden wir lieber nicht davon. Wieso bist du zurückgekehrt?«

»Auch wenn ich mit meiner jungen Freundin weit weg auf den Kanaren lebe, so habe ich hier doch einen Ruf zu retten.«

»Alter Lustmolch. Alle meine Freunde machen in letzter Zeit einen auf jung. Was ist los? Könnt ihr euch nicht damit abfinden, dass ihr lebende Mumien seid?«

Wieder lachte er aus vollem Hals.

»Das sagt gerade der Richtige. Bist du nicht gerade ›penetriert‹ worden?«

»Mireya ist neununddreißig, also uralt.«

»Und ihretwegen liegst du hier, statt fröhlich deine Schüsseln zu verkaufen.«

»Wo ist sie?«

»Spurlos verschwunden. Alle Mitglieder der GRO haben sich abgesetzt und mich im Stich gelassen.«

Da ich von den Schläuchen befreit war und wieder normal reden konnte, nutzte ich die Gelegenheit, um noch mal nachzufragen, was zum Teufel diese GRO war.

»›Gruppe Revolutionärer Offiziere‹ ... Bis vor wenigen Stunden ein Projekt, um an die Macht zu gelangen. Jetzt nur noch ein Haufen Papier.«

»Aha, wieder mal die Militärs.«

»Ja, aber diesmal sind es nicht die Ewiggestrigen, Gotán, sondern junge Leute, aus der Internet- und Handygeneration, Bewunderer von Hugo Chávez und Evo Morales. Daher auch der Name GRO, eine Hommage an die GVO, die Perón in den Vierzigern als Sprungbrett gedient hatte.«

Die GVO, »Gruppe Vereinigter Offiziere« oder Obristenliga, waren Pseudonationalisten gewesen, die mit dem europäischen Faschismus sympathisiert hatten und yankeefeindlich waren zu einer Zeit, als die Unterstützung der USA ein revolutionärer Akt war, weil die Yankees zusammen mit den Russen gegen die Nazis kämpften.

Nun also die GRO, Chávez, Morales und neben mir auf dem Bett Toto Lecuona.

»Dann sind wir jetzt also komplett«, sagte ich und sah ihn misstrauisch an. »Was machst du hier? Warum bist du nicht bei deinem Mädchen auf den Kanaren?«

Er stand auf und ging im Zimmer umher, zündete sich

eine Zigarette an und fragte erst, nachdem er schon alles in Rauch gehüllt hatte, ob es mich störe.

»Nein, allerdings würde ich ungern sterben, ohne erfahren zu haben, warum man mir mit meiner Vergangenheit auf den Sack geht, warum man mich ins Jenseits befördern will und warum man mir eine Geschichte anhängt, die zu dementieren ich längst satthabe. Und ich würde gern wissen, wer Mireya oder Negra in Wahrheit ist. Und wo Edmundos Tochter steckt. Und warum Edmundo aus dem Weg geräumt wurde. Auch er hat mal auf eine Welt gehofft, die nicht ganz so beschissen ist.«

»Okay, aber immer schön der Reihe nach«, sagte Toto.

Ich lehnte die Zigarette ab, die er mir anbot, seine Qualmerei schnürte mir schon genug die Luft ab. Er lächelte darauf zerstreut, dieser Toto Lecuona, der die Chuzpe hatte, mitten im Gefecht mit seiner neuesten Eroberung zu prahlen.

»Edmundo wurde von den Leuten der GRO rekrutiert, und ihm gefiel die Idee, den Staub von dieser Handlangerdemokratie zu klopfen.«

»Er hatte also wieder Feuer gefangen. Ich dachte, er wäre mit den Jahren reifer geworden und suche nur sein Glück und nicht die Kugel, die ihn umlegt.«

»Sprich nicht so von einem deiner besten Freunde, Gotán, und spiel vor allem nicht den Zyniker. Träume altern nicht. Die Revolution ist wie ein fünfzehnjähriges Mädchen, um das zu kämpfen sich nach wie vor lohnt.«

»Red keinen Stuss, Toto, und erzähl endlich.«

Toto blieb stehen und sah mich an, überlegte in Sekundenschnelle, ob er weiter mit mir reden oder mich meinen Henkern überlassen sollte. Dass er mit seiner Erklärung fortfuhr, deutete darauf hin, dass er mir noch eine Chance gab.

»Edmundo rief dich in jener Nacht aus seinem Bungalow am Strand an. Er war dort fröhlich zu Gange mit seiner ...«

»Lorena, noch so ein Deckname.«

»... genau, Lorena, ich hatte schon ganz vergessen, wie die arme Kleine hieß. Edmundo war jedenfalls fest entschlossen, alles auf eine Karte zu setzen, und wollte dich mit ins Boot zu holen. ›Er ist mein bester Freund und mordet wie kein anderer‹, sagte er bei dem Kommandotreffen, das wir kurz vor seinem Anruf abhielten. ›Das kann ich nur bestätigen; und außerdem ist er ein großer Zauberer‹, sagte ich und schilderte ihnen die Zirkusnummer, die du 1978 veranstaltet hast, während der Plebs die Fußballweltmeisterschaft feierte.«

»Du warst ein sicherer Todeskandidat, Toto. Den Rotarier der Kommunistischen Partei haben sie einen Tag nach deiner Hinrichtung niedergemetzelt. Vorher haben sie noch seine Tochter erschossen, vor seinen Augen, nachdem zwei Marinesoldaten sie vergewaltigt hatten. Erst letzte Woche wurden die Schweine in den Zeitungen als Veteranen des Falklandkriegs gefeiert.«

Toto Lecuona atmete die von ihm selbst verpestete Luft des Zimmers ein, als wollte er auf den Meeresgrund tauchen und bräuchte dafür einen Vorrat an Kohlendioxyd, wohl wissend, dass ein Eintauchen in die Erinnerung einer Mutation gleichkam, keiner Häutung, sondern einer Veränderung der Spezies, dem Abschütteln von Gewissensbissen.

»Negra, oder wie du sie nennst, Mireya, hatte in der Organisation eine gewichtige Stellung. Sie war es auch, die mich auf den Kanaren anrief und mich davon überzeugt hat, dass die Sache diesmal wirklich ernst war, dass wir die Macht ergreifen würden, indem wir die Schwäche und Widersprüche der Streithammel in der Regierung ausnutzten und den Beginn einer neuen Etappe auf dem Weg zu der von Perón unvollendet gelassenen Revolution verkünden würden, und so weiter und so fort ... Unter den jungen Militärs gärte es, weil sie herabgestuft oder bei der Beförderung übergangen wurden; man schickte sie nach Mittelamerika oder auf den Balkan, versetze dich mal in die Lage dieser armen Kerle, die mit der Diktatur nichts zu tun hatten.«

»Das mach mal lieber selber, Toto. Ich kann nicht glauben, was du mir da erzählst. Welches Ziel habt ihr verfolgt? Wolltet ihr etwa den Sozialismus einführen?«

Toto Lecuona sah mich nur mit geistesabwesendem Blick an.

So wie damals an dem Abend, an dem ich die Zirkusnummer seiner Hinrichtung inszenierte.

Damals lebte er allein in einem Fertighaus im Arbeiterviertel San Fernando. Es war leicht, die Tür einzutreten und Toto nackt mit einem Mädchen im Bett zu erwischen, Schreie, Nervosität, *du Schwein, wer hat das befohlen?*, schrie Toto, während wir das Mädchen hinausscheuchten wie einen Hund, den man auf der Bettdecke ertappt. Ich schickte meine drei Untergebenen hinaus, *das hier regle ich allein*, sagte ich, *wir haben noch eine alte Rechnung offen*. Die drei gehorchten dankbar, weniger Arbeit für sie, das Opfer musste so präpariert werden, als hätte es sich der Verhaftung widersetzt, Berichte mussten geschrieben werden, all der Papierkram.

Als wir allein waren, verriet ich ihm alles. In zwei oder drei Tagen würden sie ihn verhaften und ihn dann in aller Seelenruhe in einem der beiden Folterzentren Olimpo oder ESMA weichkochen. Und danach ab ins Flugzeug und den schmierigen Fischen im Río de la Plata zum Fraß vorwerfen. Er wollte nicht glauben, dass sie alles wussten, *du hast es ihnen erzählt*, warf er mir vor, außer sich vor Wut und gepanzert gegen das Entsetzen, weil er felsenfest davon überzeugt war, dass sie ihm nichts anhaben konnten. Es kostete mich große Mühe, ihm klarzumachen, dass sie ihn hatten wachsen lassen wie eine tropische Pflanze im Keller der antarktischen Marambio-Station. *So konnten sie rausfinden, wie stark sie unterwandert sind*, sagte ich zu ihm an jenem Abend, während ich ihm half, ein paar Klamotten in eine Tasche zu packen. Ich gab ihm das Geld, das ich für ihn gesammelt hatte, genug, um sich ein paar Tage über Wasser zu halten und sich bis zur nächsten Grenze durchzuschlagen. *Besser, du tauchst irgendwo im Ausland unter, wenn sie dich lebend erwischen, erwartet mich die Hölle*, sagte ich. Fluchend verschwand er durch die Hintertür, und ich steckte das Bett und die Holzmöbel in Brand, ballerte meine Kugeln in den Rauch, während die Flammen immer höher schlugen. Dann ging ich ruhig nach draußen, zündete mir eine Zigarette an, bevor ich in den Streifenwagen stieg. *Fahren wir*, sagte ich zu meinen Untergebenen, als käme ich gerade vom Pinkeln aus den Büschen zurück, *einer weniger, der Ärger macht*. Viele Jahre würden vergehen, bis ich wieder etwas von ihm hörte, doch billigte er auch dann noch nicht das Risiko, das ich auf mich genommen hatte, um ihn zu retten.

»Wen interessiert denn heute noch der Sozialismus?«, erwiderte Toto schließlich. »Russland wird von der Mafia regiert und China von einer Sekte von Schurken, die erstaunt sind, wie gut die Geschäfte laufen, wenn Millionen von Chinesen nur ein paar läppische Kröten verdienen, in

Nordkorea herrscht noch finsteres Mittelalter, wenn auch mit Atomspielzeugen, und Cuba ist wie ein bettelarmes Schweden. Nein, Gotán, heute den Sozialismus anzustreben, ist, wie mit einem Heißluftballon zum Mond fahren zu wollen. Nicht mal Jules Verne würde so was heute zum Thema eines seiner Romane machen.«

Und dann verstrickte er sich in der Erklärung der komplizierten Alchemie, die von den Theoretikern der GRO entworfen worden war, die allesamt an Eliteuniversitäten der Ersten Welt studiert hatten.

»Leute mit Köpfchen, Gotán, nicht so wie wir, nicht umsonst waren wir nur Bullen.«

»Viel Gehirnschmalz im Dienst von Verbrechern«, sagte ich. »Warum mussten Edmundo, Lorena, dieser Cordero sterben? Und warum redest du überhaupt jetzt noch auf mich ein? Eure GRO hat sich doch gerade aufgelöst. Und in die Schuhe schieben wolltet ihr das Ganze einem einfachen Serienmörder, nicht zu fassen. Der hat es am Ende nicht mehr ausgehalten, dass seine Frau ihn trotz allem liebte, hat sie auf die Todesliste gesetzt und sich gestellt.«

»Darum hat sich deine Mireya persönlich gekümmert. Klär das mit ihr – solltet ihr euch jemals wiedersehen.«

Jetzt war es an mir, höhnisch zu lachen, aber der schmerzhafte Stich in meiner Brust rief mir ins Gedächtnis, dass eine unerwiderte Liebe Spuren hinterließ.

»*Meine* Mireya hat es nicht so mit verlässlichen Gefühlen, Toto. Was gestern war, ist heute schon ganz anders. Und was heute ist, wird morgen sein, nur umgekehrt.«

»Jetzt bist du jedenfalls unter Freunden. Und deine beiden Retter wachen über dich wie zwei Schutzengel. Keine Ahnung, nach welchen Kriterien du deine Freunde aussuchst, Gotán.«

»Oder die Frauen, die ich liebe.«

In diesem Augenblick ging die Tür auf, und Polizei-hauptwachtmeister Ayala und der pummelige Arzt betraten die Szene. Kaum waren sie im Zimmer, entschuldigten sie sich schon dafür, dass sie mir die traumatische Verlegung tags zuvor nicht angekündigt hatten.

»Wir konnten schließlich nicht warten, bis Ihre Henker herausfinden, dass sie es mit einem seltenen Fall von verschobenem Herzen zu tun hatten«, sagte Burgos.

»Und wo bin ich jetzt?«

»Im Santiago Cúneo.«

»Aber keine Angst«, sagte Ayala, um meinem Schreck zuvorzukommen, »von dem Waffenarsenal im Keller ist nicht mal mehr ein Federmesser übrig. Sie haben alles fortgeschafft.«

»Und wohin?«

»Wahrscheinlich nach Paraguay«, erklärte Toto. »Die Paraguayer sind große Waffenkäufer und zahlen mit feinstem Stoff. Die GRO war nie wirklich im Besitz dieser Waffen, sie waren nur geleast, reine Durchgangsware. Bezahlt werden sollten sie erst, wenn wir die Macht an uns gerissen hätten.«

»Was Verschwörungen angeht, sind wir Argentinier Weltmeister. Die Probleme gehen immer erst dann los, wenn wir die Einkaufsbüros des Staates besetzen«, räsonierte ich.

»Die Leute aus dem Haus ohne Dach haben sich in den Süden abgesetzt«, sagte Burgos.

»Woher wissen Sie das?«

»Reine Vermutung, Martelli«, sagte Ayala. »Man weiß nie was ganz genau, auch der Papst nicht: Wenn der auf den vollen Platz des Petersdoms hinabschaut, schwitzt er wahrscheinlich Blut und Wasser, weil er sich die ganze

Zeit fragt: Sag ich ihnen nun, dass Gott nicht existiert, oder sag ich's ihnen nicht?«

Wir lachten alle, verhalten, denn schließlich war ich schwer verletzt.

Doch schon am nächsten Morgen verließen wir in aller Frühe das ehemalige Waffendurchgangslager, nachdem eine Nachtschwester mir noch gegen ein großzügiges Trinkgeld in Dollar etwas von der Pferdedroge besorgt hatte, diesmal gegen die Schmerzen in der Brust, die aber nicht mehr so schlimm waren wie am Vortag.

Sie betteten mich auf die Rückbank eines japanischen Jeeps mit Allradantrieb, den Toto Lecuona für uns gemietet hatte. Er saß auch selbst am Steuer. Weil die Leute der GRO nach dem gescheiterten Staatsstreich verschwunden waren, ohne sein Honorar zu zahlen, hatte er beschlossen, sich der Jagd auf die Flüchtigen anzuschließen.

»Einer der Typen in dem Haus ohne Dach war der Schatzmeister der GRO. Der Liebhaber der Negra, um genau zu sein«, sagte er ohne Rücksicht auf meinen Rekonvaleszentenstatus, während er die Auffahrt auf die Nationalstraße 3 nahm. »Sie hielten die Ruine mitten in der Pampa für sicher. Wer kommt schon auf die Idee, dort die Rädelsführer einer bewaffneten Bande von Verschwörern zu suchen?«

»Ich«, sagte ich. »Allerdings habe ich sie für gewöhnliche Diebe gehalten, nicht für Argentiniens nächste Erlöser.«

Ein laut vernehmbares Schnarchen des pummeligen Arztes zeigte an, dass er die Fahrt zu einem Nickerchen nutzte.

»Auf der Fahrt nach Buenos Aires habe ich dieses Schnarchen schon mal gehört«, sagte Ayala, »nur dass

Burgos da selber am Steuer saß. *Das ist meine tabakbedingte Angina,* hat er gemeint, als ich ihn wachgerüttelt habe, damit wir nicht mit dem Viehtransporter zusammenstießen, der uns ebenfalls in Schlangenlinien entgegenkam.«

Toto Lecuona machte das Radio an. Der Übergangspräsident verkündete im Staatsrundfunk das Ende der historischen Ungerechtigkeiten und eine neue Ära von Wohlstand und Arbeit für alle. Die Büros und Flure des Regierungspalasts waren nun wieder wie Laufstege, auf denen die Galionsfiguren der Parteien jeglicher Couleur herumstolzierten und um die neuen politischen Ämter schacherten. Jeder Fernsehsender brachte diese Nationalparade in den Nachrichten, was für die Menschen zu Hause wie der Blick in das Schaufenster des Trödelladens war, der Discépolo fünfzig Jahre zuvor zu seinem berühmten Tango ›Cambalache‹ inspiriert hatte. Die Hoffnung auf Ewigkeit, mit der die »neue Ära« begann, würde vier oder fünf Tage währen, und der neue Präsident gerade mal eine knappe Woche.

Wir fuhren nach Süden. Jetzt ja, dir entgegen.

Der Norden jenseits Lateinamerikas ist das offensichtliche Schicksal der großen Yankeechimäre, diesseits sind es die offenen Adern, die Eduardo Galeano mit unvergesslicher Anteilnahme beschrieb und die auch weiterhin bluten. Der Süden Argentiniens ist die Ungewissheit, der verheißungsvolle Voluntarismus des Martín del Castillo aus Sábatos ›Über Helden und Gräber‹, aber auch die Ödnis, die endlose Einsamkeit Patagoniens, die Steppe und die Kälte. Den Süden bewohnten einst würdige, kriegerische und religiöse Männer und Frauen. Danach kamen andere Menschen mit anderen Religionen und Symbolen: erst das Kreuz und in seinem Schlepptau die kapitalistische Raffgier. Damit war das Schicksal Patagoniens besiegelt.

Auf meiner kopflosen Flucht nach Nirgendwo mit der blonden Lorena war ich nicht weit gekommen, doch war ich kurioserweise in die Nähe des Ortes gelangt, zu dem wir nun unterwegs waren.

Piedranegra war ein Geisterdorf, einst Durchgangsstation für Abenteurer und Wanderarbeiter, die hier auf dem Weg zur Apfelernte in Río Negro einige Wochen halt machten und ihr Glück als Goldschürfer versuchten.

Jemand hatte ein Geheimnis entdeckt oder eine Legende erfunden – das spielte heute keine Rolle mehr: In den Eingeweiden dieses Ödlands befände sich Gold. Man müsse nur ein Sieb in den Seitenarm des Río Colorado halten, der an Piedranegra vorbeifließt, und schon schwämmen darin wertvolle Schuppen jenes Glanzes. Eine englische Handelsgesellschaft habe in Liverpool schon die Gerätschaft für eine Mine verladen. Auf einem riesigen Frachter seien rund zweihundert blonde Bären in See gestochen, Bestien in Menschengestalt, die die Steine notfalls mit ihren Fäusten zertrümmern konnten.

Es galt also, keine Zeit zu verlieren. Wie 1982 auf den Falklandinseln würde das Fest zu Ende sein, sobald die Engländer eintrafen. Doch das Fest kam nie richtig in Schwung, dümpelte eher vor sich hin, während immer mehr der falschen Lichter ausgingen, je mehr Hobbygoldsucher die Gegend mit schlammverschmierten Händen verließen. Das Schiff der englischen Kompanie kam nie an, und knapp ein Jahr später konnte man den verlassenen Ort kaum noch von der kargen Landschaft der patagonischen Steppe unterscheiden.

Was von Piedranegra übrig geblieben war, erwartete uns bei Abenddämmerung: eine von einem Dutzend heruntergekommener Holzhäuser gesäumte, zweihundert Meter lange Straße, durch die ein gewaltiger Sandsturm tobte. Als Toto Lecuona den Motor abstellte, war von Heulen bis donnernden Böen alles zu hören.

Von der Rückbank aus betrachtete ich den Schauplatz, der in einem der Papiere erwähnt wurde, die Ayala und Burgos in dem Haus ohne Dach gefunden hatten. Bald würden wir feststellen, dass noch wenige Stunden zuvor zwischen den wankenden Wänden des Kaffs so viel Leben und Ehrgeiz geherrscht hatten wie in jedem Parteilokal, in denen die Verschwörer sich gegenseitig Mut zusprachen, um sich in das Abenteuer des Strebens nach der absoluten Macht zu stürzen.

Toto und Ayala stiegen aus, öffneten den Kofferraum und setzten sich mit vier Gewehren in der Hand wieder zu uns.

»Das sind jugoslawische«, erklärte Toto.

»Seid euch da nicht zu sicher. Es könnten auch argentinische sein. Im Balkankrieg haben wir den Kroaten ganze Arsenale von Schrottwaffen mit getürkten Registriernummern verkauft«, sagte Ayala. »Und wenn es tatsächlich argentinische sind, könnte der Schuss auch nach hinten losgehen.«

Bis auf das Skalpell, das er sich nur bei Toten einzusetzen traute, waren Waffen Burgos' Sache nicht. Trotzdem nahm er das Gewehr entgegen und inspizierte es neugierig. Ayala sorgte dafür, dass er den Lauf nicht ins Innere des Wagens richtete, und erklärte ihm, wie man die Sicherung löste. Burgos lauschte den Anweisungen wie ein gelehriger Schüler.

»Mit wem werden wir es zu tun bekommen?«, fragte ich.

Die Antwort lag auf der Hand: mit dem Tod. Aber wer

waren seine Handlanger, wie viele waren es und warum ausgerechnet hier?

»Wenn sie noch eine Geisel haben, dann sind sie hier«, sagte Toto, der Experte in Sachen Logistik, weswegen er von Negra auch angeheuert worden war. »Ich habe keinen Vorschuss verlangt, weil ich mit ihrer Sache sympathisierte. Und ich wurde übers Ohr gehauen.«

In Piedranegra wollten sie nach der Machtübernahme die prominenten Gefangenen zusammenführen. Nicht den Präsidenten, *den konnten wir ruhig laufen lassen, der wusste selber nicht, wo er gerade war*, hatte Toto auf der Fahrt erläutert. Sondern die *Parteibonzen, die Chefs des Geheimdiensts SIDE, Bandenführer aus dem Ballungsraum von Buenos Aires, die ein Heer von Arbeitslosen mit Sozialplänen durchfütterten und dadurch den gleichen Rang einnahmen wie ein General mit Befehlsgewalt über die Truppen.*

Aber die einzige Gefangene im Moment war, sollte sie noch am Leben sein, Isabel.

»Warum Isabel?«, fragte ich.

»Sie dachten, sie könnten über sie Edmundos Frau unter Druck setzen, die ihnen verraten sollte, wo Edmundo das Geld versteckt hatte. Geld, das nicht ihm gehörte, sondern der Organisation.«

»Soweit ich weiß, hat von Mónica aber niemand je etwas gefordert. Die haben sie nur angerufen und ihr gesagt, ich solle mich gefälligst raushalten, nachdem sie mir Lorenas Tod nicht hatten anhängen können und auch die Sache mit der Autobombe schiefgegangen war. Und was hat der CPF mit all dem zu tun?«

»Wir haben jetzt keine Zeit für so viele Fragen, Martelli«, drängte Ayala zur Eile.

»Der CPF hat alles finanziert«, antwortete Toto trotzdem, dem der Bulle aus Bahía Blanca von Anfang an unsympathisch gewesen war. Provinzler hatte er noch nie leiden können, *die sind noch brutaler und blutrünstiger als wir Bullen von der Federal,* hatte er immer gesagt. »Der CPF gibt den Armen zu essen, führt Alphabetisierungskampagnen durch, hilft beim Sturz von schwachen Präsidenten; der Erdölkonzern ist effizienter als die kolumbianische FARC und gern gesehen an den Börsen dieser Welt.«

»Kein Wunder, schließlich fördern sie unser Erdöl gegen ein paar Kröten und verkaufen es zu OPEC-Preisen in der Ersten Welt.«

»Der Kampf um die Macht ist teuer, Gotán. In unserer Jugend haben wir noch geglaubt, dass wir nur ein paar Leute entführen und einige Banken ausrauben müssten, und schon wäre die Sache geritzt. Was waren wir doch für Einfaltspinsel!«

»Wenn Mónica aber nichts wusste, warum deponierten sie dann in Spanien eine Viertelmillion Dollar für sie?«

»Das können Sie nachher den Schatzmeister fragen«, sagte Toto. »Ich will nur meine Kohle.«

Auf der Fahrt – zwölf endlose Stunden auf schnurgeraden Straßen mitten durch die Pampa – hatte meist Schweigen geherrscht. Toto war kein Mann der vielen Worte, wenn er am Steuer saß, Ayala hatte für Polizisten der Federal nicht viel übrig, Burgos hatte geschnarcht, und ich war unter dem Einfluss der Droge dahingedämmert. Dieses Geisterdorf aber konnten wir nicht einfach so betreten, da mussten wir uns vorher schon ein paar Gedanken machen, wie wir vorgehen sollten.

Als ich mich als Freiwilliger meldete, schlug mir gedämpftes Gelächter entgegen.

»Vor achtundvierzig Stunden haben sie dich noch aufgespießt wie einen Anfänger, und jetzt willst du schon

wieder den Helden spielen?«, meinte Toto Lecuona kopfschüttelnd.

»Dann soll jemand mit mir kommen«, schlug ich vor,
»jedenfalls bleibe ich nicht hier und warte, sonst macht ihr
die Negra kalt, ohne dass ich noch mal mit ihr sprechen
kann.«

»Der Einzige, der nicht sterben darf, ist der Schatzmeister, zumindest so lange nicht, bis er meinen Scheck
unterzeichnet hat«, sagte Toto.

Burgos betrachtete immer noch sein Gewehr wie ein
neugeborenes Kind, und Ayala wollte nicht mit mir um
das Privileg kämpfen, als Erster sterben zu dürfen. Eine
Diskussion war also nicht nötig. Es war an Toto und mir,
die Schlacht zu beginnen, oder was immer feierlich eröffnet werden musste.

Isabels Befreiung war jedoch nur ein Vorwand für mich.
Meine Wette auf das Nichts, mein selbstmörderischer
Traum war es, noch einmal mit dir allein sein zu können.

Fünf Das Dorf, oder vielmehr das, was davon übrig war, lag in einer tiefen Mulde, einer Art Krater, sodass man meinen konnte, es hätte dort ein Meteorit eingeschlagen, der beim Verglühen die niedrigen Holzbaracken ausgespuckt hatte. Wir entdeckten eine Kneipe, die aussah wie ein Saloon aus dem Wilden Westen, ein Blockhaus, das ein rotes Balkenkreuz auf weißem Grund als Krankenstation auswies, und einen Schuppen, der wohl als Kapelle gedient hatte, denn auf dem Dachfirst war ein metallenes Kreuz befestigt, das wohl nur deshalb nicht herunterfiel, weil der Heilige Geist es vom Himmel aus mit einem Faden hielt, das bei dem Sturm aber bedenklich wankte und über dem Eingang des Gotteshauses einen bedrohlichen Schatten warf. Ansonsten gab es nur noch verfallene Häuser, deren Dächer wie bei dem in Tres Arroyos teilweise fehlten. Offenbar zog die Organisation Verstecke vor, in denen sie den Kontakt zum Universum nicht verlor.

Toto und ich hatten beschlossen, dass er links und ich rechts die Straße entlanggehen würden; beim ersten Schuss wollten wir unsere Kräfte vereinen – sollten wir noch welche haben. Beide hatten wir ein Walkie-Talkie dabei, mit dem wir unsere Mitkämpfer im Jeep alarmieren konnten, wenn ihr Einsatz in der Schlacht vonnöten war.

Der Wind blies so stark, dass wir uns regelrecht dagegenstemmen mussten. Der erste Block auf meiner Seite bestand aus zwei Baracken und auf Totos Seite aus einer, weshalb ich mal wieder doppelt so viel Arbeit hatte; immer wenn Aufgaben verteilt wurden, fiel mir der schwerere Part zu. Die Häuser waren nicht ganz so baufällig, wie es uns auf den ersten Blick vorgekommen war, aber einige hatten wirklich kein Dach mehr und bei anderen fehlten Wände, und es standen nur noch die Türen, die ich wie ein schwachköpfiger Rambo trotzdem aufstieß.

Ich fluchte erst leise, dann lautstark, als ich Toto an der Ecke innehalten sah wie einen der draufgängerischen Schönlinge von Borges, aber der Sturm zerwehte meine Verwünschungen. Toto musste es mir dennoch von den Lippen abgelesen haben, denn er hob seine rechte Hand mit nach oben gerecktem Daumen und stieß dann triumphierend sein Gewehr in die Luft wie Gregory Peck in ›Bis zum letzten Atemzug‹ aus dem Jahre 1957, in dem ein von Hunderten von Comanchen umzingelter Yankee-Colonel einen nach dem anderen abknallte, bis keiner mehr übrig war.

Wir überquerten die staubige Straße und rannten zum nächsten Block.

Drei Baracken links und vier rechts, wobei Toto die Erstürmung des zweistöckigen – streng genommen, anderthalbstöckigen – Westernsaloons zufiel, der sogar Schwingtüren besaß, die bei dem Sturm hin- und herschwangen wie auch das Holzschild darüber, auf dem »AS TRUGBIL ES GOL ES« zu lesen stand, ohne Ds, als hätte sie jemand als Ausgleich für das fehlende Gold mitgenommen. Die beiden Fenster hatten zerbrochene Scheiben, ob hier der Verfall sein Werk getan hatte oder ob die letzten Rauf- oder Trunkenbolde in Piedranegra durch sie auf die Straße befördert worden waren, war jedoch nicht klar.

Totos Gestalt war hinter der Windhose, die jetzt durch die staubige Straße fegte wie eine Herde wild gewordener Pferde, kaum noch zu sehen. Ich erkannte gerade noch, dass er mir Zeichen machte, ihm beizuspringen. Ich deutete auf das Walkie-Talkie, das wir beide am Gürtel trugen. Wozu waren Ayala und Burgos im Jeep geblieben, wenn nicht, um uns zu Hilfe zu eilen? Aber vielleicht blieb keine Zeit, auf Unterstützung zu warten, Toto musste etwas gesehen haben, was seine Aufmerksamkeit erregt hatte, denn er winkte mir nun nur noch hektischer.

Als ich einen Schritt auf die Straße machte, wirbelte ein Windstoß mich indes hoch wie ein trockenes Blatt, sodass ich kurz darauf mit schmerzverzerrtem Gesicht durch den Staub rollte. Das Gewehr hatte ich dabei nicht losgelassen, in Sekundenschnelle hatte meine zwanzigjährige Erfahrung als Kloschüsselverkäufer dem kontrollierten Adrenalinstoß des Profikillers Platz gemacht, der ich immer noch war. Die Waffe eng an mich gedrückt, wälzte ich mich auf die andere Straßenseite, während der staubige Boden unter mir bei jedem Kugeleinschlag vibrierte, ein dumpfer Knall nach dem anderen, wie wenn jemand kurz an die Tür klopfte und dann schnell zurücktrat, damit er nicht durchsiebt wurde, krachende Salven, Kugel um Kugel, die unmittelbar hinter mir einschlugen und nur knapp ihr Ziel verfehlten, bis ich die kleine, keinen halben Meter hohe Betonmauer erreichte, hinter der ich mich verschanzen konnte, um das Feuer zu erwidern.

Von dort aus sah ich auch endlich, was los war. Als Toto den Saloon erkunden wollte, war er überrascht worden und jemand hatte direkt auf seinen Kopf gezielt, während man mich vom anderen Fenster aus mit schwerer Munition beschossen hatte. An mein Ohr drangen nun Satzfetzen, wahrscheinlich wollte man mir zu verstehen geben, dass ich aufgeben und meine Waffe niederlegen sollte, doch der Wind heulte so stark, dass er es mit der Hi-Fi-Anlage einer Disco aufnehmen könnte.

Toto ließ augenblicklich sein Gewehr fallen, hob die Arme und gab mir Zeichen, es ihm nachzutun. Ich drückte den Sprechknopf des Walkie-Talkies, um Ayala und Burgos zu alarmieren, sollten sie nicht schon längst ins Jenseits befördert sein, aber ein präziser Schuss schlug es mir aus der Hand.

Es war nur logisch, dass sie gut schießen konnten, wenn sie die Anführer eines Aufstands waren, der nie zum Ausbruch gekommen war. Logisch war aber auch, dass sie nicht um Gnade flehen und ebenso wenig Gnade walten lassen würden. Mein Wiedersehen mit Mireya sprach für sich.

Hinter meiner Mauer legte ich mich deshalb der Länge nach auf den Boden. Natürlich riskierte ich so einen Schuss in meine Beine, aber es gab zwei Aktivitäten, bei denen ich mich wohl und entspannt fühlen musste: beim Sex und beim Töten. Mit der Entschlossenheit eines Chirurgen, der den Bauch seines x-ten Patienten aufschnitt und dabei mehr auf seine Erfahrung als auf seine ruhige Hand vertraute, zielte ich und drückte ab. Ein Aufschrei im Saloon, worauf Toto sich blitzschnell zu Boden warf und zu fliehen versuchte, Purzelbäume schlagend wie ein russischer Turner, der alle Rekorde brechen will, um vom Kreml zum Helden der Sowjetunion ernannt zu werden. Doch die Russen waren nicht mehr so fit, wie sie mal waren, und auch Toto war älter geworden, auch wenn er das nie zugeben würde, sodass ein Kugelhagel aus dem Inneren des Saloons seinen Heldentaten ein Ende setzte, mitten auf der Straße, zwischen dem fünften und sechsten Purzelbaum.

Ich hätte ihn töten sollen an jenem Abend 1978, an dem ich seiner geplanten Entführung zuvorgekommen war. Ich hätte ein Leben beendet, das er jetzt mit einer letzten Rolle vorwärts aushauchte, er, der hartnäckig von so etwas wie einer Revolution geträumt hatte und nun ruhmlos besiegt worden war von ein paar Clowns, die ihn zu allem Überfluss auch noch um seinen gerechten Lohn gebracht hatten.

Da richtete ich mich auf, bot so die perfekte Zielscheibe für Totos Mörder, weshalb ihm sicher der Speichel im Mund zusammenlief und er sich im Saloon ebenfalls aufrichtete.

Ich ließ ihm keine Zeit, auf mich zu zielen. Ich durchlöcherte ihn, ballerte, was das Zeug hielt, bis ich hörte, wie er in sich zusammensackte und die Schwelle vom Leben in den Tod überschritt. So schnell ich konnte, rannte ich dann hinüber zum Saloon und warf mich gegen die Schwingtüren für den Fall, dass es noch mehr Schützen gab, die mich abknallen wollten.

Aber drinnen lebte keiner mehr, und ich fand Trost in dem Gedanken, den toten Köter vor dem abgedeckten Haus in Tres Arroyos gerächt zu haben.

Mein Selbsterhaltungstrieb ist stark ausgeprägt, was auch Perón einst über die Gewerkschaftsbürokratie sagte und weshalb er die jungen Revolutionäre zur Strafe exkommunizierte, die 1974 zur Plaza de Mayo geströmt waren, um ihn daran zu erinnern, dass »die Volksregierung voller Verräter« war. Der Bürokrat in mir sagte mir deshalb auch, dass ich mich nun schleunigst aus dem Staub machen sollte, flüchten sollte, bevor der Tod mich lockte mit nackter Haut und mit einem Blowjob.

Natürlich war ich nicht nur hierhergekommen – selbst schon mehr tot als lebendig und gepeinigt von dem stechenden Schmerz in meiner Brust, der mich nun wieder lähmte –, um diese Schakale kaltzumachen, die meinen alten Freund und einen treuen Köter auf dem Gewissen hatten. Und ich war auch nicht hergekommen, um einer Bande von traumtänzerischen Verschwörern den Garaus zu machen. Was scherten mich schon diese Fantasten, die nicht zur Kenntnis nehmen wollten, dass wir in einer Demokratie lebten und das Volk selbst seine beschissenen Regierungen wählte.

Mein Walkie-Talkie war kaputt, Totos lag unter seiner Leiche begraben, und Burgos und Ayala gaben kein Lebenszeichen von sich, wahrscheinlich waren sie längst mit dem Jeep auf und davon, auf dem Weg nach Bahía Blanca, das sie nie hätten verlassen sollen.

Ich war allein und ging wieder einmal über Leichen.

Doch eine Person war noch am Leben, da war ich mir sicher, und diese Person befand sich im oberen Stock des abgefuckten Westernsaloons.

Und diesem Leben, deinem Leben, musste ich ein Ende setzen.

Sechs Halb verfaulte Stufen. Ihr Knarren liefert sich einen Wettstreit mit dem heulenden Sandsturm, der die nur noch in den Angeln hängenden Fensterläden auf- und zuschlägt.

Du erwartest mich. Du hättest mich von dort oben in aller Seelenruhe erschießen können, als ich in den Saloon eingedrungen bin. Ich hätte keine Chance gehabt, dafür war ich viel zu sehr damit beschäftigt, mögliche Angreifer kaltzumachen, und viel zu wütend, dass ich Toto Lecuonas Tod diesmal nicht hatte verhindern können.

Unerklärlicherweise ist die Wut inzwischen verraucht. Ich bin ganz ruhig. Und ich muss zugeben, dass ich enttäuscht wäre, wenn ich dich nicht antreffen würde.

Das obere Stockwerk ist nur etwas höher als eine Mansarde, mit meinen ein Meter neunzig muss ich gebückt gehen. Dieser Teil des Gebäudes ist wesentlich besser erhalten als der Schankraum, hier muss eine Frau gelebt haben, das sieht man an den Details, Vasen mit vertrockneten Blumensträußen, die einmal schön und üppig gewesen sein müssen, Holzschnitte und zwei Aquarelle an den Wänden, auf denen zwei Liebende einen dazu animieren, es ihnen gleichzutun. Der Verfall hat also gewisse Grenzen respektiert, und die Schönheit hat, wenn auch in die Enge getrieben, überdauert.

Ich blicke kurz in zwei kleine Zimmer, die keine Tür haben und leer sind. Ohne Zeit zu verschwenden, ziele ich dann auf das Schloss der – verschlossenen – Tür, die zu einem dritten Zimmer führt, und stoße sie mit einem Fußtritt auf. Die Tür prallt von der Wand zurück, sodass ich mit einem weiteren Tritt verhindern muss, dass sie wieder zufällt. Ein Schuss streift meinen Kopf.

Kaum sehe ich dich, weiß ich, dass du absichtlich vorbeigeschossen hast. Ich hätte keine Zeit gehabt, die Waffe auf dich zu richten, wenn du noch einmal hättest schießen und tatsächlich treffen wollen. Du senkst das Gewehr, das moderner ist als meins, und ich trete ein.

»Diesmal wusstest du, dass ich kommen würde.«

»Beim letzten Mal auch schon. Ich kenne dich, Gotán, und ich habe es dir schon mal gesagt: Du rennst wie vom Teufel besessen deinen Wünschen hinterher, du warst, bist und bleibst eine Tötungsmaschine.«

»Dann bin ich ja hier unter meinesgleichen.«

»Wir kämpfen aber für eine Sache. Jeder Mensch hat einen Grund, warum er tötet: für seine Ideale, für Geld, oder aus Leidenschaft.«

»Dann bin ich die Ausnahme von der Regel. Ich bin nicht deinetwegen hier.«

Du drehst mir den Rücken zu, siehst aus dem Fenster hinunter auf die wegen des herumwirbelnden Staubes fast nicht zu erkennende Straße, und ich frage mich, ob ich dich mit Worten verletzen kann, ob dies dein wunder Punkt ist, ob ein Wort der Genickschuss sein kann, den ich mich nie getrauen würde, abzufeuern.

»Isabel lebt«, sagst du, immer noch mit dem Rücken zu mir. »Wir wollten sie gerade freilassen. Jetzt kann sie uns nicht mehr schaden.«

»Und wie hätte sie euch schaden können?«

Jetzt drehst du dich um. Du hast genug von den Spielchen, wirst dir bewusst, wie kindisch sie sind.

»Sie hat das Passwort zu Edmundos Konten in Europa, auf denen das Geld des CPF deponiert ist, das nie bei der NGO angekommen ist, für die es eigentlich bestimmt war, und folglich auch nie bei uns.«

»Das wusste ich nicht. Davon hat sie mir nichts erzählt.«

»Das wundert mich nicht. Und dich sollte es eigentlich auch nicht wundern. Welche Frau traut schon einem Mann mit so einem Lebenslauf?«

»Isabel weiß nichts von dem Dossier. Meine Vergangenheit ist ganz allein meine Sache, ich posaune sie nicht in alle Welt.«

»Dafür posaunst du überall herum, dass du Kloschüsseln verkaufst«, sagst du lächelnd. »Ihrer Mutter Mónica hat Cárcano das Passwort allerdings nicht gegeben, deshalb die Einzahlung auf das spanische Bankkonto. Isabel hat offenbar das Schlimmste befürchtet und ihr deshalb schnell noch eine Viertelmillion überwiesen.«

»Ein hübsches Sümmchen.«

»Ja, beide sind nun richtig reich. Wenn du eine von ihnen verführen kannst, heirate sie.«

»Und wo ist Isabel?«

»Du musst sie schon selber finden. Wenn du tatsächlich deswegen hergekommen bist.«

»Und warum wurde Lorenas Leiche in meinem Zimmer deponiert? Und wer hat Corderos Leiche als Transvestit verkleidet?«

»Die GRO hat ihren eigenen Geheimdienst, Gotán. Der schmutzige Krieg hat hoch qualifizierte Fachleute hinterlassen, die mit den Sozialleistungen der Regierung nicht über die Runden kommen. Im Fall von Cordero war es aber nicht der Geheimdienst, sondern enttäuschte arabische Waffenhändler, die von Paraguay aus sein Todesurteil gesprochen haben. Normale Verbrechen stehen auf der Polizeiseite, politische Verbrechen aber auf der Titelseite, das ist der Unterschied. Die Morde des Serienkillers sind uns da zupassgekommen. Edmundo Cárcano und seine junge Geliebte – die um deines Freundes willen Cordero und nebenbei die Organisation betrogen hat –, waren gewöhnliche Betrüger, keine politischen Aktivisten. Dabei hätten sie wissen müssen, dass man eine Organisation wie die unsere nicht übers Ohr hauen kann.«

»Dann bist du es also gewesen, die mit Lorena geschlafen hat.«

Deine Gesichtsmuskeln zucken wie die Flammen einer Kerze, die durch einen Windhauch flackern. Du lachst leise, siehst mich an, hoffst, dass ich dich nach Details frage, schließlich bereitet die Liebe zwischen zwei Frauen uns Männern ein krankhaftes Vergnügen. Du erwartest, dass ich dich frage, warum und wie du sie verführt hast, wie du sie in deine geheime Höhle gelockt hast, aber du klärst mich auf, bevor ich es wage, dich zu fragen.

»Wir haben es in deinem Hotelzimmer miteinander getrieben. Der Nachtportier hat uns den Schlüssel gegeben.«

»Mónica hat er weisgemacht, dass Lorena mit einem Kerl gekommen ist. Hat der Portier etwa auch mit eurer Sache sympathisiert?«

»Wir rekrutieren kein Dienstpersonal. Aber im Hotelgewerbe werden so niedrige Löhne gezahlt, dass sich die Mitarbeiter mit der Vermittlung von Huren behelfen. Der Nachtportier hat die Farce gern mitgespielt, nachdem ich ihm ein Trinkgeld in Höhe seines Weihnachtsgelds zugesteckt habe. Und die Bullen aus Bahía Blanca haben an dem Abend, als du dich in dieser Kaschemme betrinken wolltest, den Befehl bekommen, dich lange genug aufzuhalten. Sie haben ihre Sache gut gemacht, schließlich bist du erst am nächsten Tag wieder aufgetaucht.«

»Ich war im Morgengrauen schon mal da«, stelle ich richtig, als wäre das jetzt noch wichtig.

Ayala und Rodríguez, das cervantinische Duo. Sie hatten mich auf Befehl der Organisation am Ausgang des Clubs abgefangen. Jetzt stand endgültig fest, dass Cervantes sie nie zu Figuren seines ›Don Quijote‹ gemacht hätte.

»Und wer hat ihnen diesen Befehl erteilt?«

»Ein hohes Tier aus Puerto Belgrano, der in dieser Gegend das Monopol auf den Frauenhandel hat. Einmal im Jahr fährt er auf der Schulfregatte der Kriegsmarine mit und ›kauft ein‹. Angeblich sind die jordanischen Huren besonders heiß.«

Du lachst laut, machst dich über mich lustig, und wie jemand der sein Champagnerglas hebt, zielst du mir dann mit deinem Gewehr zwischen die Augen.

»Wirst du mich jetzt töten?«

»Eine überflüssige Bemerkung, Gotán: Ich bin der Tod.«

»Aber du hast es schon mal versucht.«

»Glaubst du, ich hätte gepfuscht?«

»Mein Herz ist in die Mitte verschoben. Jedenfalls lautet so die Diagnose.«

»Glaube nie einem Arzt.«

Dann nimmt alles seinen Lauf, genau, wie ich es vorhergesehen und befürchtet habe. Sie beugt sich vor, um das Gewehr sanft auf den Boden zu legen, als setze sie eine Katze ab, die bis dahin in ihren Armen lag.

Auch ich lege meine Waffe auf den Boden, obwohl ich ihr nicht vertraue, wobei mein Argwohn so groß nicht sein kann. Es ist schlicht und einfach unser Schicksal, denn auch, wenn es nie ausgesprochen worden ist, steht doch geschrieben, dass unsere Geschichte nicht enden wird, solange wir beide noch am Leben sind.

Das Trägheitsgesetz will es, dass die Gewehre mit den Kolben aneinanderstoßen, sich drehen und auf ihre Besitzer zielen. Wie zwei Nadeln, die auf zwei Symbole am jeweils gegenüberliegenden Rand eines Kreises zeigen, eine Uhr, die nur dazu dient, wieder einmal darauf hinzuweisen, dass die Zeit ein großes Rätsel ist.

Dann richtet sie sich auf wie eine Blume in den frühen Morgenstunden und beginnt sich auszuziehen.

Ich warte, bis sie nackt ist, und ziehe mich dann ebenfalls aus. Natürlich nicht so selbstbewusst wie sie, vielmehr erstaunt wie ein alter Mann, fast schon gedemütigt wie ein Gefangener, den man dazu zwingt. Und vielleicht ist es auch so, vielleicht bin ich tatsächlich wehrlos. Zum ersten Mal habe ich Angst vor ihr.

»Hast du dich für sie auch ausgezogen?«

Sie nickt.

»Für dich aber auch«, sagt sie provozierend, »beim letzten Mal.«

Der Schmerz in meiner Brust ist auf einmal so unerträglich, dass ich mich zusammenkrümme.

»Warum hast du mich verlassen?«

»Wenn dir was wehtut, wirst du pathetisch, Gotán. Ich habe dich verlassen, weil ich nicht weiß, wer du bist. Ein hervorragender Tangotänzer ...? Ein Vertreter für Kloschüsseln ...?«

»Sanitärartikel: Bidets, Waschbecken, Wasserhähne. Gerade bin ich aber nicht auf Reisen, nicht mal Broschüren und Preislisten habe ich dabei. Weißt du denn, wer du bist? Welchem Herrn dienst du, Mireya?«

Der stechende Schmerz in meiner Brust brennt jetzt wie Feuer, und meine Arterien fühlen sich an wie überlastete Hochspannungskabel. Die nackte Mireya sagt, dass ich endlich aufhören soll, sie Mireya zu nennen, und ich antworte, dass sie mich nicht so abstempeln darf, dass ich sehr wohl mein Leben riskiert habe, wenn es darauf ankam, dass man mich durch den Fleischwolf hätte drehen können, als ich aus meiner Tarnung bei der Federal heraus Genossen wie Toto Lecuona das Leben gerettet habe.

»Und alles nur, damit ihn deine Kumpane heute kaltmachen konnten, genauer gesagt dieser Schatzmeister, mit dem du neulich Nacht einen Orgasmus hattest. Wenn ich gewusst hätte, dass du mit ihm dort zugange warst, hätte ich euch mit Kugeln durchlöchert. Dann wären wir heute nicht hier, und Toto würde noch leben und nicht tot draußen auf der staubigen Straße liegen, durch die sonst nur Sand und dürre Äste fegen.«

»Er ist selber schuld dran, Gotán. Er hatte Anweisung, dich zu töten, aber er wollte dir helfen, sich für seine damalige Rettung revanchieren. Deine Freunde und du, ihr habt keine Ideale, ihr seid nur Nostalgiker.«

Jetzt stolziert sie auf Zehenspitzen im Zimmer umher, als trüge sie hochhackige Schuhe. Bei jedem ihrer geschmeidigen Schritte erzittern ihre Brüste, sie dreht sich um, damit ich ihren knackigen, prächtigen Po sehe, schüttelt verführerisch das Haar, als sie sich mir wieder zuwendet, damit es ihre Brüste abwechselnd verbirgt und entblößt. Erst, als sie mich mit schmeichelnder Stimme auffordert, näher zu kommen, fällt mir auf, dass der Wind sich draußen gelegt hat. Noch näher, sagt sie.

Ich versuche, ihre Hände zu sehen. Die Tricks von Zauberern zu durchschauen, war noch nie meine Stärke. In einer geschlossenen Faust kann alles Mögliche verborgen sein. Jedes Lichtspiel kann es verwandeln, mal in ein Tuch, mal in ein Kaninchen, mal in eine Taube, mal in ein Stilett. Sie erklärt noch einmal, dass sie mich hätte töten können, wenn sie gewollt hätte, dass sie ihren »Kameraden« gesagt habe, ich wäre längst tot. Deshalb hätten sie das Vertrauen in sie verloren, als sie mich in diesem Geisterdorf hätten auftauchen sehen, und sie in diese Kammer über dem Saloon eingeschlossen.

Nur in den Zeiten haben sie sich geirrt.

»Kommst du?«

Sie streckt mir die Arme entgegen, ich nehme ihre Hände, versuche, an jeder Hautzelle den Verrat zu ertasten, während ich sie noch einmal frage, warum sie an jenem Abend, als sie erfahren hat, dass ich Bulle bin, reagiert hat wie die verliebte Sopranistin, nachdem sie dem Phantom der Oper die Maske heruntergerissen hat. *Was hast du dahinter anderes erwartet? Das wahre Gesicht eines Menschen ist nie ebenmäßig,* rief ich an jenem Abend, als ich hinter ihr herrannte zu dem Taxi, in dem sie aus meinem Leben verschwand, und sie mich danach nie wieder anrief und ich nie wieder drang, wenn nachts das Telefon klingelte. Das wahre Gesicht ist dieses Scheißgesicht, das sie vor sich hat, das aller lebendig Begrabener, die wir für etwas zu kämpfen glaubten und doch nur an der Oberfläche zu kratzen vermochten in dem Versuch, die Erde unserer Gräber aufzuwühlen.

»Hör auf zu denken«, sagst du, »und nimm mich endlich in die Arme.«

Ich öffne meine Fäuste und lasse meine Hände sanft an deinen Armen hinuntergleiten, argwöhnisch, aber auch schwach angesichts des Begehrens, das unterhalb meines Bauches wächst, *nur dein Bäuchlein ist schlaff,* sagst du, und schon packt deine Hand mein Geschlecht, umhüllt seine wiedergewonnene Stärke. Letztlich suchen sich Eros und Thanatos immer wie zwei Angeber der

Vorstadt an der Ecke des Menschseins, ohne dass wir sie trennen können, ohne dass wir den Nahkampf verhindern können, das Duell im Affekt, das nichts weiter als eine Simulation ist, der vorgetäuschte Tod des Messias, der, während er noch beweint wird, wiederaufersteht und wie du auf Zehenspitzen durch die Tür verschwindet oder durch die Dachluke in den Himmel flüchtet, um uns von oben zu betrachten. So kann jeder sein Leben hingeben.

»Und trotzdem hast du Angst«, sagst du, als könntest du in meinen Kopf schauen, noch so ein heruntergekommener Saloon, in dem sich zwei Ideen gelangweilt mustern wie zwei Huren, nachdem die Ernüchterung der Goldsucher ihnen die Freier geraubt hat. »Hör auf zu denken. Wenn du die Angst nährst, wächst sie nur. Lass dich gehen, Gotán, alles in deinem Leben strömt zu mir. Du und ich, wir sind füreinander geschaffen. Und ich, ich habe nie aufgehört, dich zu lieben.«

Meine Hände erreichen deine Schultern, deine Hand um mein Geschlecht würde mich an die Mole bringen, wenn ich tatsächlich den Fluss hinuntergerissen würde, aber diese Mole bist du, und ich weiß, dass an ihrem Ende kein Festland wartet, keine Küste, dass es zu lange her ist, um dir zu glauben, dass deine Worte nur so dahingesagt sind, ins Blaue hinein, ohne Widerhall.

Und zudem ist da noch der Schmerz.

Ich nehme deine Hände, umschließe sie mit meinen, damit du mich nicht verletzen kannst, so, als könnte ich den Zauber bannen, indem ich den Zauberer außer Gefecht setze, als gäbe es dann keine davonflatternden Tauben mehr, keine zusammengeknoteten Tücher. Aber der Schmerz wird immer unerträglicher, mein Herz ist nicht in die Mitte verschoben, wie Burgos gesagt hat, es ist an seinem Platz, nur steckt noch ein Stück des Stiletts darin, mit dem du zuvor schon Lorena und Cordero getötet hast. Deshalb hast du dein Gewehr sinken lassen, auf den Boden gelegt und einen scheinbaren Waffenstillstand verkündet: damit er in dieses andere Trugbild münden kann.

»Der diensthabende Arzt in Tres Arroyos hat seine Sache gut gemacht«, flüsterst du mir ins Ohr. »Er war einer von uns. Aber hör auf zu denken, Gotán, und fick mich, du und ich, wir sind füreinander geschaffen.«

Voller Entsetzen kommt mir in den Sinn, dass mein steifes Glied nur die Vorstufe zu meiner Leichenstarre ist. Jetzt löst du deine Hände aus den meinen und umschlingst mich, ziehst mich in dich hinein, als wolltest du mich fressen und unsere Eingeweide vereinen, dich stöhnend in einen androgynen Körper verwandeln. Ich würde dein Spiel mitspielen, Mireya, wenn ich nicht spürte, wie es meine Brust zerreißt. Nichts von dem, was ich zu verlieren habe, sollte eigentlich wichtiger sein als du. Nun zittert meine Hand. Ich kann kaltblütig töten, wenn ich es mit einem blutrünstigen Schakal der Vorstadt zu tun habe, den ein überlasteter Richter freilassen wird, weil er unter Aktenbergen begraben ist, sodass der Ganove weiter rauben und plündern kann, aber ich kann nicht meinen eigenen Tod vor den Spiegel stellen, das können nur Selbstmörder, und ich bin keiner. Und mein Gewehr liegt weit weg, kopuliert mit deinem, so bizarr wie wir, Stahl und Pulver, bis zum Äußersten gespannt.

Der Fluchtpunkt meines Erstickungsgefühls ist die Explosion; schon fast ohnmächtig dringe ich in dich ein, eigentlich bist du es, die mit all deiner Wut und Traurigkeit sich öffnet, du reibst dich an mir bis zur Selbstverstümmelung, denn mein orgastisches Röcheln ist das des

Todes, und meine Ejakulation ist das Sprudeln des Blutes, das aus meinem Mund auf dein Gesicht tropft.

Danach macht sich eine drückende Stille breit, als wäre gerade der Sargdeckel über mir geschlossen worden. Ich habe nicht einmal mehr die Kraft, die Augen zu öffnen, nicht einmal genügend Angst, dem Horror ins Gesicht zu sehen, ich spüre nur, dass sich etwas bewegt, und es ist nicht mein Körper, sondern deiner, der sich von meinem befreit wie von einer zu warmen Decke.

Ich male mir aus, was passiert, es fällt mir nicht schwer.

Du stehst auf, noch immer erfüllt, traumwandlerisch wie ein Vampir, denn nichts anderes bist du, Mireya, du und Frauen deines Schlags. Du bist eine Antwort unter vielen auf die schmerzhafte Frage der Liebe.

Du nimmst die Kalaschnikow von der GRO, mit der du ungefragt in Gewerkschafts- und Regierungsbüros eindringen wolltest, sobald deine Leute die Macht ergriffen hätten, und zielst auf meinen Kopf. Aber noch hast du dich nicht dazu durchgerungen, meinem Leiden ein Ende zu setzen. Die Abschiede, Mireya, die Unmöglichkeit von Abschieden, die Gewissheit, dass wir, egal, was wir tun, enden, wie wir begonnen haben. Allein.

»Ciao, Gotán.«

Gelähmt vom Schmerz in meiner Brust, halte ich die Augen geschlossen, finde nicht einmal die Stimme wieder, um dir – leise, aber bestimmt, selbst in den Trümmern meines Untergangs – Danke zu sagen.

Sieben Irgendwer wird mir später erzählen, was passiert ist zwischen meiner kurzen Abwesenheit und meinem hartnäckigen Streben, in die Welt derer zurückzukehren, die sich für lebendig hielten.

»Als wir die ersten Schüsse hörten, sagte ich zu Burgos, dass es an der Zeit sei, uns dem Sturm auf das Winterpalais anzuschließen«, wird Ayala sagen, der die mehrbändige Geschichte der russischen Revolution gelesen hat und sich fragt, wie die Russen danach die Kontrolle über halb Europa verlieren und so tief sinken konnten, dass sie inzwischen einen Präsidenten namens Putin hatten.

Aber Burgos hatte es zu diesem Zeitpunkt noch immer nicht geschafft, die Sicherung seines Gewehrs zu lösen, das in der Militärfabrik von Azul, Provinz Buenos Aires, »überholt« worden war, um Teil einer heimlichen Waffenlieferung nach Afrika zu werden. Weil er aber guten Willens war, brachte er es in Anschlag und kniff ein Auge zu, um genau zielen zu können. Als Zielscheibe hatte er jedoch ein Männchen aus seinem Unterbewusstsein gewählt, denn der Schuss kümmerte sich nicht um die Sicherung und durchschlug das Dach des allradgetriebenen Jeeps, in dem Ayala und er als Nachhut zurückgeblieben waren.

»*So viel* hat gefehlt, und er hätte mir den Schädel weggepustet«, wird Ayala sagen, der zwischen Zeigefinger und Daumen nur einen winzigen Spalt lässt, während er mit der anderen Hand ausholt, um dem pummeligen Arzt einen Klaps auf den Nacken zu geben.

»Wir beschlossen, uns von der anderen Seite zu nähern. So konnten wir sie wenigstens ablenken, sollten wir unter Beschuss geraten«, wird Burgos fortfahren, der sich dann auch ans Steuer setzte, aufs Gaspedal trat und den Jeep einmal um das Dorf herum durch den Sandsturm jagte wie ein Schiff durch den Nebel. »Wir haben so gut wie nichts gesehen, deshalb hielt ich den bis an die Zähne bewaffneten Robocop zunächst auch für eine Fata Morgana, wie einem das in der Wüste passiert, besonders wenn man Fleisch aus heimlicher Schlachtung gegessen hat.«

Der Robocop entpuppte sich als Wachtmeister Rodríguez, der vermeintlich in den Armen der Polizeimuseumswächterin verlorene Sancho Pansa.

»Die Liebe ist ein Koffer auf Reisen«, wird mir in einem Anflug von Schwermut Sancho Robocop erklären, der mit Schwarzenegger nur das kantige Kinn gemeinsam hat. »Kaum hatte ich mit der Wächterin Schluss gemacht, rief ich Hauptwachtmeister Ayala an. *Ich stehe Ihnen wieder zu Diensten*, habe ich gesagt. Das mit dem Wechsel zur Federal war nur ein weibliches Lockmittel, um mich zu verführen. Aber ich bin nicht für Frauen aus Buenos Aires geschaffen, selbst wenn ich den gleichen Rang habe wie sie, *du riechst nach Bauer*, hat sie nach dem ersten Mal Vögeln zu mir gesagt. Und als sie mich dann noch mit einem Kommissar verglichen hat, der nach Paco Rabanne rieche, war mir endgültig klar, dass sich nichts ändern würde, wenn ich bei der Federal wäre, für sie würde ich immer ein Provinzler bleiben, ein Primitivling vom Land, den man in die Slums schickt, damit er sich mit anderen

Primitivlingen Schießereien liefert, einer, der nicht das Verbrechen bekämpfen, sondern dafür sorgen soll, dass wir uns gegenseitig umbringen.«

»Ich habe Rodríguez befohlen, uns zu folgen«, wird Ayala die Erzählung seines Untergebenen fortsetzen, »Ihrem Lecuona habe ich nämlich nicht über den Weg getraut. Ihnen natürlich auch nicht. Und ich musste die Ermittlungen zu Ende führen, nachdem das übereilte Geständnis des Serienmörders mich zunächst etwas aus dem Tritt gebracht hatte.«

In einem Moment der Unaufmerksamkeit hatte Ayala dem pummeligen Arzt die Schlüssel geklaut, und so war Robocop uns in dem himmelblauen VW Polo nach Piedranegra gefolgt. Als Burgos Wachtmeister Rodríguez inmitten der Sandwirbel neben seinem geliebten Auto erblickte, schwor er sich, mit dem Trinken aufzuhören und seinen Beruf an den Nagel zu hängen, auch wenn die Fata Morgana zu real erschien, als dass es sich um Delirium tremens handeln konnte.

Die vielen gemeinsamen Jahre als Hüter des heiligen Gesetzes, ihr Sammeln und Analysieren der in einem Provinzkaff sich anhäufenden Scheiße, hatten die drei Männer so zusammengeschweißt, dass sie keine Zeit mit Diskussionen verloren und mit dem Schwung eines Kavalleriekorps, dem man zur Motivation Abführmittel verabreicht hatte, vom anderen Ende her auf das Geisterdorf vorrückten. Burgos erwies sich dabei als talentierter Panzerfahrer, während Ayala und Rodríguez von der Rückbank des Jeeps aus auf alles schossen, was sich bewegte, *was nicht viel war*, wird Rodríguez klarstellen, *wir haben mehr Kugeln auf herumwirbelndes Gestrüpp und vom Wind verwirrte Krähen abgefeuert als auf den Feind.*

Die Abwehr von Piedranegra war längst nicht so groß

wie die des von den Franquisten belagerten Madrid, nicht einmal wie die der Falklandinseln mit ihren mit mittelalterlichen Waffen ausgerüsteten Wehrdienstleistenden, die es mit einer englischen Armee aufnehmen mussten. Ein halbes Dutzend Schützen kletterten in Windeseile von den wenigen intakten Dächern und traten in einem Unimog den Rückzug an, einem Überbleibsel der argentinischen Armee, der, wie wir später erfahren sollten, Teil eines bereits an naive Guerillakämpfer der kolumbianischen FARC verscherbelten Postens war. Es war daher ein Leichtes, bis zum Wildwestsaloon zu gelangen, wo sich ihnen der unangenehme Anblick von Totos Leiche bot, der bäuchlings im Staub lag und der unersättlichen Mutter Erde sein altes, müdes Blut spendete.

»Als wir ankamen, war die mysteriöse Dame mit dem Dolch verschwunden«, erklärt jetzt Burgos, der im allradgetriebenen Jeep die Stellung hielt, während Ayala und Rodríguez ballernd, was das Zeug hielt, den Saloon stürmten. »Wie üblich waren Sie halb tot, als die beiden Sie gefunden haben. Ayala hat Sie an den Schultern und Rodríguez an den Beinen gepackt und zum Jeep geschleppt.«

An diesem Punkt der Erzählung taste ich mich instinktiv nach Schusswunden ab und muss tief berührt erkennen, dass Mireya das Weite gesucht hat, ohne abzudrücken, vielleicht in der verrückten Hoffnung, dass wir es eines Tages doch noch einmal miteinander versuchen werden.

»Kurz hinter Piedranegra Richtung Süden liegt ein Stollen«, fährt Rodríguez fort. »Ich habe ihn zufällig entdeckt, als ich querfeldein auf das Dorf zugefahren bin. Ihr VW, Doktor, ist übrigens ein richtiger Rallyewagen.«

Der pummelige Arzt erstarrt, schließt die Augen und beißt die Zähne zusammen, als hörte er noch einmal das Knirschen der sowieso schon ausgeleierten Stoßdämpfer

seines geliebten Autos, aber er unterbricht Rodríguez'
Schilderung nicht.

»Ich erzählte Ayala und Burgos von meiner Entdeckung.
Und weil wir uns sicher waren, dass es kein besseres Versteck für einen Gefangenen gibt als eine verlassene Mine,
machten wir uns sofort auf den Weg.«

»Und was ist dann passiert?«, frage ich mit versagender
Stimme, da die stechenden Schmerzen in meiner Brust
sich wieder bemerkbar machen.

Ayala und Rodríguez sehen sich an wie zwei alte Zo-
cker, während Burgos den Jeep anhält, den er in Schritt-
geschwindigkeit zuerst durch ein trockenes Flussbett und
dann einen Hügel hinauf gesteuert hat. In fünfzig Metern
Entfernung liegt eine Öffnung, die so schwarz ist wie die
Mündung eines Gewehrs: der Eingang zum Stollen.

»Gar nichts ist passiert«, sagt Ayala.

»Es wird erst noch passieren«, ergänzt Rodríguez, der
gewohnt ist, das zu vollenden, was sein Chef begonnen
hat.

Acht Das einzige Lebendige, auf das man stößt, wenn man zu den Eingeweiden eines stinkenden Körpers vordringt, sind Würmer. Im Gegensatz zu Käpitän Ahab, der von seinem Walfänger aus wenigstens eine Harpune auf Moby Dicks Herz abschießen konnte, musste ich mich diesem Schlund ins Nichts mit einer Harpune stellen, die längst feststeckte, und zwar nicht in einem Wal.

»Ich gehe allein da rein«, sagte ich bestimmt.

Nun, da Toto tot war und ich kurz davorstand, hatte es keinen Sinn, das Leben des cervantinischen Duos und des pummeligen Arztes aufs Spiel zu setzen. Es ist nicht einfach, ein so gutes Team zu bilden, wie es diesem Terzett unbewusst gelungen ist; davon können all die Fußballtrainer dieser Welt ein Lied singen, die für ein Millionengehalt allerlei alchemistische Versuche unternehmen, Megastars zu einer Mannschaft zusammenzuschweißen, nur um am Ende haushoch gegen einen Vorstadtclub zu verlieren.

Meine Forderung wurde ohne Diskussion angenommen, was mir nicht gerade schmeichelte. Die anderen würden eine halbe Stunde warten, und wenn ich bis dahin nicht zurück wäre, würden sie kehrtmachen und Verstärkung holen, wobei mir schleierhaft war, wen sie überhaupt mobilisieren wollten, da doch die ganze Geschichte sich gerade in Luft auflöste wie bei einem geglückten Zaubertrick.

»Tun Sie alles, um nicht dabei draufzugehen«, riet Ayala mir nur noch lakonisch.

Geschwächt vom Blutverlust und geplagt von den nahezu unerträglichen Schmerzen in meiner Brust, wog die Kalaschnikow in meinen Armen so schwer wie eine Haubitze. Einen Moment lang, vielleicht durch dieses Loslassenwollen, das man anscheinend spürt, wenn man am Ufer des Jordans steht, sah ich mich selbst aus der Luft, wie ich mich auf den Weg in den Stollen machte, wie ein vom Discovery Channel beauftragter Forscher auf der Suche nach einer versunkenen Kultur.

Hier hatte es nie eine Mine gegeben, war meine erste Schlussfolgerung, kaum hatte ich den Gang betreten. Um mich herum herrschte sofort völliges Dunkel. Es war noch nicht lange her, da hatten falsche Versprechungen oder vielleicht auch eine Legende eine Handvoll Männer in die Gegend gelockt, die daraufhin das heutige Geisterdorf Piedranegra errichteten. Der Stollen ins Nichts war der klägliche Überrest dieses Abenteuers. Meine Hände strichen nun über die Wände, als wäre es die Haut einer Frau; die Glätte und stellenweise Wärme riefen in mir tatsächlich das Gefühl hervor, einen weiblichen Körper vor mir zu haben. Ich hatte keine Angst: Wenn mich letztlich der Tod erwartete, war dies kein schlechter Weg, mich ihm zu nähern.

Wie der biblische Jonas, nur ohne göttlichen Auftrag, tastete ich mich durchs tiefste Dunkel. Die einzige Lampe, die mich leitete, war der Schmerz. Ich hatte eine gewisse Erleichterung verspürt, als ich die Wände ertastet hatte, aber als ich mich nun nach dem Gewehr bückte, das ich kurz auf den Boden gelegt hatte, ging mir ein weiterer

Stich durchs Herz. Ich ließ die Kalaschnikow fallen, die mir in dieser Finsternis sowieso nichts genützt hätte, und stützte mich an den Wänden ab, um darauf zu warten, dass der Schmerz wieder verging.

Plötzlich ließ mich ein Stöhnen innehalten. Die Dunkelheit war so tief, dass ich nicht erkennen konnte, aus welcher Richtung es kam, doch es hörte sich sehr nah an.

Der langsam nachlassende Schmerz war mein Blindenführer. Sobald er einigermaßen zu ertragen war, tastete ich mich vorwärts und blieb stehen, wenn er unbarmherzig und mit voller Wucht wiederkehrte. Mit winzigen, aber festen Schritten eroberte ich so die Kontrolle über meinen Körper zurück, während der Schmerz sich langsam entfernte wie ein Liebender, der nicht mehr länger an der verabredeten Ecke warten wollte, und jeder Schritt war eine weitere Stufe seiner Resignation, mühsam, stechend, so, als durchquerte man ohne Machete einen Dschungel, als müsste man mit den Händen die dornige Vegetation beiseiteschieben, Lianen herunterreißen, das geschwächte Monster mehr mit Hartnäckigkeit als mit Kraft besiegen.

Immer mehr näherte ich mich dem Stöhnen, einem matten Schimmer am Ende des in die Erde getriebenen Stollens, und auf einmal löste sich der Schmerz auf, und ich begann zu rennen, konnte sogar wieder frei atmen, als befände ich mich unter freiem Himmel, obwohl der Stollen immer enger wurde und ich mich auf dem letzten Meter durch einen Spalt zu der Lichtkapsel durchquetschen musste.

»Isabel!«

Sie lag dir zu Füßen wie eine Sklavin, die es in diese Tiefen der Erde verschlagen hat, in dieses Loch mitten in der patagonischen Steppe, das eifrige Hände einst gruben, um zu den Adern eines Reichtums vorzudringen, der nur in der gierigen Fantasie überspannter Expeditionsteilnehmer existierte, unermüdlicher Einzelgänger, die dazu verdammt waren, ihre Reise bis in den Tod fortzusetzen.

»Isabel«, sagte ich noch einmal, wiederholte ihren Namen, bevor tiefe Stille eintrat und sich meiner Kehle ein erstickter Schrei entrang.

Mit meinen Fingerkuppen streichelte ich ihr eiskaltes, feuchtes Gesicht und ließ mich auf sie fallen und umarmte sie, sodass ihr Röcheln schließlich wie ein Feuer ganz erlosch. Erst dann nahm ich ihr zitternd den Knebel ab.

»Mein Gott«, flüsterte sie und brach dann in Schluchzen aus, das immer heftiger wurde.

Wir tasteten uns gegenseitig ab, wie um uns zu vergewissern, dass wir noch am Leben waren, um sicherzugehen, dass es sich nicht um ein Trugbild handelte, während ich meinen Blick nicht von dir lösen konnte, ich nicht glauben wollte, dass du es warst, die dort am Ende unseres Weges auf einem steinernen Altar lag, den erstarrenden Blick in wer weiß welche Abgründe gerichtet. Das Licht, das noch in deinen Augen war, glich der immer kleiner werdenden Flamme einer Kerze, war der trotzige Widerschein deines Bedürfnisses, mit dir selbst zu kämpfen, dich zu besiegen. Denn wenn du damit prahltest, der Tod zu sein, dann rangst du in der Niederlage darum, auf irgendeine Weise die Unsterblichkeit zu erlangen.

Keine Ahnung, ob es dir letztlich gelungen ist, Mireya. Das Spiel war aus.

Nachdem du Edmundos verängstigte Tochter in diese Höhle geschleppt hattest, stießest du dir ohne einen Schmerzenslaut selbst den Dolch in deine Brust.

Ob du dich mit dem Gedanken trugst, Isabel zu töten, als du sie dorthin brachtest? Gut möglich, dass du einen weiteren fremden Tod deiner Liste hinzufügen wolltest, um den deinen noch hinauszuzögern.

Doch irgendetwas ging diesmal schief, und jetzt, da ich dich so sehe, deinen reglosen, kalten Körper, den halb geöffneten Mund, die gebrochenen Augen, die vor nicht einmal einer Stunde durchs Zielrohr deines Gewehrs noch mein Herz ins Visier genommen haben, akzeptiere ich endlich, dass du mich verlassen hast, ja, freue mich sogar darüber, da mein Selbsterhaltungstrieb letztlich stärker ist als die Begierde.

Das cervantinische Duo und der pummelige Arzt waren noch da, obwohl die vereinbarte halbe Stunde längst abgelaufen war. Sie hatten sich hinter dem Jeep verschanzt und ihre Recyclegewehre auf den Stolleneingang gerichtet. Als sie uns dort lebend auftauchen sahen, schienen sie fast enttäuscht.

»Wir hatten eigentlich auf eine schöne Schießerei gehofft«, gestand Ayala. »Es ist wirklich nicht zu fassen: erst ein Serienmörder, der sich der Polizei stellt, dann eine Dame mit Dolch, die Sie gleich zweimal mit dem Leben davonkommen lässt, und jetzt Sie beide, wie Sie Arm in Arm aus dieser Höhle kommen.«

»Wir sind Männer der Tat«, schloss sich Rodríguez dem Protest an. »Wir töten und schreiben darüber unsere Berichte, wonach Doktor Burgos seinen verfasst, und am Ende treffen wir uns alle im ›Pro Nobis‹ und trinken einen darauf.«

Trotz seines Berufs war Burgos' Reaktion auf unser Erscheinen die menschlichste des Terzetts: Er zog seine Jacke aus und legte sie Isabel um die Schultern, die noch immer stumm vor Entsetzen und Kälte zitterte.

Ayala nahm mich verärgert beiseite.

»Was hat das alles zu bedeuten, Martelli? Was soll ich meinen Vorgesetzten berichten, wenn sie von mir Rechenschaft über unsere Abwesenheit und die hohen Spesen verlangen?«

»Das Land hat wieder einmal einen Zusammenbruch erlitten, die Regierung ist zurückgetreten, alle haben Dollars gekauft, um sie unter der Matratze zu verstecken, die, die die Regierung gestürzt haben, ergreifen die Macht, ohne einen blassen Schimmer zu haben – und Sie machen sich Gedanken, weil Sie zwei Tage gefehlt haben und Spesen abrechnen müssen, mit denen ein Politiker nicht mal sein Essen in einem Restaurant in Puerto Madero bezahlen könnte«, sagte ich kopfschüttelnd. »Sie haben vielleicht Sorgen, Ayala.«

Um ihn aufzumuntern, schlug ich vor, er solle eine Pressekonferenz einberufen und sich als Kopf einer Operation präsentieren, die eine verfassungsfeindliche Verschwörung vereitelt und nebenbei einem Serienmörder beziehungsweise sogar zwei Serienmördern das Handwerk gelegt hatte.

»Das glaubt uns doch kein Mensch, Martelli. Der Familienvater hat sich gestellt und liest in seiner Zelle jetzt wahrscheinlich die Bibel, Ihre Betrügerin hat sich selbst umgebracht, und die Verschwörer sind nicht gescheitert, weil die Demokratie die Oberhand behalten hat, sondern weil andere Verschwörer ihnen zuvorgekommen sind.«

Ayala hatte recht, er war ein pragmatischer Mensch, ein Jäger von Halunken, kurzum: ein Polizist.

Wir begruben Toto Lecuona am Ortsausgang von Piedranegra. Unter Prostest hob Rodríguez mit der Campingschaufel, die Burgos immer im Kofferraum seines himmelblauen VWs dabeihatte, die Grube aus.

»Skalpell und Schaufel gehören zur Grundausstattung eines Arztes für Tote, so, wie das Stethoskop zu der eines Arztes für Lebende gehört. Ich habe nicht immer einen Kühlraum parat und kann eine Leiche auch nicht im Freien rumliegen lassen, sonst fressen nämlich die Aasgeier den Beweis der Niedertracht«, sagte er in Anspielung auf Navarrines berühmten Tango.

»Mit diesem schlichten Begräbnis dieses unverhofften, wenn auch gescheiterten Vorkämpfers für die Gerechtigkeit eröffne ich feierlich den Friedhof von Piedranegra«, erklärte Hauptwachtmeister Ayala als der hierarchisch am höchsten Stehende kurz darauf, während ich die obligatorische Handvoll Erde auf Totos Gesicht rieseln ließ, in dem die Verblüffung bis in alle Ewigkeit geschrieben stehen würde.

Danach brachen wir schweigend auf, Burgos in seinem himmelblauen VW mit dem cervantinischen Duo und ich in Totos Jeep mit der noch immer vor Entsetzen bibbernden Isabel, die mir auf der Rückreise nach Buenos Aires ihre Version der traurigen Geschichte erzählen würde.

Neun »Papa hat mir erzählt, wer du wirklich bist, Gotán. Aber ich konnte nicht offen mit dir reden, ohne ihn zu verraten. ›Wir Männer helfen uns nicht gegenseitig, um hinterher damit zu prahlen. Wir müssen uns auch nicht dafür revanchieren‹, hat er immer voller Stolz gesagt.« Isabel lächelte, wurde aber gleich darauf wieder ernst. »Als ihm klar wurde, dass er aus der CPF-Sache nicht mit heiler Haut davonkommen würde, kam er zu mir. Mama war an dem Abend gerade in einer dieser Messen, in der Passierscheine verteilt werden, um ohne Zollformalitäten ins Jenseits zu gelangen. ›Deine Mutter tickt nicht mehr ganz richtig. Du musst auf sie aufpassen. Aber lass dich ja nicht mit hineinziehen‹, sagte er und gab mir dann das Passwort für sein Konto. ›Hier, damit bist du für alle Eventualitäten gewappnet.‹ Er war es auch, der die Viertelmillion Dollar bei der spanischen Bank einbezahlt hat.«

»Deine Mutter dachte, sie sollte mit dem Geld gekauft werden«, meinte ich.

»Damit lag sie nicht ganz falsch. Kurz bevor Papa starb, hatte er sich gerade wieder neu in sie verliebt. Zu spät, aber immerhin. Er hätte es ihr allerdings nie gestanden, nach allem, was er ihr angetan hat.«

»Und Lorena?«

»Pure Geilheit. Sie war einfach ›Frischfleisch‹, wie ihr das nennt.«

»Wen meinst du mit ›ihr‹?«

»Sechzigjährige alte Knacker, die meinen, die Revolution im einundzwanzigsten Jahrhundert bestehe darin, Mädchen aufzureißen, die ihre Töchter oder sogar Enkelinnen sein könnten.«

»›Jedem nach seinen Bedürfnissen‹, schließlich sind wir treue Anhänger Lenins.«

»Ach was, geile Böcke seid ihr, die sich gegen das Älterwerden sträuben und deshalb alles mitnehmen, was sie noch kriegen können. Aber ich will nicht weiter lästern.«

»Recht so. Erzähl mir lieber, wie Edmundo in die Sache mit der GRO hineingezogen worden ist.«

»Luftschlösser«, seufzte Isabel. »Das ist typisch Argentinien: Da tun sich vier zusammen, geben dem Quartett einen Namen, der gut klingt, und schon denken sie, sie wären eine politische Bewegung. Die GRO war für den Ölkonzern nicht wichtiger als jede andere NGO, die er finanziert. Die CPF-Kapitalisten sind ausgebuffte Roulettespieler, die auf alle Zahlen und Farben gleichzeitig setzen, weshalb es ihnen egal ist, was der Croupier verkündet, weil sie am Ende sowieso alle Gewinne einstreichen. Mein Vater hat an zwei Spieltischen gespielt, aber während er zu spielen glaubte, haben die anderen mit ihm gespielt. Er übernahm die ›Stiftung für den neuen Menschen‹, um dort Gelder für sich abzuzweigen, während der CPF die Stiftung als Geldwaschanlage für seinen Waffenschmuggel benutzte.«

»Wie die Katze von Relusol«, sagte ich, worauf Isabel mir einen fragenden Blick zuwarf, sodass ich ihr von dem uralten Werbefoto für dieses Putzmittel erzählte, auf dem eine Katze in eine blitzblanke Pfanne schaute, in der sich unendlich viele Katzen spiegelten, die wiederum in unendlich viele blitzblanke Pfannen schauten.

»Zu der Zeit war ich noch nicht geboren«, meinte Isabel achselzuckend.

»Félix Jesús auch nicht. Trotzdem habe ich ihm eine Kopie davon über sein Katzenklo gehängt. Ich habe sie irgenwann mal in einer Ausgabe von ›Schöner Wohnen‹ gefunden. Und was hat dir der sechzigjährige Lustmolch über mich erzählt?«

Isabel hielt einen Moment lang die Luft an und atmete dann ganz langsam aus, wie immer, wenn sie etwas offen aussprechen musste, was ihr nicht behagte, wie sie selbst erläuterte, das sei eine Entspannungsübung, während der sie darüber nachdenken könne, ob es sich zu reden lohnt und ob ihr Gegenüber zuhören wird, ohne ihr gleich in die Parade zu fahren.

Und ihr Gegenüber wollte ihr tatsächlich zuhören, denn was Isabel erzählte, dass ihr ihr Vater erzählt hatte, könnte er zwar auch selbst erzählen, aber er zog es vor, dass sie von seinen jugendlichen Heldentaten berichtete.

»Genickschüsse waren schon immer deine Schwäche«, sagte Isabel und bewies viel Mut damit, war es doch alles andere als leicht, seinen Lebensretter einen Mörder zu nennen.

»Seit ich aus der Nationalen Schande rausgeflogen bin, habe ich nie wieder eine Waffe angerührt.«

»Bis dich die Nostalgie überwältigt hat.«

»Die 38er, die ich in deinem Handschuhfach gefunden habe, hat mich dazu verführt.«

Isabel saß am Steuer. Kaum waren wir aus dem Stollen gekommen, waren die stechenden Schmerzen in meiner Brust wieder da, wenn auch weniger stark. Burgos meinte, ich müsse operiert werden, um das abgebrochene Stück des Stiletts rauszuholen. Ich konnte nur hoffen, dass er mich nicht selber unters Messer nahm.

»Bevor du rausgeflogen bist, bist du über viele Leichen gegangen.«

»Töten gehörte nun mal zu dem Job. Deswegen bin ich aber nicht suspendiert worden.«

»Sie hatten dich aber schon lange im Verdacht. Weil du ein erbärmlicher Guerillajäger warst.«

»Stimmt, sie sind mir alle ›entwischt‹. Aber deshalb war ich bei der Federal: um Idealisten wie deinem Vater den Rücken freizuhalten, die glaubten, Silvio Rodríguez und Pablo Milanés hätten die kubanische Revolution angezettelt. Was sollte die 38er in deinem Handschuhfach?«

»Die gehörte Papa. Er hat sie mir zusammen mit dem Passwort gegeben, als er merkte, dass er in die Falle getappt war. Damit ich mich im Zweifelsfall verteidigen könne«, seufzte Isabel und holte noch einmal tief Luft, bevor sie fortfuhr. »Lecuona hatte vorgeschlagen, dich zur GRO zu holen, und Papa fand die Idee gut. Ihr hättet wieder gemeinsam für eine gute Sache gekämpft, so wie dreißig Jahre zuvor. Aber die Führung der GRO, besonders Negra, hatte andere Pläne.«

»Ihr Name war Débora. Lassen wir den Quatsch mit diesen *noms de guerre*, wir sind nur gewöhnliche Mörder.«

Die Tachonadel kletterte auf Hundertfünfzig, in Sekundenschnelle war der himmelblaue VW nur noch ein ferner Tupfer im Rückspiegel. Ich bat Isabel, den Fuß vom Gaspedal zu nehmen.

»Dann hör mir zu und unterbrich mich nicht dauernd. Wenn ich nicht reden kann, trete ich aufs Gas. Ich habe das Schweigen satt, Gotán, ich bin damit aufgewachsen.«

Viel musste ich mir gar nicht anhören, aber das wenige

gefiel mir nicht: Mit dem Mut und der Naivität ihrer dreiundzwanzig Jahre erzählte mir Isabel Cárcano, was du mir verschwiegen hast.

Du hattest Toto Lecuona weisgemacht, dass wir noch mal von vorn beginnen könnten, weshalb er sein Paradies auf den Kanaren verließ, um in der Heimat beim Aufbau eines zweiten zu helfen. Vorher hattest du noch Edmundo überzeugt, den die Rückkehr zu den Wurzeln ebenso bezauberte wie die blonde Lorena, obwohl sie gerade mal so alt wie seine Tochter war, gar nicht Lorena hieß und wahrscheinlich auch nicht blond war.

»Ich habe Débora geliebt, das stimmt. Aber ich weiß nach wie vor nicht, wer sie wirklich ist.«

»Wer sie *war*«, verbesserte mich Isabel.

»Das weiß man bei ihr nie. Keine Ahnung, wie sie in mein Leben trat. Ich lernte sie in einem dieser schäbigen Tangolokale kennen, in die ich gehe, wenn mich die Einsamkeit erdrückt. Meinen ehemaligen Beruf habe ich ihr verschwiegen.«

»Und du hast wirklich geglaubt, dass sie sich auf den ersten Blick in einen Kloschüsselverkäufer verliebt?«

Isabel lachte laut auf und nahm den Fuß vom Gaspedal, bis Burgos' VW uns eingeholt hatte. Ich schwieg und sah hinaus auf die öde Landschaft, die weite, sandige Steppe. Der Tacho zeigte jetzt hundertzwanzig an, doch kam es mir so vor, als würden wir stehen.

Ich zündete mir eine Zigarette an. Isabel nahm mein Angebot dankend an, ihr ebenfalls eine anzuzünden, obwohl sie mit dem Rauchen aufgehört habe, wie sie sagte. Ich erzählte ihr von der Theorie des pummeligen Arztes, dass zwei oder drei Kippen am Tag die beste Vorsorge gegen Lungenkrebs seien. Sie stimmte zu, man könne nicht mit allem aufhören, die Menschheit sei komplett verrückt geworden, niemand rauche mehr oder esse noch Fett, um Wale und Pinguine kümmere man sich mehr als um frierende Straßenkinder, man sei gegen Atomenergie, aber gleichzeitig träume man davon, sämtliche Araber mit einer Bombe in die Luft zu jagen.

»Sie hat mich verlassen, als sie erfuhr, dass ich während der Militärdiktatur Bulle war.«

»Sie hat dich nicht deswegen verlassen, du hattest vorher schon Blut geleckt.«

»Verliebt sein bedeutet für dich, Blut geleckt zu haben?«

»Zu deinen Heldentaten gehörte auch der Mord an einem Militär, einem Brigadeführer. Das hat sie mir vor ihrem Tod noch selber erzählt.«

»Woher wusste sie davon? Das steht in keinem Dossier. Aber es stimmt. Nach dem Militärputsch '76 hat dieser Typ in Morón Todesschwadrone gebildet, die Menschen gejagt und Häuser geplündert haben, was für die damalige Zeit nichts Ungewöhnliches war. Meine Kameraden bissen einer nach dem anderen ins Gras, wie die Comanchen. Ich habe auf eigene Faust gehandelt, ich kannte den Kerl, wusste, wo er wohnte, und bin einfach hingefahren. Er hat mich reingebeten, *Martelli, was für eine Überraschung,* hat der Schweinehund gesagt, *seit Caracas haben wir uns nicht mehr gesehen!* Wir hatten in Venezuela mal zusammen einen vom amerikanischen Geheimdienst organisierten Kongress für Militärs und Bullen besucht. Sogar Diplome erhielten wir dafür, in irgendeiner Truhe habe ich noch Fotos davon, wir sehen darauf aus wie Absolventen einer Uni.«

»Er hat sich wirklich gefreut, dich zu sehen. Aber du hast ihm einen Genickschuss verpasst, als er dir den Kaffee servierte.«

»Was hätte ich tun sollen? Ihm vorher seine Rechte verlesen? Wer hat dir das erzählt? Er hat allein gelebt, und er ist allein gestorben.«

»Irrtum, er hat weder allein gelebt, noch ist er allein gestorben. Er hatte eine kleine Tochter, die später, als sie groß war, Tangotanzen lernte.«

Zehn Mit Lichthupe und hektischen Gebärden sig-
nalisierte uns Burgos, dass er gern an einer Tankstelle
haltmachen wollte.

»Ich schlafe manchmal beim Fahren ein«, sagte er, den
Blick starr auf seine Tasse mit schwarzem Kaffee gerichtet, die er sich in der Cafeteria bestellt hatte. »Ich merke
es daran, dass das, was ich träume, nichts mit der Straße
vor mir zu tun hat. Plötzlich bin ich auf einer karibischen
Insel, liege faul am Strand, und um mich herum sind
lauter Leichen, die ich nicht obduzieren muss, weil die
Sonne das in zwei Stunden erledigt hat wie das schärfste
Skalpell. Ein wirklich geruhsames Leben.«

Ayala und Rodríguez schliefen draußen im VW, und
Isabel schlug Burgos vor, noch eine Weile zu bleiben,
damit auch er ein Nickerchen machen konnte.

»Ich hole mir lieber auf den Geraden eine Mütze
Schlaf«, erwiderte der pummelige Arzt. »Fahren Sie hinter
mir und hupen Sie, wenn ich anfange, Schlangenlinien zu
fahren.«

Wir bestanden nicht darauf, dass der pummelige Arzt
sich ausruhte, und machten uns wieder auf den Weg.
Bis Bahía Blanca waren es noch dreihundert Kilometer,
und es wurde allmählich dunkel. Wenn Burgos seinen
himmelblauen VW zu Schrott fuhr, war es eben Schick-

sal, denn nichts geschieht, was nicht geschrieben steht. Als Isabel und ich wieder im Jeep saßen, gestand sie mir, dass sie Angst hatte. Nicht um Burgos und seine Freunde, sondern um mich.

»Ich dachte, ich kenne dich, Gotán«, sagte sie. »Mein Vater hatte eine romantische Vorstellung von dir.«

»Er hat dir die Wahrheit verschleiert. Niemand ist stolz darauf, einen Polizisten zum Freund zu haben. Wir sind die Mister Hydes der Doktor Jekylls mit all ihren Sekretärinnen und Handys. Und das Schlimmste ist, dass ich immer noch Polizist wäre, wenn die Revolution, für die wir kämpften, gesiegt hätte. Der Kapitalismus hat mir wenigstens die Chance eröffnet, nur noch Kloschüsseln zu verkaufen.«

All dies hatte Isabel von Negra erfahren, als sie noch glaubte, sie würde jeden Moment sterben. Man hatte ihr Edmundos Tochter überlassen; sie sollte entscheiden, was mit ihr geschehen sollte, wenn sie das Passwort zu dem Konto nicht preisgab, auf dem das Geld der Stiftung deponiert war.

»Niemand von den Bossen der GRO wollte sich die Hände schmutzig machen. Wenn schon Blut fließen musste, sollten andere sich darum kümmern.«

»Logisch, dafür sind sie die Bosse.«

»Die Tangotänzerin war von Anfang an mit dabei, als die Gruppe gegen die reaktivierte Linke aufgebaut wurde, die ihrer Meinung nach hinter dem Wahlsieg von 1999 steckte. Die Verschwörer waren Söhne von Militärs, Waffenbrüder des Mannes, den du kaltgemacht hast, als er dir Kaffee servierte, eine kleine, aber finanziell potente Geheimorganisation. Aber dann stellten sie fest, dass sie mit der Idee von einer neuen Diktatur nicht mal einen

Hund hinter dem Ofen hervorlocken konnten; sogar die überzeugtesten Faschisten geben sich heutzutage als Demokraten aus, also einigten sie sich auf eine andere Sprachregelung, um die Nostalgiker aus dem anderen Lager auf ihre Seite zu ziehen.«

»Die nationale Revolution«, sagte ich. »Mit dieser Losung hatte sich vorher schon eine ganze Generation in Lebensgefahr begeben.«

»Papa hat daran geglaubt.«

»Toto Lecuona auch und ich ebenfalls. Sozialismus, aber nicht zu viel, und ein bisschen Kapitalismus, aber nur halb. Uns redete man ein, es gäbe Offiziere, die sich nicht vor den Karren der Oligarchen spannen ließen und die Streitkräfte in den Dienst des Volkes stellen würden. Sie sind uns in den Rücken gefallen.«

»Warum hast du mitgemacht, Gotán? Weil du für eine bessere Welt kämpfen wolltest, indem du hinterrücks Leute umlegst?«

»Aus ›religiösen‹ Gründen, wenn du so willst. Ich hatte schon immer metaphysische Interessen. Ich wollte an etwas glauben, aber offensichtlich konnte ich es nicht. Ich bin ein Bulle, Isabel. Schon als Kind habe ich davon geträumt, die Kerle zu verhaften, die alten Frauen den Geldbeutel klauen. Wenn wir Räuber und Gendarm spielten, war ich immer der Gendarm; mir hat nie die Hand gezittert, wenn es darum ging, mich mit den Übeltätern zu prügeln oder mit der Schleuder auf Vögel zu schießen. Ich stamme aus einer stolzen Arbeiterfamilie, mein Vater hat nie jemanden bestohlen. Er war Eisenbahner, hat unter Perón seine Arbeit verloren, weil er sich an Streiks beteiligt hat; da kannst du mal sehen, wie volksverbunden der Peronismus war. Auch an die Mutanten hat er nicht geglaubt. Die heilige Evita wurde verteufelt, als man

Perón stürzte, nicht mal ihren Namen durften wir mehr erwähnen. Mein Vater war danach nie wieder der Gleiche. Wer damals Eisenbahner war, gehörte einer privilegierten Kaste an, wie die Militärs, und ein Rausschmiss kam einer Degradierung gleich. Am Tag nach meiner Vereidigung hat er sich mit meiner funkelnagelneuen Dienstwaffe erschossen. Mein Sohn, ein Bulle, das hat mir gerade noch gefehlt, hat er geseufzt und seinem Leben ein Ende gesetzt. Siehst du jetzt, was für einen Tango dir Gotán singen könnte? Aber ich will nicht mehr von der Vergangenheit sprechen.«

»Wovon dann?«

»Von der Liebe, Isabel. Schau nicht so überrascht: Selbst die grausamsten Henker verlieben sich. Niemand ist gegen dieses Virus gefeit.«

An der Ausfahrt Bahía Blanca verabschiedete ich mich von dem pummeligen Arzt und dem cervantinischen Duo. Wir gaben uns das Versprechen, uns so bald wie möglich wiederzusehen; die Demokratie war uns noch einen Drink schuldig, weil aber niemand zahlen würde, wollten wir zumindest feiern, dass wir noch am Leben waren.

»Hüten Sie sich vor schwarz geschlachteten Steaks«, sagte ich zu Burgos und gab ihm einen freundschaftlichen Klaps auf die Schulter.

»Und Sie, Don Gotán, hören besser damit auf, in der Truhe Ihrer Erinnerungen nach ehemaligen Betthasen zu suchen.«

»Verkaufen Sie lieber weiter Kloschüsseln«, riet mir Ayala.

»Jetzt verstehe ich auch, warum Sie es bei der Federal zu nichts gebracht haben«, sagte Rodríguez. »Wenn Sie nicht gerade Leute umlegen, sind Sie ein ganz netter Kerl.«

»Trennen Sie sich bloß nicht«, empfahl ich zum Schluss noch dem cervantinischen Duo. »Zusammen können Sie immer noch Karriere als Komiker machen.«

Kurz zuckten unsere Arme, machten Anstalten, die anderen Musketiere an sich zu drücken, unsere von der absurden Odyssee müden Gesichter wollten sich zu einem Lächeln verziehen, Gesten, die die Scham jedoch verhinderte. Wir sagten lieber nichts, drehten uns nur um und sahen einander nicht einmal nach, als der himmelblaue VW in die eine und der von einem toten Freund gemietete Jeep in die andere Richtung davonfuhren.

Elf Du hast also schon als Kind davon geträumt, Rache zu nehmen. Während andere Mädchen mit Puppen spielten, spieltest du schon mit meiner Leiche.

Der Abend, an dem wir uns zum ersten Mal begegneten, war das scheinbar zufällig ausgegebene Blatt des göttlichen Spielers, der sich nie in die Karten schauen ließ. Deine Empörung, als du entdecktest, dass ich Bulle war, und dein Entsetzen, als du erfuhrst, was für ein Bulle ich war: Beide Karten steckten im verdeckten Haufen. Wer hätte eine solche Partie nicht zu Ende gespielt?

Siehst du, Tangotänzerin, niemand weiß alles. Die Hüter des orangefarbenen Dossiers hatten ein Kapitel meiner nicht autorisierten Biografie überlesen. Patricio Quesada hätten sie nicht abgeschlachtet wie die Rinder, die Burgos verspeist, hätten sie wirklich gewusst, mit wem sich der Richter verbündet hatte, um das Böse zu bekämpfen. Der freie Wille ist eine Farce, die einzige Freiheit, die wir haben, besteht darin, unsere Feinde frei zu wählen.

Nachdem ich mich von den drei Musketieren verabschiedet hatte, die mit mir einige Tage lang zu viert gewesen waren, sprachen Isabel und ich kaum noch, bis wir die Vororte von Buenos Aires erreichten.

Der Zugang zur Stadt war wieder einmal von den brennenden Gummireifen der Piqueteros blockiert. Unzählige Arbeitslose mit Knüppeln und Plakaten, manche davon mit Sturmhauben vermummt, ungepflegte Frauen, herumstreunende Hunde und Kinder, die nach der Mutterbrust direkt zum Tetrapack mit billigem Fusel griffen: Alle schlugen sie auf Trommeln, Kochtöpfe und Pfannen ein, verteilten Pamphlete und feierten wie eine Heldentat den Sturz der Regierung, die *sie* nicht gewählt hatten, wie sie behaupteten. Argentinien hatte nie Helden, weil nie jemand zugab, die Verlierer unterstützt zu haben.

Ein hochgewachsener, schlaksiger Typ, dessen Gesicht selbst dem Serienmörder aus Bahía Blanca Angst einjagen würde, bat um Applaus für die Plünderer der Supermärkte, forderte die koreanischen Ladenbesitzer auf, das Land zu verlassen, machte sich lustig über den Aufmarsch von Bewerbern für das Präsidentenamt und sagte dem Gewinner ein kurzes Leben voraus. Begeistertes Klatschen, zustimmendes Geschrei, Chamamémusik, rote, schwarze, argentinische Fahnen wurden geschwenkt, und riesige Spruchbänder und kleine Plakate in die Höhe gereckt, *Vereint werden wir siegen!*, *Das Stadtviertel Las Golondrinas ist dabei!*, *Gerechtigkeit fürs Volk!*, *Haut alle ab!* Als es schon den Anschein hatte, dass wir dazu verdammt waren, eine endlose Reihe von Brandreden und die komplette CD mit Chamamés anhören zu müssen, wurden die Straßensperren zur Seite geräumt, und wir konnten endlich in die Stadt hineinfahren.

In den zentrumsnahen Vierteln behinderten dann die Angehörigen der Mittelschicht den Verkehr. Sturmhauben waren nicht elegant genug für diese Dollaranhäufer und Vorkämpfer der Festverzinsung, die ihr Leben riskieren würden, um weiterhin nach Miami reisen zu können: Sie demonstrierten gut angezogen gegen die Regierung, die nicht um Ausreden verlegen ist, damit sie nicht das Geld zurückerstatten muss, das in den Banken eingefroren war. Sie wussten, dass ihr Protest vergebliche Liebesmüh war, aber sie fanden in ihrer Niederlage die Würde, die sie nicht hatten, als sie anders und besser sein wollten als die Einwanderer aus dem übrigen Lateinamerika.

Demonstranten der Oberschicht waren indes nicht auf den Straßen von Buenos Aires zu finden. Die Schmeißfliegen der Macht hatten sich schon vor Monaten auf den Cayman Islands, in der Schweiz oder in Panama verschanzt. Auf den Straßen der sogenannten eleganten Viertel irrten nur Kleinbürger umher wie aus Port-au-Prince verjagte Zombies oder aus einer transsilvanischen Mietskaserne bei Tageslicht vertriebene Vampire.

»Warum hast du ihnen das verdammte Passwort nicht gegeben?«, fragte ich, als Isabel den Wagen einen Block vor der Wohnung von Mónicas Freundin parkte, wo sie sich mit ihrer Mutter treffen wollte. »Sie hätten dich töten können. Wieso hast du das riskiert? Wegen des Geldes?«

»Die Tangotänzerin wollte mich nicht töten«, sagte Isabel. »Und dich auch nicht.«

Im Morgengrauen des 15. Dezember 2001, kurz nach Edmundos Anruf, hatten seine Mörder den Bungalow in Mediomundo verlassen.

Unter dem banalen Vorwand, aufs Klo zu müssen, war Lorena aus dem Haus geflüchtet und durch die menschenleeren Straßen der Feriensiedlung gerannt, bis sie eine öffentliche Telefonzelle gefunden hatte, von wo aus sie die Polizei anrief und erzählte, was ihrer Vermutung nach gleich geschehen würde, und nebenbei auch gleich noch, dass die Gruppe einen antidemokratischen Komplott schmiedete. Die Beamten der Bonaerense forderten sie auf, Ruhe zu bewahren und nach Hause zurückzukehren, *in einer menschenleeren Siedlung können wir die Sicherheit einer Frau nicht garantieren.* Daraufhin wählte dieselbe emsige Hand, die die Anzeige unter den Teppich kehrte, sofort die Nummer meines Begrüßungskomitees und gab ihm zu verstehen, dass es klüger war, sich noch vor meiner Ankunft aus dem Staub zu machen.

Lorena floh aus Mediomundo, kehrte aber in der nächsten Nacht zurück in der Hoffnung, irgendwo im Haus einen Hinweis auf das Geld zu finden, das Edmundo für sie beide abgezweigt hatte. Als sie mich dort antraf, beschloss sie, sich von mir nach Piedranegra kutschieren zu lassen. Sie baute darauf, dass die Führer der GRO, die dort versammelt waren, um letzte Details zu besprechen, sie vor den Schakalen schützen würden, die Edmundo kaltgemacht hatten. Sie glaubte, dass sich der interne Machtkampf in den unteren Rängen abspielte, dass es da nur ums Kleingeld ging. Vielleicht ging sie ja recht in der Annahme – nur ließ man ihr keine Zeit, das herauszufinden.

»Arme Lorena«, sagte ich.

Noch so ein *Nom de guerre*, Lorena, alias Catalina Eloísa Bañados, verführt von einem sechzigjährigen Lustmolch, der sich nicht mit dem Altern abfinden wollte und deshalb eine Bande doktrinärer Verbrecher abzocken wollte, um sich ein Stückchen Jugend zu erkaufen.

Als Edmundo tot war, erhielt die Tangotänzerin den Auftrag, sich um seine Geliebte und Cordero zu kümmern, die dritte Spitze im Turteltaubendreieck, das Lorena gebildet hatte, damit das Alter sie nicht ohne Ersparnisse überraschte. Edmundo wusste nichts von Corderos Existenz.

Auch mein alter Freund hatte wie ich an die Liebe auf den ersten Blick glauben wollen.

»Hättet ihr doch nur einmal in den Spiegel geguckt!«, sagte Isabel, ohne meinen sehnsüchtigen Blick zu erwidern, der erst jetzt, nach sechshundert Kilometern, ihre noch immer von der Jacke des pummeligen Arztes bedeckten Schultern entdeckte.

Sie zog die Jacke aus und bat mich, sie beim Wiedersehen der vier Musketiere ihrem Besitzer zurückzugeben.

»Wenn Débora Lorena und Cordero umgebracht und mir ohne Anästhesie ein Stilett in die Brust gerammt hat, das mein Herz erwischt hätte, wäre es nicht in die Mitte verschoben, warum sagst du dann, dass sie uns nicht töten wollte? Ich finde es geradezu widerlich, mir die Liebesszene mit Lorena vorzustellen, das makabre Spiel mit Corderos Leiche.«

»Du findest es nur widerlich, dass sie dich mit einer Frau betrogen hat. Ihre Einladung zum Schäferstündchen hast du doch auch gern angenommen, obwohl du wusstest, dass es dich das Leben kosten könnte. Dein Herz ist nicht verschoben, Gotán, es sitzt am rechten Fleck. Sie hätte ihre Rache vollstrecken können, ohne dass du es gemerkt hättest.«

»Und warum hat sie es dann nicht getan? Warum hat sie uns nicht alle umgebracht?«

Endlich sah Isabel mich an, und ihre Augen glichen den deinen, waren auf das Nichts gerichtet.

»Sie hat auf dich gewartet. Und als du schließlich kamst, ist bei ihr der Groschen gefallen, hat sie etwas entdeckt, das sie tief verstörte.«

»Sie hat entdeckt, dass ihr Vater ebenfalls hinterrücks Menschen ermordet hatte.«

»Sie ist, besser gesagt, sie war nicht anders als du,

Gotán. Zwillingsseelen hat es immer schon gegeben, noch bevor die Genmanipulation in Mode kam. Sie hat dich verlassen, um ihr Rachegelöbnis nicht erfüllen zu müssen. Was für ein Stoff ist Euripides oder Sophokles da durch die Lappen gegangen! Sie hat dich verlassen, damit du sie nie wieder suchst. Aber du hast nicht lockergelassen. Wie solltest du einen solchen Affront gegen deine männliche Eitelkeit auch hinnehmen können?«

Als die Verschwörerbande sich nach Piedranegra zurückzog, dachte Isabel, ihr letztes Stündlein habe geschlagen.

»Die Tangotänzerin hat mich gerettet. Sie hat dich verschont und mich mühsam ans Ende des Stollens geschleppt, in dem man mich gefangen hielt. Sie vertraute nicht mehr Freund noch Feind und wusste nur noch eines: dass du zu ihr kommen würdest. ›Mach dich aus dem Staub, sobald die da draußen sich gegenseitig umgebracht haben‹, hat sie in der Höhle noch zu mir gesagt. ›Der Stollen hat keine Seitenarme, bis zum Tunneleingang sind es etwa dreihundert Meter, und Piedranegra ist keine zwanzig Kilometer von der Nationalstraße entfernt. Erzähl ihm bitte die Wahrheit, wenn du ihn siehst, denn ich bin sicher, dass er mit dem Leben davonkommt. Auch wenn ich ihm das Stilett bis zum Schaft in die Brust gestoßen hätte, mit seinem Herzen hätte er überlebt.‹ Dann fesselte sie meine Hände, damit ich sie nicht an ihrem Vorhaben hindern konnte, knebelte mich, um meine Entsetzensschreie zu ersticken. Mit einem Satz sprang sie schließlich auf diesen seltsamen Altar, den jemand da unten errichtet hatte, und stieß sich ohne einen Schmerzenslaut den Dolch ins Herz.«

»Warum hat sie das getan, Isabel? Warum hat sie nicht mich getötet, wenn sie doch nur dafür lebte?«

»Sie hat genauso gut getanzt wie du, vergiss das nicht. Der Respekt vor dem Leben des anderen hielt sie davon ab, dich zu töten. Denk darüber nach, wenn du aus dem Auto gestiegen bist.« Sie beugte sich über mich und stieß die Beifahrertür auf. »Mehr habe ich nicht zu sagen und, bitte, besuch mich nicht. Ich will eine Zeit lang nichts von dir wissen ... vielleicht will ich dich auch nie wiedersehen.«

Für gewöhnlich gehorche ich, wenn mich eine schöne Frau zur Persona non grata erklärt. Ich stieg aus, erinnerte sie aber noch daran, dass der Jeep nicht ihr gehörte.

»Gemietet hat ihn Aníbal Lecuona. Wir nannten ihn Toto, aber ich glaube, das ist den Leuten von der Autovermietung egal.«

Während Isabel den Gang einlegte, machte ich mich auf den Weg in Richtung Avenida. Kurz fuhr sie im Schritttempo, kurbelte das Fenster herunter und dankte mir noch für ihre Rettung. Und da stellte ich dann doch noch die dumme Frage.

»Hat sie gesagt, dass sie mich geliebt hat?«

Sie packte das Lenkrad und starrte nach vorn, als hätte sie die Poleposition und sollte gleich einen Blitzstart hinlegen.

»Einen Bullen liebt keiner«, sagte sie, bevor sie mit aufheulendem Motor davonbrauste.

Ich ging weiter, hätte gern Riesenschritte gemacht, ich hatte eine saumäßige Wut im Bauch, mein Herz, das genau am richtigen Fleck saß, schmerzte mehr denn je.

Irgendwann würde jemand in dem Glauben, eine Abkürzung gefunden zu haben, durch Piedranegra kommen und auf den verwitterten Schauplatz des kleinen Infernos stoßen. Vielleicht würde ein Kinoproduzent den Ort als Location für einen Spaghettiwestern entdecken, wie seinerzeit die Italiener Südspanien.

Ich hätte dich neben Toto Lecuona begraben sollen. Schließlich war es deine Idee, ihn herzuholen, ihn glauben zu machen, dass die gesellschaftliche Erlösung einmal mehr die Fahne war, die es dem Sieg entgegenzutragen galt. Aber ich ließ dich lieber an dem Ort liegen, den du selbst für deinen Tod gewählt hattest, auf deinem improvisierten Altar einer Priesterin ohne Doktrin und Skrupel.

Irgendwann wird irgendjemand durch Piedranegra kommen und Alarm schlagen, die Presse wird noch vor den Hunden über die Knochen herfallen, die in dem Geisterdorf verstreut liegen, und die Geschichten deiner Kameraden oder Komplizen werden sich mit der Legende von den englischen Bergleuten vermischen, die in Wirklichkeit abenteuerhungrige Saisonarbeiter auf dem Weg zur Apfelernte in Río Negro waren.

Ich hätte dich begraben sollen. Auch wenn es für Toto Lecuona ein schlechtes Geschäft gewesen wäre, bis in alle Ewigkeit neben dir liegen zu müssen. Ich hätte mir jedenfalls so erspart, meinen wie zum Verkauf auf Hochglanz polierten Wagen, der mir im Süden zusammen mit der blonden Lorena gestohlen worden war, vor meinem Haus vorzufinden.

Ich widerstehe der Versuchung, in meine Wohnung zu gehen und den Zweitschlüssel zu suchen – niemand, der alt werden will, darf Geschenke der Mafia annehmen, auch wenn es sich um eine Rückerstattung handelt.

Von einer öffentlichen Telefonzelle aus rufe ich die Bombenentschärfer an. Polizisten mögen keine anonymen Anzeigen. Ich lege auf, bevor man mich nach Details fragt, ohne allzu viel Hoffnung, dass sie auch wirklich kommen werden.

Aber sie kommen. Sie können es sich nicht erlauben, eine solche Warnung in den Wind zu schlagen: eine Autobombe mitten in der Stadt. Die Gemüter der Politiker sind erhitzt, niemand weiß, wer hinter den Kulissen gerade nach der Macht greift, weshalb man sich den Rücken frei halten muss.

Sie kommen mit zwei Mannschafts- und drei Streifenwagen, leiten den Verkehr um und errichten eine Sperre um den Häuserblock. Wie aus dem Nichts tauchen Übertragungswagen des Fernsehens auf, Geschrei, nervöse Anweisungen, Gaffer strömen herbei, zu denen auch ich zähle. Die Bombenentschärfer beginnen ihren Job als Uhrmacher des Schreckens.

Als alles bereit ist, macht es bum!, und mein Auto fliegt in die Luft. Der Gedanke, dass man den Halter identifizieren könnte, behagt mir nicht. Ich hoffe, dass die lodernden Flammen, die meinen Wagen verschlingen, mir die Aussage ersparen werden. Ich habe keine Lust, eine Geschichte zu erzählen, die mir sowieso niemand glauben wird. Außerdem hätte die Versicherung dann womöglich einen Vorwand, mir den Schaden nicht zu zahlen.

Und dann kommt es noch zu einer weiteren, wenn auch kleineren Explosion. Der Kofferraumdeckel springt auf, und ein Nachbar erklärt allen, die es hören wollen, dass gasbetriebene Autos eine Gefahr darstellen. Ich gehe einige Meter näher und sehe – die Leiche einer Frau.

Ein Bulle versperrt mir den Weg, fast hätte ich ihm gesagt, dass es mein Auto ist, dass niemand mich um Erlaubnis gefragt hat, ob er diese Frau in den Kofferraum legen darf, aber da hat das Feuer sie schon erfasst, und eine blaue Flamme züngelt an ihrem heraushängenden Arm entlang.

Epilog Wenn wir aus einem bösen Traum erwachen, hoffen wir immer, dass wieder Vernunft einkehrt, sobald wir die Augen öffnen, dass der Alltag die Dinge wieder an den richtigen Platz rückt und die Toten in ihre Gräber zurückkehren.

Zulema, die Frau, die jeden Montag meine Wohnung putzt, hat mir auf einen Zettel geschrieben, dass Félix Jesús an diesem Morgen böse zugerichtet wiedergekommen ist.

Doch der Kater schläft seelenruhig auf der Waschmaschine und räkelt sich, als er mich sieht, gähnt, richtet sich auf, macht einen Buckel und springt dann auf sein Lieblingsplätzchen auf dem höchsten Schrank der Küche, wo er tagsüber zu schlafen pflegt.

Ich muss dazu erläutern, dass Zulema sehr gut putzt und diskret ist, aber Visionen hat. Wachen und Träumen geraten bei ihr oft durcheinander. Der Kater schaut zu mir herunter, auch wenn seine Augen nicht die meinen suchen. Vielmehr scheint etwas auf der Höhe meiner Brust seine Aufmerksamkeit auf sich zu ziehen. Dann gähnt er wieder und rollt sich zum Schlafen zusammen.

Ich folge seinem Beispiel. Ich schalte den Fernseher ein, stelle den Ton ab und knipse den Ventilator an. Sein Brummen lullt mich ein, während auf der Mattscheibe dem vierten Präsidenten innerhalb einer Woche die Schärpe umgelegt wird.

Erst das Läuten des Telefons weckt mich wieder. Ich muss nicht auf die Uhr sehen, um zu wissen, dass es nach Mitternacht ist.

Soll es doch klingeln ...